Diener der Zeit

Von ShaSha Perch

Buchbeschreibung:

Meine Welt: Gespalten
  Mein Feind: Überall
  Die Gefahr: Unsterblich

Rileys Welt ist vom Krieg gespalten.
  Verschiedene Mächte kämpfen um die Herrschaft und das im Namen des Weltengottes, der Riley durch seine wenigen Erinnerungen folgt.
  Der Dämon Nathaniel ist der Erste, der Riley aufklären kann. Doch auch wenn Riley für ihn eine undefinierte Art von Freundschaft empfindet, bleiben viele Fragezeichen.
  Ist dem Dämon zu trauen?
  Und was ist mit sich selbst?
  Denn etwas an Riley birgt Gefahr. Etwas, das seine Eltern tötet und das selbst Nathaniel skeptisch werden lässt.

Über den Autor:

"Zuerst waren da nur die Stimmen."

Seit der Bekanntschaft mit ihrem ersten Buchcharakter lebt ShaSha in mehr als einer Welt.

Die Stimmen, die erst kaum mehr waren als das, bekamen bald ein Gesicht und sie lernte, sie zu unterschieden - an ihrem Verhalten, wie auch am Klang. Eine hell, die andere dunkel, eine heiser gehaucht und die nächste...

Während ShaSha früher mit Hilfe der Stimmen immer neue Spiele entwarf, trägt sie diese inzwischen über Worte auf Papier in die Köpfe anderer.

Dabei hat sie großen Spaß daran, auch mal etwas vorzulesen um die Stimmen sprechen zu lassen.

Es gab nie ein Zurück: Die neugeborene Welt wollte aufblühen.

Diener der Zeit

Wiederkehrende Mächte

von ShaSha Perch

1. Auflage, 2020
© 2020 Alle Rechte vorbehalten.

ShaSha Perch, Berlin

Herstellung und Verlag: BoD – Books on Demand, Norderstedt
ISBN: 9783756869039

Widmung

Ich widme dieses Buch Pierre.

Danke B., dass du unser Leben mit Pierre bereichern konntest.

Und liebe Leser, vergesst nicht: Jeder kann ein Pierre sein. Ihr müsst nur mit einem kleinen Hauch von Wahnsinn und Verlorenheit, fröhlich tanzend den Weg anderer zu einem Erlebnis machen.

Prolog

Qualm stieg in die schwüle Luft auf, als er den eingesogenen Atem in Richtung Decke blies. In einem tiefen Zug atmete er durch die Nase ein und schloss die Augen, während rauchiger Geruch seine Sinne benebelte.
Neben ihm schwang quietschend eine Tür auf und er drehte den Kopf, als jemand den Raum betrat.
„Du warst zu spät."
Mit dem Senken seines Blicks sah er geradewegs in zwei leuchtende Pupillen.
„Ich war früh genug."
Ein verächtliches Schnauben war die Antwort.
„Wegen dir wäre fast unser ganzer Plan ins Wasser gefallen!"
Er verdrehte die Augen.
„Beschwer dich nur. Es wird bestimmt nichts an meinem Verhalten ändern. Außerdem ist doch alles gut gegangen."
„Ja", erst ein Zögern, dann ein Lachen, „Jedenfalls wenn man das Ganze aus unserer Perspektive betrachtet. Nicht wahr, Ricki?"
Rick nahm einen weiteren Zug an seiner Zigarette und beobachtete, wie ein Grinsen über das Gesicht seines Gegenübers huschte. Dabei glänzten dessen spitze Zähne im Halbdunkeln. Ricks Blick fiel auf die Gestalt vor ihnen am Boden. Der Mann lag reglos auf den hölzernen Dielen und Blut sickerte lautlos aus

einer Wunde in seinem Brustkorb. Seine Augen standen noch offen und blickten starr ins Leere, während seine Haut mit der Zeit blasser wurde. Rick stieß mit dem Stiefel eine Hand des Mannes an und kickte sie beiseite wie einen Stein, der einem auf einem asphaltierten Weg in die Quere kam.
„Komm jetzt."
Nur schwer riss Rick sich von dem Anblick der Leiche los und warf stattdessen einen Blick zu seinem Begleiter.
„Unsere Arbeit hier ist erledigt. Wir gehen."
Mit diesen Worten wandte der Söldner sich ab und ging zurück zur Tür. Rick ließ mit einem angenervten Laut die glühenden Reste seiner Zigarette auf den Toten fallen und folgte ihm aus dem Raum.
„Warum immer so hastig, Sich? Ich will das genießen können!"
„Kannst du doch."
„Falsch, ich könnte es, wenn du nicht sofort abhauen würdest!"
Er lief einen Schlenker um ein eingekrachtes Sofa, Scherben und abgebrochene Stuhlbeine, dann sah er aus dem Augenwinkel den schuppigen Körper des anderen Söldners zum Stehen kommen.
„Wenn es dir nicht passt, wie ich Aufträge ausführe, übernimm doch selbst das Kommando. Ich bin dein ständiges Genörgel leid!", fauchte Sichlor ärgerlich und entriss Rick die Schachtel mit den Zigaretten, welche er soeben aus der Tasche gezogen hatte, um sich eine Neue zu entzünden. Rick verzog das Gesicht.
„Wer sagt überhaupt, dass du das Kommando hättest? Und jetzt gib mir mein Eigentum zurück!"

„Was denn? Meinst du etwa die Schachtel hier?",
fragte Sichlor und schwenkte sie provokant vor
seinem Gesicht hin und her, „Wenn du sie willst, dann
hol sie dir."
Er streckte den Arm aus und ließ die Schachtel neben
sich zu Boden fallen. Rick stieß ihn zur Seite.
„Das war jetzt echt notwendig, oder!?"
„Unbedingt! Ich fühle mich gleich besser."
Sichlor grinste, als Rick ihn finster ansah und zuckte
entschuldigend die Achseln.
„Halt einfach den Mund, klar?", schoss Rick zurück,
„Ich bekomme zunehmend Lust, dich auch noch
abzustechen."
Er bückte sich und sammelte die Zigaretten sowie eine
blutverschmierte Messerklinge vom Boden auf. Ganz
langsam hob er sie vor sein Gesicht, betrachtete sie
kurz und wischte sie dann kommentarlos an seinem
T-Shirt ab, bevor er sie wieder bei den anderen am
Gürtel befestigte. Das ganze Wohnzimmer war mit
Leichen gepflastert und das Blut, welches an der
Klinge geklebt hatte, bedeckte auch den Boden und
die Teppiche. Irgendwo in einer Ecke knisterte eine
Musikanlage, aus der ein Pfeil ragte. Sichlor machte
sich auf den Weg zum Ausgang.
„Nimmst du deinen Pfeil nicht mit?", fragte Rick,
während er ihm nachlief und sah, wie sein Begleiter
den Kopf schüttelte.
„Nein. Ich will, dass sie wissen, dass ich da war."

Im Treppenhaus war es dunkel und Rick folgte
Sichlor, welcher sich nicht einmal umsah, erstaunlich
sorglos die Stufen nach unten. Er hatte kein Problem
mit der Dunkelheit und das Geräusch ihrer hallenden
Schritte in der nächtlichen Stille war für ihn in einer

abstrakten Weise befriedigend. Es klang dumpf von den Wänden wider und verwandelte das ohne sie verlassene Gebäude in etwas Lebendiges, während es die Stille erst zu ihrer vollendeten und grotesken Größe erwachsen ließ. Stellte man sich über sie, war man in Sicherheit. Nur wer klein beigab, wer Angst zeigte, den würde die Furcht in den Wahnsinn treiben.
„Also gut, was sind deine Pläne?", erkundigte Rick sich wieder, als sie sich bereits vom Gebäude entfernten und geradewegs auf die Straße zuhielten. Frische Luft wehte ihm entgegen und er zog sich beim Weitergehen die schwarze Kapuze über den Kopf, wogegen der grünen Echse vor ihm die Kälte nichts auszumachen schien.
Rick beobachtete Sichlor dabei, wie er völlig unbehelligt den Gehweg überquerte. Die Schuppen des Drachen glänzten matt im Licht der Straßenlaternen. Dennoch würde er ohne die Flügel, das längliche Maul, welches Rick von hinten nur erahnen konnte und die Zacken auf seinem Rücken durch den aufrechten Gang verwirrend menschlich wirken – ohne den Bogen und den halb vollen Pfeilköcher vielleicht sogar ungefährlich. Beinah wie der nette Nachbar von nebenan. Aber eben nur beinah. Rick räusperte sich vernehmlich, als er merkte, dass der Echsendrache seiner Frage keine Beachtung schenkte.
„Nur ein Auftrag im eigenen Sinne", erwiderte Sichlor da merklich gelassen, „Wüsste nicht, wieso dich das etwas angehen sollte."
„Wie wäre es damit: Ich habe dir heute geholfen und das, obwohl du mir nicht einmal verraten hast, wieso du diesen Idioten ein paar Pfeile in die Köpfe jagen

wolltest. Du könntest es als eine kleine Gegenleistung betrachten."
„Ein andermal", gab Sichlor knapp zurück und Rick rümpfte verärgert die Nase.
„Diese Bedingung hast ja wohl kaum du zu stellen."
„Anscheinend schon und jetzt sei still. Ich will nicht, dass man uns erwischt, kurz bevor wir abhauen."
„Wo wir schonmal dabei sind", begann Rick und sah einem kleinen, gelben Taxi dabei zu, wie es mit leisem Brummen in die Straße fuhr, „Wirst du noch etwas in der Stadt bleiben?"
„Das habe ich vor. Mein nächstes Treffen ist etwas besonders. Dafür werde ich hier noch eine Weile absitzen."
„Ach ja?"
„Ja."
Sichlor drehte sich zu Rick um und er blieb stehen, eine Hand noch immer auf einem seiner Messer.
„Ein Date?", fragte Rick und verzog die Lippen zu einem belustigten Grinsen.
Sichlor ließ sich einen Moment lang Zeit, seine Schadenfreude auf sich wirken zu lassen.
„Weißt du", setzte er irgendwann mit ruhiger Stimme an, „Du tätest gut daran, weniger zu reden. Das wird dich sonst eines Tages deinen Kopf kosten."
Neben ihnen wurde das Taxi langsamer und kam schließlich zum Stehen, doch Sichlor beachtete es gar nicht.
„Was ist? Würde dich das etwa stören?", erwiderte Rick abfällig.
„Bestimmt nicht! Es ist nur ein lobenswerter Ratschlag meinerseits. Also ...", Sichlor machte eine fragende Pause, „War´s das?"
„Sag mir, was du vor hast."

Daraufhin lächelte der andere Söldner nur.
„Dachte ich mir. Wir sehen uns, Ricki."
Als Antwort schnaubte Rick verächtlich, doch Sichlor wandte sich einfach dem Auto zu und öffnete die Tür zu den Rücksitzen, bevor er die Flügel eng auf den Rücken anlegte und einstieg. Rick wollte ihm folgen, doch Sichlor schüttelte bloß den Kopf.
„Tut mir leid, aber das ist mein Taxi. Ich wünsche dir eine angenehme Nacht."

Das Radio sprang an und Sichlor schenkte Rick ein letztes Lächeln, dann schlug er die Tür vor seiner Nase zu und das Gefährt setzte sich mit einem schnurrenden Geräusch in Bewegung.
Durch den Seitenspiegel beobachtete Sichlor den kleiner werdenden Rick auf dem, von Laternen beschienen Bürgersteig. Er lehnte sich lässig in seinen Ledersitz zurück, während Musik seine Ohren füllte. In einer Tasche seines Brustgurts spürte er die abgerundeten Konturen der kleinen Münze und er musste sich beim Gedanken an sie ein gehässiges Schmunzeln verkneifen. Diese Nacht war eine gute Nacht und die Folgenden würden noch viel besser werden!

TEIL 1: Dauerschleifen von Macht, Zeit und der unterlegenen Menschenrasse

Der letzte Rest

Was willst du?
 Ich will leben.
 Wieso tust du es nicht?
 Man lässt mich nicht.
 Dann wehr dich.
 Ich weiß nicht wie ...
 Bald.

Mit kalten Fingern umspielte mich das glasklare Wasser des Ozeans. Im tiefroten Licht der Abendsonne funkelte es vergleichbar eines gewaltigen Schatzes, der greifbar und doch unerreichbar weit entfernt vor mir lag. In der trügerischen Hoffnung, ihn zu fassen zu kriegen, verharrte ich schweigend, als fürchtete ich, die Schönheit mit einem Laut zu vertreiben. Nun, da aber die Nacht anbrach und das Licht unter ihrem schwarzen Mantel verglomm, starb die Schönheit träge vor sich hin. Ganz so, als kümmerte es sie nicht, ihren Zauber zu verlieren und meiner Welt damit auch das letzte bisschen Wärme zu entziehen, welches sie bot.

Ich blinzelte und schloss die Augen. Als ich sie wieder öffnete, hatten sich die glanzvollen Farben bereits in die trübe Vorstufe nächtlicher Schwärze verwandelt. Der Schatz verblasste.

Während ich mich ans Ufer zurückzog, versuchte ich vergeblich, nicht wütend zu sein. Es war jeden

Abend das gleiche Spiel. Und auch nach mehreren Wochen, in denen ich versucht hatte, das Licht durch meine unverhohlene Bewunderung zum Bleiben zu ermutigen, zog es sich rücksichtslos zurück.

Meine Flügel streiften ein letztes Mal die kalten Wellen, bevor ich aufs gefrorene Land kletterte. Ein Schauder überlief mich, als ich spürte, wie auch das übrige Licht am Horizont verschwand. Die Nacht war da. Mit ihr, ihr steter Begleiter, die Finsternis und außerdem jenes Gefühl, das mich meine Sehnsucht nach Licht und Wärme vergessen ließ. Es glich einer Umarmung, die einem das Leben aus den Adern presste - zeitgleich den Körper jedoch mit neuem Treibstoff fütterte. Grausam und tröstlich. Es fraß meine Ruhe und ersetzte sie durch ein gieriges Verlangen nach mehr. Sobald ich aber meinen Geist danach ausstreckte und sich die erste Erinnerung an jenen Augenblick formte, zerbrach der Moment aufs Neue.

Die Erinnerung war jedes Mal gleich: Der Umriss einer schlanken Silhouette, die vor mir im Schnee kauerte und mich anlächelte.

Mehr war von meiner Vergangenheit nicht übrig geblieben. Alles andere war seit dem Moment dieser letzten, undeutlichen Erinnerung ausgelöscht worden. So wie die Nacht das Licht verdrängte. So wie ihr dunkles Gewand es umschloss und verbarg.

Nur kam das Licht wieder.

Meine Erinnerung dagegen fehlte.

Unsterblichkeit

Jeder macht Fehler.
Natürlich, das ist ganz normal. Wenn ich mich weit
aus dem Fenster lehnen wollte, würde ich sogar
behaupten, sie seien notwendig, weil sie am meisten
zu unserer Entwicklung beitragen. Aber sind wir doch
mal ehrlich: Fehler sind das Letzte!

„Zeit ist unser wertvollstes Gut!", ich horchte
blinzelnd auf, als zum ersten Mal in dieser Stunde ein
scheinbar interessanter Satz aus dem Mund meines
Lehrers kam. Bis zu diesem Moment hatte ich so oft
mit halbem Ohr die eintönigen Worte,
Minderwertigkeit und *Mensch* oder *Überlegenheit* und
wir aufgeschnappt, dass es mir vorkam, als müsste ich
mich erst von einer starken Hypnose erholen. Gerne
wäre ich dafür einige Minuten an meinen abendlichen
Platz am Wasser zurückgekehrt, um meinen Kopf in
den eisigen Fluten vom Nebel zu befreien. Da dies
jedoch nicht möglich war, malte ich stattdessen in
einer geschwungenen Linie ein großes
Unendlichkeitszeichen unter meinen letzten Eintrag in
das kleine Notizbuch, das jeder Schüler mit sich
tragen musste, wie eine heilige Schriftrolle.
Beim Betrachten der einfachen Abbildung kam mir
der Gedanke, dass ich der Behauptung meines Lehrers
nicht zustimmte. Schon allein die Vorstellung noch
mehrere hundert Jahre oder gar ewig leben zu müssen,

war äußerst unangenehm und ich wusste genau, dass es dieses hypothetische Konstrukt sein musste, was er mit seinen Worten verherrlichte. Hätte ich auch gewusst, dass ihn meine Meinung interessierte, hätte ich sie ihm ohne Zögern mitgeteilt. Da Meinungen an meiner Schule jedoch grundsätzlich nicht erwünscht waren, hielt ich brav den Mund und wartete lediglich auf die Bestätigung meiner wenig spektakulären Vermutung.
Im Allgemeinen bestand unser Lehrplan aus drei Hauptthemen: Uns mundtot zu machen. Macht und Zeit zu preisen. Und jedes Lebewesen, welches nicht unserer ach so erhabenen Gesellschaft angehörte, tausendfach durch den Dreck zu ziehen.
So lautete jedenfalls das erschreckend eindeutige Ergebnis meiner vierwöchigen Beobachtungen. Warum diese drei Dinge so wichtig waren, dass man sie in Dauerschleife, während unserer Unterrichtsstunden abspielte, erklärte hier allerdings niemand. Noch trauriger war eigentlich nur, dass dies jedem, außer mir selbst, egal zu sein schien.
„Zeit ist unser wertvollstes Gut!", wiederholte mein Lehrer, Aias, mit eindrucksvoll gehobenem Tonfall, wobei er jeden in der Klasse mit einem wichtigtuerischen Blick musterte, „In ihr leben wir und sie ist das Einzige, was man nach einem Verlust nie zurückbekommt. Eine gern überhörte Tatsache, die die meisten von uns absurd verschwenderisch macht."
Ohne aufzublicken wartete ich zunehmend verwundert darauf, dass Aias weiter sprach. Obwohl ich weiterhin in gespielter Abwesenheit in mein Heft malte, waren meine Sinne diesmal so geschärfte, dass mir jedes Rascheln in der Klasse laut und störend vorkam.

Man konnte von unserem Lehrer halten, was man wollte. Fest stand nur, dass wir möglicherweise kurz vor einem historischen Ereignis standen. Und sollte es dazu kommen, wollte ich dieses auf keinen Fall verpassen. Abweichungen vom Dauerschleifen-Lehrplan waren an sich schon eine Seltenheit, aber von Aias war dies in seinem kompletten Kollegium wohl am wenigsten zu erwarten gewesen. Er wollte uns nichts beibringen. Dafür war er durchaus bemüht, uns in regelmäßigen Abständen mitzuteilen, dass er uns für den dämlichsten Haufen an gutgläubigen Idioten hielt, dem er in seinem Leben je begegnet war. Etwas, was die meisten anderen Lehrer uns lieber zu verschweigen schienen.

Genau diese Eigenart war es jedoch, die mich nun aufrüttelte. Denn so neutral Aias die Worte auch zu betonen versuchte, klangen sie bei seinem letzten Satz doch nach mehr, als nur einem Vorwurf.

Mein Lehrer stützte sich mit den Klauen bedächtig auf die Platte seines Pults und fuhr fort: „Die Zeit ist also so wichtig und kostbar, weil sie einmalig ist, uns Raum gibt, Mittel stellt und Welten öffnet" , er machte eine kurze Pause und ließ seinen Blick erneut durch das stille Zimmer schweifen. Erst sah es so aus, als würde er noch etwas hinzufügen wollen, doch dann besann er sich scheinbar und fragte nur: „Wisst ihr, wieso ich euch das erzähle?"

Die Klasse blieb still. Nur von wenigen Schülern kam ein unverständliches Murmeln. Aias schien es nicht einmal zu bemerken oder beachtete es wenigstens nicht, denn selbst wenn er seine Frage an uns richtete, war jedem klar, dass er keine Antwort wollte.

Daher schwieg ich ebenfalls und war erleichtert als Aias, nach gefühlt hunderten fragenden Blicken in die Klasse, die einzig und allein den Zweck verfolgen konnten, uns zu verhöhnen, endlich zu seinem finalen Satz ansetzte.
„Ich erzähle es euch, weil dieses kostbare Gut unsere Machtposition beweist! Wir haben die längste Lebenszeit von allen Lebensformen dieses Planeten und damit stehen wir über jedem, auch über den Menschen!"
Und schon waren wir wieder bei den Minderwertigkeiten angekommen. Ich ließ resigniert den Stift fallen und legte meinen Kopf mit der Stirn voran auf die Tischplatte. Zwar wusste ich selbst nicht genau, worauf ich gehofft hatte, doch mit Aias gnadenloser Kunst am Lehrplan festzuhalten, vergingen zusehends auch meine letzten blassen Fantasien eines schleichenden Themenumschwungs. Dabei durfte ich mich gar nicht beschweren. Meine Erinnerungen reichten schließlich nur zurück bis zu der kalten, nachtschwarzen Erinnerung in Gesellschaft des lächelnden Schemens. Wogegen die übrigen Schüler aller Wahrscheinlichkeit nach, deutlich länger unter der gehirnwäscheähnlichen Lehrplanwiederholung litten. Denn auch wenn sie mit Sicherheit die gedankenlosesten Individuen waren, die diese Welt zu bieten hatte, waren sie wenigstens normal.
Und damit meine ich, sie schienen alle irgendwo ihren Platz zu haben, wogegen ich mir unter ihnen vorkam, wie ein verirrter Fremdkörper ohne Geschichte.
Gerne spielte ich die kurze Zeit, an die ich mich erinnerte, wieder und wieder in meinem Kopf ab.

Doch sie endete stets in derselben Nacht vor vier Wochen.
Lange starrte ich auf das Unendlichkeitszeichen vor mir auf dem Papier. Es kam mir beinah so vor, als könnte ich damit den gesamten Inhalt meines seither erworbenen Wissens zusammenfassen und in eine Schublade packen.
Diese Welt mochte den Gedanken an Ewigkeit, alle übrigen Konstruktionen dessen, was sie als Ordnung betitelte, zweigten davon ab, wie die Wurzeln eines Baumes.
Ich jedoch fand nur eines schlimmer als die Vorstellung von Unendlichkeit. Und das waren die 169 Jahre meines Lebens, die einzig und allein als blanke Zahl in meinem Gedächtnis vermerkt waren. Sobald sie auftauchte, fühlte es sich an, als wäre ich erst vor kurzem aus einem langen Schlaf erwacht; als durchstieße mein Geist erst jetzt die Schwelle zur Lebendigkeit und würde meinen Augen dadurch einen ganz neuen Blick auf die Welt ermöglichen. Einen Blick auf eine Welt, in der Ewigkeit und Einfluss die Schlagwörter des Erfolges waren und in der ich als unbestimmte Variable nach meiner Bestimmung suchte.
Denn aus allem Irrsinn, welcher täglich um mich herum seinen Lauf nahm, hatte sich in mir schon nach wenigen Tagen genau ein Wille herauskristallisiert. Ich wollte meine Erinnerungen zurück und klären, welche Rolle ich in dem ganzen Mist spielte.

Als Aias zwanzig Minuten später die Stunde beendete, packte ich still meine Sachen und verließ irgendwann ohne Eile den Raum. Meine Gedanken kreisten noch um mein unüberdachtes Vorhaben, als plötzlich ein

Rufen direkt hinter mir, meine Aufmerksamkeit erregte.
„Warte. Ich glaube, du hast etwas vergessen."
Überrascht blieb ich stehen und verharrte einen Moment, ohne mich umzudrehen. Kurz überlegte ich sogar, mich verhört zu haben. Es war nicht oft, dass jemand überhaupt Notiz von mir nahm, aber dass ich angesprochen wurde, sprengte den Rahmen auf einer ganz anderen Ebene.

Evelia

Ich bin mal ehrlich. Noch heute sehe ich diesen Moment vor mir, als wäre es gestern gewesen. Mich selbst erkenne ich kaum wieder. Sie dagegen... bei ihr ist es ganz anders.

Ich drehte mich um. Hinter mir stand eine meiner Klassenkameradinnen und hielt mir einen abgenutzten Bleistift entgegen, welchen ich sofort als den identifizierte, mit dem ich bis vor wenigen Minuten noch das Unendlichkeitszeichen in mein Heft gezeichnet hatte. Anscheinend musste er mir nach meiner Arbeit vom Tisch gefallen sein.
„Danke", antwortete ich intuitiv und nahm den Stift lächelnd vom Mädchen entgegen.
„Kein Problem", wehrte sie schulterzuckend ab, „wäre auch schade, wenn er einfach liegen geblieben wäre."
Ich nickte geistesabwesend, während ich die zierliche Gestalt meines Gegenübers genau betrachtete. Das Mädchen hatte blassgrüne Schuppen und helle, wasserblaue Augen. Ihr Notizbuch hatte sie sich unter einen Arm geklemmt und nun, da sie meinen Stift nicht länger festhielt, beobachtete ich, wie sie mit den Krallen nervös auf den Rücken ihrer Klaue trommelte. Sie räusperte sich etwas.
„Dein Name ist Riley, richtig?", fragte sie und lächelte mich scheu an, wobei sie mir nur zögerlich in die Augen schaute. In ihrem Blick glaubte ich, so etwas

wie Argwohn zu erkennen, trotzdem antwortete ich mit einem unbekümmerten Nicken.
„Stimmt. Und du bist ...?"
„Evelia", antwortete das Mädchen schnell, bevor ich meine Frage zu Ende sprechen konnte, „Ich weiß wir sind schon eine Weile in einer Klasse, aber irgendwie sind wir nie ins Gespräch gekommen."
„Richtig", murmelte ich abwesend. Ich war mir unsicher, wie ich Evelias Aussage bewerten sollte. Der Argwohn in ihrer Stimme irritierte mich. So wie sie sich in meiner Nähe aufführte, wirkte es beinah, als würde ihr etwas an mir unbewusst Angst machen. Darum bemühte ich mich um ein offenes Lächeln.
„Wollen wir vielleicht raus gehen? Ich kann Aias schon hören, wie er uns sonst einen Vortrag hält, dass wir seine Weisheiten nicht ernst nehmen."
Bei diesen Worten kicherte Evelia, woraufhin sie sich hastig in dem inzwischen geleerten Klassenraum nach unserem Lehrer umsah. Dieser lauerte als einzig Verbliebener am Platz hinter seinem Pult und musterte uns aufmerksam, weshalb Evelia sich mit einem letzten flüchtigen Lächeln in seine Richtung zum Gehen wandte. Dabei forderte sie mich mit einem Wink dazu auf, ihr zu folgen.
„Alles klar, Weirdo. Lass uns keine Zeit verschwenden. Klassenzimmer machen mich auf Dauer ohnehin ganz zappelig."
Obwohl ich dem raschen Umschlag von Evelias Stimmung kaum folgen konnte, gab ich mich zustimmend. Ohne Zögern ließ mich von ihr durch die Stuhlreihen in den Flur geleiten, von wo aus wir zielstrebig auf den Ausgang zuhielten.
Während wir nebeneinander hergingen, seufzte Evelia plötzlich.

„Wer hätte gedacht, dass ausgerechnet du mal jemand bist, der nicht gleich dringend irgendwo hinmuss", bemerkte sie augenrollend.

„Du darfst den anderen nicht vorwerfen, beschäftigt zu sein", entgegnete ich schulterzuckend, wobei mir nicht entging, dass Evelia mich mit ihren Worten bewusst oder unbewusst von der Mehrheit unterschied, „Was das angeht, bin ich wohl eine Ausnahme."

„Schon klar, aber wenn es muss doch möglich sein, noch ein paar ruhige Sekunden mit jemandem verbringen zu können."

„So schlimm?", fragte ich, um einen Hauch Mitgefühl und Belustigung bemüht, woraufhin Evelia genervt die Luft ausstieß.

Bereits jetzt fühlte es sich eigenartig gewöhnlich an, mit ihr zu reden. Dass wir uns kaum kannten, schien sie nicht zu kümmern.

„Schlimmer!", behauptete meine unverhoffte Begleitung da mit einem ernsten Nicken. Sie schien mein zur Show gestelltes Amüsement bemerkt zu haben.

„Wenn die Leute ihre Zeit wenigstens mit etwas Sinnvollem verbringen würden, aber nein! Sie haben nichts Besseres zu tun, als das Tyranneisystem der älteren Generationen zu unterstützen. Dabei müssten sie nur einmal hinsehen, um zu erkennen, dass die Älteren das bloß ausnutzten. Denen liegt nichts daran, jemanden zu respektieren, wenn dieser jemand ihnen schon als Fußabtreter dient."

Als ich sah, wie Evelia im Vorbeiziehen einer Gruppe überrascht schauender Schüler einen stechenden Blick zuwarf, musste ich mir ein ernst gemeintes Lachen verkneifen. Die Gruppe wuselte in scheuem Abstand

einem Duo älterer Schüler hinterher, welches ihrerseits ihren Verfolgern kaum Beachtung schenkte.
„Lass sie doch tun, was sie wollen", versuchte ich deeskalierend mein Schmunzeln zu überspielen. Doch Evelia dachte gar nicht daran.
„Mit Sicherheit nicht. Genau das ist es nämlich, was diese großprotzigen Idioten der älteren Generation erreichen wollen. Ich bin nicht besser, als ihre selbsternannten Lakaien, wenn ich immerzu den Mund halte."
So dumm scheinen sie nicht zu sein, wenn sie andere für ihre Zwecke benutzen können, dachte ich stumm, da mir ein warnendes Gefühl sagte, dass ich diese Überlegung besser für mich behielt.
Dennoch - wenn hier alle Schüler mit Augenbinden vorm Gesicht und zugehaltenen Ohren durch die Gegend rannten, war das Tyranneisystem der älteren Generationen entweder das einzig logische Resultat dieser Blindheit oder aber eines der intelligentesten Vorgehen, welche es an unserer Schule zu beobachten galt.
„Wenn die Lehrer wüssten, was sie mit ihrem ewigen Geschwafel anrichten, würden sie vielleicht anfangen, weniger schwammig zu predigen", murmelte Evelia undeutlich, bevor sie beschwingt fortfuhr, „Im Endeffekt kann es mir egal sein, was der Rest tun möchte. Meine Freunde und ich stehen gegen die Unterordnung. Insofern diese mich also nicht davon abhält, zu tun, was ich will, kann ich damit leben, wenn die Mehrheit das Machtgefasel unseres Lehrplans zu ernst nimmt."
„Was willst du denn?"
Evelia zuckte mit den Schultern.

„Ich nehme mal an, genau das, was ich gerade tue", ich sah sie fragend an und sie grinste, „Mich mit eigenartigen Typen wie dir unterhalten und bemerken, dass ich anscheinend die ganze Zeit einen Seelenverwandten übersehen habe. Ich dachte immer, ich wäre die Einzige, die so viele Fragen stellt. Aber verglichen mit dir bin ich da ja simpel gestrickt."
Als Antwort hob ich die Schultern und lächelte verlegen, da ich mich nicht ernsthaft zu verteidigen wusste. Evelia schien die Geste jedoch schon Antwort genug. Sie lachte und stieß mir mit dem Ellbogen locker in die Seite.
„Owww, nicht doch. Das sollte kein Anklagepunkt sein. Es ist nur ungewöhnlich, dass sich jemand mehr für mich interessiert, als ich es für gewöhnlich bei anderen tue."
„So ändern sich Dinge. Ich hätte auch nicht damit gerechnet, dass du mehr Worte mit mir wechseln würdest, als nötig gewesen wären für ein Knappes: *Hier, dein Stift.*"
„Autsch, was denkst du von mir?"
„Meinst du inzwischen oder vor zwanzig Minuten?" Evelia lachte wieder und ich war froh, dass sie nicht weiter auf meine Fragen einging. Ich freute mich darauf, nach draußen zu kommen, doch als wir gerade durch den Haupteingang das Gebäude verlassen wollten, wurde Evelia unsanft von einem vorbeikommenden Schüler angerempelt.
Wir blieben stehen, und ich beobachtete den Drachen, welcher sich ebenfalls zu uns umdrehte so genau, wie ich es zuvor bei Evelia getan hatte. Er war größer als ich, vermutlich aus einer älteren Generation, sein Körper war kräftiger als meiner und der Art wie er sich bewegte, entnahm ich, dass er nicht gerade zu

den kuscheligen seiner Sorte zählte. Zuerst verstand ich nicht, wieso er mir bekannt vorkam, doch es fiel mir sofort wie Schuppen von den Augen, als er den Kopf wandte und sein Blick sich direkt in meinen bohrte.
Er wirkte verärgert und kampflustig. Innerhalb weniger Sekunden klärte sich dieser Ausdruck jedoch bei meinem Anblick und wich einer gewissen Überraschung, die in mir dagegen das Gefühl von Unruhe wachsen ließ.
Kein Wunder. Bisher waren alle Zusammentreffen mit ihm, an die ich mich erinnern konnte, nicht wirklich erfreulich gewesen und ich war jedes Mal erleichtert, dass er anscheinend ebenfalls nicht daran interessiert war, sich mit mir abzugeben. Heute aber, war ich nicht allein - diesmal schien sein Interesse geweckt.

Der Tyrann

Familie ist alles. Dein sicherer Hafen. Ein offenes Ohr. Der Ort, an dem du dich immer zu Hause fühlst. Ha, ha. Das ich nicht lache.
Schon möglich, dass das manchmal der Wahrheit entspricht, aber auch hier gibt es Ausnahmen.

„Hallo, Riley", sagte der große Drache und seine Stimme klang beinah fragend – als könne er es kaum glauben, gerade mich vor sich zu sehen.
Ich biss die Zähne zusammen und verkniff mir den Drang, den Kopf abzuwenden.
„Hi, Neuro", murmelte ich stattdessen, wobei ich aus dem Augenwinkel wahrnahm, wie Evelia abwehrend den Kopf reckte.
Einen schrecklichen Moment lang – es fühlte sich an wie eine halbe Ewigkeit – ruhte Neuros Blick noch auf mir, ohne dass er etwas sagte. Dann huschte sein Blick hinüber zu Evelia und ein Grinsen zeichnete sich auf seinem Gesicht ab.
„Da dachte ich eben noch, mein Tag würde langweilig werden, aber das hier ist ja eine wahre Sensation", er warf einen Schulterblick hinter sich, wo in wenigen Metern Entfernung bereits andere Jungs seines Alters anrückten.
„Mein kleiner Bruder verbringt seine Zeit mit einem Mädchen", fuhr Neuro lauter als nötig fort und brachte mich so dazu, den Blick doch zu senken.

Seine Freunde lachten und einer lehnte sich mit dem Arm gegen Neuros Schulter, während er mit einem gehässigen Schmunzeln auf mich und Evelia hinab blickte.

„Was hast du ihr denn erzählt, dass sie Interesse an dir gefunden hat?", fragte Neuro spöttisch und seine Gruppe grinste blöd.

Ich erwiderte nichts. Zwar wusste ich, dass dieser Junge, der sich so vor uns aufspielte, mein Bruder war. Doch genau wie bei allem Anderen waren die Erinnerungen an ihn verschwommen und nur schwer greifbar, weshalb ich immer noch nicht verstand, wieso er es sich zur Aufgabe gemacht hatte, mir das Leben schwer zu machen.

„Augenblick mal", schaltete Evelia sich da mit scharfem Tonfall ein und sah mit offensichtlicher Abneigung zu Neuro auf, „Was genau gibt dir das Gefühl, dich bei uns einmischen zu müssen?"

„Ich muss doch wissen, was mein kleiner Bruder so treibt, anstatt sich sinnvoll zu integrieren", erwiderte Neuro, wobei sein Grinsen zu einem einfach Lächeln verebbte.

Ich sparte mir meinen Kommentar und blickte stattdessen flüchtig zu Evelia. Anscheinend hatte sie gewusst, dass Neuro und ich verwandt waren und das, obwohl wir nicht verschiedener hätten sein können. Wir sahen uns nicht ähnlich und auch charakterlich trennten uns Welten.

Neuro war beliebt und aufreißerisch, arrogant und leicht reizbar. Ich dagegen unauffällig, ruhig und aufmerksam. Zudem war sein Körper größer und kräftiger, meiner kleiner und schlanker. Und das war nur der Beginn einer langen Liste an Unterschieden. Denn auch was die Farbe unserer Schuppen anging,

ähnelte der Eine dem Anderen in etwa so sehr wie der Tag der Nacht. Dort wo seine Schuppen metallisch grau glänzten, waren meine von einem viel reineren, silbrigen Weiß und dort, wo seine in tiefem Schwarz funkelten, versanken meine in einem meerwasserfarbenen Blau und vereinzeltem Violett. Am verschiedensten aber waren unsere Augen: Während meine, abgesehen vom schwarzen Rand um die Iris, an das Innere einer mit kristallblauem Wasser gefüllten Grotte erinnerten, in deren Tiefe ein schwaches Licht schimmerte, sahen Neuros Augen aus wie zwei dunkelgraue, kantige Felssplitter, auf die jemand eine Kelle voll Tinte gegossen hatte.
Evelia hob spöttisch die Augenlider.
„Ich wage es, zu bezweifeln, dass du das musst", bemerkte sie als Antwort auf Neuros Kommentar, woraufhin mein Bruder bloß die Achseln zuckte.
„Auch wahr. Eventuell möchte ich dich nur davor bewahren, die falschen Kontakte zu knüpfen", wandte er ein, „Es ist nicht zu übersehen, dass ich die bessere Wahl von uns beiden bin. Wenn du verstehst, was ich meine."
Ich verstand gar nichts. Evelia entgegen schien die Anspielung sofort zu begreifen. Sie verzog verächtlich die Mundwinkel und ließ den Blick einmal abschätzig über Neuro wandern.
„Also ich sehe da nichts, was mich beeindrucken würde", gab sie gleichgültig zurück. Doch mein Bruder lächelte bloß.
„Leicht gesagt aus deiner unberührten Position heraus", meinte er mit dem Anflug eines Grinsens, welches in mir ein Gefühl von Ekel aufleben ließ, „Komm heute doch mit uns, dann prüfen wir, ob du morgen noch immer so denkst."

Evelia verschränkte abwehrend die Arme vor der Brust.
„Ich fürchte, daraus wird nichts, Neuro. Ich würde nämlich auch unter den günstigsten Umständen nicht einen Schritt mit dir gehen und zu deinem großen Pech habe ich heute schon eine Verabredung."
Neuro zögerte kurz, dann sah er mich an und lachte leise.
„Ich hoffe doch sehr, dass du damit nicht ihn meinst?"
„Und ob", erwiderte Evelia schnippisch, „Abgesehen davon hat *er* einen Namen und im Gegensatz zu dir, hat er klasse!" Sie machte einen Schritt auf Neuro zu und sah ihm von unten herauf mit einer Entschlossenheit in die Augen, bei der die anderen Jungs zu tuscheln begannen und Neuros Grinsen einer gereizten Grimasse Platz machte.
„Zu dumm nur, dass mein kleiner Bruder überhaupt kein Ausgangsrecht hat, solange es mir nicht passt! Also komm jetzt mit oder leb mit den Konsequenzen."
Bei diesen Worten packte er Evelia grob am Arm und stieß sie rücklings gegen die Tür. Er nickte nach draußen.
„Na mach schon."
„Lass mich los!", rief Evelia energisch und versuchte vergeblich, sich aus Neuros Griff zu befreien, „Checkst du es nicht? Ich will nicht mitkommen!"
„Sehe ich so aus, als würde mich das interessieren? Wenn du nicht mitkommst, kannst du mit weitaus unangenehmeren Folgen rechnen!", fauchte Neuro und zerrte Evelia an seine Seite, bevor er selbst nach der Türklinke langte.
Bis zu diesem Moment war mir alles zu schnell gegangen. Doch als ich endlich begriff, was Neuro zu tun versuchte, reagierte ich intuitiv, indem ich meinen

Bruder am Arm packte und versuchte, ihn zurückzuhalten.

„Hör auf damit, Neuro. Sie hat gesagt, sie will nicht mitkommen!", sagte ich mit fester Stimme, doch Neuro hörte nicht zu. Als wäre ich nichts weiter, als ein lästiges Insekt holte er aus und warf mich mit einem festen Schlag nach hinten auf den Fußboden. Ich wurde von den Füßen gerissen, dann landete ich unsanft auf den steinernen Fliesen unserer Schule. Ein überraschtes Keuchen entrang sich mir, während ich mich auf die Seite rollte und meinen Oberkörper auf den Armen abstützte. Die Stelle, an der Neuros Klaue mich getroffen hatte, schmerzte und im ersten Moment glaubte ich, keine Luft zu bekommen.

Über mir hörte ich die anderen lachen und Evelia einen wüsten Fluch und Beleidigungen schreien. Sie wurde nun von einem von Neuros Freunden festgehalten und wand sich ununterbrochen in dessen Griff, während mein Bruder selbst mit wenigen Schritten zu mir herüberkam und sich neben mich auf den Boden hockte. Das Funkeln in seinen Augen war wütend und das herablassende Grinsen eine boshafte Mahnung.

Ich wagte es nicht mehr, mich zu bewegen. Sah ihn nur an – abwartend, als könnte jedes Wort und jede noch so kleine Bewegung die Situation endgültig zum Eskalieren bringen.

„Ich würde mich ja bei dir entschuldigen", murmelte mein Bruder halblaut und beugte sich noch etwas tiefer zu mir herunter, bevor er deutlicher raunte, „aber es tut mir echt nicht leid." Er packte meinen Arm und zerrte mich daran nach oben, bis ich etwas hilflos vor ihm in der Luft baumelte.

„Lass die Finger von der Kleinen, klar?! Ich fand dich erträglicher, als du noch mit niemandem geredet hast." Mit diesen Worten ließ er mich fallen. Ich landete ungeschickt auf den Füßen, taumelte noch ein Stück zurück und fing mich dann wieder. Neuro wandte sich derweil seinen Freunden zu.
„Lass sie los, Kess", befahl er dem stämmigen Jungen, der Evelia festhielt, woraufhin dieser sofort seine Klauen wegzog. Kaum, dass sie frei war, lief Evelia in meine Richtung. Doch Neuro schnitt ihr den Weg ab.
„Nicht so hastig, Prinzessin. Er ist kein guter Umgang für dich. Außerdem möchte ich euch zusammen nicht mehr sehen. Das stört meine Vorstellung eines geordneten Alltags."
Evelia schnaubte verächtlich, blieb jedoch stehen. Obwohl mich die Art, wie andere auf Neuros Verhalten reagierten, wie sie auf seine Forderungen hörten und sich klein machten, schon oft fasziniert hatte, machte mich die Art, wie er mit ihr umging, zornig. Sie war viel kleiner und schwächer als mein Bruder und es wäre für ihn ein Leichtes, sie zu verletzen. Es war keine Kunst, dass sie bei seinen Worten vorsichtig wurde.
„Irgendwann wirst du den ganzen Scheiß, den du anderen über Jahre hinweg angetan hast, mit einem Schlag zurückbekommen", zischte Evelia leise, „Dann will ich sehen, wie du dich auf den Beinen hältst."
Als Antwort bekam sie ein mildes Lächeln.
„Wir werden sehen", sagte Neuro unbeeindruckt, „Bis dahin bleibt uns außerdem noch eine Menge Zeit, also ... husch, husch. Verschwinde, bevor ich mir etwas anderes für dich einfallen lasse."

Er grinste und Evelia warf ihm einen letzten feindseligen Blick zu, bevor sie sich auf dem Absatz umdrehte und davon marschierte, ohne sich noch einmal umzusehen.

„Dein Verhalten ist traurig."
Neuro horchte überrascht auf und drehte sich um. Ich stand keine zwei Schritte von ihm entfernt und sah ihn an. Mein Blick glich dem, den Evelia ihm zum Abschied zugeworfen hatte. Neuro stieß einen tiefen, schicksalergebenen Seufzer aus.
„Was habe ich nur verpasst?", fragte er und ich fühlte mich an die Frage zurückerinnert, die mir seit vier Wochen nicht aus dem Kopf gehen wollte.
Einiges, hätte ich gerne gesagt, *vielleicht genauso viel, wie ich es habe*. Doch die Worte blieben kaum mehr als dieser klanglose Gedanke in meinem Kopf, da ich wusste, dass auch Neuro auf seine Frage nicht wirklich eine Antwort erwartete.
„Mein kleiner Bruder spricht mit einem Mädchen", begann dieser nun langsam aufzuzählen und ich spürte das Gefühl, welches sich seit seinem übergriffigen Verhalten gegenüber Evelia in mir aufgestaut hatte, mit jedem seiner Worte machtvoller werden.
„Mein kleiner Bruder wird von einem Mädchen in Schutz genommen. Mein kleiner Bruder wird selber unverschämt und jetzt bezeichnet mein kleiner Bruder mein Verhalten als traurig", Neuro schwieg einen Moment lang, „Das ist wirklich aufregend."
Die Ironie in seiner Stimme war unüberhörbar.
„Dass du gerne Jüngere verspottest, erscheint mir dagegen nicht gerade ungewöhnlich", erwiderte ich unvermutet kühl und trieb meinen Bruder damit nun doch zur Weißglut.

Er bleckte die Zähne und ich konnte sehen, wie er die Klauen zu Fäusten ballte. Dennoch rührte ich mich nicht vom Fleck und hielt seinem zornigen Blick stand, während Neuros Freunde hinter ihm zu tuscheln begannen.
„Du kleines Miststück", knurrte er drohend, „Ich sollte dir hier und jetzt das Genick brechen."
„Und dann? Brüstest du dich damit vor deinen Leuten?"
Neuro kniff die Augen zusammen und warf einen raschen Blick über die Schulter zu seiner wartenden Gruppe, dann schaute er wieder mich an und beugte sich vor, bis ich seinen Atem an meinem Hals spüren konnte.
„Weil ich es gut mit dir meine, biete ich dir jetzt einmal an, das hier auch zu Hause zu klären", murmelte er so dicht an meinem Ohr, dass nur ich ihn verstehen konnte und irgendwie brachte sein Tonfall mich dazu, still zu werden. Ich hatte keine Ahnung, woher die plötzliche Wut auf ihn gekommen war und woher ich den Mut genommen hatte, mich mit ihm anzulegen, aber jetzt war davon nichts mehr übrig. Ich blinzelte und mein Blick fiel zu Boden. Plötzlich fühlte ich mich winzig vor meinem Bruder, welcher unverändert vor mir stand – den Blick auf mich gerichtet und nur so weit entfernt, dass uns gerade mal eine Handlänge trennte. Seine gesamte Körpersprache war dabei ruhiger, zutraulicher, keine Spur mehr von der Häme und den Aufspielereien. Stattdessen legte er mir eine Klaue auf die Schulter und richtete sich auf.
„Ich und mein Bruder gehen jetzt", verkündete er laut für die immer noch starrende Gruppe von Gleichaltrigen. Einige von ihnen gaben enttäuschte Laute oder ein genervtes Stöhnen von sich, aber

andere lächelten bloß weiter. Ihre Augen blitzten mich an, als glaubten sie, etwas in Neuros Worten zu hören, dass ich nicht verstehen konnte. Sie alle akzeptierten jedoch Neuros Ausruf und die Gruppe begann sich aufzulösen.

Ich selbst wartete noch einen Moment neben Neuro und ließ mich dann von ihm auf den Ausgang zu führen. In meinem Kopf herrschte ein heilloses Chaos und wenn ich ehrlich zu mir war, hatte ich mich nie verlorener gefühlt. Und das, obwohl ich unterbewusst glaubte, meinem Bruder lange nicht mehr so nah gewesen zu sein – ein Bild, das einfach nicht in meinen Kopf passte.

Aias

Während der Nachmittagsbesprechung war Aias sehr still. Eigentlich war er das immer, wenn die anderen Lehrer sich angeregt über ihre Ideologien austauschten, doch heute war er vollständig weggetreten. Seine Gedanken hingen fest.

Denn heute wäre ihm beinah ein unverzeihlicher Fehler unterlaufen. Ein Fehler, der ihn schneller unter die Erde gebracht hätte, als dass er noch mitbekommen hätte, ob es irgendwen zur Einsicht geführt hätte. Beinah hätte er seinen Schülern verraten, was er wirklich von den Ideologien des Kalten Kontinents hielt.

Geistesabwesend starrte Aias ein tiefes Loch in die Decke, bis diese sich bereits als optische Täuschung in einem Punkt zusammenzog.

Eigentlich gab er den Kindern immer schon kleine Einblicke in das, was er dachte. Diese waren jedoch so unterschwellig, dass von diesen bisher niemand Notiz genommen hatte. Heute wäre der Frust einmal fast mit ihm durchgegangen, doch er hatte sich rechtzeitig beherrscht. Er war sich unsicher, ob ihn das verärgern oder beruhigen sollte. Sicherer war es für ihn in jedem Fall.

Als die Stimmen seiner Kollegen kurzzeitig anschwollen, kehrte Aias seine Aufmerksamkeit wieder den Gesprächen zu. Er senkte gerade rechtzeitig den Blick, um zu sehen, wie Sam in Begleitung seiner Frau Flora den Raum betrat.

Beim Eintreten der Ringdrachen neigten sich zum Gruß die Köpfe und Aias tat es ihnen, ohne nachzudenken, gleich. So wenig er auch von der Verehrung einer Rasse als königlich hielt, so genauer wusste er auch, dass diese Ideologie auf dem *Kalten Kontinent* eine der gefährlichsten zum Anzweifeln war. Es war nicht nur Verrat, sondern beinah Gotteslästerung.

Sam blickte wohlwollend in die Runde und nickte jedem im Raum anerkennend zu, obwohl sein Blick dabei einen unheilvollen Moment zu lange auf Aias ruhte. Dann räusperte er sich.

„Es fällt mir wirklich schwer, meinen Stolz euch allen gegenüber in Worte zu fassen", predigte er seine geheuchelte Dankbarkeit, „Zu sehen, wie unsere Kinder sich mit unseren Werten und Normen identifizieren, macht mich jeden Tag aufs Neue unbeschreiblich glücklich. Deshalb wollte ich meinen heutigen Besuch nutzen, um euch alle daran zu erinnern, für welch wichtigen Zweck wir hier in Cliffs Edge unsere Gesellschaft formen."

Neben Sam lächelte Flora unschuldig in die Runde.

„Solange wir so weitermachen wie bisher, ist uns Heil und Anerkennung sicher", versprach sie zustimmend und auch Sam nickte bestätigend.

„Wir sind auf dem richtigen Weg. Die höhere Sache, der wir dienen, war und ist das Ziel und ihr treibt die Entwicklung zurecht mit Stolz zurück in diese Richtung."

Sam schenkte jedem aus der Runde einen letzten, anerkennenden Blick, dann wandte er sich mit Flora einigen von Aias Kollegen zu und bat sie mit sich nach draußen.

Aias atmete unbemerkt auf, kaum dass die Ringdrachen den Raum verließen. Er konnte von Glück reden, dass auch sie in Wahrheit nicht mächtiger waren, als jeder andere von ihnen.

Sie konnten ihn genauso wenig durchschauen wie der Rest, solange er sich brav nach ihren Idealen richtete – ganz gleich wie sehr er diese verabscheute.

Schlafender Puppenspieler

Inzwischen kenne ich das Problem, das ich damals hatte. Ich hielt die Problematik, welcher ich auf den Grund gehen wollte, für abgeschlossen. Dabei ist dies nie der Fall gewesen.

„Was ist los mit dir?"
Neuros Stimme war ruhig. Mir kam es fast so vor, als hörte ich ihn nur gedämpft, doch gleichzeitig füllte der Klang den Raum völlig aus. Seine Konturen waren so scharf, dass ich glaubte, sie in der Luft ablesen zu können. Ich sah Neuro an.
„Was meinst du?"
Wir waren inzwischen bei unserer Höhle angekommen und Neuro hatte mich, nach einem raschen Check, ob unsere Eltern in der Nähe waren, bloß schweigend auf mein Zimmer geführt.
Den ganzen Weg über hatte er kein Wort gesprochen, während ich selbst immer weiter in eine seltsame Ruhe gesunken war, die meine Gedanken lähmte und meine Wahrnehmung trübte, bis ich in meinem Zimmer kaum noch Orientierung hatte. Die Frage, mit der mein Bruder nun unser Gespräch begann, überforderte mich daher komplett.
„Spielst du das Spiel aus Spaß oder aus Angst vor irgendetwas?"
Ich blinzelte, war verwirrt. Eben noch, hatte ich mich bloß benebelt und träge gefühlt. Doch nun, da ich

wieder aufmerksamer zu werden glaubte, bedrückte mich eine ganz neue Empfindung.
Die Veränderung, als mein Blick auf Neuro traf, war eigenartig klar und unverhohlen. Dennoch kam es mir vor, als spielte meine Wahrnehmung mir einen Streich, denn plötzlich fiel es mir schwer, meinen Bruder vor mir zu erkennen. Zwar stand er ganz normal dort neben meiner Zimmertür, doch es war beinah, als sähe ich ihn durch die Augen eines Fremden. Ich wusste natürlich, dass ich ihn kannte, aber nicht woher.
„Ich spiele?", fragte ich zweifelnd und doch tonlos – mehr zu mir selbst als zu ihm. Es folgte eine längere Stille, in der diese Fragen mir durch den Kopf schwirrten, ohne durch eine Antwort erlöst zu werden. Aus irgendeinem Grund hatte ich das Gefühl, als müsste ich die Antwort kennen, aber sie schien weggesperrt in etwas, das ich nicht durchbrechen konnte.
Einen Moment lang blitzte die Erinnerung vom lächelnden Schemen im Schnee vor mir auf und ich erkannte neben einem schwarzen Umhang, der sich um einen Körper bedeckt von farblos weißen Schuppen schlang, dass die Augen des Schemens mich mit zufriedener Geschäftsbereitschaft musterten. Für die Sekunde der Erinnerung blickte ich direkt in das durchdringende Violett der Pupillen, doch im nächsten Augenblick verflüchtigte sich das Standbild ebenso plötzlich.
Vielleicht bildete ich es mir bloß ein. Wieso sollte ich die Antwort kennen? Wieso sollte ich diesen Jungen kennen, der mir so verrückte Fragen stelle? Wieso sollte ich ihn schon kennen ...

„Wenn ja, musst du damit aufhören", hörte ich nun wieder die dunkle Stimme des Jungen in die Stille sagen, „Man kann nicht ewig spielen."
Was ist ein Spiel?
Die Frage kam mir lächerlich vor und doch wusste ich sie nicht recht zu beantworten. Ich versuchte, mich wieder zu konzentrieren, suchte nach Worten und ihren Bedeutungen in meinen Gedanken, doch dort war gar nichts.
Mein Gehirn setzte einen Moment aus.
Die Trägheit wollte nichts mehr zulassen.
Mein Blick suchte Neuro, doch ich sah nur diesen fremden Jungen vor mir. Er war nicht mein Bruder, konnte es gar nicht sein, denn ich kannte ihn ja nicht.
Hatte er nicht eben noch mit mir geredet?
„Hey", der Blick des Jungen war durchdringend, als er mich ansah, „Hast du mich verstanden?"
Ich verstand gar nichts. Nicht, wieso seine Stimme sich so vertraut anhörte, wieso er mit mir sprach, als wüsste ich, wer er war und wovon er redete. Nicht, wieso ich mich plötzlich so ausgehöhlt und leblos fühlte. Als wäre ich eine Marionette, ein Stück Holz, das jemand vergessen hatte an seine Fäden zu hängen – um es zu bewegen, um ihm Leben einzuhauchen und eine Persönlichkeit.
Der Junge vor mir sagte wieder etwas, aber diesmal schien seine Stimme so weit weg, dass ich die Worte nicht verstand. Er wirkte energisch – eine Mischung aus Wut, Angst und Flehen auf seinem Gesicht. Neugier begann sich in mir auszubreiten und ich blinzelte interessiert, während ich mit schräg gelegtem Kopf auf seinen Mund starrte, der Sätze formte. *Was er mir wohl sagen wollte?*

Die Neugier war aufmunternd, fast tröstlich, doch es störte mich, dass ich ihn nicht verstand. Er stand doch vor mir, wieso war seine Stimme dann so weit weg? Ich blinzelte ein weiteres Mal, aber als ich diesmal die Augenlider aufschlug, glitt mein Blick durch Neuro hindurch. *Wieso dachte ich überhaupt über ihn nach? Er war überhaupt nicht wichtig. Außer mir gab es doch nur* ihn. *Und dieser Junge war nicht* er.
In meiner Welt gab es außer mir doch nur *ihn* und die Nacht. *Ihn* und die Nacht und *Kälte*. Kälte überall um mich herum und Dunkelheit. *Ihn*, der mir in die Augen schaute und *lächelte*. *Ihn*, dessen Finger genauso kalt waren, wie die Kälte der Nacht und des Schnees um mich herum.
Verschwommen glaubte ich, *ihn* zu erkennen. *Er* war da. Direkt vor mir. Ich glaubte, *er* sagte mir, dass ich mir keine Sorgen machen soll, dass ich schon wissen würde, was ich tue und dass sich alles andere von alleine ergeben würde.
Aber ich muss doch erst verstehen, wollte ich antworten, doch mein Puppenspieler musste wohl immer noch schlafen. Ich konnte mich nicht bewegen. In meinem Kopf waren keine Wörter, die diesen Satz hätten basteln können.
Derweil beugte *er* sich vor, seine violetten Augen glitzerten beruhigend und diesmal hörte ich seine Worte ganz deutlich: *Noch nicht. Ich brauche dich noch.*

Der Schlag mit dem Neuro mich zurückbrachte, traf mich unerwartet. Ich stolperte rückwärts, prallte mit dem Rücken gegen die Wand und schnappte nach Luft. Es fühlte sich an, als hätte jemand die Fäden gekappt und meinem Körper ein lebendes Herz in die

Brust gerammt, das die Trägheit vertrieb und ihr tapfer trotzte. Das Blut pulsierte in meinem Körper, ich sah Neuro, meinen Bruder, vor mir und wusste wieder, wer er war – wo wir waren und genauso schnell kehrten auch die Geräusche zurück.
„Wie ist dein Name?"
Ich blinzelte heftig und konnte nur auf Neuros Augen starren, die blitzten, als wütete ein Sturm darin. Diesmal waren seine Worte so laut und deutlich, dass ich zuerst von ihrer Kraft erschrocken war.
„Wie ist dein Name!?", wiederholte Neuro und schüttelte mich dabei, bis ich antwortete.
„Ri ... Riley", stammelte ich etwas zu hastig und musste mehrmals schlucken, obwohl mein Mund sich wie ausgetrocknet anfühlte.
Mein Herz schlug viel zu schnell in meiner Brust und erst jetzt merkte ich, dass ich zitterte. Neuro starrte mich an – zu lange ohne Worte – dann ließ er mich los und trat einen Schritt zurück. Sein Blick war stumpf und gleichzeitig angefühlt mit Schmerz, Kummer, Sorge und Verwirrung. Ich wollte nicht, dass er mich so ansah. Ich wollte wissen, wieso er das tat.
Plötzlich fing Neuro an zu lachen. Zuerst ganz leise und es klang nicht echt. Er wandte sich ab und aus irgendeinem Grund war das schmerzhaft. Er sah mich an, schüttelte dann den Kopf, senkte den Blick wieder, schaute zur Seite.
„Ich dachte, du würdest *aufwachen* ...", murmelte er tonlos, das Lachen war verstummt und ich war froh darüber. Es passte nicht zur Situation, doch Neuros Worte irritierten mich fast noch mehr.
„Neuro?", fragte ich vorsichtig, „Ich bin doch wach."
Mein Bruder sah mich erneut an – kopfschüttelnd.

„Ich weiß nicht, was mit dir los ist, aber wenn du doch wach bist, wieso erinnerst du dich dann nicht?"
„Woran?", fragte ich, diesmal verzweifelter, wütender, „Woran soll ich mich erinnern, Neuro?"
„An mich!"
„Aber ich erinnere mich doch an dich! Du bist mein Bruder und du bist ein verfluchtes Arschloch!" Ich war plötzlich so mit Zorn und Frust und purer Verachtung gefüllt, dass ich komplett vergaß wie klein und leblos ich mich eben gefühlt hatte. Wie ruhig Neuros Stimme geklungen hatte. Wie sicher ich mich für einen Moment bei ihm gefühlt hatte. Wie nah an etwas, dass ich gerne gesehen, gefühlt, gespürt hätte. Nichts davon war von Bedeutung. Auch das Bild von Kälte und Dunkelheit und die Stimme des Schemens waren längst aus meiner Erinnerung ausradiert.
„Weißt du was? Du hast mich gefragt, ob ich ein Spiel spielen würde, aber bist du es nicht eigentlich, der die ganze Zeit spielt?! Du spielst mit anderen, Neuro, mit Schwächeren und du hast Recht. Du solltest dringend damit aufhören."
Jetzt war Neuro sprachlos. Seine Pupillen waren riesig und der Ausdruck darin ungläubig. Es tat mir nicht leid, kein Wort und trotzdem hasste ich mich dafür. Entgegen allem, was ich für sinnvoll hielt, hatte ich das Gefühl ihm mit meinen Worten Unrecht zu tun.
„Vorsicht, Kleiner!", zischte Neuro drohend zurück und trat einen Schritt auf mich zu, genau in dem Moment, als die Tür neben uns geöffnet wurde und die Stimme meines Vaters uns beide zusammenzucken ließ.
„Was ist hier los?", knurrte er missbilligend. Dabei warf er mir einen Blick zu, der von gelangweilter

Verachtung nur so triefte und mich hastig den Kopf einziehen ließ.

Mein Vater fixierte mich, als versuchte er, mir mit seinem Blick die Luftröhre zu zuschnürte. Obgleich seine nächsten Worte unverkennbar an Neuro gerichtet waren, wandte er sich nicht von mir ab und meine Muskeln spannten sich abwehrend.

„Stört er dich etwa?", fragte Sam Neuro, als wäre ich gar nicht hier und ich war mir langsam sicher, dass er mich mit seinem Blick ersticken wollte, „Wenn er frech wird, kannst du ihn ruhig auf seinen Platz verweisen, *nicht wahr?*"

Seine letzten zwei Worte galten mir. Ich antwortete nicht. Sam lächelte boshaft. Seine Klaue griff nach meinem Kiefer und er hob meinen Kopf an, damit ich ihm in die Augen schaute, doch Neuro stellte sich zwischen uns.

„Er hat nichts gemacht", sagte er eine Spur zu grob, wobei er die Klaue unseres Vaters zur Seite stieß. Augenblicklich spürte ich, wie Sams würgender Blick von meiner Kehle abließ und sich stattdessen an Neuro heftete. Nur, dass dieser kein Bisschen eingeschüchtert wirkte.

„Wie bitte?", fragte Sam ruhig.

„Ich sagte: *Er hat nichts getan*. Und ich meine: *Du sollst ihn in Ruhe lassen*", wiederholte Neuro mit festem Blick und einen Moment lang schien es so, als hätte er Sam damit in eine ewige Starre versetzt, bis dieser auf einmal unvermittelt ausholte und Neuro mit der Klaue ins Gesicht schlug, sodass dieser zurück stolperte.

„Du meinst also, mir Befehle erteilen zu können?!", brüllte Sam laut und schlug ein zweites Mal zu, als Neuro sich gerade wieder aufrichten wollte. Er hob

schützend die Arme über den Kopf und ich war so geschockt, so verblüfft, dass ich mich nicht mehr zu bewegen wagte.
Irgendwo in mir, hörte ich eine Stimme schreien und ein Gefühl, dass mich innerlich fröstln ließ, ergriff von mir Besitz – namenlos und mächtig. Ich wusste nur, dass es mich wahnsinnig machen würde, wenn ich ihm nicht bald nachgäbe. Es forderte, dass ich mich wehrte, dass ich einem körperlosen Wunsch die Freiheit ließ, zu handeln. Und dennoch ignorierte ich die Schreie, denn es spielte keine Rolle, ob ich den Verstand verlor. Gerade existierte in meiner Welt ohnehin nur Neuros schützend geduckter Körper und Sam, welchem das egal zu sein schien.
Mit einem tiefen Seufzen schüttelte mein Vater seine Klaue aus und ergriff dann mit dieser Neuros Schulter, um ihn zu sich zu ziehen.
„Du warst die letzten Wochen so ein *lobenswerter* Sohn", begann er mit einer Stimme, die mir einen kalten Schauder den Rücken hinunter jagte, „Deine Mutter und ich waren wirklich *stolz* auf dich. Willst du jetzt etwa, dass wir enttäuscht sein müssen?"
Neuro hob langsam den Kopf. An der Seite, wo Sams Klaue ihn zum ersten Mal erwischt hatte, hatte er eine Schnittwunde, aus der in einem schmalen Rinnsal das Blut floss. Trotzdem war sein Blick stählern und seine Stimme genauso fest und düster wie vorher.
„Natürlich nicht. *Tut mir leid*."
Drei Worte. Ihre Wucht schoss drei Kugeln in meinen Brustkorb. Ich hätte fast vor Wut aufgekeucht. Mein Vater hatte ihn angeschrien und geschlagen und dennoch *entschuldigte* Neuro sich nun bei ihm!
Nur mit halbem Bewusstsein nahm ich wahr, wie Sams Stimme, bei seinen nächsten Worten an Neuro

wieder zufriedener klang – wie er ihm auf die Schulter klopfte und lächelte, während dieser einfach nur dastand und ... *nichts tat*.
Nichts tat und nichts sagte, so lange bis Sam, ohne mich noch einmal zu beachten den Raum verlassen hatte und Neuro ihm schließlich schweigend folgte.

Die Erinnerung

Schlaf muss man genießen, wenn man ihn ungestört bekommen kann. Es wird immer Zeiten geben, in denen einem dieser Luxus nicht gegönnt ist.

Es war, als hätte jemand einen Schalter umgelegt. Ich holte unvermittelt Luft und blinzelte mehrmals, während ich mit klopfendem Herzen bis an die Wand hinter mir zurückwich. Mein Rücken stieß gegen das Eis und ich taumelte wieder nach vorne, wo ich mich verängstigt in alle Richtungen schauend umsah, als erwartete ich, jemanden zu entdecken, der bei mir war. Dasselbe Gefühl war erst kürzlich da gewesen, in der Erinnerung, bevor Neuro mich gegen die Wand gestoßen hatte.
Das Problem war nur, dass ich die Erinnerung, nun da ich wieder bei vollem Bewusstsein war, nicht mehr zu fassen bekam. Und es hätte mich wahrscheinlich nicht länger beschäftigt, wenn ich die Erinnerung tatsächlich verloren hätte. Doch da war noch immer das Wissen, dass *etwas fehlte*. Das Wissen, dass da eine Lücke war, die ich nicht füllen konnte, obwohl ich es können sollte und dass es nicht die einzige Lücke war, an die ich mich erinnerte.
Meine Gedanken drehten sich darum.
Um mein Unwissen, Neuro, seine Worte und den Blick meines Vaters, der mich eingehen ließ wie eine welke Blume.

Ich schloss seufzend die Augen, wobei mein Herzschlag sich endlich beruhigte. Die wenigen Schritte bis zu meiner Schlafmulde kosteten mich bereits meine gesamte Kraft und als ich mich schließlich darin zusammenrollte, fühlte ich mich so unendlich müde und ausgelaugt, dass ich froh war über die Entspannung, die mich erwartete.
Mit noch halb geöffneten Augen betrachtete ich die dunkle Struktur des Eises vor mir, auf welcher an manchen Stellen vom Mondlicht schimmernde Flecken prangten. Das Fragenchaos war für den Moment verstummt und ein anderer Gedanke, begann sich wieder in mein Bewusstsein zu schieben. *Evelia. Was war von jetzt an mit ihr?*
Ich wollte sie wiedersehen. Wollte mit ihr sprechen und Neuro beweisen, dass er keine Macht darüber hatte, was ich tat. Zumindest nicht, solange er mir noch all diese Erklärungen schuldig war.
Durch Evelia konnte ich vielleicht mehr erfahren. Herausfinden, wer ich früher gewesen sein sollte – wer ich für sie gewesen war – und vielleicht erinnerte ich mich dann. Mit ihr konnte ich mir zurückholen, was mir gehörte.
Ein Lächeln huschte über mein Gesicht. *Außerdem war sie nett.* Ein wenig launisch vielleicht, aber nett. Mehr als nur eine Informationsquelle. Ich mochte ihre Eigensinnigkeit und dass sie mich nicht mit diesem, von Vorurteilen überschwemmten Blick ansah, mit dem Sam mich betrachtete. Sie hatte ihren eigenen Stil. Das war mitreisend und seltsam beruhigend.
Ich versuchte mich an dieses Gefühl zu erinnern, doch als mir endlich die Augen zufielen, versank ich sofort in einem unruhigen Halbschlaf.

„Mum?"
Ich schreckte hoch. Um mich herum war es noch dunkel und ich kauerte in meiner Schlafmulde an der hinteren Seite des Zimmers direkt unter dem Fenster. Ich war müde. So müde, dass ich fast den Ruf der kindlichen Stimme wieder vergessen hätte. Wer hatte geschrien? War ich das gewesen? Im Schlaf?
Ich blickte auf die gähnende Leere vor mir im Zimmer. Sie spiegelte exakt wieder, was ich fühlte.
Leere.
Leere, die nur noch begleitet wurde, von irgendeinem dumpfen Schmerz. Vielleicht Trauer.
Mir war plötzlich kalt und ich sehnte mich nach Wärme und jemandem, der sich neben mich legte – an den ich mich kuscheln konnte und dessen ruhigem Atem ich neben mir lauschen konnte. Das Zimmer kam mir so unfassbar riesig vor und ich mir selbst darin so klein und verloren, als hätte man mich dort ausgesetzt und verwahrlost zurückgelassen.
Erschöpft rieb ich mir mit einer Klaue über die Augen. Es fiel mir schwer, sie offen zu halten, doch gleichzeitig konnte ich mir nicht vorstellen, heute nochmal einzuschlafen. Unruhig wälzte ich mich auf dem Eis meiner kleinen Schlafstelle herum. Es musste mitten in der Nacht sein, doch der namenlose Schmerz ließ es nicht zu, an Ruhe auch nur zu denken. Er nagte an meinem Inneren wie Insekten an einem Stück Holz und die harten, kalten Seiten der Mulde drückten von überall her gegen mich, bis ich es nicht länger aushielt und mich aufsetzte.
Langsam blinzelnd sah ich mich um, während mein Herzschlag gleichmäßig in meiner Brust pochte. Er war wie der Sekundenzeiger einer Uhr. Jede Sekunde ein Schlag. Ich hätte eine Uhr danach stellen können.

Eine Weile verharrte ich noch in dieser stillen, unbewegten Haltung, doch dann richtete ich mich langsam auf und kroch aus der Mulde.
Als meine Klauen das Eis meines Zimmerbodens berührten, schien es, als knirschten kleine, lose Splitter bei jeder Bewegung unter ihnen und ich setzte jeden Fuß so leise und vorsichtig wie möglich ab, als ich mich in der Dunkelheit der Nacht hinaus in den Flur schlich. An Neuros Zimmer beeilte ich mich ein wenig und duckte mich so tief, bis ich mir vorkam wie ein Einbrecher in meinem eigenen Zuhause. Nicht, weil ich mich vor etwas in seiner Nähe gefürchtet hätte – mein Gefühl sagte mir eher, dass ich sonst stehen geblieben wäre.
Erst vorm Zimmer meiner Eltern hielt ich an, einen Moment unentschlossen und abwartend. Im Flur, welcher verlassen da lag wie ein einsamer Friedhof, herrschte eine Stille, die mit meinem Inneren ohne Übergang verschmolz. Ich war einfach dort, genau in diesem Moment und ich stand eine ganze Minute lang vor der Tür und wartete mit bereits gehobener Klaue darauf, dass endlich wieder Bewegung in meinen Körper kommen würde.
Dann klopfte ich.
Zuerst war es nur ein zaghaftes „Klock, Klock", doch als sich nach ein paar Sekunden angespannten Wartens immer noch nichts tat, holte ich einmal tief Luft und klopfte ein zweites Mal. Diesmal fester.
Es war zwar immer noch leise, aber diesmal laut genug, dass sich hinter der Tür etwas regte. Vorsichtshalber trat ich einen Schritt zurück. Die Tür kratzte knirschend über das Eis und meine Mutter, Flora, erschien in dem breiten Spalt, der weit aufschwingenden Steinplatte. Ihr Blick glitt zuerst

über mich hinweg, doch dann bemerkte sie mich und ihre Pupillen zuckten nach unten. Das helle, fast gelbliche Grün darin war stechend.
„Was machst du hier so spät in der Nacht?", fragte sie scharf und ich begriff sofort, dass es ihr nicht gefiel, ausgerechnet mich zu nächtlicher Stunde vor ihrem Zimmer anzutreffen.
Das war mir klar gewesen.
„Ich ...", setzte ich zögerlich an und drehte den Kopf weg, als ich merkte, dass es ein Fehler gewesen war, herzukommen, „Ich konnte nicht schlafen. Ich wollte zu dir, einfach ..."
Flora unterbrach mich mit einem barschen Schnalzen ihrer Zunge.
„Was glaubst du, was ich machen soll? Dir vielleicht ein Schlaflied vorträllern? Geh wieder auf dein Zimmer und zieh nicht noch andere in dein jämmerliches Leiden hinein, indem du sie mit deinem Gewinsel wach hältst!"
Ich schluckte.
Obwohl ich wusste, dass es dumm war und ich nicht wirklich wissen wollte, was meine Mutter sagen würde, wenn ich meine Bitte wiederholte, setzte ich fast flüsternd zu einem zweiten Versuch an, meinen unvollendeten Satz zu beenden.
„Ich könnte doch vielleicht ein bisschen ...", begann ich zaghaft, doch Flora unterbrach mich augenblicklich. Ihre Stimme war so schneidend wie die Klinge eines frisch gewetzten Messers.
„Auf dein Zimmer habe ich gesagt!" Dann warf sie mir einen letzten eiskalten Blick zu, ignorierte mein erschrockenes Zusammenzucken und schlug mir, ohne ein weiteres Wort zu sagen, die Tür vor der Nase zu.

Der Traum war zynisch und ließ mich in dieser Nacht kaum schlafen. Vor allem, da ich das Gefühl nicht loswurde, ihn schonmal erlebt zu haben.

Morgenmensch

Milan und Mik waren es gewöhnt früh aufzustehen. Sie taten es jeden Morgen, denn dieser war bekanntermaßen der beste Zeitpunkt, um gut und produktiv in den Tag zu starten – jedenfalls sollte das so sein.
Schon in jungen Jahren hatten die beiden Zwillinge lernen müssen, dass es Persönlichkeiten auf der Welt gab, die genau diese Meinung vertraten und sie hatten das große Pech, ausgerechnet eine solch seltsame Persönlichkeit ihren Lehrer und Meister zu nennen. Für die Zwillinge war der Morgenmythos eine absolut unverständliche Überzeugung. Als Schüler hatten sie dieser jedoch Folge zu leisten.
Am Anfang war es für sie der reinste Horrortrip gewesen. Sie hatten sich die verrücktesten Strategien ausgedacht, um nicht bei Sonnenaufgang bereits auf den Beinen sein zu müssen, doch waren ein ums andere Mal kläglich daran gescheitert. Oft hatten sie sogar versucht, mittags zu schlafen, was jedoch ein genauso großes Vergehen war wie abends nicht pünktlich die Ruhe zu suchen, weshalb sie sich nicht selten Ärger eingehandelt hatten.
Nur heute war es anders. Denn heute standen sie widerstandslos auf. Ein Horrortrip war und blieb es aber ohne Zweifel.

Es war sieben Uhr. Sieben Uhr morgens, um genau zu sein, und Mik blinzelte verwundert, während er sich wie jeden Morgen seit Beginn der Lehrstunden mit seinem Meister, Lyng, fragte, wie jemand sich freiwillig um diese Uhrzeit mit etwas anderem beschäftigen wollen konnte als mit schlafen. Er und sein Zwillingsbruder Milan waren inzwischen seit einer geschlagenen Stunde hellwach und tigerten ungeduldig vor Lyngs Arbeitszimmer auf und ab in der Hoffnung, dieser würde endlich herauskommen und ihnen ihre dringende Frage beantworten.
Sie war der Grund, der wirklich einzige Grund, wieso sie ausnahmsweise bereits zu den frühen Morgenstunden voller Energie und Tatendrang waren, obgleich das Warten es ihnen zunehmend schwer machte, ihren Enthusiasmus beizubehalten. Denn die Zwillinge freuten sich auf etwas. Nicht auf eine gewöhnliche Sache wie eine Feierlichkeit oder Geschenke. Nein! Das, worauf sie sich freuten, war viel besser. Sie würden eine alte Freundin wiedersehen.
Allerdings hatte Lyng ihnen vor einer Woche, als er den Besuch ankündigte, nur sehr grobe Informationen darüber gegeben, wann dieser tatsächlich stattfinden würde. Heute aber, da waren sich die Zwillinge sicher, heute würde es endlich so weit sein.
Als die Tür zu Lyngs Arbeitszimmer sich gegen kurz nach sieben endlich öffnete und den Blick auf den Lehrmeister der Zwillinge freigab, warteten diese nicht länger und stürzten sich sogleich mit ihren Fragen auf ihn.
„Wann kommt sie denn nun?"
„Du sagtest, es dauert nur noch ein paar Tage. Die sind doch inzwischen sicher vergangen."

„Sehen wir sie heute?"
„Jetzt gleich?"
„Was meinst du, wie geht es ihr?"
„Erkennt sie uns noch wieder?"
„Was, wenn sie sich doch nicht meldet?"
Lyng, welcher verdutzt und ein wenig überrumpelt in der Tür stehen geblieben war, unterbrach die beiden in ihrem abwechselnden Redefluss mit einem schlichten Heben seiner Klauen. Dann wartete er, bis sie aufhörten, auf ihn einzureden und ihn stattdessen mit großen Augen fragend anblickten.
„Danke", meinte er schließlich lächelnd, „Euch auch einen guten Morgen."
Milan und Mik wollten ihn gerade schon wieder mit Fragen bewerfen, doch er bat sie zuvor um Geduld.
„Keine Sorge. Ich weiß, ihr seid aufgeregt und ich bin mir sicher, dass Lienora sich bald melden wird. Ob das heute sein wird oder morgen oder noch später, kann ich zwar leider nicht sagen, ich habe mich aber auf ein spontanes Eintreffen vorbereitet. Ihr könnt unbesorgt sein."
„Das sagst du so einfach", murmelte Milan enttäuscht.
„Genau", pflichtete ihm sein Bruder bei, „Wir haben doch schon eine ganze Woche warten müssen! So viel Geduld kannst du doch unmöglich von uns verlangen."
„Nun", Lyng trat aus seinem Zimmer und schloss, während des Gehens die Tür hinter sich, „Ich fürchte, ich kann nichts anderes tun als genau das. Mein Wissen hält sich diesmal in Grenzen."
„Das heißt, wir müssen auf unbestimmte Zeit warten?"
Die Zwillinge klangen entsetzt.
Lyng nickte.

„So sieht es aus. Tut mir leid, falls ihr euch eine andere Antwort erhofft hattet."

Enttäuscht zogen die Zwillinge ab. Lyng beobachtete sie dabei, wie sie schlurfenden Schrittes um eine Ecke verschwanden, die Arme deprimiert nach unten baumelnd und wandte sich dann ebenfalls zum Gehen. Sein Weg führte ihn ganz natürlich raus aus dem Höhlensystem, welches er und seine fünf Schüler ihre Heimat nannten. Da der Winter gerade erst sein Ende nahm, kroch die Sonne nur langsam hinter den wiesenbewachsenen Hügeln hervor, die die vor ihm liegende Landschaft säumten. Der Morgen war klar – anders als die zurückliegenden Morgenstunden vergangener Tage, welche trüb und wolkenverhangen gewesen waren. Die Luft und das Gras waren noch feucht vom Regen, den es in der Nacht gegeben haben musste. Zudem es war kalt, weshalb Raureif die grünen Halme schmückte. Lyng blieb vor dem abfallenden Hügel stehen, aus dessen runder Kuppel der Fels, in den er ihre Höhlen gegraben hatte, wie eine kantige Krone hervorragte. Er war das einzige Stück Land, das in dieser grünen, sanften Landschaft voller Leben noch an die tote, felsige Gegend erinnerte, die dahinter lag.
Während die Hügel mit Frieden und Schönheit, mit Gedeih und Magie verknüpft wurden, wurde die düstere Felslandschaft, welche im Nordwesten direkt an das Gras angrenzte, mit Tod, Dunkelheit, Unheil und Trostlosigkeit in Verbindung gebracht. Im allgemeinen Munde nannte man sie daher, das *Tal der Schatten*.
Lyng hatte es schon immer als bemerkenswert ironisch angesehen, dass ausgerechnet zwei so

vollkommen gegensätzliche Gegenden einander so nah gelegen waren. Doch auch deshalb liebte er den Ort so sehr, denn obgleich er die Ruhe der Hügel dem Schattenreich vorzog, faszinierte ihn dieses schon lange.
Heute aber starrte er abwesend auf die scharfzackigen Silhouetten der Berge am Horizont, denn seine Gedanken waren bei dem Anliegen der Zwillinge hängen geblieben.
Er hatte nicht gelogen, als er ihnen sagte, dass er keine genaueren Informationen für sie hätte, einzig und allein die Sorglosigkeit, mit der er es ausgesprochen hatte, war nicht die ganze Wahrheit gewesen.
Seitdem Lienora sie verlassen hatte, hatte er sich oft gefragt, wie es ihr ging und ob sie wirklich so gut zurechtkam, wie sie es ihm bei ihrem Abschied versichert hatte. Natürlich hatte er ihr damals geglaubt, da Lienora niemand war, der sich einfach geschlagen gab und gleichzeitig einen sehr beherrschten, selbstbewussten Charakter hatte. Es war keine Frage, dass sie gut auf sich selbst aufpassen konnte. Das, was ihn beunruhigte, war viel eher der Grund ihres Zusammentreffens, mit welchem er nach acht Jahren kaum noch gerechnet hatte. Seine Vorahnungen waren wenig erfreulich und er hoffte insgeheim, dass er es sich schlimmer ausmalte, als sich die Sache am Ende entwickeln würde. Doch Lyng konnte leider nicht bestreiten, dass ihn seit einiger Zeit immer öfter ein Gefühl von tiefer Sorge befiel, das ihm eindringlich klarzumachen versuchte, dass etwas nicht stimmte.
Sein Blick glitt unbestimmt über die Bergketten. Irgendwo näherte sich etwas – und es brachte gewiss nichts Gutes mit sich.

Geprobte Zurückhaltung

Was bereust du in deinem Leben am meisten?
Manche Leute brauchen ewig, um auf diese Frage
eine Antwort zu finden, weil die Antwortmöglichkeiten
so vielseitig sind. Ich dagegen hatte es noch leicht.
Damals kannte ich nur eine Situation, die ich bereute,
und das war der Moment, in dem ich unachtsam
gewesen war und den Stift hatte fallen lassen.

Evelia saß vor mir, die Ellbogen auf die Platte meines Tisches gestützt und umringt von drei ihrer Freundinnen. Sie grinste, während die anderen über etwas lachten, und ich saß schweigend bei ihnen und fühlte mich unwohl.
"Wisst ihr, was ich gehört habe?", fragte ein Mädchen, dessen Name ganz sicher Gina war, plötzlich aufgeregt. Dabei sah sie sich erwartungsvoll nach uns anderen um. Ihr Blick sah so ernst aus, dass ich mich trotz des ablenkenden Unwohlseins zu fragen begann, was sie denn so spannendes beobachtet haben konnte. Der Gedanke entspannte mich etwas, denn ich merkte, dass auch Evelia und ihre anderen Freundinnen Gina nun interessiert ansahen.
Gina stützte die Handflächen auf die Tischplatte und unterstrich ihre dramatische Pause damit, ehe sie endlich mit der Antwort herausrückte.
„Angeblich haben einige Kids gestern zwei unserer Lehrer über den Großen-Krieg reden gehört!", Gina

zögerte kurz. Als sie weiter sprach, flüsterte sie ihre Worte, als hätte sie Angst, jemand außer uns könne sie hören. Dabei war es in der Klasse so laut, dass sie vermutlich hätte schreien müssen, um irgendwen auf sich aufmerksam zu machen.
"Es heißt, ein Lehrer solle gesagt haben, dass die Vergangenheit uns einholen wird! Dass es nur eine Frage der Zeit wäre, bis unsere Welt sich wieder ins Chaos stürzt. Und das wir eine Vorbildrolle tragen werden."
"Sei nicht albern", schnaubte das Mädchen rechts zu Gina, "Dieses Gerücht ist doch Schwachsinn."
"Genau", bekräftigte das Mädchen links zu Evelia nickend. Ihre Stimme war die schwächste und hellste von allen Freundinnen.
"Das hat sich sicher nur jemand ausgedacht, um den Kleinen Angst zu machen."
"Es kann gar nicht stimmen", bemerkte das Mädchen neben Gina wieder, "Unser Land liegt viel zu weit weg von den übrigen Zivilisationen. Bevor wir etwas von einem derartigen Umsturz mitbekommen, haben die sich in den warmen Ländern längst gegenseitig die Köpfe abgerissen."
"Vielleicht hat jemand das Gespräch auch falsch aufgefasst", meinte Evelia sinnend.
„Stimmt. Wahrscheinlich haben sich unsere Lehrer bloß mal wieder in ihren Reden gehen lassen und damit ein paar Lauschern ihren Rest Verstand aus der Birne geprügelt", Gina grinste, „Ihr habt Recht. Das Gerücht ist wahrscheinlich Schwachsinn."
Ich blinzelte. Die Bemerkungen über den Krieg waren mir schon eine Weile lang aufgefallen und bereiteten mir seitdem regelmäßig Kopfschmerzen. Ständig hörte ich, wie jemand das Thema ansprach, aber es

blieb stets bei vagen Erwähnungen - nie wurde gesagt, wieso es diesen *Großen-Krieg* überhaupt gegeben hatte.

"Themenwechsel", verkündete Gina und klatschte einmal in die Klauen, "Wir wollen uns schließlich nicht als Verschwörungstheoretiker vor Evelias neuen Freund entpuppen." Sie schenkte mir ein Lächeln. Es war das erste Mal, dass jemand sich während des Gesprächs direkt an mich wandte.

„Augenblick mal. Du hast ihn nach der Sache gestern einfach hier her geschleppt?" Ein Mädchen, welches mich gerade erst bemerkt zu haben schien, sah Evelia so entgeistert an, als habe diese den Verstand verloren. Doch Evelia gab sich gelassen.

"Klar. Das spielt doch keine Rolle. Riley ist ganz anders als sein Bruder oder seine Eltern. Verurteilt ihn nicht gleich wegen seiner Familiengeschichte."

"Du Armer", murmelte Jisi kopfschüttelnd, „Worunter du in dieser Familie bloß leiden musst ..." Dabei legte sachte ihre Klaue auf meine, was mich beinah dazu brachte, diese zurückzuziehen. Ich zwang mich jedoch, es nicht zu tun.

„Jisi!", Evelia sah ihre Freundin so zornig an, dass diese verstummte, „Was sagst du denn da?"

„Was denn? Ich mache mir bloß Sorgen", versuchte Jisi sich zu verteidigen, doch in ihrer Stimme glaubte ich offenen Spott mitschwingen zu hören, „Ein Ringdrache, der deine und unsere Ansichten vertritt, muss es schwer haben unter seinen Artgenossen."

Ich schluckte. Obwohl ich viel lieber unbeteiligt geblieben wäre, spürte ich das starke Verlangen, etwas auf Jisis Worte zu erwidern, um den Streit der beiden Mädchen nicht bloß untätig mitverfolgen zu müssen. Schließlich ging es dabei um mich.

Leider fiel mir jedoch nichts ein, was ich sagen
könnte, um die gereizte Stimmung zu entschärfen. Mit
Jisis Bemerkung über meine Rasse konnte ich nichts
anfangen und über meine Eltern oder Neuro wollte ich
nicht reden. Nicht hier, nicht jetzt und vor allem nicht
mit ihnen.
„Was auch immer du anzudeuten versuchst, behalt es
einfach für dich", forderte Evelia bissig, „und dann
hör auf mit dem Scheiß. Das ist respektlos!"
Jisi seufzte müde.
„Süße guck mal, ich habe nichts Schlimmes gesagt.
Ich habe mir lediglich Sorgen gemacht."
„Sorgen also?" Evelia war jetzt richtig wütend. Ich
sah ihr an, dass sie kurz davor war, Jisi anzuschreien,
doch gleichzeitig war ich es leid, dass sie miteinander
stritten, als wäre ich gar nicht anwesend.
Ich räusperte mich und sofort richteten sich vier
Augenpaare auf mich. So beherrscht wie möglich
sagte ich: „Meine Familie und ich kommen ganz gut
damit klar, uns aus dem Weg zu gehen. Ihr müsst euch
keine Sorgen machen."
Das Schweigen, welches die ersten Sekunden nach
meinen wenigen Worten die Luft füllte, war so
umfassend, dass ich kurz Angst hatte, es könnte sich
auf das gesamte Zimmer ausgedehnt haben. Dennoch
widerstand ich dem Drang, mich umzusehen und
fixierte stattdessen Jisi, die aussah, als hätte ihr
jemand ein Brett vor die Stirn geschlagen.
„Oh hey, Leute!", meldete sich da plötzlich Gina zu
Wort, „Seht mal, da hinten kommt Raffael!"
Wie auf Kommando drehten sich als Mädchen in die
Richtung, in die Gina mit der Kralle deutete, und ich

atmete erleichtert aus. *Danke, Gina.* Dafür hatte sie wirklich etwas bei mir gut.

Ich ließ mich in meinen Stuhl zurücksinken und beobachtete, wie die Mädchen voller Enthusiasmus einem weiteren Teil ihrer Gruppe zuwinkten. Diese schlängelte sich lächelnd durch die Stuhl- und Tischreihen auf uns zu. Kaum, dass sie bei uns ankam, wurde sie herzlich von allen Seiten begrüßt und es dauerte einige Minuten, bis die Mädchen sich wieder beruhigt hatten. Dann stand Gina plötzlich auf und verkündete laut.

"Ist es jetzt eigentlich offiziell? Können wir den ersten Jungen in unserem Team begrüßen?"

Ich zögerte einen Moment, während Raffael sich mit neugierigem Blick mir gegenüber auf einen Stuhl fallen ließ.

"Habe ich denn eine Wahl?", erwiderte ich schließlich scherzhaft und Gina grinste.

"Nö, eigentlich nicht. Evelia hat schon für dich entschieden und wir waren alle einverstanden."

"Na dann, kann ich wohl nichts dagegen tun."

"Perfekt!", Gina schlug wie zur Bestätigung einmal mit der Faust auf den Tisch, "Eine saubere Aufnahme. Wir sollten demnächst ein gemeinsames Treffen abhalten!"

"Au ja!", rief Polly begeistert aus, "Wollt ihr zu mir kommen?"

"So machen wir es! Evi, Riley, seid ihr dabei?"

"Klar", strahlte Evelia und antwortete damit für mich mit.

Ich selbst äußerte mich nicht mehr dazu. Denn während alle anderen sich offen und ehrlich zu freuen schienen, wanderten meine Gedanken längst wieder zum Traum der vergangenen Nacht.

Kurz war es, als tauchte ich ein weiteres Mal in die Welt, in der ich mich während des Schlafs bewegt hatte. Um mich befand sich nicht länger das Klassenzimmer. Stattdessen stand ich vor der Tür meiner Eltern im schwachen Mondlicht, das von den Eisschichten auf den Felsen unserer Höhle reflektiert wurde. Die Szenerie war verschwommen, wirkte jedoch unheimlich real. Der Traum war wie eine Erinnerung an eine Zeit, die ich nicht vollständig zu fassen bekam und genau dort lag mein Problem. Auch er beinhaltete eine Wissenslücke, derer ich mir bewusst war und so langsam machte es mich wütend. Es war beinah, als wollte etwas nicht, dass ich verstand, was mit mir passierte – als würden Erinnerungen einfach blockiert.

TEIL 2: Eine nicht ganz harmonische Geschichte vom Feuerlegen

Sichlor

„Wie viel kostet das?"
Sichlor lehnte mit dem Oberkörper am Tresen im Empfangsbereich des Hotels und schnalzte verärgert mit der Zunge als der dünne, unnötig zurecht geputzte Jüngling auf der anderen Seite der geölten Holzplatte sich zum dritten Mal an seinem Computer vertippte.
„Einen Moment noch, Sir", sagte er möglichst gelassen, doch Sichlor konnte sehen, wie die Hände des zu Bemitleidenden trotz angestrengter Bemühungen es zu verbergen bei jeder seiner Bewegungen zitterten. Obwohl er lieber eine Waffe gezogen und diese so lange demonstrativ zwischen sich und den Jungen auf das Holz des Tresens gelegt hätte, bis dieser sich endlich berappelt hatte, bemühte Sichlor sich, ein möglichst nettes Lächeln aufzusetzen.
„Klar, kein Problem. Ich hab Zeit", meinte er beschwichtigend und sah den Jungen dabei ernst an, auch wenn dieser viel zu sehr auf die Tastatur konzentriert war, um seinem Blick auch nur ein Quäntchen Beachtung zu schenken, „Ich verpasse nichts Wichtiges, wenn du nur noch zwei Stunden brauchst."
Jetzt schaute der Junge doch auf. Er sah einigermaßen bestürzt und beschämt aus.

„Ich ...", stotterte er, doch Sichlor deutete schon mit einer fragenden Geste auf den Computer.
„Wird das da heute noch was?"
Der Junge öffnete den Mund zu einer Antwort.
„Wie lange bist du schon hier?", Sichlor setzte eine ehrlich interessierte Miene auf, „Zwei Wochen?"
„Ehrlich gesagt ...", setzte der Junge ein weiteres Mal an, doch Sichlor dachte gar nicht daran, ihn ausreden zu lassen.
„Wenn du mir jetzt zustimmst, könnte ich vielleicht Verständnis für dich haben", erklärte er ihm zuvorkommend, wofür der Junge ihn bloß aus zwei weit geöffneten Augen etwas dümmlich anglotzte. Sein Mund stand ebenfalls offen, als hätte Sichlor mit seiner Bemerkung irgendein Kabel zu seinem Gehirn gekappt. Es war so traurig, mit anzusehen, dass Sichlor es fast schon wieder lustig fand. Aber eben auch nur fast.
Innerlich seufzte er genervt. Konnte man sich denn in den Städten nicht mal mehr dort blicken lassen, wo es noch erlaubt war?
Wenn er sich vorstellte, wie es sich für ihn noch vor einigen Jahrzehnten in den Städten angefühlt hätte, bemitleidete er sich im Jetzt beinah ein bisschen. Und das, obwohl er als Söldner ohnehin jedes Privileg dieser gottverdammten Welt genoss.
An der Wirkung seines Aussehens auf Menschen seit dem Krieg konnte er allerdings nichts ändern und da er kein unnötiges Aufsehen erregen wollte, musste er sich bei seiner Unterkunftssuche wohl oder übel mit den Einrichtungen begnügen, in denen man sich als Drache noch aufhalten durfte.
Inzwischen hatte der Junge vor ihm sich wieder halbwegs besonnen, denn auch wenn er ein wenig

mitgenommen aussah, hatte er sich stumm und verbissen wieder ans Tippen gemacht.
War er nicht sowie viel zu jung für diesen Job? Sichlor schätzte den Burschen auf höchstens 19. War ein Mensch da überhaupt schon berechtigt zu arbeiten? Er konnte es nicht mit vollständiger Gewissheit sagen, aber so musste es wohl sein. Trotzdem. Musste er sich denn wirklich an dieser Stelle einen Job suchen? Noch blieb Sichlor die Hoffnung, dass der Junge nur auf Bewährung hier war. Dann wäre er hoffentlich bald wieder weg und nicht mehr auf Sichlors Liste mit Dingen, in denen er ein Problem sah. Denn dass der Junge keine Nerven hierfür hatte, war schwer zu übersehen.
Ein verhaltenes Räuspern brachte Sichlor dazu, den Jungen erwartungsvoll anzusehen. Er erwiderte seinen Blick und gab sich anscheinend große Mühe, so zu tun als hätte es ihr Gespräch vor ein paar Minuten überhaupt nicht gegeben.
„Ich hätte hier drei Zimmervorschläge für Sie", sagte er mit professioneller Höflichkeit und reichte Sichlor ein kleines Werbeprospekt, auf dessen erster Seite dieser einen flüchtigen Blick auf eine weite Fensterfront mit Blick auf die Stadt erhaschte.
„Ich will das billigste", erwiderte Sichlor knapp, ohne das Werbeprospekt von dem Jungen entgegenzunehmen.
Der Junge nickte und legte das Prospekt kommentarlos zur Seite.
„Wie Sie wünschen."
„Sie haben meine Frage aber nicht beantwortet!", warf Sichlor genervt ein, die höfliche Anrede des Jungen dabei nachahmend. Dieser blickte erschrocken.

„Verzeihung?", fragte er nach und Sichlor stützte wütend die Klauen auf den Tresen.
„Wie viel kostet das?", wiederholte er überdeutlich und der Junge stotterte so hastig seine Antwort, dass er sich mehrmals verhaspelte.
„Hun.. ähm pro Nacht 12 Münzen, Ma.. pardon, Sir", er senkte den Blick und Sichlor sah, wie er vor Scham rot anlief. Seufzend streckte er die Klaue aus.
„Gib mir einfach den Schlüssel."
Mit mehrfachem Nicken griff der Junge neben sich in eine Schublade und fischte mit fahrig tastenden Fingern schließlich einen Schlüssel mit angehängter Zimmernummer daraus hervor.
„Danke", sagte Sichlor zum Abschied und schenkte dem Jungen ein kühles, herablassendes Lächeln, während er ihm den Bund entspannt aus der Hand nahm. Anschließend wandte er sich ab und schritt auf das Treppenhaus zu. Er war gerade mal vor den ersten Stufen angekommen, als er hinter sich ein lautes Lachen wahrnahm.
Sichlor drehte sich um. Im Eingangsbereich übertraten soeben zwei Männer die Türschwelle zum Foyer. Sie waren groß und stämmig und trugen beide eng anliegende, perfekt maßgeschneiderte dunkelviolette Anzüge mit weißem Hemd und goldenen Krawatten. Bei ihrem Anblick huschte Sichlor so hastig hinter die nächste Säule, dass der Schlüssel in seiner Klaue verräterisch laut klimperte. Mit angehaltenem Atem presste er sich mit dem Rücken gegen den Schaft und lauschte. Anscheinend hatte niemand etwas Verdächtiges gehört, denn die Männer unterhielten sich weiter unbeschwert und ihre Stimmen schallten

amüsiert von den hohen Wänden wieder.
In seinem improvisierten Versteck stieß Sichlor einen leisen Fluch aus. Das durfte doch einfach nicht wahr sein!
Vorsichtig wagte er einen Blick um die Säule. Die beiden Männer grüßten gerade freundlich den Jungen am Empfangstresen und schlugen dann einen Weg genau in entgegengesetzter Richtung zu Sichlors Versteck ein. Einige Sekunden verharrte er noch, bis eine weitere Tür geöffnet wurde und dann zuschlug, sodass sie die Stimmen mitsamt dem Gelächter hinter sich verschluckte. Doch kaum, dass das Knallen der Tür verklungen war, huschte er aus seinem Versteck hervor und eilte zurück zum Tresen.
Der Junge starrte ihn irritiert an, als er den Schlüssel ohne große Erklärungen vor diesen aufs Holz klatschte. Sichlor lächelte entschuldigend.
„Ich hab es mir überlegt", meinte er als Antwort auf die fragenden Blicke des Jungen und deutete zum Abschied eine leichte Verbeugung an, „Du kannst ihn wiederhaben."
Damit wandte er sich ab und machte sich umweglos auf zum Ausgang.
Es gab vieles, worauf er sich einlassen konnte, aber bestimmt nicht darauf, mit seinem Feind unter einem Dach zu leben.
Hier konnte er also nicht bleiben. Nicht diesmal.

Wer bist du?

Kennt ihr auch diesen Moment im Leben, wenn alles glatt läuft? Ein Moment, wenn alles so perfekt wirkt, dass man sich schon wieder zu fragen beginnt, ob es da noch mit rechten Dingen zugehen kann?
Dieser Moment existiert ausschließlich als Vorbote großer Katastrophen.

Vor mir plätscherte das Wasser. Heute glitzerte es kalt und blau in der Sonne und der Strom trieb immer wieder kleine Eisschollen an mir vorbei, um sie die schmale Landzunge vor dem Gletscher hinab zu spülen. Seit gefühlten Stunden starrte ich schon darauf und sah dem Wasser beim Fließen zu, während ich darüber nachdachte, wie wenig mir der letzte Monat meines Lebens genutzt hatte.
Das ein oder andere hatte sich verändert, seitdem ich das erste Mal mit Evelia ins Gespräch gekommen war, doch nähergekommen war ich meinem eigentlichen Ziel kein Bisschen.

„Es war so lustig!", Evelia lachte bei der Erinnerung und starrte grinsend hinauf in den Himmel. Wir waren nach der Schule heimlich an die Gletscher geflogen, da sie mir unbedingt alles vom letzten Übernachtungsabend mit ihren Freundinnen erzählen wollte.

„Schade eigentlich, dass du nicht da sein konntest", meinte Evelia schließlich. Sie lag neben mir auf dem Rücken und sah mich versonnen von der Seite aus an. Ich wandte ihr den Kopf zu.
„Du weißt, ich würde gerne kommen, wenn da nicht zwei, drei gewisse Persönlichkeiten wären, denen das gewaltig gegen den Strich gehen würde."
Evelia stieß genervt die Luft aus.
„Ja. Was bei deren Erziehung falsch gelaufen ist, wüsste ich auch gerne. Man könnte meinen, zu viel Einfluss verdirbt."
Ich nickte wortlos. Im Laufe des letzten Monats hatte ich das Zusammenleben mit meiner Familie verschärft unter die Luppe genommen und war dabei auf äußerst ernüchternde Erkenntnisse gestoßen.
Es war klar, dass meine Eltern mich hassten. Ich hatte jedoch begriffen, dass ich wohl scharf zwischen meinem Familienleben und dem anderer unterscheiden musste. Und das nicht nur, weil meine Eltern eine Art von Achtung genossen, deren Ursprung ich nicht verstand. Denn während zuhause für die meisten Zuflucht und Zuneigung, Ruhe und glückliches Beisammensein bedeutete, bedeutete es für mich nichts von alledem. Ruhe vielleicht, aber von Ruhe hatte ich ohnehin genug. Das, was zu Hause für mich bedeutete, war zum Großteil einsame Stille in meinem Zimmer, Frust darüber auf diese Art gefangen zu sein und das Auftauchen der ständigen Frage: *Wieso?*
Doch auch mein Bruder war nicht hilfreich. Seit unserem Gespräch ging er mir aus dem Weg und erleichterte und enttäuschte mich damit gleichermaßen. Von ihm bekam ich nur etwas mit, wenn in der Schule über ihn und seine Clique gelästert

wurde, und manchmal stieß er mich auf dem Flur zur Seite, wenn unsere Wege sich kreuzten. Grundsätzlich wechselte er jedoch kein Wort mit mir.

Meine Tage verliefen dadurch immer gleich. Tag ein Tag aus Schule, Zeit mit Evelias Freunden, die lachten und lebten und anschließend ewige Gefangenschaft in meinem Zimmer – in meiner Zelle – bis der nächste Morgen da war. Dann ging alles von vorne los.

Die Nächte verbrachte ich meist ruhelos. Ich wälzte mich in meiner Mulde herum, starrte aus dem Spalt in der Wand nach draußen in die kalte, dunkle Nacht oder auf den Schnee, wenn er gerade frisch, in taumelnden Flocken vom Himmel fiel. Ich ritzte mit meinen Krallen Risse in die Eiskruste, welche sich über den Felsen spannte oder lag einfach mit offen Augen da und versuchte, an nichts zu denken. Das Nachdenken verschob ich auf die Tage, denn da hatte ich ohnehin im Überfluss Zeit dafür. Und die Zeit verhielt sich immer seltsamer. Sie wurde länger und länger und verflog gleichzeitig so schnell, dass es mir manchmal vorkam wie ein einziges Blinzeln, bis ein Tag vergangen war und ich am nächsten Morgen für exakt denselben Ablauf die Höhle verließ.

Es war ermüdend und anstrengend und trotzdem blieb es ohne Resultat. Mein Leben war ein Pendel, das pausenlos vor und zurück schwang und dabei Fall um Fall ein bisschen seiner Energie an die eintönige Bewegung verlor.

„Weißt du eigentlich, dass es toll ist, einfach so mit dir hier zu sein?"

Mit einem verwirrten Blinzeln brachte ich meine Gedanken wieder in den Moment zurück und betrachtete Evelia, welche mich noch immer mit einem vertrauten Lächeln ansah. Dabei hatte sie den

Kopf so weit zur Seite gedreht, dass unsere Blicke sich problemlos begegnen konnten.
Ich öffnete den Mund, um etwas zu erwidern, doch zu meiner Erleichterung nahm Evelia mir diese Aufgabe ab, indem sie einfach weiter sprach.
„Manchmal frage ich mich, wieso ich dich nicht schon viel früher angesprochen habe. Ich bin dir einfach aus dem Weg gegangen. Wie alle anderen, die sich vor deinen Eltern fürchten", sie hielt inne, während ich versuchte, zu begreifen, was Evelia mir soeben gestanden hatte.
Das Gespräch, auf das ich so lange gewartet hatte, war so plötzlich aufgetaucht, dass ich es nicht auf Anhieb begriff. Doch zu allem Unglück war es nicht nur eingetreten, sondern auch beunruhigend schnell beendet.
„Dabei bist du ganz anders", fuhr Evelia leise fort, weshalb ich mühsam den schalen Geschmack ignorierte, der sich auf meiner Zunge breitgemacht hatte. Ihr Blick fing meinen und hielt ihn einen Moment lang nachdenklich fest, bevor sie hinzufügte: „Du bist immer nett und gar nicht eingebildet oder gebieterisch", sie lachte plötzlich und schüttelte ungläubig den Kopf, „Für einen Ringdrachen, bist du so zurückhaltend, dass ich zeitweise sogar vergesse, dass du überhaupt ein Teil dieser Familie bist. Mit einem von denen würde ich mich keine zwei Sekunden abgeben, aber du ... Du hast mich überrascht."
Ich schwieg. Eigentlich wollte ich etwas erwidern, ihr erklären, warum ich mich so von meiner Familie unterschied, aber wie sollte ich schon. Stattdessen ging ich ihre Worte immer wieder durch und versuchte zunehmend verzweifelt, darin mehr zu

finden, als das Geständnis, dass niemand mir helfen konnte, zu verstehen, außer meiner Eltern.
Obwohl das Geständnis all meine Hoffnungen in einem Zug zerriss, zwang ich mir ein Lächeln auf. Evelia sah mich unverändert an und weil ich nicht wusste, was ich sagen sollte, wandte ich meinen Blick schließlich wieder dem weiten, blauen Himmel über mir zu. Die Sonne schien viel zu heiter und lebendig. Am liebsten hätte ich die Augen geschlossen, doch ich erlaubte es mir nicht. Dabei wusste ich, dass das, was ich tat, nicht fair war.
Ich überschüttete mich, wie auch Evelia mit Lügen! Mit jedem Tag, der verging, wurden es mehr und ich konnte einfach nicht damit aufhören. Denn die Wahrheit auszusprechen, bedeutete auch, sie zu akzeptieren und ich war mir sicher, dass ich das nicht wollte.
Es kam einer Kapitulation gleich. Als würde ich alle Hoffnung fallen lassen, mich je wieder zu erinnern. Plötzlich spürte ich eine Berührung an meinen Arm und als ich hinsah, erkannte ich, dass Evelia sich nun ganz zu mir gedreht hatte und eine ihrer Klauen sanft auf meinen weißen Schuppen ruhte.
„Ich habe dir so viel von mir erzählt", flüsterte sie und musterte dabei verträumt das Blau meiner Flügel, „Ich habe dir noch gar keine Zeit gelassen, mir von dir zu erzählen."
Ich biss die Zähne zusammen. *Natürlich nicht.* Ich hatte auch nie versucht, das Thema selbst anzusprechen. Ich hatte immer bloß gehofft, sie über mich sprechen zu hören.
„Wer bist du, Riley?"
Evelia hob den Blick und ich erwiderte ihn schweigend. Er war voller Fragen und einen seltsamen

Moment lang, hatte ich das Gefühl, als blickte ich dadurch in meine eigene verwirrte Seele.
Meine Augen verloren an Glanz, als ich Evelias Blick auswich und versuchte, ruhig weiter zu atmen. Ich fühlte mich plötzlich müde. Furchtbar müde, so dass es mir schwerfiel, die Augen offen zu halten. Deshalb dauerte es einige Sekunden, bis ich endlich die Kraft für eine matte Antwort aufbrachte: „Ich wünschte, ich könnte es dir sagen. Glaub mir, da ist nichts, was ich lieber tun würde."

Der erste Funke

Noch nie hatte ich etwas so ernst gemeint. Noch nie waren mir Worte so gläsern erschienen. Als könnten sie mich völlig durchsichtig machen. Als könnte durch sie jeder sehen, wie ich mich fühlte.

Ich hockte auf dem Boden meines Zimmers und wartete. Mein Atem hatte sich erst vor wenigen Sekunden beruhigt und jetzt füllte mich wieder dieses seltsame Gefühl aus, gefangen zu sein, nicht handeln zu können. Das Gefühl, das mir sagte, dass meine Ziele unerreichbar für mich waren, sowie auch das, was mich glauben ließ, einen großen Fehler begangen zu haben. Besser gesagt, dass ich vorhatte, einen großen Fehler zu begehen.
Meine Hoffnung, durch Evelia meine wichtigste Frage zu klären, war in der Luft zerrissen worden und im Moment wollte ich einfach nur aufspringen und schreien. Trotzdem blieb ich still.
Nachdem ich Evelia mein wohl größtes Geheimnis überhaupt dargelegt hatte, hatte ich einen Moment lang keine Luft mehr bekommen. Ich hatte mich abgewandt und versucht, nicht die Fassung zu verlieren, doch sie hatte mich einfach hochgezogen und aufgefordert, mit ihr zurückzufliegen.
Das hatten wir getan und kurz vor unserem Abschied hatte sie gesagt: „Triff mich hier in ein paar Stunden,

wenn es dunkel ist. Aber lass dich nicht erwischen. Okay?"
Sie hatte mich fragend angesehen und ich hatte einfach geantwortet: "Ja, kein Problem. Ich werde da sein."
Dann hatte sie gelächelt und war davongeflogen. Wie dumm ich nur sein konnte. *Wieso tat ich das?* Ich wollte mich wegschleichen und das auch noch nachts. Ich musste völlig den Verstand verloren haben. Aber vielleicht musste ich es genau deswegen tun - weil mein Kopf mir sagte, dass es falsch war. Vielleicht musste ich mich widersetzen, meinen eintönigen Tagesablauf sprengen.
Aber würde ich dann nicht riskieren, dass alles schlimmer wurde?
Ein Lachen drang aus meiner Kehle und ich vergrub das Gesicht in den Klauen, um es zu ersticken. *Blödsinn.* Ich hatte nichts zu verlieren. Ich war niemand. Selbst wenn ich etwas mehr über meine Vergangenheit würde herausfinden können - vielleicht wäre das kaum mehr wert als das, was ich ohnehin schon wusste. Vielleicht war das meine ganze Geschichte, denn selbst in Evelias Worten sah ich mich nur als den verschwimmenden Schatten, der ich schon immer gewesen sein könnte. Verdeckt von einem Trugbild, das meine Eltern geschaffen hatten – die einzigen Personen in meinem Leben, die jetzt noch mehr wissen könnten. Diejenigen, die mir die größte Stütze sein sollten und die mich stattdessen gnadenlos auf die Knie zwangen.
Ich richtete mich ruckartig auf. Meine Augen brannten vor Wut. Wut auf mich selbst, auf meine Eltern und Neuro. Und ich konnte nur noch daran denken, wann ich endlich hier raus kam. Aus diesem Gefängnis. Ich

wollte nur fort von diesem Ort, der mein Leben zerstört hatte.

Flora

Als ihr Mann das Zimmer betrat, kniete Flora mit gesenktem Kopf am Boden. Sie murmelte ein Gebet und sah erst auf, als das letzte ihrer halblauten Worte verklungen war.

Sam stand hinter ihr. Flora spürte seine Präsenz und seine stille Huldigung bei jedem ihrer Atemzüge und sie lächelte, bevor sie sich aufrichtete und zu ihm hinüber kam.

„Fehlt nur noch, dass du mir flüsterst, dass du mich liebst", säuselte sie mit einem zarten Schmunzeln.

Der Blick, mit dem Sam sie musterte, zeigte unverhohlene Bewunderung.

„Wie kann jemand nur so perfekt sein?", fragte er wie zu sich selbst.

„Wir sind Gleichgesinnte", erwiderte Flora sanft, „Dort, wo ich Perfektion zeige, tust du das ebenso."

„Wir werden gut geleitet", flüsterte Sam, doch diesmal war es nicht Flora, die ihm antwortete.

„Ganz recht."

Die beiden Ringdrachen zuckten zusammen und sahen sich um. Flora entdeckte die Umrisse des Schemens zuerst und ihre Augen weiteten sich in Unglauben. Sam sank neben ihr zu Boden und auch sie fiel wie in Trance auf die Knie.

Der schwarze Umhang, in den der Drache vor ihnen gehüllt war, ließ einen Großteil von ihm mit der Dunkelheit am anderen Ende des Zimmers verschmelzen, doch die Schuppen, die darunter herausschauten, waren zu hell und farbentleert, um das wenige Licht zu verschlucken.

Seine violetten Augen blicken zufrieden auf die Ringdrachen hinab, als diese sich kniend vor ihm verneigten.

„Seid Ihr es wirklich?", hauchte Sam voller Ehrfurcht und auch Flora spürte einen Schauder der furchtsamen Hoffnung ihren Körper hinunterlaufen.

Der bleiche Drache trat einen Schritt auf sie zu und forderte sie mit einer schlichten, fast gelangweilten Geste dazu auf, sich zu erheben.

„Habt ihr je daran gezweifelt, mich wiederzusehen?", entgegnete er und Sam und Flora schüttelten vehement den Kopf, während sie den Blick nicht länger von den violetten Augen ihres Gegenübers abwenden konnten.

„Wir haben Euch nie aufgegeben!", hauchte Flora trotz der Trockenheit, die sich in ihrem Mund ausgebreitet hatte und Sam ergänzte ihre Worte.

„Wir haben nur darauf gewartet, dass Ihr wiederkommen würdet. Wir sind darauf vorbereitet, Euch treu zu dienen!"

Bei den Worten lächelte der bleiche Drache wissend.

„Nichts anderes hätte ich von den letzten Vertretern meiner Königsrasse erwartet", bemerkte er gelassen und sah dabei erst Flora und dann Sam für einen anerkennenden Moment direkt an, „Ihr seid mit Sicherheit bereit, mir einen kleinen, aber umso bedeutenderen Gefallen zu erweisen."

„Was immer es ist", antworten Sam und Flora im Chor, „Ihr braucht es nur auszusprechen."

Nur ein Spiel

Meine Wünsche waren schon immer wild und ungezähmt. Wenn ich etwas wollte, dann holte ich es mir. Ganz gleich wie hoch der Preis sein mochte.

Evelia erwartete mich mit einem Lächeln, als ich mit zwei letzten Flügelschlägen vor ihr auf dem Eis landete. Sie hockte auf dem Boden und sah mich wortlos an, obwohl ich längst meine Flügel auf dem Rücken zusammengefaltet und die letzten zwei Schritte zu ihr überwunden hatte. Ich legte den Kopf schief und blickte zu ihr hinunter. Ihre Augen funkelten lebendig und ich fragte mich, was dieser Gesichtsausdruck zu bedeuten hatte, doch Evelia machte keine Anstalten, mich aufzuklären.
„Was ist?", fragte ich schließlich, während ich mich vor ihr auf dem Boden niederließ.
„Ich war mir nicht sicher, ob du kommen würdest."
Ich blinzelte.
„Wieso? Ich hatte es doch versprochen."
„Na ja", Evelia lachte, „Du hast es jedenfalls behauptet. Aber ich war mir trotzdem nicht sicher."
„Die Behauptung war mein Versprechen", erwiderte ich schulterzuckend und Evelia nickte grinsend.
„Dann würde ich sagen: Willkommen. Willkommen im Club derjenigen, die auch mal ab und an eine Regel brechen. War es schwer, unbemerkt raus zu kommen?"

Etwas verwirrt schüttelte ich den Kopf.
„Nein. Es war extrem einfach. Ich glaube, es rechnet keiner damit, dass ich etwas anderes tun würden, als brav in meinem Zimmer zu bleiben."
Wieso auch? Ich hatte ja selbst nie damit gerechnet.
Evelia lächelte wieder.
„Gut, dass ich dich hierzu überredet habe. Du musst definitiv lernen, wo deine Möglichkeiten liegen."
Sie lachte, als ich darauf nichts erwiderte, und zog mich plötzlich in eine stürmische Umarmung, bei der ich vor Schreck zusammen zuckte.
„Warum bist du nur so?", fragte sie kichernd. Ich ging davon aus, dass es eine rhetorische Frage war, und antwortete daher nicht. Mein Herz hämmerte und Evelia schmiegte sich so dicht an mich, dass ich fürchtete, sie würde es merken. Als sie aber nach einer Weile leise seufzte, hatte ich mich bereits so weit gefasst, dass mein Herz in einem normalen Rhythmus weiter schlug. Ich räusperte mich.
„Wofür sind wir nochmal hier?", brachte ich schließlich mit nervösem Lachen heraus, denn obwohl es sich seltsam ungewohnt anfühlte, löste die Umarmung zum ersten Mal so etwas wie Dankbarkeit in mir aus.
Evelia gab mich frei und sah mich einen Moment lang kopfschüttelnd an.
„Das ist noch ein laaanger Weg, der da vor uns liegt", meinte sie nickend und schenkte mir ein verschmitztes Lächeln, „Ich bin zuversichtlich, dass wir das hinkriegen."
„Das war nicht die Antwort auf meine Frage", erwiderte ich ausweichend, woraufhin Evelia kaum merklich die Augen verdrehte. Dabei lächelte sie

jedoch weiter und zuckte im gleichen Atemzug die Schultern.
„Ich weiß. Die Antwort ist nun mal eine Überraschung."
„Eine Überraschung?"
„Genau. Aber einen kleinen Tipp kann ich dir wohl gewähren. Ich habe vor, dich auf ein kleines Spiel einzuladen."
Ich sah sie fragend an und sie lachte über meinen irritierten Gesichtsausdruck. Dann sprang sie auf und hielt mir die Klaue hin, um mich hochzuziehen.
„Keine Angst. Spiele beißen nicht! Ich will nur, dass du dich ein bisschen aus deiner komfortablen *Ich-ändere-nichts-an-meiner-Tagesroutine-Einstellung* bewegst", sie sah abwartend auf mich hinab, „Bist du dabei?"
Ich ergriff ihre Klaue und sie zog mich nach oben.
„Erklärst du mir das Spiel vorher?"
„Hast du die Überraschung schon wieder vergessen?"
Ich rang einen Moment mit mir, doch schließlich beschloss ich alle Zweifel, die mich aufhielten, zur Seite zu schieben und nickte.
„Okay. Ich bin dabei."
„Perfekt", Evelia breitete die Flügel aus, „Dann komm. Bevor es losgehen kann, haben wir noch eine kleine Strecke zu überwinden!"

Verblutende Heimat

Entscheidungen sind so eng mit Fehlern verknüpft, dass die Wahrscheinlichkeit unwahrscheinlich hoch ist, dass in Folge des Einen, das Andere wie ein lästiger Begleiter oder eine unvermeidliche Mehrwertsteuer ebenfalls auftritt. Trotzdem würde ich bis heute nicht aufhören wollen, Entscheidungen zu treffen. Denn es gibt nur eine Sache, die schlimmer ist als Fehler es je sein könnten ... und das ist Stillstand.

„Unsere Schule?", ich sah skeptisch an der im Dunkeln ganz fremd erscheinenden Gebäudefassade hinauf. Jetzt im Moment wirkte sie noch viel mehr wie der Fremdkörper in der sonst völlig naturbelassenen Landschaft, der sie in meiner Heimat war.
Im Unterricht hatte ich aufgeschnappt, dass die Schule früher ein menschengemachter Forschungsstützpunkt war, den wir uns nach dem Verschwinden der Menschen zurück in die warmen Länder zu unseren Zwecken umgestaltet hatten.
Zweifelnd musterte ich die spiegelnden Glasscheiben der Fenster.
„Was willst du hier?"
Etwas stieß mir unangenehm in die Seite und ich zuckte zusammen.
„Hey!"

Evelia packte mich augenrollend am Arm und zog mich ungeduldig auf den Eingang zu. Meine Frage umging sie einfach, doch diesmal gab ich nicht sofort auf.
„Die Schule ist um diese Zeit sowieso geschlossen", beharrte ich, „An welches Spiel hast du denn gedacht?"
„Sei nicht so ungeduldig", tadelte Evelia mich und blieb kurz stehen, um mich anzusehen, „Vertrau mir einfach."
Leichter gesagt, als getan, musste ich unwillkürlich denken, doch ich rief mich zur Vernunft. Ich sollte Evelia vertrauen. Außer ihr hatte ich niemanden. Außerdem mochte ich sie. Wir waren Freunde.
„Das tue ich", erwiderte ich deshalb und jetzt war es an Evelia, mich skeptisch zu mustern.
„Tust du es oder würdest du nur gern?"
Ich fühlte mich ertappt, daher seufzte ich ergeben.
„Gibt es da einen Unterschied? Du könntest mir wenigstens den Namen vom Spiel verraten."
Ein Lächeln huschte über Evelias Gesicht.
„Das wäre langweilig. Dann wüsstest du schon Bescheid."
Sie drehte sich um und zerrte mich weiter auf den Eingang zu.
„Aber muss ich nicht sowieso wissen, wie das Spiel funktioniert?", fragte ich weiter, doch Evelia ging wieder nicht auf meine Bemühungen ein, „Ich stelle es mir schwierig vor, wenn nur du weißt, was wir spielen. Es gibt doch bestimmt Regeln."
„Still jetzt!", Evelia blieb vorm Eingang der Schule stehen und ich verstummte, „Du hast Recht. Das Spiel, das wir spielen, heißt *Einbrechen-Mitnehmen-Abhauen*", sie grinste

verwegen, als meine Augen sich überrascht weiteten, „Heute könnte man auch sagen, es ist eine Therapiemaßnahme", meinte sie neckend und brachte einen kleinen, bronzefarbenen Schlüssel zum Vorschein, ehe sie sich damit der Tür zuwandte.
„Und zu deinen Regeln", fuhr sie fort, während sie den Schlüssel kurzerhand ins Schloss schob, „Es gibt keine, außer dass wir uns nicht erwischen lassen sollten."

Im Eingangsbereich war es dunkel. Viel dunkler als draußen, denn drinnen fehlte nun auch der Großteil des natürlichen Lichts. Hier gab es kein Mondlicht und auch nicht den fernen Lichtschein der Sterne. Langsam betrat ich den düsteren Flur und spähte ihn entlang bis an sein Ende, wo er mit einer Biegung in einen angrenzenden Gang mündete. Die Türen zu den Klassenzimmern an den Seiten des Flurs waren alle geschlossen und es war so gespenstisch still, dass selbst mein Atem sich viel zu laut in meinen Ohren anhörte. Evelia trat neben mich. Sie wirkte aufgeregt und ganz gepackt vom Nervenkitzel, weshalb sie kaum stillstehen konnte. Ich dagegen fühlte mich mit einem Mal ganz ruhig.
Mir war natürlich bewusst, dass das, was wir taten, verboten war. Trotzdem machte es mir nichts aus. Es war eher entspannend. Zum ersten Mal hatte ich wirklich das Gefühl, Kontrolle über mein Leben zu haben.
„Komm schon", drängelte Evelia neben mir ungeduldig, „Das war nur der erste Schritt des Spiels. Jetzt müssen wir irgendwas finden, was wir mitnehmen können. Möglichst ohne, dass es in den nächsten Tagen sofort auffällt."

Ich nickte und wir setzten uns in Bewegung. Evelia lief immer ein Stück voraus und spähte flüchtig um die Ecken, ehe sie weiterlief. Ich folgte ihr widerstandslos, denn natürlich begegnete uns niemand.
Irgendwann berührte Evelia mich leicht am Arm, damit ich sie ansah. Sie deutete auf ein Klassenzimmer zu unserer Linken.
„Lass uns mal da rein gucken. In den Fluren finden wir nichts", meinte sie und schloss dann mit demselben Schlüssel, den sie schon für den Eingang benutzt hatte die Tür auf.
„Woher hast du den eigentlich?", fragte ich neugierig und Evelia grinste breit.
„Als ich zum ersten Mal hier reingekommen bin, bin ich durchs Fenster geklettert", erzählte sie, „Irgendwer hatte wohl vergessen, es zuzumachen."
Ich schüttelte ungläubig den Kopf.
„Und dass du den Schlüssel geklaut hast, ist nie aufgefallen?"
Evelia zuckte die Schultern.
„Soweit ich weiß, nicht. Lehrer verlegen schließlich auch ständig Schlüssel. Da ist ein Fehlender kein Weltwunder."
Diesmal musste ich lachen. Die Art wie Evelia über den Diebstahl sprach, war so unmöglich gelassen, als spräche sie über die gewöhnlichste Sache der Welt.
„Warum lachst du?" Sie versuchte erneut mir den Ellenbogen in die Seite zu stoß, um mich zum Aufhören zu zwingen, doch ich wich rechtzeitig aus und beobachtete amüsiert wie Evelia eine beleidigte Flunsch zog.

„Ich weiß nicht. Irgendetwas sagt mir, dass ich mich lieber nicht mit einer so kriminellen Persönlichkeit herumschlagen sollte."
„Und mir sagt irgendetwas, dass dir diese kriminelle Persönlichkeit sehr guttut!"
Sie drückte die Klinke hinunter, stieß die Tür auf und marschierte in den Raum dahinter. Ich folgte ihr mit einem kleinen Lächeln, denn ich konnte nicht widersprechen. So lebendig wie jetzt gerade hatte ich mich in meiner Erinnerung noch nie gefühlt.
„Ich glaube, hier hatten wir schonmal Unterricht", sagte Evelia mit einem prüfenden Blick ins Klassenzimmer. Ich sah mich ebenfalls um und runzelte die Stirn.
„Der Raum sieht aus wie jeder andere", erwiderte ich unbeeindruckt, doch Evelia wollte davon nichts wissen.
„Gar nicht wahr, er hat etwas Vertrautes! Da bin ich mir sicher. Guck, da!", sie deutete auf eine winzige Schmiererei auf einem der Tische, „Das kommt mir bekannt vor!"
Ich schmunzelte.
„Na wenn du meinst ..."
„Aber sicher und hier sind noch mehr Hinweise!", sie tigerte durch die Klasse, an sämtlichen Stühlen und Tischen vorbei und deutete immer wieder auf kleine Risse oder Kritzeleien, bei denen ich mich fragte, wie sie diese in der Dunkelheit überhaupt erkennen konnte. Derweil beobachtete ich sie einfach, während ich kurz hinter der Türschwelle stand und leise in mich hinein lächelte.
So musste es sich anfühlen, mit jemandem befreundet zu sein.

„Was stehst du noch da rum?", rief Evelia auf einmal und riss mich damit wie so oft aus meinen Gedanken, „Nicht träumen! Mach dich lieber nützlich! Die Sache, die wir mitnehmen, findet sich nicht von alleine."

„Ist ja gut", entgegnete ich beschwichtigend und machte mich auf zum Pult, wo ich einer spontanen Eingebung folgend die Schublade öffnete und eine Packung mit Kreide herausfischte. Ich betrachtete sie einen Moment, dann blickte ich auf, um sie Evelia zu präsentieren. Daher bekam ich gerade noch mit, wie sie mit einem begeisterten Jauchzen im Nachbarraum verschwand, welcher durch eine zusätzliche Tür mit unserem verbunden war. Ich ließ die Packung zurück in die Schublade fallen.

„Wie cool!", hörte ich Evelia rufen, welche offensichtlich die Jagd auf ihren Gegenstand begonnen hatte und zudem jede Angst entdeckt zu werden, vergessen zu haben schien, „Komm, das musst du dir ansehen!"

Neugierig schob ich die Schublade erst sorgfältig wieder zu und machte mich dann auf den Weg zum Nebenraum, aus dessen Richtung ich Evelias Stimme gehört hatte.

Doch gerade als ich durch die Tür gehen wollte, ließ mich ein Geräusch unvermittelt innehalten. Ein Klirren. Zwar war es nur ganz leise gewesen, doch eindeutig nicht bloß Einbildung. Ich drehte mich um – zurück zu der Tür hinaus auf den Flur, welcher mir von dem helleren Klassenzimmer aus wie ein schwarzes Loch entgegen gähnte.

Mit einem Mal beschlich mich ein unbestimmtes Gefühl von Panik. Ich wandte der Tür hastig den Rücken zu und rannte durch die andere in das nächste

Zimmer, in dem Evelia strahlen neben einem kleinen Regal stand und auf einen Gegenstand vor sich auf einem der Bretter deutete. Was es war, sah ich nicht und ich ignorierte auch ihren überraschten Schrei, als ich sie am Arm packte und mit mir auf den nächsten Ausgang zu zerrte.
Zwar verstand ich das Gefühl nicht, welches mich dazu antrieb, doch es war von einem auf den anderen Augenblick so übermächtig, dass ich kaum noch etwas anderes wahrnehmen konnte. Evelia versuchte, mich zu bremsen, und ich war mir sicher, dass sie mir etwas zurief, doch ich verstand nicht was und es war mir auch egal.
Sie durfte mich jetzt nicht aufhalten. Das war alles, womit ich mir sicher war. Hier stimmte etwas nicht und wir mussten so schnell wie möglich hier raus. Auch wenn sie es nicht verstehen würde und danach enttäuscht von mir wäre. Ich wusste, dass alles andere in diesem Augenblick falsch wäre. Weil es dann zu spät wäre ... falls es das nicht längst war.
Blindlings zerrte ich Evelia mit mir hinaus auf den Flur. Dabei huschte mein Blick hektisch durch den scheinbar verlassenen Gang und ich lief geradewegs auf den Ausgang zu, bei dem ich das Mondlicht von draußen bereits mit seinem sanften Licht die steinernen Fliesen beleuchten sah. Ich warf einen Blick zurück zu Evelia, welche schimpfend hinter mir her stolperte, und spürte endlich einen Hauch von Erleichterung in mir aufkommen, als ich daran dachte, dass wir nur noch wenige Schritte vom Ausgang entfernt waren. Gleich waren wir draußen. Gleich. Gleich ...

Mit einem Mal hörte ich hinter mir ein Stöhnen und fuhr so schnell herum, dass ich beinah über meine eigenen Füße gestolpert wäre. Ich keuchte, denn bei dem Anblick des Blutes drehte sich mir der Magen um und ich stolperte schwankend zurück als Schwindel mich erfasste und für einen Moment besinnungslos werden ließ. Meine Klaue rutschte von Evelias Arm ab, welchen ich bis eben noch fest umklammert hatte und ich konnte Grauen und blankes Entsetzen in ihren Augen sehen, kurz bevor sie schwer atmend den Blick senkte und ihn auf das blutige Loch in ihrer Brust richtete. Von der Spitze der Klinge, die daraus hervor ragte, tropfte ihr Blut und ich wollte etwas sagen oder schreien, aber außer dem erstickten Keuchen drang kein Wort aus meiner Kehle. Sie hob den Kopf und streckte eine Klaue nach mir aus, doch genau in diesem Moment packten fremde Krallen ihre Schulter und zogen sie zurück, während ihre die Klinge mit einem Ruck aus dem Körper gezogen wurde.

Das war der Moment, in dem ich doch schrie. Der Schmerz und das pure Grauen zerrissen meine Brust und ich sah nur noch wie Evelia ein letztes Mal versuchte, Luft zu holen, und schließlich einfach vornüber kippte.

Ihr Körper landete mit einem dumpfen Geräusch auf dem Boden und ich war für einige Sekunden so gelähmt vor ungläubigem Entsetzen, dass ich sie nur anstarren konnte. Meine Augen waren weit aufgerissenen und ich rang verzweifelt um Atem, während auch ich nach hinten taumelte und irgendwann rückwärts zu Boden fiel. Eine Blutlache verteilte sich auf dem Boden und ich schrie Evelias Name, doch sie rührte sich nicht mehr.

Mein Herz raste so schnell, dass ich Angst hatte, gleich das Bewusstsein zu verlieren. Doch stattdessen hob ich endlich den Blick und sah hinauf in das Gesicht des Drachen, in dessen Klaue ich noch die Klinge mit Evelias Blut daran glänzen sehen konnte. Ich wollte das nicht glauben. Ich konnte das nicht glauben. Weder den Anblick des Blutes und von Evelias reglosem Körper auf dem Boden meiner Schule, noch den Anblick desjenigen, der nun mit blitzenden Augen und breitem Lächeln über mir aufragte, während ich selbst um Fassung und Luft ringend da saß und mich nicht mehr rühren konnte.
„Hallo, Riley", die unverändert herablassende Stimme meines Vaters hallte von den Wänden des Eingangsbereichs wieder wie ein nicht enden wollendes Echo, „Schön sich wiederzusehen. Noch dazu unter so erfreulichen Umständen." Dabei lachte er, doch es klang für mich so unwirklich und schräg, dass mein Gehirn das Geräusch zu einem widerlichen Kreischen verzerrte.
Ein helles Kichern hallte durch das Gebäude.
„Wie recht dein Vater doch hat. Dabei hast du es uns nicht einmal leicht gemacht. Nicht wahr, Schatz?" Mit einem sanften Lächeln trat meine Mutter neben Sam und sah mich kurz auf ihre grausam zärtliche Art an, ehe sie meinem Vater einen verliebten Blick zuwarf.
„Stimmt, wir hätten nie erwartet, dass wir dich extra suchen gehen müssten, nun da es endlich soweit ist", erwiderte mein Vater grinsend als habe er damit einen besonders lustigen Witz gemacht.
„Was ist soweit?", brachte ich krächzend heraus, „Warum seid ihr hier? Warum zur Hölle habt ihr sie umgebracht!", ich schnappte nach Luft und versuchte Tränen hinunter zu schlucken. Doch dabei merkte ich

erst, dass einige von ihnen mir längst über die schuppige Haut liefen. Ihre Hitze ließ mich erschaudern, dennoch fixierte ich meine Eltern so verzweifelt, als hoffte ich, ihnen so endlich alle Antworten auf meine Fragen aus dem Leib reisen zu können. Flora lächelte und ihr Blick wurde weich, als sie sich zu mir hinab beugte.

„Schätzchen, es ist ganz einfach", säuselte sie und ich hätte sie am liebsten dafür geschlagen.

„Was ist *ganz einfach*? Dass ihr herkommt und ein Mädchen ermordet?"

Meine Stimme war jetzt laut und ich musste mich bemühen, nicht zu schreien. Ich zitterte am ganzen Körper und spürte bereits wie neben dem Ekel vor dem Verhalten meiner Eltern und dem Entsetzen über die Grausamkeit ihrer Tat, blinde Wut in mir aufzukochen begann.

„Du solltest auf deine Mutter hören", erwiderte Sam und mein Blick huschte flackernd zu ihm hinüber – wie er einfach da stand – vor ihm der reglose Körper meiner Freundin, um ihn eine Lache aus frischem Blut und mit einer gelangweilten Gelassenheit, die dafür sorgte, dass etwas in meinem Gehirn sich endgültig ausklinkte.

„Wir sind nicht wegen ihr hier. Sie ist ein viel zu kleiner Schandfleck gewesen, als dass es sich gelohnt hätte, sich ihrer extra anzunehmen", fuhr meine Mutter mit beruhigender Stimme fort, „Das passiert alles nur wegen dir. Du bist der Fehler im System, nicht wir und auch nicht sie. Wir sind nur hier, um zu korrigieren", sie schwieg kurz und unsere Blicke begegneten sich. In ihrem lag blanke Emotionslosigkeit, doch ihre Stimme klang

unverändert sanft, als sie endete, „Du störst das *Große-Ganze*."
Mit diesen Worten stürzte sie vor und ich konnte das Messer in ihrer Klaue blitzen sehen. Doch noch bevor sie einen Schritt näherkommen konnte, brach plötzlich überall um mir herum der Boden auf und Schatten sammelten sich um meine Klauen, die ich vor Wut in die kalten Fliesen gekrallte hatte. Die Schatten schossen nach vorn wie Pfeilspitzen. Einige packten Flora und bohrten sich mitten durch ihren schlanken Körper, während ein weiterer meinem Vater die Faust in die Brust stieß und mit einem Ruck sein Herz herausriss. Er brach sofort zusammen. Doch der Schrei, der aus Floras Kehle drang, war unnatürlich. Er füllte die gesamte Halle und ihre Augen wurden mit einem Schlag starr, als die Schatten zurück in den Boden sanken und sie achtlos fallen ließen.
Das letzte Geräusch, das ich hörte, war der dumpfe Aufschlag, mit dem Flora wie schon Evelia vor ihr auf den Fliesen landete. Dann herrschte Stille. Oder zumindest sollte es das, aber in meinem Kopf dröhnte immer noch das ununterbrochene laute Rauschen, während ich starr vor Angst da saß und mit rasendem Herzen die zertrümmerten Fliesen und die drei Leichen vor mir am Boden anstarrte. *Leichen.* Sie waren alle ...
Mein Blick wurde glasig und ich hatte plötzlich Angst zu ersticken, denn ich bekam einfach keine Luft mehr. Trotzdem versuchte ich zitternd, über die Blut bespritzen Steinsplitter zu Evelia zu kriechen.
Meine Klaue berührte ihre Schulter, doch noch bevor ich sie wirklich erreichen konnte, spürte ich auf einmal, wie alle Kraft von einer auf die andere Sekunde aus meinen Gliedern wich – einen Atemzug,

bevor ich inmitten der Blutlache zusammenbrach,
Dunkelheit alles einhüllte und die Welt endgültig zum
Verstummen brachte.

Nathaniel

Die erste Welle kam unerwartet. Noch dazu war sie so schwach, dass sie kaum mehr als ein zartes Flirren der Luft auslöste.
Ich schenkte ihr nicht sonderlich viel Beachtung, denn magische Schwingungen waren nichts Ungewöhnliches und zudem hätte ich anhand dieses feinen Nachhalls ohnehin weder Herkunft noch Botschaft dieser ausmachen können. Ungewöhnlich war eher die zweite Welle, die kurz auf die erste folgte. Und zwar mit deutlich mehr Kraft als ihr Vorgänger. Das kam schon seltener vor, gerade so dicht nacheinander. Meine tatsächliche Aufmerksamkeit widmete ich jedoch erst der dritten Welle. Diese war wieder stärker und von kleinen Stromstößen begleitet, die mich kitzelten, während ich versuchte, mich darauf zu konzentrieren.
Ich stutzte. Für diese Wellenanzahl und noch dazu mit dieser Kraftzunahme gab es in der Dämonenwelt eine spezielle Bedeutung: der Abriss einer starken, magischen Verbindung.
Meine nunmehr hellwache Magie ließ die Luft abwartend vibrieren, während ich versuchte, weitere Botschaften zu erspüren – eine vierte Welle zum Beispiel, doch diese blieb zu meiner Verwirrung aus. Eigentlich müsste der Abriss einer magischen Verbindung Begleiterscheinungen mit sich bringen,

doch davon merkte ich bisher nichts und eine vierte Welle hätte die Botschaft verändern und somit eine ganz neue Nachricht überbringen können, womit meine Welt wieder in Ordnung gebracht wäre, doch gerade fehlte etwas. Ich wollte schon damit fortfahren, mich zu wundern, als mit einem Mal heiße Magieströme in meinen Körper fluteten und mich aufkeuchen ließen. Die Hitze brannte auf meiner Haut und ich grinste breit, als ich das altbekannte Gefühl von Freiheit mit jedem Auftreffen einer Strömungswelle wachsen spürte. Das bedeutete einen Toten und ein neues Abenteuer für mich. Doch natürlich blieb es nicht bei dem Rausch. Schon kurze Zeit später fühlte ich, wie meine Magie wie gewohnt zurückgedrängt wurde. Verärgert schloss ich meine Finger um den kalten, rauen Stein, auf dem ich kauerte. Es war jedes Mal aufs Neue frustrierend. Als würde ein Teil von mir in einen engen Käfig gezwängt werden. Doch zu meiner Genugtuung war dieser nicht sehr robust.

Zögerlich richtete ich mich auf und bewegte mich langsam auf den Ausgang der Höhle zu. Die Kraft, welche mich bis vor wenigen Minuten noch daran gehindert hätte, meinen Weg fortzusetzen, war nun verschwunden und ich lächelte, als frische Luft meine Kleidung umspielte.

Es gab gute Gründe, wieso ich Veränderungen in der Regel liebte. Und diese Situation war einer davon.

Aias

Wortlos betrachtete Aias die Szenerie im Eingangsbereich der Schule, bei welcher sich inzwischen Massen an Schaulustigen versammelt hatten, um mit schockiertem Flüstern ihre Verschwörungen auszutauschen.

Das Blut der Ringdrachen, die im Zentrum aller Aufmerksamkeit lagen, hatte sich als rote Lache auf dem Steinboden verteilt. Es war durch die Rillen der zersplitterten Fliesen weitergeflossen, bis es sich auch mit dem des Drachenmädchens vermischt hatte, das mit offenen Augen und leerem Blick zwischen ihnen lag.

Vom letzten Vermissten, dem jüngeren Sohn der Königsrassenfamilie fehlte dagegen jede Spur.

Aias hob den Blick und sah sich in der Eingangshalle um. Einige Kinder weinten, andere wirkten traumatisiert, wieder andere ängstlich oder sogar wütend. Seine Kollegen waren überall. Reden beruhigend auf die jungen Generationen ein oder verkrochen sich aufgeregt tuschelnd in den Ecken des Raumes.

Aias selbst hatte noch kein Wort gesprochen. Er wusste auch nicht, was er sagen sollte. Eine Schülerin war tot. Und außerdem die zwei wichtigsten verbliebenen Vertreter der verehrten Königsrasse, von denen wiederum ein weiter verschwunden war.

Als Aias seinen Blick weiterschweifen ließ, entdeckte er Neuro. Der älteste Sohn der Ringdrachen stand seit geraumer Zeit am Eingang zum Foyer und starrte reglos auf das Schaubild zu seinen Füßen.

Er war momentan der Letzte, der übrig war. Doch Aias bezweifelte, dass dies eine ernsthafte Sorge des Jungen war.

Mit einem letzten Blick auf das Blutbad wandte Aias sich von den Leichen ab und steuerte gezielt auf den Ringdrachen zu.

Dieser bemerkte ihn gar nicht und schien selbst dann noch weggetreten, als Aias ihm eine Klaue auf die Schulter legte.

„Würdest du mich bitte begleiten", forderte er Neuro freundlich auf, woraufhin der Junge zwar den Blick hob, dieser jedoch ins Leere ging. Einen Augenblick lang stand er bloß da, doch schließlich nickte er langsam und setzte sich an Aias Seite wie ferngesteuert in Bewegung.

Aias betrachtete ihn mit einer Mischung aus Mitleid und Unschlüssigkeit. Er hätte nicht gedacht, dass er jemals Mitleid für einen Vertreter der Königsrasse empfinden könnte. Doch wie es schien, änderten sich die Zeiten und er bezweifelte, dass es im Grunde eine Veränderung zum Guten war.

TEIL 3: Die Gekrönten, die Warnung eines Gesetzlosen und der Stein mit dem Würgegriff

Schwarz-Weiß

Ohnmacht ist manchmal eine gute Sache. Sie erspart dir in der Regel für die Zeit, in der sie anhält, eine Menge Schmerzen. Dafür ist das Erwachen danach umso unerbittlicher.

Das Erste, was ich sah, war weißes, grelles Licht. Ich blinzelte, weil es blendete, und im ersten Moment konnte ich alles nur verschwommen erkennen. Die Konturen waren ineinanderfließende Schichten aus Helle und Dunkel, die kein sinnvolles Bild ergaben. Es machte mir nichts aus. Tatsächlich fühlte ich mich seltsam ruhig. Als hätte mir jemand eine Schlaftablette gegeben, die nur langsam ihre Wirkung verlor.
Die dunklen Silhouetten, die immer wieder in meinem Blickfeld auftauchten und dann wieder verschwanden, nahm ich kaum wahr. Alles war wie in einem seltsamen, monotonen Traum. Auch an meine Ohren drang als einziges Geräusch bloß ein stetiges Rauschen.
Ich blinzelte wieder. *Wo war ich?* Ich hatte keine Ahnung mehr, was passiert war und wie ich hergekommen war.
Meine Klaue bewegte sich und fuhr über eine kalte Oberfläche neben mir. Ich griff danach. Es fühlte sich an wie ein Geländer. Vielleicht eines aus Metall, aber ich war mir nicht sicher. Langsam nahm die Welt um

mich herum wieder Gestalt an. Die Bilder wurden
schärfer und das Rauschen veränderte sich. Ich hörte
nun dumpfe Schritte und Stimmen. Zwei unterhielten
sich.
Natürlich versuchte ich, zu verstehen, was sie sagten.
Vorerst blieb das jedoch vergebens. Sie waren zu leise
wie als hätte jemand meine Ohren mit Watte
vollgestopft. Ich drehte den Kopf zur Seite und jetzt
blieb eine der Silhouetten stehen. Auch die Stimmen
verstummten kurz. Dann näherten sich Schritte und
ein helles Licht leuchtete genau in mein linkes Auge.
Ich blinzelte.
Das schien der Silhouette zu genügen, denn nun
entfernte sie sich wieder und die Stimmen begannen
erneut zu reden.
Diesmal verstand ich einige Fetzen, doch sie waren
noch willkürlich und in keinem Kontext für mich
zusammensetzbar.
Angestrengt versuchte ich, mich an die letzten
Stunden zu erinnern, bevor ich hier gelandet war - wo
auch immer *hier* sein mochte. Eine Erinnerung
flackerte in mir auf und ich keuchte, als mit einem
Mal alles auf einmal über mich hereinbrach.
Da war Blut - so viel Blut auf den weißen Wänden -
das lachende Gesicht meines Vaters schwebte direkt
über mir und der Klang von Floras Stimme hallte in
meinem Kopf wieder: „*Du gefährdest das
Große-Ganze. Wir sind nur hier, um zu korrigieren.*"
Meine Kehle schnürte sich zu. Sie waren
wiedergekommen. Bestimmt waren sie doch nicht tot,
denn die Erinnerung an die Schatten, welche sie in
Stücke rissen, konnte gar nicht wahr sein. Schatten
kämpften nicht. Schatten töteten nicht! Sie waren

noch am Leben und sicher gekommen, um zu beenden, was sie begonnen hatten. *Überall Blut.* Plötzlich schrie ich und schlug um mich, doch jemand packte meine Arme und presste sie auf harten Untergrund. Ich wandt mich in dem Griff und geriet in Panik, weil ich nicht erkennen konnte, wer mich festhielt. Alles war noch viel zu verschwommen. Doch auch meine Befreiungsversuche waren zu hektisch und unkontrolliert. Ich kam nicht frei und Sam lachte über meine unaufhörlichen Versuche, es doch zu schaffen.

Dann spürte ich, wie sich Riemen um meinen Körper festzurrten, und ich schrie einfach weiter, als ich wieder und wieder Evelias Körper vor mir auf den Boden stürzen sah. Mein Oberkörper bäumte sich auf, drückte mit aller Kraft gegen die fesselnden Riemen, aber ich war nicht stark genug. Und Sam lachte, er lachte und lachte und Evelia starb erneut. Ich war machtlos, ich war getränkt in Blut. Ich schrie so lange, bis die Erschöpfung mir die Augen zufallen ließ.

Das Produkt

Auch Schlaf ist heilsam, aber irgendwann muss man immer die Augen öffnen.

„Wie ist sein Zustand?"
„Der Junge hat definitiv ein Trauma, aber im Moment scheint er stabil."
„Körperfunktionen und Reflexe?"
„Alles funktioniert einwandfrei. Wir haben keine Mängel feststellen können."
„Hat er seit dem Vorfall schon mit irgendwem geredet?"
„Nein. Er wirkt ein wenig weggetreten. Er hört uns zwar, aber er scheint noch nicht darauf reagieren zu wollen."
„Gibt es sonst irgendwelche Auffälligkeiten?"
„Nicht wirklich. Seit er wieder wach geworden ist, hat er sich aufgesetzt und verharrt seitdem nahezu reglos in dieser Haltung. Wir gehen aber davon aus, dass er die Nacht nicht noch einmal auf der Station verbringen muss."
„Dann geben Sie das bitte an die nächsten Beauftragten weiter. Vielen Dank für Ihre Einschätzungen."
„Natürlich. Immer gerne."

Schweigend beobachtete ich die beiden Drachen dabei, wie sie nacheinander das Zimmer verließen. Ich saß auf meiner Liege. Die Riemen, mit denen man mich daran festgeschnallt hatte, hingen jetzt unbrauchbar an den Seiten herunter. Schon seit gefühlten Stunden, nachdem ich zum zweiten Mal zu mir gekommen war, redete man inzwischen ununterbrochen über meinen *Zustand*. Tests waren durchgeführt worden und viele unterschiedliche Doktoren, Psychologen und Experten hatten ihre Meinung dazu geäußert. Ich hatte alles wort- und tatenlos über mich ergehen lassen.

Man hatte mir gesagt, dass man mir kurz vorm Aufwachen ein Beruhigungsmittel gespritzt hatte, weshalb ich mich noch etwas benommen fühlte und auch meine Ruhe musste darauf zurückzuführen sein. Ich mochte das Gefühl nicht besonders, doch gleichzeitig war ich dankbar dafür. Zwar erschwerte es mir, mich zu konzentrieren. Dafür half es, an nichts zu denken. Das reichte mir im Moment.

Mein Blick glitt über die schlichte Einrichtung des Zimmers, in dem außer meiner Liege, einem Stuhl und einigen Regalen an den Wänden nicht viel zu entdecken war. Auf einem der Regale lag die Spritze, mit der man mir das Beruhigungsmittel verabreicht hatte und über der Lehne des Stuhles hing ein blassgraues Handtuch, welches kaum, aber doch merklich aus allem Weiß heraustach. Ich richtete gerade meine Aufmerksamkeit darauf, als eine Gestalt an die wandgroße Scheibe trat, durch welche man einen übersichtlichen Blick in mein Zimmer hatte. Ich nahm nur die Bewegungen wahr, als eine weitere Person sich zu der Gestalt gesellte, denn ich war noch nicht bereit, mich dieser zuzuwenden. Dann ertönte in dem Raum auf einmal ein leises Knistern und ich hob endlich den Kopf.

Vor der Scheibe stand neben einem der Doktoren eine Drachin mit Schuppen, die in einem weniger sterilen Licht bestimmt in viel bunteren Farben geschillert hätten. Ihr Blick war kühl und abschätzend, während sie mich musterte, und ich erwiderte ihn ohne jegliche Gefühlsregung. Irgendwann wandte sie sich dem Doktor zu und als sie sprach, hallte ihre Stimme laut und deutlich von den Wänden meines Zimmers wieder.
„Ist er einer der komplizierten Fällen?", fragte sie und ich ertappte mich dabei, wie ich mich fragte, was sie wohl damit meinen könnte.
„Das kommt darauf an, wie man es nimmt", erwiderte der Doktor mit einem raschen Blick auf mich, „Körperlich ist mit ihm alles in Ordnung, aber psychisch kann davon keine Rede sein."
„Wurden ihm schon Aufseher zugeordnet?"
„Es wurde schon eine Anfrage eingereicht. Beabsichtigen Sie, diese zu berücksichtigen?"
„Ich nehme sie an", entgegnete die Frau und wandte ihre Aufmerksamkeit wieder mir zu, „Das erspart mir eine Menge Scherereien", sie unterbrach sich kurz, ehe sie weitersprach, „Redet er?"
Der Doktor zuckte die Schultern.
„Noch nicht."
Die Frau nickte. Es nervte mich, dass sie so an mir vorbei sprachen, obwohl ich mir sicher war, dass sie wusste, dass ich jedes ihrer Worte hören konnte. Unter ihrem Blick fühlte ich mich wie ein Gegenstand, mit dem sie nicht so recht etwas anzufangen wusste. Etwas, das sie gerne in die nächstbeste Ecke geworfen und dort liegen gelassen hätte.

„Gebt ihm seine Nummer und tragt ihn bei seinen Aufsehern ins Register ein", sagte die Frau da mit einem letzten, gleichgültigen Blick auf mich, „Ich werde zusehen, dass ich einen von ihnen losschicke, um ihn abzuholen."
Der Doktor nickte und die Frau wandte sich zum Gehen. Aus einem plötzlichen Reflex heraus ließ ich mich von der Liege gleiten und lief mit ein paar schnellen Schritten auf das Fenster zu. Meine Klauen schlugen gegen das Glas, als ich es erreichte und ich konnte sehen, wie die Frau mitten in ihrer Bewegung innehielt. Sie drehte sich langsam um und der kühle Blick ihrer schwarzen Augen bohrte sich in meinen. Das sterile, weiße Licht der Deckenbeleuchtung ließ ihre dunklen Pupillen dabei für einen kurzen Moment in einem hellen Lichtreflex aufleuchten.
Ich erwiderte ihren Blick so fest ich konnte, ohne mich von der Stelle zu rühren und es vergingen bestimmt zwanzig Sekunden, in denen wir uns einfach gegenseitig fixierten. Warum ich das tat, war mir in diesem Augenblick nicht wirklich klar. Ich wusste nur, dass ich wollte, dass sie mich sah.
Irgendwann löste die Frau ihren Blick von mir und wandte sich doch wieder dem Ausgang zu, wogegen die Doktoren aufgeregt zu tuscheln begonnen hatten.
„Wenn es Probleme mit ihm geben sollte, kontaktieren Sie mich einfach", befahl sie noch an den, ihr am nächsten stehenden Doktor gerichtete. Dann verließ sie ohne ein weiteres Wort zu verlieren das Zimmer. Mich ließ sie einfach stehen.
Einen Moment verharrte ich noch in der Position vor dem Fenster, doch schließlich stieß ich mich davon ab und entfernte mich einige Schritte. Mit einem Mal hatte ich Kopfschmerzen und wünschte mir nichts

sehnlicher als ein bisschen Dunkelheit, denn das grelle Lampenlicht war auf Dauer nur schwer zu ertragen. Um mich abzulenken, begann ich rastlos im Zimmer auf und ab zu laufen, wobei ich mir Mühe gab, nicht zu sehr auf meine Umgebung und insbesondere das riesige Fenster zu achten, durch das die Doktoren mich immer noch beobachten mussten.
Wo war ich? Was machte man hier mit mir?
Für den Bruchteil einer Sekunde flackerten die grausamen Bilder der letzten Nacht wieder in mir auf und mir wurde schwindelig, obwohl ich sie sofort zu verdrängen versuchte. Keuchend klammerte ich mich an das Gestell der Liege. Das war falsch – alles so falsch und es konnte nicht wahr sein! Ich musste träumen. *Warum wachte ich nicht auf?*
Durch die Scheibe nahm ich wahr, dass ein Doktor vortrat und mich mit einem Klemmbrett in den Klauen eingehend betrachtete. Mein Herz hämmerte viel zu schnell gegen meinen Brustkorb, doch ich schaffte es irgendwie, mich zu beherrschen, und ließ mich langsam neben der Liege auf den Boden sinken. Dort kauerte ich mich zusammen und konzentrierte mich mit aller Macht auf das Weiß direkt vor mir.
Einfach atmen, lautete die Disziplin und so langsam wurde ich richtig gut darin.

Das Erste, was meine selbsterzwungene Ruhe störte, war die Tür des Zimmers, als sie geöffnet wurde. Beim Klang des Geräusches hob ich vorsichtig den Kopf und erblickte einen Wächter, der mit einem Speer bewaffnet auf der Schwelle stand. Seine Haltung war starr und antrainiert. Sein Blick grob und distanziert.

„11204, mitkommen", befahl er und ich richtete mich widerstandslos auf, um mich langsam dem Ausgang zu nähern. Obwohl ich mich noch etwas unsicher auf den Beinen fühlte, bemühte ich mich, geradeaus zu laufen, weshalb ich den Blick fest auf einen Punkt außerhalb des Zimmers heftete. Als ich den Wächter erreicht hatte, trat dieser zur Seite, so dass ich an ihm vorbei in den Gang treten konnte. Er führte weit in beide Richtungen und zu seinen Seiten befanden sich in regelmäßigen Abständen Türen, ähnlich wie in einem meiner ehemaligen Schulflure. Nur das durchgehende Weiß ließ den Gang auf eine traurige Art leblos wirken.
Der Wächter setzte sich in Bewegung. Ich folgte ihm, bis er schließlich links abbog und eine weitere Tür aufstieß, durch die wir endlich in eine andere Welt traten. In eine Welt mit viel weniger Weiß und mehr Dunkelheit.
Die Wände waren aus dunkelgrauem Stein, genau wie der gekachelte Boden und an der Decke verlief ein System unterschiedlich dicker Stahlrohre. Das Licht der wenigen Lampen an den Wänden war schwach-orange und machte einen angenehm warmen Eindruck, obwohl es in dem Tunnel selbst kühl war. Da ich nirgends einen Schimmer Tageslicht entdecken konnte, kam mir der Gedanke, dass sich die Gänge unterirdisch befinden mussten und für einen Moment war ich fasziniert.
Das Gefühl verflüchtigte sich jedoch schlagartig, als ich ein Drachenmädchen neben einem weiteren Wächter an mir vorbei den dunkeln Gang entlang gehen sah. Sie hatte den Kopf gesenkt und ihr Blick wirkte ausdruckslos.

Ich musste schlucken. Mein Herz pochte schmerzhaft gegen meinen Brustkorb, ich biss die Zähne zusammen und drehte den Kopf weg, um nicht irgendetwas Dummes zu tun. Evelia war nicht hier. Das Mädchen sah ihr nicht einmal ähnlich. Trotz des warmen Lichts fröstelte ich.
Als jemand mich sanft an der Schulter berührte, zuckte ich zusammen, als hätte man mich geschlagen. Hastig fuhr ich herum. Meine Augen huschten über mein Gegenüber und suchten panisch nach Zeichen eines Angriffs, aber vergeblich. Der Drache hinter mir hatte die Klauen beruhigend gehoben – den Anflug eines Lächelns auf dem Gesicht. Sein Blick wirkte vorsichtig – freundlich, aber nicht zart und erst recht nicht hämisch oder gehässig. Ich entspannte mich etwas und erlaubte mir, mein Gegenüber genauer zu betrachten.
Seine Augen hatten die Farbe eines warmen Bernsteinbrauns und seine Schuppen leuchteten fast neongrün. Er wirkte auf mich genauso außergewöhnlich wie die Drachin, welche mich vorhin durch die Scheibe so abschätzend gemustert hatte. Nur dass sein Blick eine ganz andere Persönlichkeit widerspiegelte.
„Hallo", sagte der Neondrache freundlich, ohne das Lächeln abzulegen, das von seiner warmen Augenfarbe unterstützt wurde, „Du musst 11204 sein, richtig?"
Ich betrachtete ihn mit gewissem Argwohn, doch nach kurzem Zögern nickte ich.
„Ich bin Joka", stellte der Drache sich vor. Er musste noch im jugendlichen Alter sein – höchstens 194 – aber auf jeden Fall älter als ich. Wie mein Bruder war er etwas größer als ich. Die Statur eines Kämpfers

hatte er nicht, aber gänzlich untrainiert wirkte er auch nicht. Ich kam mir neben ihm auf eine mir noch unerklärliche Weise beschützt vor. Sein Lächeln war ehrlich. Oder zumindest war es hier bisher das erste Lächeln, dem ich glauben wollte. Nicht so wie bei dem geheuchelt mitfühlendem Lächeln der Doktoren, die die Tests mit mir gemacht und versucht hatte, mit mir zu reden, als wäre die Welt noch in Ordnung. Sein Lächeln war anders.
„Freut mich", murmelte ich halblaut und Jokas Augen weiteten sich für einen Moment in Erstaunen.
„Man hat mir gesagt, du redest nicht", erklärte er als er meinen verunsicherten Blick bemerkte, „Davon merke ich noch gar nichts."
Ich zuckte bloß die Schultern. Joka schmunzelte amüsiert und sah sich dann um. Ich folgte seinem Blick. Der Wächter stand einige Schritte von uns entfernt vor der Tür und beobachtete uns.
„Komm", forderte Joka mich auf und nickte mir zu, ihm zu folgen, „Lass uns hier abhauen. Es gibt zu viele Schaulustige."
Dankbar setzte ich mich in Bewegung. Joka war zwar trotz seiner freundlichen Ausstrahlung ein Fremder, aber ich war zu erleichtert, die weiße Welt hinter mir lassen zu können, um seinen Vorschlag abzulehnen. In dem dunklen Tunnel, durch den wir nun liefen, fühlte ich mich deutlich wohler.
Eine Weile gingen Joka und ich schweigend nebeneinander her. Erst als alle Augenpaar, die uns verfolgt hatten, hinter den steinernen Wänden verschwunden waren, sprach der Neondrache weiter:
„Was kann ich daraus schließen, dass du zwar mit mir redest, aber nicht mit den Ärzten?" Er sah mich

fragend von der Seite an und ich zuckte erneut mit den Schultern.
„Du hast freundliche Augen", erwiderte ich wahrheitsgetreu und hörte wie Joka leise lachte.
„Okay. Interessant."
„Wirst du mir helfen?" Die Frage war ausgesprochen, noch bevor ich ein zweites Mal darüber nachdachte.
„Was meinst du damit?"
„Ich will das verstehen", erwiderte ich erschöpft. Dabei war ich mir wohl über die Tatsache im Klaren, dass meine Worte für Joka verwirrend klingen mussten, aber ich fühlte mich nicht in der Lage, mich schon genauer zu erklären.
„Klar. Ich bin hier für dich zuständig", meinte Joka lächelnd, „Ich helfe dir dabei, noch eine Menge zu verstehen."
„Gut", murmelte ich, „Danke."
Joka antwortete nicht, aber ich war mir sicher, dass er mich von der Seite aus beobachtete.
„Du siehst erschöpft aus", bemerkte er schließlich.
„Ich bin müde", entgegnete ich matt und schloss die Augen.
Einen Moment später spürte ich Jokas Arm um meinen Schultern und er zog mich vorsichtig an sich, während wir weiten gingen.
„Ich bringe dich auf unser Zimmer, ja? Dann kannst du dich erstmal ausruhen."
Ich brachte nur noch ein Nicken zustande.
Im Laufen fielen mir immer wieder die Augen zu, doch ich schaffte es bis ins Zimmer, wo ich mich völlig entkräftet zu dem Schlafplatz schleppte, den Joka mir zuwies. Dort rollte ich mich notdürftig zusammen und mein Blick glitt ein letztes Mal blinzelnd über Joka, der neben mir kauerte. Zeit zum

Umsehen blieb mir nicht mehr, so schnell zwang die Müdigkeit mich, die Augen zu schließen.
Das Letzte, was ich mitbekam, war das ruhige Flüstern von Jokas Stimme, kurz nachdem meine Augen sich längst geschlossen hatten.
„Morgen ist die Einweihung. Vielleicht wird danach alles klarer."
Ich wollte nicken, doch etwas verhinderte die nötige Anstrengung, weshalb ich Joka eine Antwort auf die Worte vorerst schuldig blieb.
Ja,... vielleicht.

Sichlor

Angeekelt wich Sichlor vor den großen, stinkenden Mülleimern in der Gasse zurück. In seiner Erinnerung hörte er sich selbst den letzten Gedanken aussprechen, als er im Taxi lächelnd über den Verlauf der folgenden Nächte nachgedacht hatte.

Sie *würden noch viel besser werden.*

Jetzt schienen die Worte ihn zu verspotten, denn gut war diese Nacht gewiss nicht und weit entfernt von *besser* ohne Zweifel.

Er hatte sich von der Gasse lediglich einige Sekunden zum unbeobachteten Durchatmen erhoffte, bevor er seine Suche nach einer passablen Bleibe in der versifften Menschenstadt fortsetzen musste. Doch die jetzigen Umstände drohten nun erneut seinen Tolleranzrahmen zu sprengen.

„Elendes Dreckloch!", schimpfte er reuelos auf die verräterisch stille Betonlandschaft. Er hasste die Stadt genauso sehr, wie sie ihn hassen musste, da er sie nicht selten mit neuem Blut besudelte. Allerdings fand er, dass sein Recht auf Ärger dem der Stadt eindeutig überstellt sein sollte. Und wenigstens widersprach sie ihm nicht.

Trotzdem hatte seine Geduld ihre Grenzen erreicht und die kleine Genugtuung seiner Überlegenheit reichte nicht, um Sichlor zu beruhigen.

Leise fluchend, suchte er in der Gasse nach einem gestankfreien Plätzchen, doch leider ohne Erfolg. Als ihm dies bewusst wurde, blieb er stehen und schaute von der Gasse aus abwesend hinüber zur befahrenen Straße und den vereinzelt vorüberziehenden Fußgängern.

Sobald er diesen Job erledigt hatte, würde er abhauen und sich so schnell nicht mehr blicken lassen. So viel war mal sicher. Es fuchste ihn nur, dass es bis dahin noch so lange dauern würde und zu allem Überfluss regnete es unablässig, weswegen die grauen Tage sich gnadenlos in die Länge zogen.

Er dachte kurz an Rick. Seinen Teilzeitkumpanen und langjährigen Bekannten. Natürlich ausschließlich auf beruflicher Ebene. Bestimmt war er längst an einen ihm angenehmen Ort zurückgekehrt und würde Sichlor auslachen, wenn er ihn jetzt zu Gesicht bekäme. Klatschnass und gereizt in einer vermüllten Seitenstraße, in der sich sonst nur die Ratten tummelten.

Sichlor schob den frustrierenden Gedanken beiseite und dachte stattdessen zum hundertsten Mal an das Geldstück in seiner Tasche. Der Sanguis und seine unnachgiebigen Verehrer waren immerhin schuld daran, dass er in dieser Gasse hockte und keine Ruhe fand. Noch dazu wegen eines Auftrages, bei dem es sich in Wahrheit eher um einen persönlichen Gefallen handelte.

Während Sichlor den Blick hob, blinzelte er gegen die fallenden Tropfen, die sich auf dem Asphalt schon seit Stunden zu schmutzigen Pfützen sammelten.

Vielleicht war der Grund für seine Unruhe auch der, dass er die alte Währung, seit er denken konnte, gleichsetzte mit einem Fluch, dessen Blutspur die seinige bei weitem übertraf. Ein lästiger Begleiter seiner Vergangenheit, von dem er froh gewesen war, ihn endlich los zu sein, sobald die neue Währung – die Aurum – anstelle des Sanguis nach dem Krieg die Märkte erobert hatte. Falls das erneute Auftauchen der Sanguis also tatsächlich als Wiederkehr des Fluches zu deuten war, konnte Sichlor sich wenigstens sicher sein, dass die aktuellen Scherereien sich lohnen würden. Denn egal in was für Drecklöcher er noch kriechen müsste, um nicht tatenlos dabei zusehen zu müssen wie alles von vorne losging – er würde sich ohne zögern hinein begeben. Da konnte er schon mal einer alten Freundin die Hand reichen und sich selbst damit abfinden, dies als Gefallen zu tun. Je mehr der richtigen Leute Bescheid wussten, desto besser.

Blick nach vorn

Stell dir vor, du nimmst ein Messer und stichst nacheinander jeden ab, den du bis zu diesem Zeitpunkt mal geliebt hast. Könnte dich das glücklich machen?

Da stand ein Regal. In dem Regal befanden sich viele Gegenstände. Manche waren groß, andere klein, manche nahmen mehr Platz weg, andere weniger. Es waren Flaschen und Bücher und Schachteln und Briefe und Kerzen und Schalen ...
Sekunde. Ich hatte kein Regal in meinem Zimmer. Blitzschnell fuhr ich hoch, als mir schlagartig bewusst wurde, dass etwas nicht stimmte. Hektisch zu allen Seiten blickend, den Oberkörper auf die Arme gestützt und mit wild schlagendem Herzen saß ich da und tastete das gesamte Zimmer mit meinen Blicken ab. *Natürlich.* Das war nicht mein Zimmer. Das war Jokas Zimmer. *Joka.* Ich wunderte mich nicht, als ich ihn entspannt in einer Ecke gegen die Wand gelehnt stehen sah. *Hatte er mich die ganze Zeit über beobachtet?* Auch das hätte mich nicht gewundert. Umso mehr wunderte ich mich jedoch über meine eigene Reaktion, als ich unvermittelt aufsprang und Joka wütend fixierte.
„Wo bin ich?", fragte ich laut und Joka hob überrascht die Augenlider.
„Was meinst du? Das hier ist mein Zimmer."

„Das meine ich nicht", gab ich etwas bissiger zurück, als ich beabsichtigt hatte.

„Hab ich was verpasst in den letzten Stunden?", fragte Joka unverändert gelassen, „Bei unserem ersten Treffen warst du so ruhig und davor hast du nicht mal gesprochen ..."

„Antworte mir!"

„Du willst wissen, wo dein Zuhause ist?", kam Joka meiner Aufforderung mit einer Gegenfrage nach und ich spürte bei seinen Worten Übelkeit in mir aufkommen. Ich holte tief Luft.

„Nein, ich habe dich gefragt, wo ich bin?!", wiederholte ich etwas besonnener – nicht weil ich mich beruhigt hatte, sondern, weil ich sonst völlig durchgedreht wäre.

„Das Land, in dem wir uns befinden, heißt Ivers", begann Joka und ich blinzelte irritiert.

„Das liegt nicht in meiner Heimat", erwiderte ich und Joka nickte.

„Cliffs Edge ein anderer Kontinent", bestätigte er. Ich starrte ihn an.

„Was?"

Mehr brachte ich nicht zustande. Joka seufzte.

„Hör zu, es ist ein wenig kompliziert. Eigentlich wollte ich dir die Umstände erst bei der Einweihung erklären lassen." Er unterbrach sich und fuhr sich unbehaglich mit einer Klaue in den Nacken. Ich sah ihn kopfschüttelnd an.

„Ich will es aber von dir wissen", stellte ich klar und trat einen Schritt auf Joka zu. Die Entschlossenheit, welche mich dabei unterstützte, war eine ähnliche, wie ich sie in dem Streit mit Neuro erlebt hatte.

Neuro. Für einen Moment waren meine Gedanken wieder bei meiner Familie. *Was tat er jetzt, wenn ich weg war und meine Eltern ...?*
„Haben meine Eltern etwas damit zu tun, das ich hier bin?"
Joka sah mich überrascht an.
„Bitte?"
Das deutete ich als ein: Nein.
„Habt ihr sie umgebracht?"
„Jetzt warte doch bit.."
Ich unterbrach ihn.
„Ist mein Bruder auch hier?"
Joka schloss mit einem angestrengten Seufzen die Augen und legte sich nachdenklich zwei Finger an die Stirn.
„Lässt du mich bitte ausreden?"
Als Antwort schwieg ich und Joka nickte.
„Danke. Also erstens: Nein, ich weiß nichts über den Aufenthalt deines Bruders. Zweitens: Nein, deine Eltern haben wir auch nicht ermordet. Man hat mir nicht besonders viel darüber gesagt, unter welchen Bedingungen man dich hier her gebracht hat. Ich weiß nur, dass du bei drei weiteren Drachen in einer Blutlache mitten in einem umfunktionierten Forschungszentrum auf dem Kalten Kontinent von unseren Spähern entdeckt wurdest und das alle, bis auf dich, tot waren." Er brach ab, als ihm plötzlich bewusst zu werden schien, was er soeben gesagt hatte. Ich musste mich an einem der Regale festhalten, weil das Bild vor meinem geistigen Auge mich schwindeln ließ.
Mit wenigen Schritten war Joka bei mir und lege mir seine Klauen auf die Schultern.

„Hey, tut mir leid. Das war nicht sehr taktvoll von mir", versuchte er sich zu entschuldigen, doch ich hob bloß eine Klaue, um ihn zum Schweigen zu bringen. „Ist egal. Ich will nicht darüber reden", brachte ich mühsam hervor, denn ich hatte längst begriffen, dass Joka keine Antworten bereitstehen hatte, die mir erklärten, was in der Nacht im Schulgebäude passiert war, „Sag mir, wieso ich hier bin."
Joka zögerte.
„Bitte."
„Okay", er ließ mich los und ich lehnte den Rücken gegen das Regal, um nicht zu riskieren, ein weiteres Mal ins Schwanken zu kommen, „Du musst als erstes verstehen, dass dir hier ein ganz neues Leben garantiert wird. Es wird Persönlichkeiten geben, die das hochpreisen – die es als eine Ehre ansehen, einer derjenigen zu sein, die hier eine Chance eröffnet bekommen", er sah mich ernst an, „Die Krone zum Beispiel."
„Die Krone?"
„Unser Anführer."
Ich schwieg, dann murmelte ich: „Aber ich habe keine Ehrung verdient."
„Das sieht die Krone wohl anders."
„Weil ich ein Ringdrache bin?"
Bei der Frage zuckte Joka unmerklich zusammen, schüttelte jedoch entschieden den Kopf.
„Deine Rasse spielt hier keine Rolle."
„Was ist, wenn ich nicht bleiben möchte?"
Diesmal zögerte Joka und als er antwortete, tat er es erneut mit einer Gegenfrage: „Wohin würdest du gehen wollen?"
Das wusste ich nicht. Darum senkte ich den Blick und versuchte, nicht darüber nachzudenken, worauf Joka

mit seiner Frage anspielte. Denn das war nicht mehr, als Tod und Verwirrung und Verlust und Schmerz und Wut und Trauer und eine riesige alles zerquetschende Last an Fragen.
Wieso waren meine Eltern wirklich gekommen?
Was meinten sie mit diesem Satz, der mir nicht mehr aus dem Kopf gehen wollte?
Was war falsch mit mir?
Doch am allerwichtigsten: *Wieso musste Evelia sterben?*
„Komm. Ich will dir jemanden vorstellen", Joka öffnete die Tür zum Flur, doch ich zögerte.
Es war offensichtlich, dass Joka wollte, dass ich ihm eine Chance gab. Das Problem war nur, dass das für mich bedeutete auch dem neuen Leben eine Chance zu geben und die Fragen, die mich verfolgten, sagten mir eindeutig, dass das nicht so leicht sein konnte. Trotzdem wollte ich Bewegung und wünschte mir nichts sehnlicher als Ablenkung. Denn alles andere würde bedeuten, nachdenken zu müssen und meine Gedanken würden unaufhaltsam zurückkehren zu einem Abend, der sich für immer in mein Gedächtnis eingebrannt hatte.
Daher stimmte ich zu.

Jokas bester Freund

Es ist nicht immer leicht, sich auf neue Umstände einzulassen. Und manchmal ist es auch einfach nicht richtig.

„Willkommen in den Laboren", Joka deutete lächelnd in einen vollständig verglasten Flur, durch den man nach rechts und links in Hallen ausgerüstet mit rostfarbenen Maschinen blickte. Aus zur Decke gerichtet Rohren stieg sanft violetter Dampf auf und in gewaltigen Kolben, die durch ein Rohrsystem mit dem Rest der Maschinen verbunden waren, brodelte stetig eine dunkelviolette Flüssigkeit. Unruhig beobachtete ich die Drachen, welche konzentriert an oder zwischen den Maschinen arbeiteten.
„Wofür ist das alles?", fragte ich mit einem Blick auf die Kolben, in denen die seltsame Flüssigkeit zähe Blasen warf.
„Hier wird an Medikamenten geforscht", antwortete Joka automatisch, „Die Krone legt wert darauf, dass sich des Fortschritts auf sinnvolle Weise bedient wird."
„Arbeitet jeder in den Laboren?" Jokas Ton überzeugte mich nicht.
„Nein, nur die intelligentesten Köpfe sind in den Laboren untergebracht. Abgesehen von denen für die Wartungsarbeit. Aber erzähl bloß nicht meinen Freunden, dass ich das gesagt habe", mit einer Kralle

seine Klaue deutete Joka auf eine Gruppe aus fünf Arbeitenden, die plaudernd bei einer der Maschinen standen.
Ein sehniger grauer Drache mit Schuppen, die wie Metallplatten glänzten, entdeckte uns zuerst. Bei Jokas Anblick blitzten seine Augen überrascht auf, dann stieß er einen Kollegen mit grünen Schuppen zu seiner rechten an.
Zwar konnte ich ihren Wortwechsel nicht hören, doch kurz darauf deutete der Graue wortlos in unsere Richtung. Der Andere folgte seinem Blick und ich sah, dass auch er uns nicht erwartet hatte. Er runzelte die Stirn und sagte noch etwas zu seinem grauen Kollegen, bevor er uns entgegenkam.
Schon von Weitem war ihm anzusehen, dass er nicht erfreut über unser Kommen war.
„Was soll das?", rief er Joka vorwurfsvoll zu, sobald er in Hörweite war, „Ich habe dir gesagt, ich muss arbeiten! Können wir nicht später reden?"
Joka schüttelte den Kopf.
„Nein", sagte er entschieden, „Das hier ist wichtig."
Der grüne Drache verzog das Gesicht.
„Was du nicht sagst. Aber brauchen wir dafür wirklich Zuschauer? Du weißt doch, dass ich Kinder nicht leiden kann!"
Jokas Blick wurde stechend, dennoch klang seine Stimme fast beiläufig, als er weitersprach.
„Dieses Kind ist unser neuer Schüler. Wegen ihm bin ich hier. Ich wollte dich ihm vorstellen, Leo", das letzte Wort sprach Joka etwas schärfer aus und mir entging nicht, dass Leo beim Klang seines Namens zusammenzuckte.
Er musterte mich einen Moment lang schweigend.

„Das ändert natürlich alles", erwiderte er schließlich und unsere Blicke trafen sich. Seine Augen waren dunkel und lange nicht so warm und freundlich wie Jokas. Trotzdem trugen sie etwas beruhigend Friedvolles in sich.
„Wie heißt er?"
„Seine Nummer ist 11204", antwortete Joka eine Spur besänftigt.
Leo schnaubte verächtlich und ich sah, wie er die Augen verdrehte.
„Natürlich."
Joka warf ihm einen warnenden Blick zu.
„Also gut", Leo seufzte und hob ergeben die Arme, „Dann bleibt mir wohl nur zu sagen: Herzlich willkommen! Mein Name ist Leo", er vollführte eine angedeutete Verbeugung, „Ich werde dich von nun an mit Joka unterrichten."

Kinder, so geht das nicht

Ich war schon immer misstrauisch und ruhelos. Das hat sich, fürchte ich, bis heute nicht geändert. Nur der Wunsch, zu zerstören, war etwas, das sich heimlich einschlich.

Leo strahlte und Joka schüttelte entnervt den Kopf.
„War das gut? Also ich fand es genial!", er boxte mir gegen die Schulter und grinste. Der Schlag war freundschaftlich gemeint. Da Leo aber trotz seiner schlanken Gestalt viel kräftiger war, stolperte ich zur Seite, nur um gleich wieder von Leo gepackt zu werden. Er drückte mich an seine Seite und betrachtete Joka dabei voller Stolz. Ich wehrte mich nicht, versteifte mich jedoch in Leos Griff.
„Wir werden beste Freunde!", prahlte dieser munter und Joka nickte wortlos, wobei er seinen Freund mit einem Blick bedachte, in dem sich eindeutig Kritik widerspiegelte.
„Wenn das dein Plan ist, solltest du aufpassen, dass du ihn nicht direkt vergraulst."
Leo öffnete den Mund zu einer Erwiderung, schien es sich dann jedoch anders zu überlegen und warf einen Blick hinab auf mich.
„Kannst du das glauben?", fragte er mit unverkennbarer Enttäuschung in der Stimme und ich schaute fragend zu ihm auf.

„Ich glaube", fuhr Leo fort, „Unser Kollege, Joka hier, denkt, dass du mich nicht mögen könntest."
Sein Blick zuckte kurz zu Joka und dann wieder zu mir. Er sah so ernsthaft bestürzt aus, dass ich beinah lachen musste. Leo zuckte mit den Schultern.
„Ja genau", sagte er nickend, obwohl ich nichts erwidert hatte, „Das ist natürlich völlig abwegig. Ich bin viel zu cool. Man muss mich einfach lieben."
Dabei nickte er wie zur Bestätigung seiner eigenen Worte und ich hörte Joka vor uns leise seufzen.
„Eine gewagte These", merkte er an, doch Leo ignorierte den Kommentar mit gekonnter Leichtigkeit.
„Was hältst du davon, wenn ich dich kurz meinem Team vorstelle?", schlug er gut gelaunt vor und ich warf einen raschen Blick zu der Gruppe, mit der Leo eben noch zusammengestanden hatte. Sie hatten sich uns genähert und schauten neugierig herüber. Ich riss mich zusammen und nickte.
„Klar. Wieso nicht."
„Sehr gut!", Leo legte mir einen Arm um die Schultern und führte mich dann in Richtung der wartenden Gruppe, „Du brauchst dir keine Sorgen zu machen. Sie beißen nicht." Er zwinkerte mir zu und ich schaffte es tatsächlich, mir ein schwaches Lächeln abzuringen.
„Ein seltener Anblick", bemerkte ein ebenfalls grüner Drache aus der Gruppe, kaum dass wir vor ihnen stehen geblieben waren, „Leo bringt fremde Gesellschaft."
„In der Tat!", stimmte Leo grinsend zu, „Und noch dazu ganz besondere!"
„Wer ist der Kleine denn?", fragte der zweite Grüne und beugte sich interessiert zu mir hinunter, „Warum hat Joka ihn hergeschleppt?"

„Er ist unser neuer Schüler", löste Leo auf.
Ein weiterer Teil der Gruppe lachte.
„Na, wenn das mal gut geht. Pass bloß auf, Kleiner. Leo ist zwar nicht bösartig, aber ein Tollpatsch sondergleichen!"
Leo warf ihm einen scharfen Blick zu, doch bevor er etwas sagen konnte, kam ein eisblauer Drache ihm zuvor.
„Genau. Wenn ich du wäre, würde ich immer ein zweites Mal über seine Anweisungen nachdenken."
„Am besten sorgst du dafür, sowas wie seine moralische Instanz zu werden", feixte der letzte der fünf Drachen amüsiert. Als jedoch auch der andere Grüne wieder zu Wort kommen wollte, schnitt Leo ihm das Wort ab.
„Würdet ihr wohl aufhören, mich so negativ vorzuführen?", fragte er kopfschüttelnd und stemmte dabei offensichtlich verärgert die Arme in die Seiten, „Mein erster Schüler hätte eigentlich Respekt vor mir haben sollen. Wie soll das funktionieren, wenn ihr ihm direkt den Job meiner moralischen Instanz andreht? Außerdem hat den Job schon Joka", er wandte kurz den Kopf in die Richtung seines Freundes, „Nichts für ungut, aber du weißt selber, dass du eine Spaßbremse bist."
„Jetzt verrat uns doch endlich seinen Namen", meldete sich da Metallschuppe zu Wort. Der graue Drache hatte die ganze Zeit über schweigend dabei gestanden und mich betrachtet. Nun jedoch wandte er sich an Leo. Dieser sah mich an, als wäre ihm etwas Wichtiges entgangen. Er zögerte.
„Seine Nummer ist 11204."

Die Worte klangen eingeübt und herausgepresst, doch in dem Moment trat Joka zu uns und lenkte die Aufmerksamkeit auf sich.
„Leo, wir müssen los", er richtete seinen Blick auf die Anderen, „Team G6, danke für eure Zeit."
Die Antwort war ein gemurmeltes *„Der Krone die Zeit"*. Dann führte Joka uns schon von den Laboren fort.
Ich ließ mich überrascht von ihm mitführen. Jokas Worte hatten die Stimmung schlagartig verändert und sogar Leo war mit einem Mal in verbissenes Schweigen gehüllt.
Als ich einen Blick zurückwarf, sah ich die Mitglieder von Team G6 tuschend die Köpfe zusammenstecken, während sie uns nachblickten. Ihre Abschiedsworte *„Der Krone die Zeit"* beschäftigten mich. Die Art, wie die Gruppe sie ausgesprochen hatte, erinnerte an ein alteingeübtes Ritual, doch besondere Begeisterung schien nicht dahinter zu stecken – vielmehr ein unbeliebtes Geleier.
Fragend beobachtete ich Joka, der uns – den Blick stur nach vorne gerichtet – zielstrebig durch die Gänge leitete. Leo dagegen schlurfte unwillig neben ihm her. Sein Blick war düster, seine Augen zusammengekniffen und es wirkte so, als müsste er sich sehr zusammenreißen, still zu sein, bis uns statt den Glaswänden der Labore wieder echter Stein umgab.
„Du musstest mich unbedingt zur Einführung mitnehmen, oder?",zischte er schließlich und sein Ton klang dabei nicht ansatzweise so freundschaftlich, wie er es vor wenigen Minuten noch gewesen war.

„Manchmal kann es nicht schaden, sein Gedächtnis etwas aufzufrischen", erwiderte Joka stumpf und ich glaubte Leo verächtlich lachen zu hören.
„11204."
Ich schreckte auf, als Joka meine Nummer laut aussprach – diesmal nicht als Vorstellung, sondern als handele es sich bei dieser für mich völlig willkürliche Kombination aus Zahlen tatsächlich um einen Namen.
Es hört sich falsch an.
„Ja?", antwortete ich versonnen. Meine Gedanken hingen noch irgendwo zwischen den Abschiedsworten von G6, Leos und Jokas seltsamer Interaktion und dem Gefühl, welches die Zahlenreihe meiner Anrede in mir auslöste.
Aus irgendeinem Grunde ergab sich daraus ein Mix, der die innere Stimme in meinem Kopf dazu anstachelte, etwas anzünden zu wollen.
„Du wolltest doch wissen, warum man dich hergebracht hat und was dieser Ort dir verspricht."
Ich nickte.
Wie schön es doch wäre, etwas brennen zu sehen.
„Wir sind auf dem Weg zur Einführung, von der ich dir erzählt habe", fuhr Joka fort, „Dort kannst du alles von denen hören, die das Konzept entworfen haben."
Ich blinzelte. Mit einem Mal fühlte mein Mund sich trocken an und ich konnte mein Herz dumpf in meiner Brust schlagen hören, während meine Kehle sich beim Atmen immer enger zuschnürte. Meine Klauen zitterten und ich ballte sie zu Fäusten, während ich vergebens versuchte, meinem Kopf Einhalt zu gebieten, in dem sich immer eindringlicher ein schmeichelndes Flüstern festsetzte.
Brenn sie nieder! Du könntest frei sein ...

Ich zuckte zusammen, als sich ein Arm um meine Schultern legte und als ich aufblickte, sah ich direkt in die Augen von Leo, welcher mich aufmunternd anlächelte. Seine Verbissenheit und sein Ärger schienen wie weggewischt.
Trotzdem wollte ich nichts mehr als mich von ihm loszureißen und davonzurennen. Allein das Wissen darüber wie sinnlos das war, ließ mich stattdessen an Leos Seite die große Halle am Ende eines neuen Ganges betreten.
Es war bloß ein einfacher Schritt.
Doch kaum, dass ich die Schwelle übertreten hatte, verstummte das Geschrei in meinem Innern und eine drückende, ernüchternde Ruhe schlich sich an ihren Platz.
Wie witzig, schoss es mir durch den Kopf und ein verwundertes Blinzeln zuckte über mein Gesicht, als ich das Gefühl in mich aufsaugte, *jetzt ist mein Kopf so klar und ich möchte noch immer jemanden brennen sehen.*

Die Einheit

Wenn man Bescheid weiß, ist eine Lüge sehr leicht von der Wahrheit zu trennen. Doch was ist, wenn dir diese Voraussetzung nicht gegeben ist? Wie entscheidest du, wem oder was du Glauben schenkst?

Die Halle war brechend voll. Ich blickte in einen gewaltigen runden Raum, in dem sich dicht zusammengedrängt hunderte oder vielleicht tausende Drachen aufgereiht hatten.
Der Raum war aufgebaut wie eine gewaltige Arena, schmucklos und vollständig aus Stein erbaut. Die oberen Ränge waren besetzt mit einigen neugierig blickenden Schaulustigen und Scharen stramm stehender Wachposten, deren Blicke stetig über die unter ihnen versammelte Menge glitten. Diese schaute angeregt tuschelnd zu der großen Tribüne hinauf, welche wie ein Turm aus der Mitte des Saals aufragte. Noch lag diese jedoch verlassen.
Unter den Anwesenden entdeckte ich vereinzelt immer wieder Dreiergruppen, wie Leo, Joka und ich sie darstellten. Unwillkürlich fragte ich mich, wie viele Individuen wohl in dieser unterirdischen Festung untergebracht sein mochten. *Und wofür?* Denn Jokas vage Erläuterungen hatten fast nichts erklärt. Die vielen Bewaffneten, die kontrollierenden Augen – das alles erschien mir zu aufwendig, zu einstudiert. Man wollte hier mehr von uns, als uns willkommen heißen.

Ich wollte mich gerade daran machen, die anderen Dreiergruppen genauer unter die Luppe zu nehmen, als plötzlich eine laute Stimme durch die Halle schallte, bei deren Klang mein Blick automatisch zur Bühne wanderte. Hinter uns schloss sich die Tür, durch die wir gekommen waren.
Die Stimme klang volltönig und freundlich und hallte deutlich von den steinernen Wänden und Rängen wieder, wo sie sich zuerst mit dem letzten Stimmengewirr vermischte, das daraufhin jedoch erstarb.
„Guten Morgen und ein herzliches Willkommen an alle, die sich an diesem wunderschönen Tag die Mühe gemacht haben, bei der heutigen Einweihung Anteilnahme zu zeigen. Es ist mir eine Ehre, euch alle hier begrüßen zu dürfen."
Jemand trat auf die Tribüne. Das Erste, was mir auffiel, war sein breites Lächeln, welches die Halle zu neuem Leben erweckte. In meinem Kopf hörte ich gegen meinen Willen den Ruf von Gefahr, gleichzeitig war ich so fasziniert, dass der Anblick der Person, die soeben die Bühne betreten hatte, mich genau auf meiner jetzigen Position am Boden festzunageln schien. Es wäre nichts Besonderes gewesen, wenn – getreu meiner Erwartungen – ein Drache vor uns getreten wäre und nun seine Ansprache an uns richten würde. Aber die Person dort auf der Bühne war definitiv kein Drache – sondern ein Mensch.
In der Halle brandete kurzer Jubel auf und der Mann hob beschwichtigend die Hand, woraufhin die Rufe verebbten. Ich war sprachlos.
Der Mann ließ seinen Blick ohne Eile über die Versammelten gleiten. Dabei blieb dieser auch kurz an mir hängen, bevor er weiter über die anderen

Neulinge wanderte, die verängstigt neben ihren Gruppenleitern standen.
Man hatte mir und anscheinend auch ihnen, genau zwei Dinge über Menschen beigebracht.
Erstens: Sie waren minderwertig und uns dank ihrer kürzeren Lebensdauer bis in alle Ewigkeit Unterlegenheit schuldig.
Zweitens: Ihr Wunsch, mehr zu sein, machte sie blutrünstig und gefährlich.
Beides erschien mir schon immer zu oberflächlich.
„Bevor es jetzt einen riesigen Aufschrei gibt", fuhr der Mann fort und ich hing an seinen Lippen bei jedem Wort, das diese in der ausgedehnten Stille der Halle formten, „Ja, ich bin ein Mensch, aber nein, ich bin nicht mit diesem Mikro auf die Bühne getreten, um euch damit in euren Tod zu geleiten. Ich mag euch lebendig auch ganz gerne."
Die Halle lachte und der Mensch zwinkerte in die Menge.
„Kleiner Scherz am Rande", meinte er und ich konnte sehen, wie seine Mimik ernsthafter wurde, „Ihr habt vermutlich eine Menge unschöner Dinge über meinesgleichen zu hören bekommen – wirres Gerede von Schwäche, Unterlegenheit, Wertlosigkeit und wie auch immer man diese Liste auch fortgeführt haben mag. Lasst mich euch sagen, dass das nicht immer der Wahrheit entspricht."
Der Mann lächelte beschwichtigend.
„Tatsächlich bin ich als Gründer dieser Einrichtung jemand, der euch ein echtes Leben verspricht – eines, das für etwas wirkt. An meiner Seite wärt ihr alle Teil etwas Größerem. Denn wir dienen gemeinsam einer Vision, die unsere Welt revolutionieren wird."

Augenblicklich war ich skeptisch. Die Worte des Menschen erinnerten mich stark an das Machtgefasel meiner Lehrer in Cliffs Edge. Leere Worte, die schön klingen sollten, jedoch vollständig an mir abprallten. Trotzdem wollte eine schwache Stimme in mir einfach mitspielen und meine Vergangenheit darüber vergessen.

„Keine in Eitelkeit oder Gier gründenden Machtkämpfe mehr. Keine Ungerechtigkeit. Jeder soll die Freiheit besitzen, sich nach eigenen Vorstellungen entwickeln zu können", der Mann machte eine Pause, um seine Worte einen Moment wirken zu lassen.

In meinem Kopf herrschte ausnahmsweise trotz aller Zweifel Ruhe und Ordnung. Das, was der Mann mir versprach, klang nach einem möglichen Neustart. Dennoch war mir deutlich bewusst, dass all die Worte und Versprechen nie mein wahres Problem beheben könnten. Sie würden die Fragenflut nicht bremsen, keine von ihnen beantworten können – und ich würde ihnen nicht entkomme.

Du könntest die Vergangenheit einfach fallen lassen, flüsterte eine leise Stimme.

Du wirst nichts davon je vergessen können, spottete eine andere.

Er lügt. Was dieser Mann sagt, ist Schwachsinn. Sie wollen dich in die Irre führen.

Sie wollen dich benutzten, fuhr der Stimmenchor fort.

„Ich möchte euch dazu anregen, nachzudenken", fügte der Mann hinzu und ich musste den Satz für mich selbst wiederholen, um ihm Glauben zu schenken. Niemals hatte zuvor jemand von mir verlangt, selbst zu denken. Man hatte immer bloß gewollt, dass ich zuhörte und nachahmte. Etwas, das ich stets verachtet hatte. Dennoch fühlten sich die Worte – nun da sie

endlich fielen - an, wie ein Hinterhalt.
Natürlich dachte ich im Moment nur an die grandiosen neuen Möglichkeiten, die Bestimmung und die Gemeinschaft, die mir versprochen wurden. Natürlich hinterfragte ich die Versprechen nicht sofort, wenn ich mir zuvor noch nie die Mühe gemacht hätte, nachzudenken. Natürlich – wenn dies auf mich zutreffen würde.
„Mein Name ist Leander", stellte der Mann sich vor und breitete seine Arme so einladend aus, als öffnete er uns eine Tür zur Zuflucht, „Ich frage euch: Seid ihr es nicht auch leid, wie unfair diese Welt sein kann? Habt ihr jemals die Chance bekommen, als ihr selbst ein Leben zu führen, das einen Sinn verspricht? Hier bekommt ihr alles und noch mehr. Ich überreiche euch eine Krone. Werdet einer von uns, ein Gekrönter, und ihr werdet leben und euch am Ende dafür feiern können!"
Wir werden glauben, am rechten Platz zu stehen, egal wie weit wir davon entfernt sind.
Kurz herrschte noch Stille, dann stießen die Krieger um und über uns mit einem Mal alle gemeinsam ihre Waffen auf den Stein und ein Chor aus Stimmen erhob sich, der genau vier Worte brüllte.
„Der Krone die Zeit!"

Eine seltsame Vorahnung

Lienora stand ganz oben, am höchst- und abgelegensten Platz der Halle als Leander unten seine gewohnte Rede zur Begrüßung der Neuzugänge schwang. Unter normalen Umständen hätte Lienora sich niemals hier her begeben, um sich das irreführende Gerede ein weiteres Mal anzuhören. Schließlich hatte sie es sich in der Vergangenheit oft genug antun müssen und jedes Mal war sie zugleich beeindruckt und erschrocken darüber, wie gut es seinen Zweck erfüllte. Alle ließen sich so leicht einlullen von den Versprechen, dass niemand sich groß für die Hintergründe zu interessieren schien. Selbst sie hätte darauf hereinfallen können, wenn sie die grobe Wahrheit nicht im Vorhinein gekannt hätte. Etwas, was hier jedoch nie jemand erfahren durfte. Daher hatte sie immer, wenn man von ihr verlangte, der Einweihung beizuwohnen, brav geschwiegen und stumm dabei zugesehen wie mehr und mehr Kinder dem Trick in die geöffneten Arme liefen. Diesmal jedoch hatte sie ein völlig anderer Grund hergelockt. Sie hatte den Neuzugang nochmal sehen wollen. Den jungen Ringdrachen, der erst gestern zu ihnen gebracht wurde und der, als sie ihn besucht hatte, auf sie zu gerannt war und sie durch die Glasscheibe eines Labors hindurch mit einem Blick angestarrt hatte, den Lienora nicht vergessen konnte. In im hatte sich so

viel gespiegelt, dass sie Mühe gehabt hatte, die einzelnen Gefühle voneinander zu trennen.
Das Auffälligste war jedoch etwas gewesen, dem sie keinen Namen zuzuordnen wusste. Neben Verzweiflung, Hoffnung, Schmerz und Verwirrung war da noch etwas wildes, ungezähmtes gewesen, das tief im Inneren seiner blau leuchtenden Augen gelodert hatte und ihr entgegen ihres Willens einen kalten Schauder über den Rücken hatte kriechen lassen. Es hatte sie unglaubliche Anstrengung gekostet, seinem Blick eine Weile lang standzuhalten. Als sie sich abwenden konnte, war sie endlos erleichtert gewesen.
Demnach war sie einigermaßen enttäuscht, als sie den Ringdrachen nun zwar die ganze Rede über unten bei seinen Betreuern stehen sah, er jedoch keine Anzeichen zu erkennen gab, dass er weniger auf den Schwindel hereinfiel als alle anderen vor ihm. Tatsächlich verhielt er sich auch sonst nicht auffällig.
Was er wohl gerade dachte?
Lienora wünschte sich nicht selten das Feingefühl, welches ihr ehemaliger Lehrmeister besessen hatte und mit dem er durch jeden zu blicken schien, als bestünde er aus Glas.
Gedankenverloren betrachtete sie die blauen Schuppen auf den Flügeln des Ringdrachens und merkte erst, dass Leander seine Rede beendet hatte, als der Knall der aufschlagenden Waffen von den Wänden widerhallte und die Gekrönten aus vollen Kehlen die Abschiedsformel in die Halle schrien. Der Ringdrache stand noch immer still. Lienora wandte sich ab und verließ die Halle, ehe der erste Ansturm nach draußen drängte und sie zwischen seinen Massen gefangen wäre.

Auf dem Weg zu ihrem Quartier mied sie absichtlich die belebteren Gänge und hielt sich an die dunklen Stollen, zu deren Seiten keine Zimmertüren abgingen, die jemand aufsuchen könnte. Den flackernden Lichtschein der Flammen in ihren Halterungen, welcher sie mit seinem leisen Flüstern zu verspotten schien, ignorierte sie wie immer mit einem einzigen Straffen ihrer Schultern und schritt hoch erhobenen Hauptes durch das Halbdunkel.

Warum hoffte sie eigentlich immer noch, dass sie nicht die Einzige war, die wusste oder wenigstens das Gefühl hatte, dass diese Einrichtung nicht das war, was sie zu sein vorgab? Wieso hatte sie diese Vorahnung, dass draußen wie auch innerhalb der Mauern etwas Altbekanntes lauerte? Und wieso musste ausgerechnet jetzt ein Überlebender der Königsrasse auftauchen und die Unruhe in ihr noch verstärken?

Lienora seufzte.

Viel zu misstrauisch, hatte Lyng damals oft zu ihr gesagt und sie hatte trotzig das Kinn vorgeschoben und erwidert: *Die Welt ist kein Ort für Leichtgläubigkeit.*

An dieser Einstellung hatte sich in den folgenden Jahren nichts geändert und manchmal dachte Lienora sogar, dass sie immer noch nicht misstrauisch genug war.

Es wurde höchste Zeit, sich auf ein Treffen vorzubereiten, auf das sie bereits seit Monaten wartete und welchem sie zwar entgegenfieberte, aber für das sie auch schon ihren vergifteten Dolch, ihre Langschwerter und eine ausreichend große Portion ihres kühlsten Auftretens beiseitegelegt hatte. Man konnte schließlich nie vorsichtig genug sein.

Insbesondere, wenn man den Informanten kannte, auf den Lienora sich schlussendlich aus reiner Verzweiflung heraus eingelassen hatte. Sie hoffte nur, dass es nicht umsonst sein würde, denn sie brauchte sein Wissen dringender, als sie zugeben wollte.

Flammen im Pulverfass

Niemand kann mir erzählen, dass jemand wert auf ausgebildete Kämpfer legt, ohne dabei einen Hintergedanken zu haben. Damals hatte ich wenig Ahnung von Kriegen, deshalb sah ich noch nicht, was ich heute auf den ersten Blick erkennen würde. Aber vielleicht war das auch besser so. Ich hätte mich sicher unnötig in Schwierigkeiten gebracht.

„Duck dich!"
Ich sprang zur Seite und rollte mich hastig ab, als Leos Pfeil nur wenige Zentimeter an mir vorbei zischte. Mein Aufseher und Trainer stand auf einer Erhöhung im Trainingsraum und machte ein ärgerliches Gesicht - wir trainierten schon seit Tagen meine Reflexgeschwindigkeit und ich war mal wieder am Träumen gewesen.
Weil ich zu hektisch reagiert und nicht geschaut hatte, wohin ich auswich, stieß ich bei der Rolle mit einem herumstehenden Hindernis zusammen und brauchte einen Moment, bis ich zurück in den Stand gekommen war. Leos Blick wirkte ein wenig säuerlich.
„Was war das denn?", fragte er vorwurfsvoll, wobei er von seiner Erhöhung heruntersprang und mit schnellen Schritten zu mir hinüber kam, „Habe ich es dir nicht oft genug erklärt? Im Trainingsraum wird sich konzentriert! Stell dir vor, dieser Übungspfeil wäre echt gewesen und er hätte dich getroffen!"

„Dann wäre ich jetzt wahrscheinlich tot", erwiderte ich nickend, aber ebenfalls mit genervtem Unterton.
Leo warf die Klauen in die Luft.
„Das sagt er mir auch noch einfach so. Ich weiß gerade wirklich nicht, was ich dazu sagen soll."
„Sag am besten gar nichts", murmelte ich frustriert und ließ mich mit dem Rücken seufzend gegen das Hindernis sinken, „Es hat ja doch keinen Sinn."
Leos Augen fixierten mich stechend.
„Glaub ja nicht, dass ich jetzt einfach aufgebe", warnte Leo mich drohend, „Das mit deinen Tiefs kennen wir doch schon. Da schlagen wir uns durch."
Ich sah Leo mit hochgezogenen Augenlidern an.
„Mein Training ist ein einziges, riesiges Tief", bemerkte ich trocken.
„Nichts, was für immer so bleiben muss", beharrte Leo.
Ich unterdrückte ein gereiztes Stöhnen.
„Aber wofür überhaupt? Ihr erklärt mir ja nicht einmal, wofür ich diese Fähigkeiten brauche."
„Aber sicher! Ich habe dir schon oft gesagt, dass das Training viele wichtige Funktionen hat. Es ist der erste Schritt deiner Ausbildung. Du wirst es später brauchen, wenn du alt genug bist, um auf Missionen zu gehen."
„Was für Missionen?", konterte ich stur und gab mir Mühe, meine Stimme dabei nicht allzu wütend klingen zu lassen.
Seit der Einweihung hatte ich versucht, mir einzureden, dass ein Leben bei den Gekrönten tatsächlich bedeuten würde, die Welt eines Tages gerechter zu machen. Doch selbst wenn ich alle Zweifel verdrängte, die aufkamen, weil diese Pläne bisher ausschließlich darauf aufzubauen schienen,

eine kampfbereite Armee auszubilden, war es mir nicht möglich, die Lügen in den Worten der Krone zu übersehen. Denn auch wenn ich es nie laut sagen würde, nervte es mich wahnsinnig wie bei den Gekrönten mit Eigenständigkeit und Transparenz geworben wurde und man auf meine Frage trotzdem stets vage und ausweichend antwortete.

„Das wirst du dann erfahren", wehrte Leo ab, „Aber Fakt ist doch: Wer hier auf Missionen gehen darf, hat nun mal eine der wichtigsten Aufgaben dieser Einrichtung und wird damit auch automatisch in Kreise aufgenommen, die viel näher an ihrem Kern sind. Das ist eine große Ehre. Ich verstehe einfach nicht, wieso dich das nicht locken kann!"

Weil ich noch Erklärungen brauche, wollte ich antworten, *lockt dich ein Apfel, von dem du nicht weißt, ob ein Wurm drin ist?*

Stattdessen sagte ich nur: „Ich bin müde. Können wir morgen weitermachen?"

Leo hatte sich inzwischen mit verschränkten Armen vor mir aufgebaut und der Ärger war nun nicht mehr nur seinen Augen, sondern seiner gesamten Haltung anzusehen. Ich tat so, als würde es mir nicht auffallen.

„Hört zu, 11204, normalerweise habe ich ja viel Geduld mit dir, aber mit dieser Abfuhr gebe ich mich nicht zufrieden! Wir können gerne heute früher aufhören, aber dann musst du mir auch sagen, was los ist!"

„Das habe ich doch längst", erwiderte ich bissig, „Ich bin müde."

Der Ärger in meiner Stimme war nun unüberhörbar. Nur weil Leo mein Trainer war, hieß das nicht, dass er ein Recht darauf hatte, mehr über mich zu erfahren, als er auch bereit war, von sich preiszugeben.

„11204, das ist keine Ausrede!", gab Leo jedoch unnachgiebig zurück und ich musste mir ein ärgerliches Schnauben verkneifen.
Ohne Leo noch eines Blickes zu würdigen, stand ich auf, wandte mich dem Ausgang des Trainingsraumes zu und machte mich auf zu gehen. Doch Leo versperrte mir den Weg.
„Vergiss es! Du lässt mich jetzt nicht einfach stehen!"
„Warum nicht?", fauchte ich, von plötzlicher, schwindelerregender Wut so fest gepackt, dass ich ihr Überkochen nicht länger zurückhalten konnte. In meinem Körper spürte ich eine Kälte aufsteigen, die wellenschlagend versuchte auszubrechen und an die Ränder meines Bewusstseins kroch, um sich dort Freiraum zu schaffen. Noch hielt die Wand, die sie davon abhielt, mich einfach zu überrollen, doch ich konnte bereits das auffordernde Kribbeln spüren, welches meinen gesamten Körper bis in meine zu Fäusten geballten Klauen erfüllte. Zu gerne hätte ich ihm einfach nachgegeben, aber noch beherrschte ich mich.
„Warum nicht?", wiederholte Leo meine Worte ebenfalls zornig, „Weil es meine Aufgabe ist, dir zu helfen, hier klarzukommen und du nicht ehrlich zu mir bist!"
„Wer sagt denn, dass ich nicht ehrlich bin?!"
„Ich sage das!"
„Tja, dann hast du eben ganz einfach Unrecht!", schrie ich und ehe Leo mich noch einmal aufhalten konnte, hatte ich mich an ihm vorbei gezwängt und rannte ohne zurückzublicken hinaus auf den Flur. Hinter mir hörte ich, wie Leo mit nach rief.

„11204... ach, zum Teufel nochmal! Bleib doch hier!"
Aber ich hörte ihn schon gar nicht mehr - oder wollte
es einfach nicht. Ich rannte und rannte und blieb erst
stehen, als ich an der Tür zu unserem Quartier am
Ende des für gewöhnlich verwaisten Flurs
angekommen war.

Atemlos lehnte ich mich gegen das kühle Metall,
während ich darauf wartete, dass die Wut, sowie mit
ihr die brennende Kälte abflaute, die wie eine
lodernde Flamme in mir gewütet hatte. Sie machte mir
nun Angst, da ich begriff, wie unkontrolliert sie in mir
aufblühen konnte. Keuchend legte ich den Kopf
zurück und schloss die Augen in dem Versuch, mich
schneller zu besinnen. Dabei musste ich mich stark
zusammenreißen, beim Gedanken an Leos Worte nicht
gleich wieder auszuflippen.

*Weil es meine Aufgabe ist, dir zu helfen, hier
klarzukommen*, hatte er gesagt.

Was ich brauchte, waren Taten und Antworten, keine
Lügen und Versprechen von Ehre oder einem neuen
Leben, das mich von allem wenigen abschneiden
sollte, was von mir übrig geblieben war.

Der Gedanke ließ mich verzweifelt die Klauen über
dem Kopf zusammenschlagen. Ich saß in einer Falle.
Eigentlich hatte ich Leo viel mehr sagen wollen.
Angefangen damit, dass niemand von mir erwarten
konnte, alles was hinter mir lag grundsätzlich zu
vergessen, bis hin zu dem Fakt, dass ich mich nur mit
der Nummer anstelle eines Namens immer mehr wie
ein Gegenstand fühlte.

Die Version gibt es von mir einfach nicht, dachte ich
grimmig, während ich absichtlich tiefe Atemzüge
nahm, damit auch mein Herzschlag sich langsam
beruhigte.

Ein weiterer Satz, den Leo zu mir gesagt hatte, schwirrte mir durch den Kopf.
Du bist nicht ehrlich zu mir.
Wer sagt denn, dass ich nicht ehrlich bin, hatte ich geantwortet - was ich eigentlich hatte sagen wollen, war: *Na und? Ihr seid es doch auch nicht.*
Das hatte ich mir allerdings noch rechtzeitig verkneifen können. Jetzt bereute ich diese Zurückhaltung fast ein wenig.
Während ich mich wieder von der Tür löste, hoffte ich inständig, dass Leo so wütend auf mich war, dass er mir das Training für den kommenden Tag ebenfalls streichen würde. Ich wollte diese Selbstlügen nicht länger nötig haben.
Ich wollte mich nicht mit so wenig zufriedengeben.
Wie von alleine trugen mich meine Schritte nun den Gang hinunter, als ich auf die Kaserne zustrebte, in der Leo mit seinen Freunden aus Team G6 eine zweite Unterkunft hatten.
Es war höchste Zeit, etwas ausgesprochen Dummes zu tun.

Auf Mission

Also gut. Vielleicht habe ich mich trotzdem in Schwierigkeiten gebracht.

Auf dem Weg zu den Kasernen wäre ich beinah in Leo hineingelaufen. Das hätte den Plan oder besser gesagt, die Idee, die mir eben in den Sinn gekommen war, sofort hinfällig gemacht. Ich hörte jedoch seine Schritte rechtzeitig und schaffte es gerade noch, mich um eine Ecke und in eine schmale Nische zu flüchten, an der Leo, ohne sie eines Blickes zu würdigen vorbei rauschte.
Nachdem ich mich einen Moment versichert hatte, dass er sich nicht umdrehen würde, schlüpfte ich aus meinem Versteck und folgte ihm heimlich bis zu seinem Zimmer. Auch dieses betrat er allerdings, ohne sich umzublicken, weshalb ich ungesehen an die nun verschlossene Tür treten konnte.
Lautlos horchte ich auf Geräusche, die von drinnen kommen würden, und tatsächlich dauerte es nicht lange, bis hinter der Tür ein Gespräch auflebte.
„Leo? Was machst du so früh hier?"
„Solltest du nicht noch bei deinem Schüler im Training sein?"
„Was ist denn los?"
„Du siehst unzufrieden aus."
„War er wieder so unzugänglich?"

Bei der letzten Frage zuckte ich leicht zusammen, sagte und tat aber nichts, sondern lauschte konzentriert weiter. Jetzt hörte ich Leos Stimme müde durch das Metall dringen.
„Ich weiß auch nicht. Irgendwie verstehe ich nicht so recht, wie ich ihm helfen soll. Manchmal ist er richtig aufnahmefähig, aber aus irgendeinem Grund bremst er sich ständig."
Es tut mir leid, Leo, musste ich denken, obwohl ich wusste, dass er mich nicht hören konnte und ich mir auch nicht sicher war, ob es mir wirklich leidtat. Eigentlich waren die Dinge, die mir nicht passten, nicht primär von Leo verschuldet worden, andererseits war ich mir auch bei ihm nicht sicher, wie viel er mir verschweigen mochte.
Drinnen nahm das Gespräch seinen Lauf.
„Habt ihr gestritten?"
„Wo ist er denn?"
„Ist er weggerannt?"
„Willst du ihn nicht suchen?"
„Weiß Joka schon davon?"
Leo schnaubte genervt.
„Nein, Joka weiß nichts davon und er muss es auch nicht wissen. Wir haben uns ein bisschen gestritten, das ist alles. 11204 ist kein Baby mehr. Wenn er abhauen konnte, wird er auch in der Lage sein, eine Weile ohne mich auszukommen. Ich denke, er braucht einfach einen Moment, um in Ruhe nachzudenken. Er wird sich noch einfinden, wie alle anderen."
„Aber warum war er denn sauer?"
„Wenn ich das so genau wüsste. Er redet nicht mit mir."

Nachdenklich ließ ich mich an die Wand neben der Türe sinken und dachte einen Moment lang über die Frage nach. *Wieso war ich wütend geworden? Vielleicht, weil sie dich von Anfang an belogen haben?*
„Er beruhigt sich sicher wieder", melde sich nun erneut eine Stimme von innerhalb des Zimmers zu Wort und ich bemühte mich, mich wieder auf das Gespräch zu konzentrieren.
„Wie wäre es, wenn du uns stattdessen auf eine Mission begleitest? Die Krone hat gesagt, es gäbe da einen Platz, den wir uns genauer ansehen sollten ..."
Hinter der Tür setzte ein kurzes Schweigen ein und ich wartete wie die anderen gespannt auf Leos Antwort.
„Ein bisschen Ablenkung kann sicher nicht schaden", meinte er schließlich und ich stieß einen lautlosen Jubelruf aus, während auch drinnen Begeisterung aufbrandete. Ein grimmiges Grinsen breitete sich auf meinem Gesicht aus, das selbst meine Augen zum Glühen brachte. Mein Ticket nach draußen war damit offiziell gebucht.
Hastig löste ich mich von der Wand vor dem Zimmer und schwang mich in die Luft, um mich dann über der Zimmertür an der Decke des Ganges in den Schatten der Rohre zu ducken, während Leo und seine Freunde unten munter plaudernd das Zimmer verließen.
Wenn sie mir Freiheit versprachen, würde ich sie mir auch holen – ganz gleich, ob sie sie freiwillig rausrückten oder ob ich sie mir auf anderen Wegen holen musste.
Aus meinem Versteck heraus beobachtete ich die Gruppe genau dabei, wie sie geschlossen den Flur hinab liefen. Hoch schaute keiner.

Natürlich nicht. Denn was sollte sich schon über uns abspielen? Ich hätte auch nicht nach oben gesehen. Nachdem der Trupp hinter einer Ecke verschwunden war, gab ich mein Versteck schließlich auf. Rasch folgte ich ihnen bis an die letzte Stelle, an der ich sie gesehen hatte und späte dann vorsichtig um die Biegung. Auf die Art konnte ich ihren Weg Stück für Stück mitverfolgen, ohne riskieren zu müssen, dass sie etwas von meiner Anwesenheit mitbekamen. Diese Taktik funktionierte eine ganze Weile lang problemlos. Erst als ich beim sieben oder achten Mal erneut um eine Ecke spähte, um die Leo und seine Freunde zuletzt verschwunden waren, stand ich diesmal nur einer Treppe gegenüber, die sich in kreisförmigen Spiralen nach unten in den Fels schlängelte. Ich blieb stehen und sah mich mit zwei raschen Blicken nach beiden Seiten des Ganges um. Dieser war jedoch vollkommen verlassen, weshalb ich meine Aufmerksamkeit sofort wieder der Treppe zuwandte. Ich konnte die anderen schon nicht mehr sehen, doch ich hörte ihre Stimmen unter mir, also zögerte ich nicht länger und machte mich daran, auch auf diesem unerwarteten Wegstück meine Verfolgung fortzusetzen.

Diesmal war es bedeutend schwerer einen ausreichenden, aber nicht allzu großen Abstand zu wahren, doch ich gab mir Mühe ein bestimmtes Schritttempo beizubehalten und dieses je nachdem wie nah die Stimmen mir waren, entweder etwas zu beschleunigen oder aber zu verlangsamen. Auch das blieb nicht erfolglos. Dennoch war ich froh, als die Treppe endlich ein Ende nahm und der Weg in eine große Halle mit tief gelegener Decke mündete, die noch trister und düsterer aussah als der Rest der Einrichtung.

Alles – die Decke, die Wände, der Boden – wirkte dunkel, feucht und wenig einladend. Dafür war das, was sich in der Halle befand, im Gegensatz zu seiner Umgebung geradezu funkelnd schön und erschien dank der niedrigen Decke noch viel beeindruckender, als es im Zeremoniensaal der Fall gewesen wäre.

Die Fahrzeuge glänzten sauber in dem wenigen Licht. In ihren Fenstern spiegelten sich die Felswände im Kontrast dunkel und bedrohlich wieder und die dicken Räder waren mit Metallüberzügen verstärkt worden. Von der Treppe aus beobachtete ich Leo und seine Freunde, während diese auf einen der Wagen zustrebten und anschließend einer nach dem anderen durch eine Tür an der Seite verschwanden. Nervös überlegte ich, was ich jetzt tun sollte.

Jetzt da ich der Verwirklichung meines Vorhabens so nah war, dämmerte mir erst ihre Tragweite. Wenn ich weitermachte, würde ich nicht nur Leos und Jokas Vertrauen verletzen, sondern mich obendrein einer völlig unbekannten Situation aussetzen. Einer Situation, die möglicherweise kämpferisches Geschick erforderte. Dann wäre ich aufgeschmissen. Andererseits war dieses Risiko mein einziger Weg, genau das herauszufinden.

Lautes Brummen eines Motors riss mich aus meinen Gedanken und ehe ich mich versah, lief ich schon auf den Wagen zu. Zwar wusste ich, dass ich unmöglich auf demselben Weg in das Gefährt gelangen konnte, wie der Rest es getan hatte, doch ich erkannte rasch eine Möglichkeit, wie ich mich trotzdem mitschmuggeln konnte.

Während der Wagen bereits anfuhr, öffnete ich eine Klappe an der Seite des Fahrzeugs und sprang in die niedrige Kammer dahinter, bevor ich die Lucke mit Schwung wieder zuzog. Mit einem Schlag war es stockfinster und ich spürte nur noch das Holpern der Räder unter mir. Es war nicht gerade gemütlich, aber ich war drinnen.

Mit einem zufriedenen Lächeln kauerte ich mich in einer Ecke der engen Kammer zusammen und machte mich vorausschauend auf eine längere Fahrt gefasst. Mit Sicherheit würde Joka sich irgendwann fragen, wo ich steckte, wenn er erfuhr, dass Leo auf eine Mission losgezogen war. Doch ich hoffte, dass er nicht allzu schnell die Möglichkeit bekommen würde, mich zurückzupfeifen. Auf Ärger konnte ich mich zweifellos gefasst machen, doch das war momentan meine kleinste Sorge.

Was sollte Joka damit schon anrichten können?

Er konnte kaum etwas schlimmer machen, als es ohnehin schon war. Außerdem war ich im Moment viel zu glücklich, um mir über solche Banalitäten den Kopf zu zerbrechen.

Ich hatte mir selbst ein Stück Freiheit genommen – etwas, was ich bisher nur mit Evelias Unterstützung geschafft hatte. Und ich hatte vor, diesen Umstand dauerhaft zu ändern.

Vergessene Dämonen

Ich muss sagen, ich bin immer wieder nachhaltig beeindruckt wie undurchdacht, aber zielstrebig ich damals schon gehandelt habe.

Als der Wagen einige Stunden später mit einem sanften Ruckeln zum Stehen kam, herrschte in mir eine tiefe, undurchdringliche Ruhe. Ich kauerte unbewegt an der Wand und lauschte angespannt auf die Stimmen von Leo und seinen Freunden.
Die Fahrt über hatte ich spekuliert, was mich wohl erwarten würde. Viel vorstellen konnte ich mir jedoch nicht, denn bis auf meine schneebedeckte Heimat und die unterirdische Welt der Gekrönten hatte ich keine Vergleichswerte.
Als ich endlich hörte wie die Tür des Busses geöffnet würde, nahm mein Körper sofort eine aufmerksame Haltung ein, in der ich geduckt wie ein Raubtier mucksmäuschenstill verharrte. Wenig später drangen erste Stimmen an meine Ohren.
„Da wären wir! Sieht doch schick aus, oder?"
„Na ja, eher weniger. Aber sind wir doch mal ehrlich. Die Orte, zu denen wir geschickt werden, sind doch meistens so."
„Wie meinst du? Kahl und trostlos?"
„Japp, kahl und trostlos."
„Da ist was Wahres dran."

„Hey, Jungs!", die dritte Stimme konnte ich sofort zuordnen, denn sie gehörte zu Colin – Leos bestem Freund neben Joka, „Ich glaube, da vorne ist schon der Eingang! Seid ihr bereit?"
Nachdenklich versuchte ich, zu erraten, was draußen wohl zu sehen sein mochte – von welchem Eingang Colin sprach – doch leider wurde diese Information im Gespräch nicht deutlicher.
„Immer langsam, Colin!", rief einer der anderen Leos Freund zur Geduld auf, „Du weißt, wir sollten vorsichtig vorgehen. Denk an unsere Ausbildung."
„Ich bin vorsichtig", knurrte Colin enttäuscht, aber da hörte ihm schon keiner mehr zu.
„Aufstellung?", hörte ich Metallschuppe fragen und die anderen bestätigten, dass alles passte.
„Waffen griffbereit?", wieder eine Zustimmung.
„Konzentration?"
„Haben wir Anweisung bekommen, nach etwas Bestimmtem zu suchen?" Das war Leos Stimme. Die anderen seufzten.
„Hättest du das nicht früher fragen können", murrte Colin schmollend, „Jetzt fragt Grin uns gleich alles noch einmal!"
„Es gab keine genauen Anweisungen", erwiderte Metallschuppe, Grin, ohne auf Colins Beschwerde einzugehen, „Man sagte uns, dass wir schon merken würden, wonach wir suchen."
Leo seufzte.
„Wie immer also?"
„Natürlich, was hast du erwartet? Wir sind noch längst nicht lange genug im Dienst der Krone, um die Befugnis für dieses Wissen zu erhalten."
Verwirrt horchte ich auf. *Wenn selbst Leo und seine Truppe nicht wussten, wonach sie suchten, wie genau*

sollten sie dann etwas Spezielles finden? Dass sie es schon wissen würden, wenn sie es gefunden hatten, erschien mir ziemlich unwahrscheinlich.
„Ich meine ja nur", erwiderte Leo, welcher meine Meinung diesbezüglich zu teilen schien, „Wann sagen sie es uns endlich? Nirgends gibt es festgelegte Zahlen, wann ein Gekrönter der Befugnis würdig ist."
„Du solltest nicht an der Krone zweifeln, Leo", der Satz klang tadelnd, aber nachsichtig.
„Ich weiß. Tut mir leid."
„Keine Sorge. Seid ihr dann so weit?"
Einstimmige Bestätigung war die Antwort.
Metallschuppe wiederholte seine Fragen.
„Aufstellung?"
„Waffen griffbereit?"
„Konzentration?"
Nach der letzten Zustimmung hörte ich nur noch, wie sich die Gruppe schweigend in Bewegung setzte und sich Schritt für Schritt entfernte. Abwartend lauerte ich auf das Eintreten von Stille, während meine Gedanken wirr durcheinander kreisten.
Wieso wussten selbst die, die auf die Missionen gehen durften nicht, worum es ging?
Was galt es zu verbergen?
Kaum dass ich nichts mehr hören konnte bis auf das leise Rauschen in meinen Ohren, krabbelte ich lautlos zur Klappe. Vorsichtshalber horchte ich noch einmal, ob draußen wirklich alles ruhig war. Doch als dabei ebenfalls nur Stille an mein Ohr drang, stemmte ich meinen Oberkörper seitlich gegen die Öffnung an der Wand des Wagens und drückte dagegen, um sie aufzuschieben.

Das erste Tageslicht, das durch den Spalt fiel, war grau und freudlos. Der Himmel musste wolkenverhangen sein, denn von warmen Sonnenstrahlen, fehlte jede Spur. Langsam schob ich mich unter der Klappe hervor und setzte von dort aus eine Klaue auf harten, kalten Erdboden. Ich sah mich um. Die Gegend war gespickt mit grauen, wettergezeichneten Hausruinen, welche das Gelände auf der toten Erde säumten wie Splitter und Trümmer einer früheren Welt. Ich sah abgebranntes Holz, über das Pilze gewachsen waren und welches der Regen weich und schimmlig gemacht hatte. Pflanzen gab es kaum, nur hier und da schien ein besonders hartnäckiges Exemplar überlebt zu haben, doch hauptsächlich beherrschte das Land zu meinen Füßen Verwesung und Zerstörung.

Mit angehaltenem Atem schlich ich hinaus in die Kälte. Das Wetter war ungemütlich kühl und feucht von vergangenen Regenfällen und der lehmige Boden fühlte sich unter meinen Klauen matschig an. Der Ort war unheimlich leblos. Ich fröstelte, wenn auch mehr dank des Unwohlseins, dass mich mit jedem Schritt beschlich, den ich weiter in diese gestorbene Welt hinein setzte. Der Anblick war erschreckend, doch trotz allem so von Schönheit gezeichnet, dass er mich noch einen langen Moment nicht loslassen wollte. Ich atmete langsam aus. Mir war nicht bewusst gewesen, wie schön der Tod sein konnte.

Während ich mich wie in Trance vorwärtsbewegte, fiel mir aus dem Augenwinkel etwas Dunkles auf und ich wandte den Kopf, um es genauer zu betrachten. Am Ende eines Kiesweges, welcher sich nach wenigen Metern in der braun-grauen Landschaft

verlor, lag in einem Felsen der Eingang zu einer Höhle. Das Ziel unserer Reise. Da war ich mir sicher. Ich blickte mich um, da ich plötzlich das Gefühl hatte, beobachtet zu werden, doch in den Lücken und Fenstern der alten Gemäuer war nichts zu erkennen. Ich war alleine. Der Ort lag verwaist.
Noch während ich mich von dem Anblick losriss, begann mein Körper wie von selbst auf den Eingang der Höhle zuzustreben. Derweil pfiff der Wind leise flüsternd um mich und zwischen den Hausruinen. Das Geräusch vermischte sich mit meinen Gedanken und versuchte, sich Überhand zu erringen. Alle Überlegungen, die mich bis eben in dem kleinen Gepäckraum des Fahrzeugs noch beschäftigt hatten, waren längst von den Gefühlen verdrängt worden, die sich im Angesicht der toten Landschaft in mir ausgebreitet hatten.
Ich gab mich den Gefühlen komplett hin und lauschte, während Sorglosigkeit und Glück mich zärtlich fordernd überkamen. Der Eingang der Höhle schien mich zu sich zu rufen und ich wollte nichts lieber als dem Ruf zu folgen. Das dunkle Tor war nun nicht mehr weit entfernt – nur noch wenige Schritte. Ich begann zu zählen.
Drei. Drei Schritte von der Höhle entfernt, war auch der letzte Gedanke von den ruhig stellenden Gefühlen verdrängt und ich ließ das Geräusch des Windes meinen Kopf restlos ausfüllen.
Zwei. Als nur noch zwei Schritte vor mir lagen, wurde ein Wispern vernehmlich, noch ganz leise, aber eindringlich.
Eins. Kurz vorm letzten Schritt formte das Wispern in meinem Kopf drei Worte.
Komm zu mir.

Ich betrat die Höhle.

Verwirrt blinzelnd blieb ich stehen. Geschützt von Felsen, war das Singen des Windes für mich auf einmal fast gänzlich verstummt, sodass die neugewonnene Ruhe beinah gespenstisch wirkte.
Hatte ich eben wirklich *Worte* gehört? Hatte sich in dem Geflüster ein *Satz* geformt?
Unschlüssig lauschend, verharrte ich noch einen Moment, doch da war nichts außer meinem Atem und dem anhaltenden Pfeifen des Windes draußen vor der Höhle, welches immer noch leise an meine Ohren drang. Irgendwann zerbröselte meine Besorgnis und ich begann mich zu fragen, ob ich mir den Satz bloß eingebildet hatte.
Seine Worte waren wie eine leise Stimme in meinen Gedanken aufgetaucht, halb überlagert von der Erinnerung an Sorglosigkeit und tiefer Zufriedenheit. Doch diese rückte bereits so sehr in die Ferne, dass sich beides nur schwer fassen ließ. Statt auf meine Ohren zu hören, fokussierte ich mich drauf, was ich sah – den in Dunkelheit verschwindenden Gang vor mir und die von Feuchtigkeit nass glänzenden Wände aus nacktem Stein. Von Leo und seinen Leuten fehlte hier jede Spur.
Mit festen Schritten setzte ich mich wieder in Bewegung. Die warnende Stimme in meinem Kopf, die mir unmissverständlich sagte, dass es ein Fehler sein würde, alleine fortzufahren, ignorierte ich bewusst, als die Dunkelheit der Höhle mich umhüllte und ich mitten durch den Gang tiefer ins Innere schritt.
Mit jedem Schritt, den ich weiter ins Innere der Höhle hinein machte, fiel mir auf, dass es nicht wie

gewöhnlich kälter wurde, sondern sich im Gegenteil
eine angenehme Wärme von den Wänden her
ausbreitete. Nachdenklich streifte ich mit einer Klaue
den Felsen. Hier, ein paar Schritte weiter, war er
schon so warm, als hätte bis eben noch strahlendes
Sonnenlicht darauf geschienen und alles war bedeckt
mit einer Schicht feinem Gesteinsstaub. Dieser war so
trocken, dass weder Feuchtigkeit noch Kälte sich
einen Weg hier hinein bahnen konnten. Überrascht
ließ ich von dem bröseligen Stein ab und folgte weiter
dem Verlauf des Ganges.

Als der Tunnel eine Biegung machte, blieb ich einen
Moment stehen. Hinter der Biegung war es
inzwischen so dunkel, dass ich nur mühsam etwas
erkennen konnte, doch ich glaubte zu sehen, dass sich
der Weg nur wenige Meter weiter vor mir teilte. Ich
stieß ein frustriertes Seufzen aus.

Spontan versuchte ich, abzuwägen, welcher der Wege
wohl erfolgversprechender sein könnte, doch sie
ähnelten sich in jeder direkt erkennbaren Hinsicht so
sehr, dass ich es bald aufgab und mich spontan nach
rechts wandte. Von dort aus bewegte ich mich
unbeirrt, doch langsamer als zuvor vorwärts, um
meinen Augen die Chance zu geben, sich an die
Dunkelheit zu gewöhnen. Dennoch umfing mich bald
schon vollkommene Schwärze.

Augenblicklich musste ich an Metallschuppes Worte
denken, als er seine Gruppe dazu aufrief, die
Aufstellung einzunehmen, die Waffen bereit zu halten
und sich zu konzentrieren.

Ich blieb erneut stehen, während ich mich endlich
fragte wie gefährlich es wohl für mich sein würde,
mich einfach so, unbewaffnet und alleine in die
Finsternis zu wagen. Ich wusste absolut nicht, was auf

mich zu kam, und würde mich im Zweifelsfall auch nicht verteidigen können. Andererseits wollte ich auf keinen Fall umsonst hergekommen sein.
Kurzentschlossen schob ich alle mahnenden Gedanken beiseite und trat einen Schritt nach vorn.
So einfältig.
Ich zuckte zusammen und erstarrte mitten in der Bewegung. Die Stimme. Es war dieselbe, die ich zuvor durch das Rauschen und Pfeifen des Windes vernommen hatte, nur dass sie diesmal viel klarer war. Und näher. Fast so als befände sich der Sprecher direkt vor mir.
Aber natürlich. Wo sollte ich sonst sein? Siehst du mich denn nicht?
Die dunkle, hallende Stimme klang amüsiert. Ich wich einen Schritt zurück, während ich vergeblich versuchte, in der Schwärze vor mir irgendetwas auszumachen – eine Bewegung vielleicht oder eine Silhouette, aber da war nichts.
Was ist? Freust du dich gar nicht, mich zu sehen? Also ich bin ja furchtbar aufgeregt!
Auf die letzten Worte folgte ein Lachen und kurz darauf blitzen mitten in der Finsternis zwei Paar glühend roter Augen auf.
Mir blieb kaum mehr als ein Blinzeln, um das heimtückische Grinsen darin zu erkennen, dann ertönte plötzlich ein lautes, zischendes Geräusch, gefolgt von einem grellen Lichtblitz und etwas traf mich an der Schulter, bei dessen Aufschlag ich hart zu Boden gerissen wurde.
Ich schrie auf, noch bevor ich auf dem Stein aufschlug, als stechender Schmerz meinen ganzen Körper auf der getroffenen Seite durchzuckte. Keuchend krümmte ich mich auf dem staubigen

Untergrund, während ich versuchte, den Kopf zu heben, um zu sehen, ob die Augen mich noch immer anstarrten. Doch zu meinem Entsetzen waren diese verschwunden. Stattdessen spürte ich meine Schulter schmerzhaft pulsieren und einen zerrenden, betäubenden Schmerz, der sich über den ganzen Arm und bis in meine linke Seite sowie den unteren Teil meines Halses ausbreitete. Mit zusammengebissenen Zähnen stemmte ich meinen unverletzten Arm auf den Boden und drückte mich hoch, doch mir war so schwindelig, dass ich im gleichen Atemzug schon wieder zusammenbrach. Völlig orientierungslos versuchte ich, über den Boden davon zu kriechen, doch egal wohin mein Blick auch fiel, überall war nichts als Schwärze. Dabei erwartete ich jeden Moment, die roten Augen direkt vor mir auftauchen zu sehen, doch ich bemerkte nur etwas Warmes, dass sich langsam auf meinem Oberarm ausbreitete und daran in schmalen Rinnsalen hinunter lief. Ein letzter Rest eines klaren Gedankens sagte mir, dass es Blut sein musste, aber ich konnte unmöglich sagen wie viel, da die Hälfte meines Körpers sich taub anfühlte. Einen schrecklichen Moment lang dachte ich sogar, ich würde das Bewusstsein verlieren bis ich eine vertraute Stimme von irgendwo hinter mir hörte.
„Leo?", brachte ich matt hervor und tatsächlich spürte ich im nächsten Augenblick, wie Klauen mich an den Armen packten und grob nach oben zogen. Sie drückten mich gegen eine Felswand, sodass ich mit dem Rücken daran lehnte.
„11204?", die Stimme meines Trainers klang hysterisch, aber die Bestürzung ließ seine Wut darin untergehen, „Ist das Blut? Was zum Teufel machst du hier?"

Ich schluckte und gab mir Mühe, eine vollständige Antwort für Leo herauszubringen. Er ließ mir jedoch nicht die Zeit dazu.
„Verflucht nochmal, Leute! Helft mir, wir müssen ihn hier raus bringen. Er ist verwundet!"
„Er sollte überhaupt nicht hier sein", ertönte eine andere, verwirrte Stimme und eine weitere stimmte zu.
„Wie ist er überhaupt hier her gekommen?"
„Gepäcklucke", antwortete ich rasch, bevor Leo die Fragen für mich abwimmeln konnte, „Ich hab mich mitgeschlichen."
In Leos Gruppe ging ein zugleich bestürztes und empörtes Raunen um und Leo packte mich erneut an den Schultern. Diesmal glaube ich sogar, eine schwache Silhouette seiner Gestalt vor mir erkennen zu können, als er sein Gesicht ganz nah vor meines brachte und mich mit durchdringendem Blick fixierte.
„Was hast du dir nur dabei gedacht?", fragte er anklagend, „Weißt du, in was für Schwierigkeiten dich das bringen könnte? Wenn das raus kommt, wird die Krone nicht gerade begeistert sein!"
Bei den Worten verzog ich genervt das Gesicht. Der Schmerz ließ bereits nach und auch die Umgebung hatte aufgehört, sich zu drehen.
„Es interessiert mich nicht, ob die Krone zufrieden ist mit dem, was ich tue", zischte ich und startete dabei den Versuch, Leos Klauen abzuschütteln, doch dieser packte mich nur fester.
„Hey, sei vorsichtig mit dem, was du sagst", warnte Leo mich mit ruhiger, aber entschiedener Stimme, „Bring dich bitte nicht in noch mehr unnötige Schwierigkeiten."

Enttäuscht und wütend verkniff ich mir eine
Erwiderung und ließ meinen Kopf gegen die Wand
fallen.
„Was machen wir jetzt?", fragte jemand aus der
Dunkelheit und Leo wandte endlich den Kopf von mir
ab.
„Erst einmal sehen wir zu, dass wir hier raus
kommen", das war Metallschuppe, „Leo sagte, der
Junge blutet, wir müssen uns das ansehen."
Richtig!
Durch die Wut über Leo hatte ich den Angriff
kurzzeitig völlig vergessen, doch jetzt zerrte mich die
Erinnerung rücksichtslos zurück zum Augenblick des
Aufleuchtens der roten Augen und ...
„Okay, 11204, wir bringen dich jetzt raus hier",
kündigte Leo an und ich ließ es zu, dass er und Colin
mich auf die Beine hievten und anschließend als
meine Stützen mit mir in Richtung Höhlenausgang
eilten.
„Passt auf", murmelte ich gepresst, da die plötzlichen
Bewegungen den Schmerz in kurzen Stößen wieder
aufflammen ließen, „Hier ist irgendetwas."
„Der ist ja völlig von der Rolle", murmelte einer von
Leos Freunden vor mir, doch wir bogen gerade erst
um die Ecke und das Licht von draußen blendete
mich, so dass ich nicht erkennen konnte, wer
gesprochen hatte. Dafür bemerkte ich, dass jemand
anderes aus der Gruppe stehen blieb und sich nach uns
umsah, bis wir uns etwa auf gleicher Höhe mit ihm
befanden. Es war Metallschuppe. Er hatte seine Waffe
fest gepackt und beobachtete genaustens die
zurückbleibende Dunkelheit hinter uns. Wir liefen an
ihm vorbei und ich spürte, wie Leo sich kurz nach ihm
umsah.

„Komm schon, lass uns abhauen. Wir müssen zuerst dafür sorgen, dass mein Schüler hier wegkommt. Wir kehren wieder, falls man uns nach dem Bericht sagt, dass es sich lohnen würde."
„Ich komme", antwortete Grin nur und als ich einen letzten Blick zurückwarf, lief er bereits hinter uns her ins einfallende Tageslicht. Ich dagegen starrte auf die Biegung, als erwartete ich jeden Moment, etwas dahinter hervorspringen zu sehen, doch nichts passierte und auch von den Augen und der Stimme fehlte jede Spur. Alles lag ruhig und verlassen hinter mir als wäre nie etwas ungewöhnliches geschehen. Allein meine blutende Schulter war noch ein Indiz dafür, was sich eben in sekundenschnelle vor meinen Augen abgespielt hatte. Sie war der letzte verbleibende Hinweis auf das dunkle Wesen, welches mich in grenzenlose Verwirrung versetzte.
So wie es mit mir gesprochen hatte, hatte es beinah geklungen, als wüsste es bereits etwas über mich. Als hätte es von mir gehört und erwartete, dass auch ich bereits von ihm gehört hatte. Zudem erschien mir der Angriff sinnlos, mehr wie eine Art Ablenkungsmanöver. Denn es hatte nicht den Anschein gehabt, als ob das Wesen tatsächlich versucht hätte, mich umzubringen.
Ich dachte darüber nach, wurde jedoch von Grin unterbrochen.
„Bevor wir zurückgehen, müssen wir das versorgen lassen", meinte er bestimmt und ich blickte an meiner blutigen Schulter hinunter. Die Rinnsale ergaben ein rotes Kunstwerk auf meinen perlweißen Schuppen und waren so fein wie dünnes Adergeflecht.
Leo nickte.

„Ja, und ich hab auch schon eine Idee, wohin wir gehen werden", er warf mir von der Seite einen schrägen Blick zu, „Du warst bestimmt noch nie in einer Kneipe oder dergleichen, oder?"
Ich sah ihn fragend an und Leo winkte ab.
„Offensichtlich nicht. Ist auch eigentlich kein gemütlicher Ort zum Abhängen, aber da findest du eine Menge seltsamer Gestalten, unter denen immer einer für deine Zwecke dabei ist."
„Mach dich gefasst auf eine Menge Artenvielfalt", lachte der rotschuppige der Gruppe nüchtern und grinste Leo kurz über die Schulter hinweg an, „Leo redet von einem Lokal für Söldnergesindel. Dort treibt sich aus jedem Landteil etwas herum."
„Ich wollte es höflicher ausdrücken", meinte Leo kopfschüttelnd.
„Da gibt es aber nichts zum Schönreden."
„Auch wahr."
„Also ich mag Söldnerlokale", bemerkte Colin plötzlich, „Da findet man viele interessante Persönlichkeiten und es wird nie langweilig."
„Kein Wunder, wenn du ständig Angst haben musst, von hinten erstochen zu werden", entgegnete Rotschuppe trocken.
Colin schob trotzig den Unterkiefer vor.
„Also zu mir waren bisher immer alle nett."
„Wohl eher scheinheilig."
„Du bist so vorurteilsgesteuert!"
„Du bist einfach gutgläubig."
Ein energisches Klopfen unterbrach die beiden in ihrer Diskussion.
„Kommt endlich!", rief Metallschuppe ärgerlich aus der geöffneten Wagentüre, „Wer nicht bei drei hier

drinnen ist, fährt nicht mit." Damit verschwand er wieder im Inneren des Fahrzeugs.
Colin, Leo und Rotschuppe tauschten rasche Blicke.
„Immer dasselbe mit ihm", murmelte Leo schließlich und Colin fügte hinzu: „Alte Spaßbremse."
„Ich kann euch hören", kam es aus dem Wagen, „Und jetzt kommt!"
Leo sah mich an, als hoffte er, dass ich ihn unterstützen würde, doch ich enthielt mich schweigend der Auseinandersetzung, bis Leo sich schicksalergeben in Bewegung setzte.
„Na dann los", meinte er seufzend an mich gewandt, „Lassen wir dich zu alles erst mal wieder zusammenflicken."

Leander

Leander bekam selten gute Nachrichten zu hören.

Nachrichten, die zufriedenstellend waren, schon öfter. Aber wirklich gute Nachrichten waren selten. Wahrscheinlich könnte er ihre Anzahl erhöhen, indem er das Risiko einging, mehr von seinen Untergebenen in seine Pläne einzuweisen, aber dies würde auch automatisch die zufriedenstellenden Nachrichten reduzieren und durch unzufriedenstellende oder gar schlechte Nachrichten ersetzen. Er war lieber geduldig. Auch das zahlte sich irgendwann aus.

Der Dämon, der vor ihm im Bannkreis kauerte, kicherte leise vor sich hin. Wenn das Schattenwesen nicht der Überbringer der lang ersehnten guten Nachrichten gewesen wäre, hätte Leander ihn dafür mit Schmerz gezüchtigt.

„Ihr hattet wohl recht, als ihr mich auf die Fährte gebracht habt", bemerkte Leander stattdessen und der Damon blickte mit glühendem Blick zu ihm auf.

„Aber selbstverständlich", säuselte er eifrig, „Mit dem jungen Ringdrachen habt Ihr euch die Magie wortwörtlich in die eigenen vier Wände gebracht und das Königsrassenkind wird Euch diese sogar noch eigenständig zu Füßen legen."

Leander bezweifelte dies stark. Allerdings würde er sich mit Freuden dafür einsetzen.

„Mit wie viel Macht kann ich rechnen?", kam es ihm begierig über die Lippen. Sein Mund kräuselte sich bei der Vorstellung, durch die nun beinah greifbare Macht die Trennwände zwischen seiner und der Macht des Weltengottes weiter auszudünnen.

„Viel", versicherte der Dämon.

„Mehr als Euer Verstand begreifen kann", flüsterte ein zweiter.

Leander sog scharf die Luft ein. Die Welt schien sich bei der Vision des Rausches zu drehen. Als er schwankte, trat er einen Schritt zurück und setzte sich auf einen einsamen Stuhl am Rand des Bannkreises. Da seine Finger zitterten, verschränkte er sie ineinander, bis seine Hände weiß vom Druck waren. Schweißperlen hatten sich auf seiner Stirn gebildet und eine ungeduldige Frage entrang sich ihm ohne seine Zustimmung.

„Können wir sie nicht gleich holen?"

„Ihr müsst Geduld haben", widersprachen die Dämonen im Chor. Ihre Stimmen hallten aus allen Ecken von Leanders abgedunkeltem Hinterzimmer.

„Voreiligkeit ist des Menschen schnellster Fall."

Nur mühsam schluckte Leander seinen Frust hinunter. Zwar war das ziehende Gefühl von Begierde und Erwartung in seiner Brust kaum noch zu ertragen, doch er hatte inzwischen so lange gewartet. Alle seine bis jetzt gesammelten Erfolge gründeten in Geduld. Das würde er nicht im letzten Moment aus Fahrlässigkeit ändern. Schließlich war er nicht umsonst trotz seiner vergänglichen Menschlichkeit Herrscher über eine Armee aus Drachen und Schattenwesen. Die Magie war längst kein fremder Teil mehr von ihm.

Er würde also warten. Und wenn der Erfolg zum Greifen nah war, würde er zupacken. Zupacken und sich die Magie noch enger um den Finger wickeln, bis sie vor Schmeichelei einknickte und ihm endlich das gab, wofür er nun schon seit Jahren kämpfte.

Eine Vision, deren Erfüllung ihm nie jemand zugetraut hatte.

Die Katze im Toaster

Gedanken sind das Anstrengendste. Jeder, der viel mit sich selbst und seinen Gedanken zu tun hat, wird mir da zustimmen. Manchmal sind sie ganz zahm und im nächsten Moment überrennen sie dich, tanzen dir auf der Nase herum und machen schlichtweg was sie wollen.

Ich kam mir vor wie ein Idiot. Die ganze Fahrt über verkroch ich mich auf meinem Sitz und sagte kein Wort, während ich mich fragte, wie ich so plötzlich in eine derart absurde Situation hatte kommen können. In einem Moment war ich noch voller Zuversicht mir endlich einige der lang ersehnten Antworten erringen zu können. Im nächsten lag ich mit Schmerzen und einem blutenden Arm auf dem Boden und war umringt von Leo und seinen Freunden, die mindestens genauso erschrocken und verwirrt wirkten, wie ich es gewesen war. Nichts war nach Plan gelaufen und das deutete aller höchstens auf eine verflucht schlechte Vorbereitung hin.
Und wer war verantwortlich?
Neben meiner eigenen, zahllosen Fehltritte – *die Stimme*.
Das Wesen mit den roten Augen. Das Ding, das mich angegriffen hatte und dann verschwunden war.
Das Erlebnis hätte mich verängstigen oder gar verstören sollen, doch tatsächlich war ich lediglich

wütend – als hätte das Wesen sich nicht an eine Abmachung gehalten, welche ich unbestreitbar mit ihm getroffen hatte.
Der Gedanke an sich war schon eigenartig, aber noch weniger verstand ich, wieso Leo und die Anderen sich nicht mehr Sorgen machten.
So wie mein Trainer und seine Freunde sich verhielten, wirkte es beinah, als glaubten sie, ich habe mir die Verletzung einfach durch einen dummen Unfall zugezogen und nicht durch einen Angriff.
Daher verkniff ich es mir, Leo klarzumachen, dass ich mir die Geschichte nicht bloß ausgedacht hatte.
Stattdessen verbrachte meine Zeit lieber damit, mich selbst daran zu erinnern, was für ein Volltrottel *ich* doch gewesen war.
So einfältig, hörte ich die Stimme in meinem Kopf murmeln und ich machte ein finsteres Gesicht, während ich verbissen aus dem Fenster starrte.
Beim nächsten Mal würde ich schlauer vorgehen und mich vor allem besser vorbereiten.
Falls es denn ein nächstes Mal gab.
Bei dem Gedanken fiel mir auf, dass ich mich nicht vor einem weiteren Treffen mit dem Wesen aus der Höhle fürchtete. Im Gegenteil, ich wollte zurück.
Denn da ich noch lebte und auch nie wirklich in der Gefahr geschwebt hatte, zu sterben, hielt ich es für eine gute Idee, es ein weiteres Mal darauf ankommen zu lassen.
Irritiert von meinen eigenen Gedanken, überlegte ich zum hundertsten Mal, was eigentlich mit mir falsch gelaufen war.
Ich seufzte, als mir der ernüchternde Gedanke kam, dass ich einfach durch und durch kaputt war. Ich war eine durchgebrannte Glühbirne, ein rauschendes

Radio, ein flimmernder Fernseher und was mir noch so alles für schmeichelhafte Vergleiche einfielen, mit denen sich mein Zustand ausgezeichnet beschreiben ließ.

Freust du dich denn gar nicht?
Worüber hätte ich mich freuen sollen?
Es gab nichts, absolut gar nichts, worüber ich mich momentan freute und ganz bestimmt nicht über die Bekanntschaft mit einem fremden Wesen, das mich kannte, das ich aber nicht kannte – das mich angegriffen hatte und eigentlich gar nicht existierte.
Du solltest an einer Selbsthilfegruppe teilnehmen.
Blödsinn.
Ich glaube schon.
Ich glaube nicht, dass du eine andere Meinung dazu haben dürftest.
Ich glaube schon.
Ärgerlich unterdrückte ich eine weitere Antwort auf meine eigenen, provozierenden Gedanken und hielt mir demonstrativ die Ohren zu, als hoffte ich, meinen Kopf so zum Schweigen zu bringen.
Seit wann führte ich mit mir selbst bitte so konkrete Gespräche?
Jemand berührte mich an der Schulter. Ich blickte abrupt auf. Leo stand vor mir. Hinter ihm wartete Colin. Er winkte grinsend, als sich unsere Blicke trafen. Vorsichtig ließ ich meine Klauen sinken und sah die beiden fragend an.
„Wir sind da", erklärte Leo.
„Falls dir die Fahrgeräusche auf die Nerven gegangen sein sollten, freu dich schonmal", gluckste Colin, der im Stehen aufgeregt vor und zurück wippte, „Da, wo wir hingehen, wird es richtig laut!"

„Alles in Ordnung?", harkte Leo nach. Sein Blick wirkte prüfend. Ich öffnete den Mund, zu einer Erwiderung.
„Wenn du Grin siehst, dann renn", zischte Colin in diesem Moment und warf hastig einen Blick zum vorderen Teil des Wagens, „Er wird definitiv die gute Stimmung töten! Bleib lieber bei mir. Ich halte meisterhaft einen gebührenden Sicherheitsabstand!"
Leo schubste seinen Freund genervt beiseite.
„Schluss mit dem Unsinn, Colin. 11204 kommt mit mir", er packte mich am Arm und zog mich zu sich, dann zischte er mir zu, „Du gehst keinen Schritt mit ihm, hast du verstanden?"
Ich nickte irritiert.
Mein Leben, der hinter mir liegende Tag, meine Gedanken und jetzt diese sinnlose Streiterei – das war einfach zu viel.
Ohne eine Erwiderung ließ ich mich von Leo mit nach draußen zerren, wo frische Luft einen klaren Kopf versprach. Doch es kam anders, als ich erwartet hatte, denn die Gegend war erhellt von künstlichem Licht und obwohl es bereits Abend war und draußen die Dunkelheit den Himmel verschluckte, beinah taghell. Ich blinzelte als ich begriff, wohin die Fahrt uns geführt hatte und meine Beine hörten wie von selbst auf, sich zu bewegen. Wir befanden uns auf den Straßen einer echten, von Menschen geschaffenen Stadt.

Nathaniel

Meine neue Umgebung fühlte sich an wie ein warmes Kokon. Zugegebenermaßen, es erforderte die Akzeptanz vielerlei Einschränkungen, seine Zeit in diesem Körper abzuwarten. Doch er hatte wie jeder andere eben auch seine Vorteile.
Im Stillen gratulierte ich mir selbst für meinen meisterhaften Auftritt und meine eigens entwickelte Taktik, mich zunächst noch unbemerkt in mein neues Abenteuer zu schleichen. Das ließ Raum für Experimente.
Während der langen Monate, in denen ich mich gelangweilt und gewartet hatte, hatte ich Zeit gehabt nachzudenken. Diesmal wollte ich mein Abenteuer auf die Probe stellen, nicht umgekehrt. Dieses Szenario hatte ich schon zu oft durchgekaut. Ich brauchte Frischluft und dafür musste Veränderung her. Mein Abenteuer und ich waren auf einem guten Weg, das zu schaffen.
Ich leerte meinen Kopf und konzentrierte mich auf den Herzschlag des Körpers, der meinen umschloss. Er war gleichmäßig, entspannt, rhythmisch. Einen Moment lang verlor ich mich in dem Geräusch. Auch wenn ich in meinem aktuellen Körper kein eigenes, schlagendes Herz hatte, fühlte es sich auf die Art ein bisschen so an, als schlüge das Andere für uns beide.

Für mich hieß es vorerst wieder abwarten. Das war nicht besonders spannend, aber die Frage war schließlich, was mein Abenteuer vorhatte.
Ob er wohl schon merkte, dass er begleitet wurde?
Wenn nicht – kein Problem – ich war bereit für ein Überraschungshallo.

Nur ein Stück Stein

Warum vermeiden wir Augenkontakt?
Eigentlich ist da doch nichts dabei. Du musst nicht einmal nah an jemand anderem stehen, um seinem Blick zu begegnen. Bedrängnis ist schon leichter zu verstehen, denn man möchte schließlich seinen Freiraum. Aber Augenkontakt? Wenn ich es nicht besser wüsste, würde ich es für banal halten. Trotzdem sehen die meisten öfter weg, als ihnen selbst bewusst ist.
Soll ich euch sagen, was ich denke?
Augen sind verräterisch. Wenn du dich nicht gut unter Kontrolle hast, erzählen sie mehr über dich, als dir lieb ist. Deshalb sehen wir lieber weg. Das Risiko ist einfach zu groß, gelesen zu werden.

"Ein Heiler! Ich suche einen Heiler!", wiederholte Leo zum dritten Mal und zunehmend wütend für den gelangweilt blickenden Barmann.
In dem Lokal, zu dem mein Trainer und seine Freunde mich gebracht hatten, roch es nach Rauch, Metall und starken Getränken. Die Mischung hatte einen angenehm beruhigenden Effekt, da sie meine Gedanken trübe werden und zudem wenig Platz für belebenden Sauerstoff ließ.
Einen klaren Kopf versprach das nicht mehr, aber da ich im Moment ohnehin nur gucken wollte und mir

keinesfalls den Kopf über mögliche Planungen zerbrechen wollte, war das in Ordnung.

Gerade betrachtete ich, was durch den Rauch von Tapeten und Möbeln, sowie Lampen und auch Gästen noch zu erkennen war. Das Bild ergab einen bunten Mix aus lustig schaukelnden Konturen, die zusammen mit dem Gelächter und den Stimmen verschwammen, welche die Luft füllten.

Es gefiel mir hier, auch wenn ich gerne noch einmal zurück auf die Straße gelaufen wäre. Denn Leo hatte mich viel zu schnell über den Bürgersteig und durch die Tür in die Kneipe geschoben, so dass ich gar nicht die Zeit gehabt hatte, mich richtig umzusehen. Was ich jedoch hatte erkennen können, waren beeindruckende Gebäudefassaden, geteerte Wege und Straßen, die voll befahren waren mit Gefährten, wie ich sie nur in Leanders Unterwelt gesehen hatte. Außerdem zahlreiche Laternen und in der Ferne, Menschen. Die Gehsteige waren bis auf unsere Ecke voll von ihnen gewesen, sodass wir leicht ungesehen ins Lokal gelangen konnten. Dieses war zwar weniger eindrucksvoll, aber dennoch – es war toll, hier zu sein. Deshalb hoffte ich insgeheim, dass der unmotivierte Barmann Leo noch eine Weile hinhalten würde. Selten hatte es mich so wenig Konzentration abverlangt, an nichts Anstrengendes zu denken. Meine Gedanken trieben irgendwo herum wie in einem Teich und gingen ständig unter, so dass ich sie nicht mehr hören musste.

"Sie sind hier falsch", brummte der Barmann endlich, "Hier gibt es nur Drogen, Frauen, Mörder und Dealer."

"Verkaufen Sie mich nicht für blöd", fuhr Leo den Mann unwirsch an, "Hier treibt sich so viel Gesindel

herum, dass da wohl irgendjemand passendes dabei sein wird!"
Der Barmann zuckte die Schultern.
Ich spürte regelrecht Leos Wut, als seine Klauen sich fester um die Theke schlossen, und wartete nur auf einen endgültigen Ausbruch, als hinter uns plötzlich ein leises Lachen vernehmlich wurde. Bei diesem wandte Leo sich von dem Barmann ab und sogar ich gab mir Mühe, meine Aufmerksamkeit umzupolen und stattdessen dem neuen Geräusch zu widmen. Hinter uns stand eine schlanke Gestalt mit schwarzer Kleidung und einem ebenfalls schwarzen Halbumhang, die uns durch ihre bernstein-goldenen Augen amüsiert anblickte. Vor dem Mund trug sie eine Maske und die Hände steckten in hautengen Handschuhen. Waffen konnte ich nicht direkt erkennen, aber ich war mir sicher, dass das nichts zu bedeuten hatte. Dass die Gestalt offensichtlich ein Mensch war, beeindruckte mich bei meiner Analyse genauso wenig, wie es mich bei dem Barmann gewundert hatte. Schließlich war auch das Lokal ein Teil der Stadt, da war das gewiss nichts Besonderes. Was mich eher überraschte, war, dass niemand der Anwesenden von uns mehr Notiz nahm, als sie es wahrscheinlich bei jedem anderen Besucher der Kneipe getan hätten. Ob Mensch oder Drache schien hier völlig gleich.
„Gesindel?", fragte die Gestalt, Leos Worte wiederholend, „So böse Worte werden hier in den Mund genommen."
„Also schön, wer bitte bist du?", fragte Leo unwirsch, ohne auf die Kritik seines Gegenübers einzugehen, doch dieser gab sich gelassen.

„Jemand, der dich bitten würde, einen etwas angenehmeren Ton anzuschlagen, mein Freund", meinte der Söldner ruhig, während er sich die Maske vom Gesicht zog und Leo dafür ein selbstgefälliges Lächeln schenkte. Dieser kniff die Augen zusammen.
„Ich denke vielleicht darüber nach, sobald du mir verraten hast, wieso du dich überhaupt in unsere Konversation eingemischt hast", erwiderte Leo, während der Söldner sich an der Bar vor uns nieder ließ, „Ich hoffe doch sehr, mich zu einer schöneren Wortwahl aufzurufen, war nicht der einzige Grund."
„Eigentlich schon", war die nüchterne Antwort. Leo sah den Barmann wieder an, welcher gerade seinem neuen Gast ein Getränk anbot, das dieser jedoch ablehnte.
„Beantworten Sie meine Frage eigentlich noch?"
„Ich hab keinen speziellen Mann für dich, Kumpel" gab der Barmann mit kratzender Stimme zurück, „Die Leute hier verletzen nun mal lieber, als dass sie Doktor spielen."
„Wir sollten gehen", flüsterte Colin Leo zu und ich wandte ihnen enttäuscht den Kopf zu. Einen Moment stand mein Trainer noch mit geballten Fäusten da, doch schließlich atmete er um Selbstbeherrschung bemüht aus und öffnete die Klauen.
„Meinetwegen", knurrte er, „Wir finden sicher noch woanders jemanden, der sich nicht nur aufs Messerwetzen versteht."
Er marschierte bereits zum Ausgang und ich war gerade vom Stuhl an der Bar gerutscht, auf dem ich gesessen hatte, als sich der Söldner in Schwarz plötzlich zu uns umwandte.
„Ich verstehe mich auch aufs Heilen", bemerkte er und Leo blieb wie angewurzelt stehen, was der

Söldner mit einem schmalen Lächeln kommentierte „Wir hatten zwar nicht den besten Start, aber vielleicht können wir ja trotzdem noch ins Geschäft kommen."
Wir drehten uns um und ich schaute den Söldner unruhig von der Seite aus an, wogegen Leo und er sich gegenseitig abschätzend in die Augen blickten. Er sah jung aus, aber strahlte eine Erfahrenheit und eine Ruhe aus, die mich misstrauisch werden ließen. Zudem stand ich so nah an ihm, dass ich nun doch an seiner Seite, halb verdeckt von dem Halbumhang, eine dünne Klinge an einem Lederriemen seiner schwarzen Funktionskleidung erkennen konnte. Schließlich fluchte mein Trainer leise und kehrt mit strammen Schritten zur Bar zurück.
„Na gut, es ist mir egal, dass du ein Idiot bist, solange du deinen Job machen kannst."
Der Söldner schmunzelte und lehnte sich an den Tresen zurück.
„Das kann ich. Ich wollte noch nie ein engeres Verhältnis zu meinen Kunden haben. Abneigung beruht in diesem Gebiet meist auf Gegenseitigkeit."
„Wunderbar", Leo nickte mir knapp zu und zog mich vor sich, „Du musst nicht einmal großen Aufwand betreiben, dein Auftrag ist direkt hier."
Endlich erwiderte der Söldner meinen Blick und ich schaute rasch zu Boden. Lange musterte er meine blutverschmierte Schulter, dann stand er auf und Leo trat zurück.
Einen Augenblick lang betrachtete er die Verletzung aus der Nähe, dann griff er nach meinem Arm und drehte und hob ihn an, wobei seine leuchtenden Augen die Wunde kritisch inspizierten.
Währenddessen sagte er kein Wort und ich war

versucht, ihm meinen Arm zu entwinden. Dennoch hielt ich still, da Leo und auch Colin nichts sagten, sondern dem Söldner nur stumm bei der Arbeit zusahen. Irgendwann hob er den Blick und sah Leo an.

„Wie ist das passiert?", fragte er an meinen Trainer gerichtet und ich hörte wie Leo erzählte, dass wir es nicht genau wüssten. Er und seine Freunde hätten mich bereits verletzt gefunden und ich könnte mich nicht daran erinnern, was mir zugestoßen war.

Wenn mein Geist nicht so beruhigt gewesen wäre von dem Geruchsgemisch in der Kneipe, hätte ich mich wahrscheinlich darüber aufgeregt und mich gewundert, wann wir bitte zu dieser Absprache gekommen waren, doch gerade war mir alles egal.

So einfältig, ertönte die altvertraute Stimme, doch diesmal war ich mir seltsamerweise nicht sicher, ob sie tatsächlich meiner Erinnerung entsprang.

Nach einer Weile des Erklärens nickte der Söldner. „Also gut, ich sehe schon. Ihr habt keine relevanten Informationen für mich." Er ließ meinen Arm los und richtete sich auf.

„Was soll das heißen?", wollte Leo aufgescheucht wissen – er sah mit einem Mal nicht mehr wütend, sondern nur noch beunruhigt aus „Kannst du nichts daran machen?"

Ein Schweigen trat ein, in welchem der Söldner mich noch einmal nachdenklich musterte, dann antwortete er: „Ich denke schon, aber es sieht so aus, als würde sich noch ein Fremdkörper in der Wunde befinden. Den müsste ich erst entfernen."

„Und? Kannst du das?", drängte Leo weiter. Der Söldner nickte wieder.

„Sicher. Wenn ihr wollt, dass ich es mache, sollte es kein Problem sein", er machte eine kurze Pause und hob fragend die Augenbrauen, „Also?"
Colin und Leo tauschten rasche Blicke.
„Dann los", bestimmte Leo schließlich und der Söldner brachte sogleich behände die dünne Klinge unter seinem Umhang zum Vorschein. Sie glänzte ihm nebligen Licht der Kneipe wie ein Skalpell unter der Leuchte eines OP-Tisches. Ohne Hast ergriff er meinen Arm und setzte die Spitze vorsichtig auf der Wunde ab.
„Das könnte jetzt ein wenig piksen", warnte er.
Ich nickte nur.
Mit einem letzten Blick zu Leo und Colin beugte der Söldner sich vor und begann mit dem Messer stückchenweise in die Wunde einzudringen. Als es in mein Fleisch schnitt, biss ich die Zähne zusammen. Es war nicht extrem schmerzhaft, aber auch nicht angenehm. Daher versuchte ich, nicht hinzusehen und obwohl ich es nicht vorgehabt hatte, tat ich das Erstbeste, um mich abzulenken – ich fing ein Gespräch an.
„Wie heißt du eigentlich?"
Für einen Moment glaubte ich, zu spüren, wie die Bewegung des Messers stockte. Doch falls dem so gewesen war, konnte es sich nur um den Bruchteil einer Sekunde gehandelt haben. Der Söldner hob nicht das Gesicht, seine Konzentration war völlig auf die Arbeit vor ihm gerichtet. Ich blinzelte und drehte nun doch den Kopf, um ihn und die Wunde betrachten zu können. Es lief wieder ein bisschen frisches Blut meinen Arm hinunter und der Söldner wirkte so fixiert auf sein Tun, dass ich schon fast nicht mehr mit einer Antwort rechnete, als er endlich zu sprechen begann.

„Mein Name ist Sänween. Ich wundere mich, wieso du das wissen willst."

Ich wollte mit den Schultern zucken, unterdrückte den Impuls jedoch, damit ich Sänween nicht bei seiner Arbeit störte und antwortete anstelle der Geste mit einer wagen Erklärung.

„Ich muss doch wissen, wer gerade mit einem Messer in meinem Arm herumstochert."

Auf Sänweens Lippen begann sich ein Lächeln anzudeuten, das amüsiert wirkte.

„Ein Name wird dir aber nicht viel über mich verraten."

Ich schüttelte den Kopf.

„Sehe ich nicht so."

Daraufhin lachte Sänween.

„Ach nein? Verrätst du mir auch, warum du dieser Meinung bist? Wie heißt du denn?"

„11204", antwortete ich automatisch.

Auf Sänweens Gesicht zeichnete sich langsam ein Stirnrunzeln ab.

„Wie bitte?"

„11204", wiederholte ich bereitwillig, „Das ist mein Name."

Der Söldner unterbrach kurz seine Arbeit und sah mich an.

„Das klärt meine Frage wohl", meinte er nachdenklich, „Eine Nummer also. Sehr originell."

„Machst du sowas öfter?", fragte ich rasch, um das Thema zu wechseln.

„Gelegentlich", erwiderte Sänween, welcher zu meiner Erleichterung sofort darauf ansprang, „Aber normalerweise nicht bei anderen Personen."

„Wie meinst du das?", harkte ich mit einem Blick auf das Messer nach, welches er so ruhig führte, als wäre ihm die Technik schon lange in Fleisch und Blut übergegangen.
„Ich bin kein Pferdemädchen, Kleiner. Manchmal muss ich mich um mich selbst kümmern können."
Schweigend senkte ich den Kopf. Obwohl mein Verstand sich getrübt anfühlte von dem Sauerstoffmangel und der ungewöhnlich süßlichen Geruchsmischung in der Kneipe, glaubte ich die Andeutung in den Worten des Söldners, zu verstehen. Verstohlen sah ich mich nach Leo und Colin um, die angeregt diskutierend in einigen Metern Entfernung am Tresen standen.
Leo sah gestresst aus und sein Blick zuckte immer wieder unruhig durch die Menge, welche sich von allen Seiten um uns zusammengerottet hatte und wie ein vom Wind gepeitschter Wald aus Baumkronen schwankte und tanzte. Colin dagegen wirkte nicht im mindesten so, als würde er sich unwohl in seiner Haut fühlen. Er lehnte am Tresen wie einige der umstehenden Gäste und sah glücklich dem regen Treiben zu. Nur zwischendurch beugte er sich zu Leo hinüber und redete eine Weile auf ihn ein, bis dieser den Kopf schüttelte oder abwinkte.
Es war faszinierend zu erkennen, wie sehr ihr Anblick auch meine Sichtweise auf die Massen veränderte. Wenn ich Leo betrachtete, wirkte alles viel beengender und bedrohlicher, wohingegen in Colins Augen die Kneipe vom fröhlichen Beisammensein und dem Rausch der Musik beherrscht wurde.
Um mir eine eigene Meinung zu bilden, wandte ich mich von den beiden ab und richtete meine Aufmerksamkeit selbst auf die Feiernden. Dabei

fielen mir in den Ecken vereinzelte Gruppen auf, deren Mitglieder im Gegensatz zu den Feiernden lieber im Hintergrund zu bleiben schienen. Einige von ihnen unterhielten sich, andere beobachteten wie ich das Geschehen und wieder andere befanden sich an runden Tischen in komplizierten Kartenduellen.
Die Spieler waren so konzentriert, als würde ihnen der Lärm und die schlechte Luft nicht länger auffallen. Ich vermutete, dass sie bereits so viele Stunden hier verbracht hatten, dass sich sowohl ihr Gehirn, als auch ihre Lunge mit der Zeit an die widrigen Bedingungen gewöhnt hatten.
„Was sagtest du noch gleich, was passiert sei?", fragte Sänween in diesem Moment und ich schaute ihn überrascht an, woraufhin er jedoch mit einem Seufzen abwinkte „Ach richtig. Du weißt es ja gar nicht."
„Das stimmt nicht", erwiderte ich rasch. Obwohl ich den Söldner nicht kannte, hatte ich mit einem Mal das ungebändigte Gefühl, dass er der Einzige sein könnte, der mir zuhören würde, „Die Anderen haben mir nur nicht geglaubt, was ich gesagt habe."
Sänween hob den Kopf und musterte mich kurz eingehend. Ich hielt derweil seinem Blick stand und gab mir Mühe nicht unsicher, sondern glaubhaft zu wirken. Schließlich nickte Sänween.
„Okay. Dann erzähl mal. Was ist deiner Meinung nach passiert?"
„Ich wurde angegriffen", antwortete ich kurz angebunden, „Ich habe keine Ahnung wovon, aber wer oder was auch immer es war, hat vorher mit mir geredet und sich über mich lustig gemacht. Ich weiß, was ich gesehen und gehört habe."
Auf meine Worte folgte wieder ein längeres Schweigen, bis Sänween sein Messer sinken ließ und

einen flüchtigen Blick auf Leo und Colin warf, ehe er sich wieder mir zuwandte. Diesmal schien er mich mit seinen golden schimmernden Augen beinah zu durchlöchern, so fest hielt er meine damit gefangen.
„Ich sag es mal so", begann er langsam, „Ich hab ja keine Ahnung, wer du bist oder die da", sein Nicken ging zu Leo und Colin, „aber ich würde dir zur Vorsicht raten. In dieser Welt ist es überall gefährlich und man wird leicht hinters Licht geführt oder getötet. Wenn du Hinweise hast, finde es raus."
Damit wollte er sich abwenden, doch ich hielt ihn am Arm fest.
„Was rausfinden?"
„Was dich angegriffen hat", gab Sänween knapp zurück, „Und noch viel wichtiger: warum. Danach kannst du dir überlegen, wieso deine Freunde dir nicht zuhören wollten."
Ich setzte gerade zu einer erneuten Frage an, als ich plötzlich vom Klang einer vertrauten Stimme gebremst wurde.
„Aaaah, ihr seid fertig!"
Das war Leo. Er trat zu uns und ich ließ Sänweens Arm los, woraufhin dieser sich in aller Seelenruhe aufrichtete.
„Richtig", meinte er mit einem kleinen Lächeln, „Das sind wir."
Überrascht blickte ich hinab auf meine Schulter. Das Blut um die Wunde herum hatte Sänween abgewischt und man sah nun das kleine Loch in meinem Arm, aus welchem jedoch kein Blut mehr floss. Fasziniert drehte ich meinen Arm, bis ich das Fleisch im Inneren sehen konnte. Es sah noch frisch aus, aber so, als würde es bereits zu heilen beginnen.

„Und?", harkte Leo ungeduldig nach, „Hast du etwas gefunden?"
Sänween verstaute sein Messer wieder unter dem Umhang, während nun auch ich mich von der Wunde abwandte und dem Gesprächsverlauf mit gewecktem Interesse folgte.
„In der Tat", war die unbeeindruckte Antwort, wobei der Söldner eine Hand öffnete und etwas Kleines, glänzend Rotes zum Vorschein brachte.
„Was ist das?", fragte Leo verwirrt, doch Sänween zuckte bloß mit den Schultern.
„Wenn ihr mich fragt, ein einfaches Stück Stein, aber manche Ladies würden vielleicht einen Haufen Kohle für so einen Klunker ausgeben."
Irritiert starrte ich auf den Steinsplitter in Sänween Handfläche. Er war rubinrot und leicht durchscheinend, mehr eine Art Kristall, aber dennoch ein Stein. Für einen Moment war ich so verblüfft, dass es einige Sekunden dauerte, bis mir auffiel, dass Leo erneut zu sprechen begonnen hatte.
„Ich werde auf jeden Fall nichts dafür ausgeben. Du hast gute Arbeit geleistet. Ab hier übernehmen wir wieder. Was willst du als Bezahlung?"
„Nichts, was ihr mir geben könntet", Sänween sah zu mir hinunter, „Der Dienst war kostenlos. Gern geschehen; Kleiner", mit einer beiläufigen Bewegung hielt er mir den Stein entgegen, „Den kannst du als Andenken behalten."
„Ganz schön makaber, findest du nicht?", bemerkte Leo säuerlich und Sänween schenkte ihm ein mildes Lächeln.

„Vielleicht, aber wenn du willst, dass der Junge vorsichtiger wird, sind wir damit auf einem guten Weg."
Ich grinste ein wenig, als ich den Kristall von Sänween entgegennahm. Leo dagegen schien von Sänweens Worten weniger amüsiert. Mit einer groben Bewegung packte er mich an der Schulter und zog mich von dem Söldner weg, kaum dass dieser mir den Stein in die geöffnete Klaue gelegt hatte.
„Es ist ja wirklich rührend, dass du dich um die Belehrung meines Schülers sorgst, aber ich glaube, damit werde ich noch alleine fertig."
„Ganz, wie du meinst", meinte Sänween beschwichtigend, „Ich bin mir sicher, dass du dir darüber bald keine Sorgen mehr machen musst. Ich nehme nicht an, dass wir uns in diesem Leben noch einmal über den Weg laufen."
„Das will ich auch hoffen", spuckte Leo aus und schob mich vor sich, um mich mit erzwungener Ruhe in Richtung Ausgang zu manövrieren.
Daher blieb mir nur ein kurzer Moment Zeit, in welchem ich ein letztes Mal den Blick des Söldners auffing. Er war noch immer auf mich gerichtet, doch ehe ich dazu kam den Ausdruck in seinen Augen zu deuten, hatte Leo mich auch schon weiter gezerrt und beugte sich zu mir herunter, um mir zwei warnende Sätze zuzuraunen.
„Egal was für einen Eindruck du auch von Leuten wie diesem Typen gewinnen solltest, ich sage dir eines: Vertrau ihnen niemals. Gesetzlose sind unberechenbar."
Genau wie ihr.
Ich erwiderte nichts darauf. Stattdessen ließ ich mich bereitwillig von Leo mitziehen und als ich mich

während des Gehens noch einmal nach dem Söldner umwandte, war Sänween bereits von den Massen der Kneipe verschluckt worden und damit für immer aus meinem Blickfeld verschwunden.

Gnade, Meister

Eigentlich solltest du glücklich sein.
Diesen Satz habe ich immer wieder in meinem Leben zu hören bekommen. Vermutlich stimmt das auch. Hin und wieder hätte ich einfach die Augen zuklappen können und mich an den angenehmen Schwindeln erfreuen können, die man mir auftischte.
Witzig ist jedoch, dass die einzigen Personen in meinem Leben, die mich wirklich glücklich gemacht haben, diesen Satz nie zu mir gesagt haben.

Rot. Dunkles, vertrautes, mattes Glänzen.
Hattet ihr schonmal etwas in der Hand, dass ihr gerade erst gefunden habt und bei dem ihr trotzdem das Gefühl habt, es ewig kennen zu müssen?
Ich drehte den Kristall langsam zwischen meinen Krallen. Immer mal wieder zog sich über eine der Seiten ein schwaches Funkeln – eine winzige Reflexion von Licht mitten in der Dunkelheit des Zimmers. Seit mehreren Stunden konnte ich schon nicht schlafen und langsam verlor ich das Interesse, darauf zu warten.
Wenn es nach mir gegangen wäre, hätte ich den Kristall, oder den Stein, wie der Söldner aus der Bar ihn genannt hatte, die ganze Nacht anstarren können. An ihm war etwas, was meine Aufmerksamkeit schier magisch anzog.
Ganz anders ging es da meinen Trainern.

Auf der Fahrt von der Stadt zurück zum Stützpunkt der Gekrönten hatte Leo kaum noch ein Wort mit mir gewechselt. Nur meine inzwischen sichtbar geheilte Schulter hatte er ein letztes Mal betrachtet, um mich schließlich kommentarlos in unser Quartier zu entlassen. Joka hatte derweil bloß mit verschränkten Armen im Türrahmen gestanden und war dann mit seinem Freund nach draußen verschwunden, während ich allein in dem kleinen Zimmer zurückgeblieben war.
In dem später folgenden Gespräch zwischen uns dreien waren der Angriff auf mich, sowie der Kristall als Thema genauso wenig gefallen. Die beiden hatten mich zwar für meinen Ausbruch getadelt, sich jedoch sonst verhalten, als wäre alles in Ordnung.
Du solltest eigentlich glücklich sein.
Man gab mir hier doch so viel.
Ich hätte nicht abhauen sollen.
Sie hatten nicht verstanden, warum ich es getan hatte. Nachdenklich spürte ich dem Pulsieren nach, das ich seit der Übernahme des Kristalls in meiner Klaue spürte.
Dabei fielen mir nach und nach die Worte des Söldners wieder ein.
Ich würde dir zur Vorsicht raten.
Man wird leicht hinters Licht geführt.
Wenn du Hinweise hast, finde es heraus.
Es waren warnende Worte gewesen. Sätze geschmückt mit purer Ernsthaftigkeit und aus irgendeinem Grund, schenkte ich ihnen Glauben.
Ich sah darin meinen Ansporn weiter zu suchen – nicht aufzugeben – Leo, Joka und Leander zu zeigen, dass ich mich nicht einfach mit vagen Versprechen abspeisen ließ. Ich wollte Antworten. Ich wollte

Möglichkeiten. Ich wollte Freiheit und Ehrlichkeit und niemanden, der mir sagte, dass ich meine Vergangenheit vergessen und hunderte Dinge einfach ungeklärt hinnehmen sollte. Niemanden, der mir nicht zuhörte, wenn ich jemanden brauchte, der mir verstehen half.
Denn da war irgendetwas in meinem Leben – etwas, das mich zu verfolgen schien und ich glaubte zu wissen, dass der Kristall auf der Suche nach diesem Etwas, mein erster Anhaltspunkt war.
"Was bist du?", murmelte ich gedämpft, während ich den Kristall von einer Seite zur anderen drehte.
Leo und Joka mussten längst eingeschlafen sein und ich wollte sie mit meinen halblauten Überlegungen auf keinen Fall wecken. Ich hatte genug Ärger mit ihnen am Hals und sie sollten nicht wissen, dass ich nachts inzwischen wach lag und darüber nachdachte, eine Aktion wie heute so bald wie möglich zu wiederholen.
Ich blinzelte. Wie in meiner Heimat fühlte sich jede vergehende Sekunde bei den Gekrönten mehr wie Gefangenschaft an.
Zudem war die Hoffnung auf eine Freundschaft, mit Evelia weit in der Vergangenheit verblutet und ich befand mich gegenwärtig so weit weg von einem Ort, der einem Zuhause gleich kam, wie nur irgendwie möglich. Genau deshalb war ich jedoch fest entschlossen, die Ketten, die man mir anzulegen versuchte, zu zerstören. Sie zu zerreißen, solange sie noch dünn genug waren, dass ich es allein schaffen konnte. Denn auf Hilfe hoffte ich nicht mehr.
Kopfschüttelnd legte ich den Kristall zur Seite und richtete mich auf, während ich einen Moment lang die Augen schloss.

Es gab vieles, das ich nicht vergessen durfte.
Dabei hätte ich einiges gern vergessen.
Diese Nacht war die erste Nacht, in der ich bis jetzt nicht an meine Eltern gedacht hatte.
Mein Vater, der mit einer Klinge in der Hand auf mich zukam und meine Mutter, die den leblosen Körper von Evelia in ihren Armen zur Seite stieß, sodass sie auf dem Boden landete und das Blut sich um sie verteilte.
Und – wie die Schatten der Schule meinen Eltern die Herzen herausgerissen und ihre Lungen durchlöchert hatten.
Zum ersten Mal hatte ich mir nicht selbst dabei zugesehen, wie ich auf allen vieren auf die Leiche Evelias zukroch, bis alle Kraft ganz plötzlich aus meinem Körper wich und die Welt langsam schwarz wurde.
Bis jetzt.
Ich atmete hastig ein und stützte mich an eines der Regale, als ich den in mir aufkommenden Schwindel bemerkte.
Es war witzlos von mir zu glauben, die Chance auf Erklärungen, würde noch bestehen. Als hätte sie jemals bestanden. Wenn ich wissen wollte, wie alles zusammenpasste, musste ich es doch selbst wissen, aber ich wusste es nicht und hasste mich dafür.
Schlimmer waren nur meine Einsamkeit und ein Gedanke, der mir zuraunte, dass das Blut meiner Eltern an meinen eigenen Fingern klebte.
Als ich einen Schritt nach vorne machte, um nicht mehr wie erstarrt dastehen zu müssen, streifte meine Klaue versehentlich einen kleinen Glasbehälter, der in dem Regal platziert worden war und stieß ihn auf der anderen Seite von der Kante. Ich zuckte zusammen und wartete auf das Klirren. Den Aufprall, mit dem

das Glas zerspringen und Leo und Joka wecken würde. Und ich überlegte schon, wie ich ihnen erklären sollte, dass ich immer noch wach war und warum ich nicht schlafen konnte und wieso ich mich so elend fühlte. *So kalt, kalt, kalt.*
Wieso war mir kalt? Und wieso war es immer noch still? Wo blieb das Klirren, Leos oder Jokas verwirrte Stimmen, weil sie das Geräusch aufgeschreckt hatte und ...
„Du hast da was fallen gelassen."
Die Stimme. Direkt. Hinter. Mir.
Viel zu deutlich und klar, als dass ich sie mir eingebildet haben könnte und zu allem Unglück gefährlich vertraut.
Ich kannte diese Stimme.
Zuerst schalteten meine Gedanken ab, dann begannen sie regelrecht übereinander zu stolpern. Es war *die* Stimme. Die Stimme der roten Augen. Die Stimme, von der ich zugleich befürchtet hatte, sie nie oder aber wieder zu hören.
Ein leises Lachen riss mich aus meinen Gedanken, bei dem ich diesmal herumfuhr. Unsicher, ob ich gleich einem Fremden, einem dunkeln, leeren Raum oder aber den roten, schwebenden Augen gegenüberstehen würde.
Ich war auf alles gefasst, dennoch zog ich beim Anblick, der dunklen Konturen vor mir scharf die Luft ein und drückte mich mit dem Rücken instinktiv gegen eines der Regale.
Das Ding vor mir war ein Schatten. Ein Schatten von der Sorte, die meine Eltern ermordet hatten. Nur das dieser hier Augen hatte – dieselben rot glänzenden Augen, die mir auch in der Höhle entgegengeblickt hatten – diesmal inmitten einer gleichmäßig

wabernden schwarzen Masse, aus der sich eine Hand hervortat – eine Hand, die mir den heruntergestürzten Glasbehälter auffordernd entgegenstreckte.

Wie versteinert stand ich da, während mein Blick von den roten Augen und dem Glasbehälter pausenlos hin und her huschte.

Ich hatte auf diese Situation gehofft, hatte den Augen unbedingt ein weiteres Mal gegenübertreten wollen, doch ich hätte niemals damit gerechnet, dass es hier und so schnell dazu kommen würde.

„Was ist?", fragte die Stimme mit unverhohlenem Amüsement in der sonst beinah zärtlichen Stimme, „Willst du es nicht?"

Ich setzte zu einer Antwort an, aber jemand musste mir meinen Wortschatz geraubt und über Bord geworfen haben. Daher machte ich den Mund wieder zu und streckte bloß meine Klaue nach dem Glasbehälter in der schwarzen Schattenhand aus.

Ich spürte die kühle Oberfläche, als ich ihn umschloss, und sofort ließen die Schattenfinger davon ab.

Ich sah wieder hinauf zu den Augen.

Sie standen jetzt etwas schief, als hätte das Ding in den wabernden Schwaden den Kopf zur Seite geneigt. Wortlos stellte ich den Glasbehälter auf das Regal.

„Was bist du?", flüsterte ich kaum hörbar vor Unglauben.

„Erkennst du mich nicht?", erwiderte der Schatten unbekümmert und ich fragte mich, ob das ein schlechter Scherz sein sollte. Es war, als würde das Wesen einfach das Gespräch aus der Höhle fortsetzen und ich war genauso schlau wie vor wenigen Stunden. Also sprang ich darauf an.

„Woher sollte ich dich kennen?", meine Stimme klang fragend, doch auch trotzig, da ich das Gefühl nicht

loswurde, dass alles an der Situation bloß ein dummes Spiel war.
„Ich weiß nicht", erwiderte die Stimme in gespielter Ahnungslosigkeit, „Ich gebe zwar zu, lange kennen wir uns nicht. Unser erstes Treffen wirst du aber nicht vergessen haben. Vor allem, weil du mich seitdem die ganze verflixte Nacht ununterbrochen angestarrt hast."
Als mir klar wurde, was die Worte bedeuteten, wurde mir eiskalt und ich musste mich zwingen, mich nicht reflexartig nach dem Kristall umzusehen, welchen ich eben noch auf den Boden neben meine Schlafmulde gelegt hatte. Ich vermutete ohnehin zu wissen, dass dieser dort längst nicht mehr liegen würde.
„Du warst der Stein?"
Das Ding stieß bei meinen Worten ein spöttisches Schnauben aus, das jedoch hauptsächlich verärgert klang.
„Ich bin kein Stein!", gab es diesmal wütend zurück und die Augen funkelten zornig, „Du demütigst mich."
„Was bist du dann?", gab ich zurück, ohne mich von dem Ärger des Wesens einschüchtern zu lassen.
„Ein Kristall", war die eingebildete Antwort und nach kurzem Zögern, „Eigentlich so ziemlich das mächtigste Wesen auf diesem mickrigen Planeten. Ein Dämon. Dein größter Albtraum. Das Ding, dass nachts die Decke vom Körper zieht und sie aus dem zersprungenen Fenster schmeißt", er hielt kurz inne, „So ziemlich alles, außer ein normaler Stein!"
Ich musste mir beinah ein Lachen verkneifen, was absurd war. Diese Situation war alles andere als lustig – wahrscheinlich sogar lebensgefährlich. Doch die Worte des Kristalls klangen einfach so lächerlich, so absolut ironisch und gleichzeitig ernst und sonderbar.

Ich grinste ein wenig, obwohl mein Herz unruhig gegen meinen Brustkorb hämmerte.

„Ich schlafe nachts ohne Decke", sagte ich bemüht ungerührt, „dann brauche ich mir wegen dir wohl keine Sorgen zu machen."

Das darauf folgende Schweigen fühlte sich an wie ein Todesurteil. Die roten Augen weiteten sich überrascht und ich biss die Zähne zusammen, als der Kristall in begeistertes Kichern ausbrach: „Zu köstlich! Das macht ja richtig Spaß mit dir!", freute er sich. Obwohl ich noch immer kein Gesicht erkennen konnte, glaubte ich das Lächeln in seiner Stimme zu hören, als diese nun zärtlich weitersprach: „Schön, die Decke kann ich dir nicht stehlen, aber dein Leben könnte ich dir schon nehmen, oder?"

Es verging genau eine Sekunde, in der mein Gehirn viel zu langsam die Bedeutung der Worte und die damit verbundene Gefahr verarbeitete. In der Nächsten war es bereits zu spät.

Der Schatten trat auf mich zu, machte einen Schritt nach vorne und ließ dabei jeden schwarzen Nebelschleier hinter sich zurück. Ich versuchte, ihm auszuweichen, aber die Hand packte mich vorher am Hals, hob mich von den Füßen und presste mich in einem Zug gegen das Regal, sodass dieses bedrohlich schwankte. Ich keuchte erschrocken und weil ich in dem starken Griff plötzlich keine Luft mehr bekam. Dabei umklammerte ich das Handgelenk des Schattens und versuchte, mich loszureißen, aber meine Bemühungen waren wirkungslos. Mein Blick fiel auf die Augen, die mich nun von unten herauf amüsiert anblitzten, den Mund, der zu einem verschmitzten Lächeln verzogen war und die dunkle Haut, die kurzen Dreads, die zerrissene Kleidung. Im

ersten Moment dachte ich, ich musste mir das Bild eingebildet haben, doch dem war anscheinend nicht so, denn dieses veränderte sich auch nach mehrfachem Blinzeln nicht.
Was ich sah, war ein ganzer Körper – ein menschlicher! Und die Augen waren auch nicht mehr rot und leuchtend, sondern dunkel wie schwarze Perlen. Für einen Moment vergaß ich völlig, dass ich keine Luft bekam, und konnte nur auf diese neue Gestalt starren – diesen Jungen, der vor mir stand und mich ohne große Anstrengung an das Regal presste. Die Schatten waren verschwunden und mit einem Mal kam mir alles so real vor, so echt, dass ich mich erneut zu wehren begann.
„Lass mich runter!", krächzte ich mühsam durch den dünnen Spalt in meinem Hals, während ich mich mit aller Kraft gegen den Griff des Dämons stemmte. Doch der Junge legte nur den Kopf schräg und musterte mich eingehend.
„Himmel, bis du leicht. Ich meine, ich habe selten ein Problem dabei, jemand anderen von den Füßen zu heben, aber du wiegst ja fast gar nichts."
Statt zu antworten, kniff ich die Augen gegen den Schmerz zusammen und zerrte ein weiteres Mal an dem Handgelenk des Jungen, welcher sich jedoch nicht weiter darum scherte.
„Weißt du, es ist wirklich bedauerlich", fuhr er unbeschwert fort, „So viele Leute unterschätzen, wer ich bin. Ich muss ihnen immer erst auf die Sprünge helfen. Das kann schon ein wenig auf die Nerven gehen", er zuckte mit den Schultern und sein Blick wurde neutraler, „Auch wenn ich sagen muss, dass ich das ganz gut verarbeiten kann. Mein Umgang mit solchen Leuten ist seeehr umsichtig."

Am liebsten hätte ich gelacht und ihn darauf hingewiesen, was er gerade am tun war – angesichts der Tatsache, dass er kurz davor war, mich zu ersticken – was jedoch auch der Grund dafür war, dass mir das Lachen und dieser Kommentar erspart blieben.
„Lass. Mich. Runter!", wiederholte ich stattdessen mit so viel Nachdruck wie möglich und diesmal glaubte ich, den Jungen zusammenzucken zu sehen. Er lächelte jedoch weiter und sein Griff verstärkte sich, als strengte es ihn mit einem Mal an, mich länger festzuhalten. Der Schmerz brannte heiß und stechend in meiner Kehle und mir wurde bereits schwindelig.
„Fast hätte ich vergessen, es zu erwähnen", setzte der Junge erneut an und tippte sich augenrollend gegen die Stirn, als tadelte er sich selbst für Unachtsamkeit, „Ich wollte dir noch rasch erzählen, was der Letzte durchleben durfte, der mich unterschätzt hat." Er grinste breit und ich glaubte, schwarze Punkte in meinem Blickfeld erscheinen zu sehen. Deshalb hörte ich ihm nicht mehr zu.
„JETZT!", zischte ich durch zusammengebissene Zähne und endlich zeigten meine Worte eine Wirkung auf den Griff des Jungen.
Er stieß einen schmerzgepeinigten Laut aus und ... ließ mich fallen. Ich rutschte aus seinen Fingern und landete unsanft am Boden. Benommen und nach Atem ringend, presste ich mir eine Klaue an meinen schmerzenden, halb tauben Hals und verhinderte mit der anderen, endgültig zusammenzubrechen. Der Körper des Jungen hatte sich gekrümmt. Dennoch stand er über mir und blickte mir einer Mischung aus

verärgerter Überraschung und amüsiertem Schmunzeln auf mich hinab.
„Nicht schlecht", bemerkte er grinsend, „du bist immerhin widerspenstig genug, um nicht komplett hilflos dazustehen."
Anstatt zu antworten, hustete ich und wagte es nicht meine Klaue von meinem Hals zu nehmen, während ich auf dem Boden kauernd zu dem Jungen aufblickte. Dieser trat einen Schritt näher und ich wich sofort ein Stück zurück. Er lachte.
„Dafür bist du aber auch dumm genug, um nichts zu checken!", kicherte er und ich spürte sofort, wie neben der Angst, Wut in mir hoch kochte, „Glaubst du echt, wegrennen hilft dir?"
Er seufzte ergeben, dann hob er plötzlich die Hand, schien kurz zu überlegen und meinte schließlich:
„Ach nein, stimmt ja. Du rennst nicht mal, du kriechst ja nur noch", er grinste wieder, doch diesmal war es bösartiger, „Weil ich", eine kurze Pause, „dir eben mit einer Hand fast deinen Hals zerquetscht hätte." Er steckte die Hände lässig in die Hosentaschen und schlenderte dann sorglos auf mich zu. Dabei beachtete er meinen hektischen Blick nicht, als dieser zu Leo und Joka hinüber huschte, die friedlich in ihren Mulden schliefen.
Sie schliefen! Das konnte nicht sein! Spätestens beim Schrei des Jungen hätten sie wach werden müssen.
„Was hast du getan?", rief ich dem Jungen blindlings entgegen, obwohl jedes Wort in meiner Lunge schmerzte, „Warum wachen sie nicht auf?"
Der Junge runzelte die Stirn, sein Blick folgte meinem, dann lächelte er wieder.
„Die beiden meinst du?", er zuckte mit den Schultern, „Sie können uns nicht hören."

Mir stockte der Atem und ich wollte etwas fragen, doch die Worte blieben mir im Hals stecken.
Der Junge wedelte abwehrend mit einer Hand. Dabei verdrehte er die Augen, als sei ich ein dummes Kind, dass die Welt nicht verstand und einfach nicht begreifen wollte, dass Pferde nicht lila waren.
„Sie sind nicht tot", stellte er klar, „Sie hören uns nur nicht. Zwischen uns ist eine Barriere."
„W... was redest du da?", brachte ich stockend hervor. In meinem Kopf tobte eine Achterbahn aus Verwirrung und Fragen. Der Junge winkte ab.
„Naaa, das ist eine zu lange Geschichte. Ein andermal vielleicht."
Doch jetzt ließ ich mich nicht mehr abwimmeln.
„Sag es mir jetzt!", forderte ich entschieden, selbst wenn mir bewusst war, dass diese Forderung sinnlos war – weil sie es sein musste – weil ich mir nicht erklären konnte, wieso der Junge sie nicht einfach ignorieren sollte.
Dennoch hatte es geholfen, mich zu befreien. Mir war sein Schrei nicht entgangen und dieser wahnwitzigen Theorie nachzugehen, war alles, was ich im Moment tun konnte.
Der Junge verzog das Gesicht und griff sich mit einer Hand in den Nacken, während er sich abwandte.
„Wir werden jede Menge Zeit haben", versuchte er mir zu versichern, doch ich ließ nicht mit mir reden.
„SOFORT!", schrie ich ihn an und der Junge krümmte sich mit einem Aufschrei zusammen, bei dem ich vor Schreck rücklings auf die kalten Fliesen kippte. Er umklammerte seinen Kopf mit beiden Händen und ich glaubte, ihn stöhnen zu hören.
„Wow, muss das sein", brachte der Junge mühsam beherrscht heraus, bevor er sich langsam aufzurichten

versuchte, „Ich will dich ja nicht nerven oder so, aber wenn ich dir stattdessen etwas über Murmeltiere und Kabelfernsehen erzählen würde ..."
„Halt die Klappe!", gab ich zurück und er verstummte augenblicklich, „Mach jetzt einen Salto rückwärts."
Der Junge schnaubte verächtlich.
„Sehe ich aus wie eine Attraktionsshow?"
„Mach es einfach."
„Was wenn nicht?", fragte er angriffslustig, doch mir entging nicht, das kurze Zögern vor seiner Antwort.
„Mach es, jetzt sofort!"
Diesmal sah er wirklich aus, als würde er mit sich kämpfen.
„Neee, lass mal, Schätzchen. Ich bin gerade nicht in der Stimmung für sowas."
„Ich sagte, jetzt!!!"
Mit einem schmerzgepeinigten Wimmern ging der Junge in die Knie, während er wohl ein Schreien zu unterdrücken versuchte. Trotzdem ging er meiner Aufforderung nicht nach. Ich jedoch, wollte den endgültigen Beweis für das undenkbarste, was mir im Leben passiert sein sollte.
"Tu es endlich!!!"
Der Schrei war so schmerzverzerrt, dass er mich für einen Moment an seiner Existenz zweifeln ließ, aber da war er nun – kniend, gekrümmt und nur schwer nach Atem ringend – fast so wie ich eben vor ihm auf dem Boden gekauert hatte. Der Junge hob eine Hand, als wollte er mir sagen, dass ich aufhören solle und ich schwieg. Selbst wenn ich gewollt hätte, hätte ich vermutlich kein Wort mehr herausbekommen.
„Ist schon gut. Ich machs ja", keuchte er und rappelte sich auf. Dann sprang er, überschlug sich und landete

wieder auf den Füßen. Ich sah ihn ungläubig an und er funkelte wütend zurück.

„War's das jetzt? Bist du zufrieden oder soll ich vielleicht noch Einrad fahren und im Handstand Runden durchs Zimmer laufen?"

Ich war wieder kurz vorm Lachen.

„Du machst, was ich möchte?"

„Wonach sieht es denn aus?", gab der Junge patzig zurück, „Wenn ich es nicht tun würde, würdest du mich töten."

Ich blinzelte überrascht.

„Wie kann das sein? Ich sage doch nur ..."

„Genau! Befehle. Du befielst mir Dinge und wenn ich nicht höre, dann hat das Konsequenzen. Schmerzen. Am Anfang sind es immer Schmerzen und dann ..."

„Aber wie?", unterbrach ich ihn erneut, „Warum passiert das?"

„Weil du wohl denjenigen umgebracht hast, der zuletzt die Macht über mich hatte. Dann bist du offiziell der neue Meister, bla, bla, bla. Bitte zwing mich nicht, diese ganze traurige Geschichte ein weiteres Mal herunterzuleiern."

Ich starrte ihn an, ohne ein Wort zu sagen. Plötzlich fühlte ich mich wie ausgehöhlt.

„Ich habe aber niemanden getötet", murmelte ich schließlich, obwohl ich wusste, dass es eine Lüge war. Das Gefühl, wenn ich an den Moment im Schulflur zurückdachte, war zu heftig. Es ließ mein Blut bei der Erinnerung an all die Kraft pulsieren.

Der Junge verdrehte schon wieder die Augen.

„Musst du aber", beharrte er, „Es geht nicht anders. Tut mir leid, dir das sagen zu müssen, Kleiner, aber ich kenne mich da ganz gut aus."

„Das ist nicht wahr", widersprach ich kopfschüttelnd, „Das ergibt alles keinen Sinn!"
„Uuuuund: CUT! Bitte jetzt bloß nicht aufregen oder komplett durchdrehen. Es ist sowieso nie einfach, aber hysterisch seid ihr echt unausstehlich."
Ich zwang mich dazu, mit dem Kopfschütteln aufzuhören, während meine Verzweiflung sich zum ersten Mal seit meiner Zuteilung in Leos und Jokas Obhut wirklich Bahn brach. Mein Blick heftete sich Hilfe suchend an den Jungen. Er schien so viel zu wissen.
„Weißt du, was das alles zu bedeuten hat? Wieso ... das passiert?"
„Ich würde dir ja gerne helfen", erwiderte der Junge sehr sachlich, „Aber dafür muss ich wissen, worum es geht."
„Wie kann es sein, dass ich jemanden töte, ohne es zu wollen? Dass Schatten meine Eltern durchlöchern und mich jetzt ein Dämon in Gestalt eines Jungen erst zu erwürgen versucht und dann zugibt, dass ich so etwas wie sein neuer Meister bin?!", ich holte tief Luft, um meine Stimme ruhig zu halten, „Weißt du, wie krank und verrückt und gestört das alles klingt?", verzweifelt griff ich mir mit den Klauen an den Kopf, „Und jetzt sitze ich hier auf dem Boden, Leo und Joka sollten das alles längst mitbekommen haben und du ..."
„Ich habe dir doch eben schon erklärt, dass eine Barriere ..."
„Aber da kann doch nicht einfach so eine Barriere sein! Was für eine Barriere überhaupt? Ich ... ich glaube, ich verliere einfach den Verstand. Ich bin irre. Das ergibt alles keinen Sinn!"

Plötzlich wurde ich an den Armen gepackt und geschüttelt. Erschrocken blickte ich auf und direkt in die dunklen Augen des Jungen, welcher nun dicht vor mir Boden kniete. Sein Blick war durchdringend und fest.
„Hör mir jetzt mal ganz genau zu", sagte er ruhig und betont langsam, „Das wird alles einen Sinn ergeben, wenn du dir nur die Ruhe und die Zeit nimmst, um mir zuzuhören. Glaub mir. Ich werde nicht noch einmal versuchen, dich zu erwürgen ... – vorerst. Außerdem kann ich dir eine Menge Fragen beantworten."
Ich zögerte einen Moment lang. Meine Muskeln waren angespannt und ich war mir nicht sicher, ob es klug war auf diese Worte zu hören, denn selbst wenn ich es gerne getan hätte, musste ich mir eingestehen, dass ich auch Angst davor hatte.
„Hör auf, dich über mich lustig zu machen", brachte ich mühsam hervor und der Junge verzog das Gesicht.
„Ich würde vielleicht darüber nachdenken, wenn ich gerade dabei wäre, etwas in die Richtung zu tun. Das sollte aber kein Scherz sein."
„Dann ...", ich schluckte und warf einen raschen Blick auf seine Hände, welche immer noch meine Gelenke umklammerten, „dann lass mich los."
Sofort ließ der Junge von mir ab. Er hob zur Beruhigung seine leeren Hände und sah mich fragend an.
„Gut so? Können wir jetzt miteinander reden, ohne dass du austickst?"
In meinem Kopf herrschte ein heilloses Durcheinander. Trotzdem nickte ich.
„Ja. Erklär es mir. Warum spielt mein Leben mir solchen Scheiß vor?"

Der Junge hob offenbar beleidigt die Augenbrauen.
„Was meinst du damit?"
„Na du ..."
„Ich bin das Beste, was dir passieren konnte!"
Ich begann trocken zu lachen, wobei mir mein schmerzender Hals wieder einfiel.
„Klar doch."
„Stimmt ja auch", beharrte der Junge, während sich das Grinsen wieder auf sein Gesicht stahl, „Ich bin ein wahrhaftig wundervolles Geschenk. Etwas, was nicht jeder in seinem Leben zu besitzen behaupten kann."
Ich rieb mir die Augen, um die sich anbahnenden Kopfschmerzen zu vertreiben, ehe ich mich zu einer Antwort durchrang.
„Was du da redest, klingt so wirr. Eben hast du noch behauptet, du seist sowas wie mein größter Albtraum und hast dann versucht, mich umzubringen! Jetzt sagst du, du wärst ein Geschenk und erzählst mir irgendwas von Besitz ... du machst Scherze, wenn du Schmerzen hast, und kannst irgendwelche Barrieren bauen?!"
„Also erstens: Ich baue keine Barrieren. Ich erschaffe sie. Glaub mir, da gibt es einen Unterschied, und zweitens: Was ist dir lieber? Dass ich die Fassung wahre und ein paar dumme Witze reiße, wenn du mich folterst, oder soll ich dich liebe auf Knien anflehen, damit aufzuhören? So nach dem Motto: *Gnade, Meister! Bitte habt doch Erbarmen mit mir!* Ich hoffe, du stehst nicht auf so nen Scheiß, das ist nämlich selbst mir eine Nummer zu hoch!"
„Ich will dich überhaupt nicht foltern!"
„Schön für dich. Das wird aber nicht immer funktionieren, wenn wir uns uneinig sind!"
„Warum füge ich dir mit einfachen Worten überhaupt Schmerzen zu?"

Der Junge seufzte resigniert und fuhr sich genervt mit einer Hand durch die Haare.

„Das Thema hatten wir doch schon. Du bist mein neuer Meister. Ich bin an dich gebunden. Wenn du etwas willst und ich nicht gehorche, muss ich leiden. So einfach ist das. Aber frag mich bloß nicht, wer sich das ausgedacht hat. Der Typ war bestimmt krank! Magische Gesetze sind eh widerlich."

„Magische Gesetze?", mir fiel nichts Besseres mehr ein, außer zu nicken, „Natürlich, was auch sonst."

„Ja. Womit glaubst du denn, würde ich Barrieren erschaffen und meine Gestalt von einer Rauchsäule in einen Menschen verwandeln? Mit Ziegelsteinen und Cosplay?"

„Du solltest das gar nicht können", erwiderte ich tonlos.

„Toll. Ich kann es aber und jetzt guck mich bitte einmal an."

Widerwillig hob ich den Kopf und begegnete erneut dem Blick des Jungen.

„Sehe ich so aus, als würdest du dir das hier nur einbilden?"

Ich wusste nicht, was ich darauf erwidern sollte. Der Junge boxte mir in die Seite.

„Hey! Warum machst du das?"

„Fühlt sich das an wie eine Illusion?"

„Nein, du ..."

„Gut! Dann halten wir doch mal fest: Du befindest dich hier in einer völlig neuen Situation, die du nicht verstehst und hast aber jemanden vor dir, der genau weiß wovon er redet. Also brauchst du ihm nur Fragen zu stellen, er wird sie dir beantworten und du wirst ihm glauben und einen Sinn dahinter erkennen. Tada!

So einfach kann es sein, wenn zuhören nur nicht so furchtbar schwierig wäre."
„Ich kann dir doch nicht einfach alles glauben, was du sagst!", protestierte ich aufgebracht und rappelte mich vom Boden auf, „Du bist doch völlig gestört!"
„Sagt mir der Junge, der nicht mal eine Ahnung hat, wen er töten musste, um die Macht über mich zu erlangen", gab der Junge bissig zurück und mir wurde übel.
Inzwischen hatte sich mein Gegenüber ebenfalls wieder erhoben und baute sich mit in die Seite gestemmten Armen dicht vor mir auf.
„Du magst ja vielleicht ganz clever sein, weil du mir nicht gleich dein Vertrauen auf einem Silbertablett überreichen möchtest. Aber mir jetzt nicht zuzuhören, wäre ein großer Fehler."
Ich schwieg einen Moment verbissen. Mir fiel jedoch kein Grund mehr ein, weshalb ich ihn nicht anhören sollte.
„Dann sag du es mir! Wen habe ich getötet, damit man mir dich angehängt hat?"
Ein Seufzen war die Antwort.
„Woher soll ich das wissen? Sehe ich aus, als könnte ich hellsehen? Ich war nicht dabei, also könnten wir den Teil bitte überspringen und uns wichtigeren Dingen zuwenden?"
„Wieso sollte das nicht wichtig sein?"
„Weil es diesen Gewissen *wen auch immer* nicht wieder lebendig machen wird! Wenn es dich so interessiert, denk mal scharf nach. Du siehst nicht gerade wie jemand aus, der blindlings Leute abknallend über eine Straße rennt. Wann könntest du denn jemanden getötet haben?"

Ich musste unwillkürlich schlucken, als mir die Schatten wieder einfielen. Evelias Blut auf dem Boden und mein Vater mit der Klinge in der Hand.
„Ich ... aber das ist unmöglich", angewidert starrte ich erst auf meine Klauen und dann auf den Jungen, welcher abwartend die Brauen hob.
„Was soll hier unmöglich sein?"
„Ich habe sie nicht mal berührt und diese Dinger ... ich hab sie nicht auf sie gehetzt!"
„Welche Dinger?", fragte der Junge zunehmend ungeduldig.
„Die Schatten!"
„Schatten sind normalerweise eher ungefährliche Gegner, wenn dein Leben nicht gerade von einem Sprung über deinen eigenen abhängt, Kleiner. Erklär sie genauer."
„Ich kann nicht", murmelte ich, „So etwas kann nicht real sein."
Der Junge vor mir legte den Kopf schief.
„Gib mir deine Hand", sagte er auffordernd und hielt mir seine ausgestreckt entgegen. Ich blinzelte verwundert, machte jedoch keine Anstalten auf die Aufforderung einzugehen.
„Keine Sorge, ich tu dir nichts", versicherte der Junge mir zuversichtlich und schon hatte er nach meiner Klaue gegriffen und diese mit seinen Fingern umschlossen. Bei der Berührung zuckte ich zusammen, versuchte jedoch nicht, mich loszureißen.
„Denk mal an gar nichts", leitete der Junge mich an, doch ich sperrte mich gegen seine Forderung.
„Wie soll das funktionieren? Ich bin kein On-Off-Knopf", beschwerte ich mich stattdessen.

„Versuch es einfach", war die drängelnde Antwort, „und dann stell dir die Situation genau vor, in der du deine Schatten gesehen hast."
Ich wollte es versuchen, doch da zuckte bereits ein Bild durch meinen Kopf - ein Bruchteil der Szene im Schulgebäude. Ich keuchte bei den plötzlich aufwallenden Erinnerungen und entriss meinen Arm dabei so abrupt der Hand des Jungen, als hätte ich mich daran verbrannt.
Der Junge wirkte zufrieden.
„So, so, das hätten wir uns auch einfacher machen können", stellte er fest und ich rieb aufgebracht meinen schmerzenden Arm.
„Was hast du ...", setzte ich an, doch der Junge unterbrach mich.
„Kleines Stützmittel", meinte er rasch, „Damit ich sehen kann, woran du dich erinnerst. Deine Schatten, von denen du redest, sind pure dunkle Magie", er hielt kurz inne und sah mich prüfend an, „Ich gebe zu, damit hätte ich nicht gerechnet. Diese Kräfte zu beherrschen ist wahnsinnig schwierig. Da hab ich dich wohl unterschätzt."
„Wovon zur Hölle redest du?" Meine Stimme klang inzwischen nicht mehr aufgebracht, sondern matt, je mehr der Junge tat und sagte, desto verwirrter war ich.
„Ich rede davon, dass du dunkle Magie nutzen kannst. Wieso hast du das denn nicht gleich gesagt?"
Ich stieß ein kurzes, verzweifeltes Lachen aus.
„Ja, sicher doch. Ich kann also zaubern? Und wieso weiß ich dann nichts davon?"
„Zaubern?", jetzt lachte der Junge auch wieder, „Du kannst nicht zaubern, Freundchen! Das wovon ich hier rede, ist höhere Magie und kein Hokuspokus mit einem Zauberstab! Magie ist Kontrolle über die

Elemente und ungeheure Kräfte. Dunkle Magie ist eine Kunst ohne Regeln und Gesetze!"

„Aber ich kann sowas nicht! Wie kommst du darauf, ich könnte das?"

„Weil ich es gesehen habe", er zögerte kurz, „und gespürt. Nahezu rohe Kraft. Das war beeindruckend." Mit einem erschöpften Seufzen lehnte ich mich mit dem Rücken an ein Regal und ließ mich daran hinab auf den Boden gleiten.

„Du irrst dich."

„Zu einhundert Prozent nicht und wenn du mir immer noch nicht glaubst, zwing mich doch, dir die Wahrheit zu sagen. Wenn ich dich dann noch belüge, wirst du es an meinen Schreien merken."

Ich sah den Jungen einen Moment lang nachdenklich an, doch schließlich schüttelte ich den Kopf.

„Nein, ist okay. Du hast keinen Grund, mich diesbezüglich zu belügen."

Auf diese Worte hin begannen die Augen des Jungen vergnügt zu strahlen.

„Korrekt. Heißt das, du nimmst es erstmal hin und bist bereit, dich einem etwas erfreulicheren Themen zuzuwenden?"

„Ich will wissen, wer du bist", erwiderte ich auffordernd und der Junge nickte eifrig, ehe er sich zu mir auf den Boden hockte.

„Sicher. Mein Name ist Nathaniel und du bist mein neuer Meister."

Nathaniel

Ich war mir unsicher, was mit meinem neuen Meister nicht stimmte, aber ich spekulierte auf eine Art Trauma.

So viel wie er über den Tod seiner Eltern schwafelte, war das unschwer zu erraten und wenn er sie tatsächlich umgebracht hatte, wunderte es mich auch nicht.

Was mich skeptisch machte, war seine Unwissenheit.

Schließlich war mein neuer Meister ein Ringdrache – ein Nachkomme der Königsrasse.

Mit Magie hätte er im Krieg oft genug in Berührung kommen müssen. Ganz davon abgesehen, dass er sie offenbar selbst beherrschte. Und zwar nicht irgendeine Form von Magie.

Nein.

Dunkle Magie.

Die Magie des Weltengottes.

Dem Auftreten meines Meisters zur Folge hatte man ihn aber wohl jahrelang in einem Keller eingeschlossen. Anders konnte ich es mir nicht erklären, wieso sein Hirn ausschließlich Leere zu enthalten schien.

Eins nach dem andern, bitte

Von fremden Welten hört man in Büchern.
Meist sind die Geschichten so phantastisch und verstrickt, dass du sie in ihrer Gesamtheit nur langsam, Seite um Seite begreifen kannst. Sie ziehen dich in einen Bann, bis es irgendwann keine Rolle mehr spielt wie unmöglich die Dinge, die passieren in Wirklichkeit sind.
Das ist oft so und ist nichts, was es sonderlich konkret zu hinterfragen gilt. Es sind schließlich nur Geschichten.
Anders ist es allerdings, wenn eine Geschichte zur Realität wird.

„Okay, stop", ich rieb mir mit zwei Fingern die Schläfen, während ich möglichst neutral zu verarbeiten versuchte, was Nathaniel mir in den letzten zehn Minuten zu erklären versucht hatte, „Das klingt alles wahnsinnig paradox. Wie kann es sein, dass meine Eltern über so ein Wissen verfügt haben?"
„Woher willst du wissen, dass sie es wussten?", erwiderte Nathaniel schulterzuckend.
Ich warf ihm einen säuerlichen Blick zu.
„Wenn sie tatsächlich die Personen waren, die ich töten musste, um die Kontrollgewalt über dich zu erlangen, werden sie wohl davon gewusst haben. Das hieße ja, dass sie auch schonmal jemanden getötet haben müssten, um ..."

Nathaniel brach in schallendes Gelächter aus.
„So ein gutgläubiger kleiner Knirps bist du mir", meinte er vergnügt und ich spürte wie erneut Ärger und Scham in mir aufkamen, „Natürlich haben sie schonmal jemanden umgebracht. Es ist schwerer, jemanden auf dieser Welt zu finden, der das noch nie getan hat. Jedenfalls in der Welt euersgleichen."
„Was meinst du bitte mit euersgleichen?", entgegnete ich bissig, um mir meinen Ärger bezüglich Nathaniels spottenden Verhaltens nicht anmerken zu lassen. Ich war es jetzt schon leid, dass er mich behandelte wie ein dummes, unwissendes Kleinkind.
„Drachen natürlich", war die knappe Antwort, „Ringdrachen insbesondere. Gerade du solltest das wissen."
„Ich weiß gar nichts", informierte ich den Kristall freundlich, was dieser mit einem halbherzigen Lachen kommentierte.
„Ach wirklich? Das schockt mich jetzt. Keine Sorge. Man wird mit der Zeit immer klüger."
Während er redete, kam mir plötzlich ein Gedanke und ich sah Nathaniel mit großen Augen an.
„Wie alt bist du eigentlich?"
Nathaniel legte den Kopf schräg und blinzelte, offensichtlich erstaunt über meine Frage.
„Wenn ich schätzen würde, irgendwas um die 800 Jahre. Allerdings habe ich ein wenig den Überblick verloren. Irgendwann verhält sich Zeit echt komisch, weißt du. Außerdem interessiert es normalerweise niemanden, wie alt ich bin."
Ich starrte Nathaniel so lange ungläubig an, bis dieser sich unbehaglich durch die Haare fuhr.
„Hör auf damit", grummelte er, „Jetzt fühle ich mich alt. Dabei bin ich praktisch noch ein Baby in meiner

Welt. Du müsstest mal Bekanntschaft mit ein paar meiner Kollegen machen", er beugte sich ein Stück vor und raunte mir mit einem obligatorischen Schulterblick zu, „Denen merkt man es sogar an, dass sie so alt sind."
Ich lachte gezwungen und beobachtete den Kristall, welcher sich lässig zurücklehnte und anfing, den Inhalt eines Regals genauer unter die Lupe zu nehmen. Wenn ich seine jugendliche Gestalt vor mir betrachtete, konnte ich kaum glauben, dass diese wirklich bloß eine Hülle sein sollte.
„Kannst du in jeder beliebigen Gestalt herumlaufen?", fragte ich weiter.
Nathaniel fischte einen kleinen Beutel an seinem Stoffbändchen aus einer offenen Truhe auf dem Regalbrett.
„Joa, so ziemlich. Aber ich bevorzuge bestimmte Gestalten hinsichtlich ihrer Eigenschaften. Diese hier benutze ich fast ausschließlich, weil ich mich darin wahnsinnig gutaussehend finde", er grinste mich kurz an und ich musste mich bemühen, nicht zu lachen. Der Grund erschien mir so wahnwitzig unsinnig, dafür, dass er einem so alten, mächtigen Wesen als Begründung für seinen Gestaltwandel diente. Doch Nathaniel wirkte nicht so, als seien seine Worte scherzhaft gemeint gewesen.
„Außerdem", fuhr er an den Schrank gewandt fort, „erwartet man in dieser Gestalt weniger von mir. Da ist der Überraschungseffekt höher, wenn dein Gegner plötzlich merkt: Hoppla, der kann ja doch was!"
Jetzt musste ich doch lachen. Nathaniel hob den Kopf und zuckte entschuldigend mit den Schultern.

„Was denn? Du musst zugeben, dass ich damit vollkommen Recht habe! ... Vor allem mit ersterem Punkt."
„Du", brachte ich kopfschüttelnd hervor, „bist das Seltsamste, was mir jemals begegnet ist."
„Ich weiß nicht, ob das ein Kompliment sein sollte."
„Wir kennen uns jetzt seit wenigen Stunden", erwiderte ich mit einem bedeutungsvollen Blick in seine Richtung, „Du hast in dieser Zeit zwei Mal versucht, mich umzubringen."
„Das ist nicht wahr", widersprach Nathaniel abwehrend, „In der Höhle wollte ich nur deine Aufmerksamkeit und das Würgen war ein Test."
Er unterbrach sich, doch als er meinen wenig überzeugten Blick bemerkte, redete er weiter: „Ich hätte dich ohnehin nicht töten können. Selbst wenn ich es gewollt hätte. Wie schon gesagt: Du besitzt die volle Kontrolle über mich, wenn ich dich getötet hätte, wäre das Selbstmord und mein Leben ist mir da leider doch ein wenig zu wichtig."
Das alles sagte er einfach so dahin, als sei es das Gewöhnlichste auf der Welt – als erkläre er mir wie das Wetter draußen war. Ich dagegen hing an seinen Lippen und konnte bei jedem neuen Wort nur staunen oder mich wundern. Seine Welt war mir so fremd, dass ich mich fragte, ob ich sie jemals verstehen würde.
„Hellau!"
Ich blinzelte hastig, als kleine Papierschnipsel in bunten Farben auf mich herabregneten. Verwirrt starrte ich Nathaniel an.
„Mann, du bist ja sowas von neben der Spur", meinte er sinnend, den Kopf auf eine seiner Handflächen gestützt.

Ich fegte mit einer Klaue einige Schnipsel des Konfettis von meinen Schuppen.

„Ich versuche, das nur zu begreifen", verteidigte ich mich, „Du machst es mir nicht gerade einfach ..."

„Wieso auch? Ich finde es befriedigend, wie du so vor dich hin grübelst."

Ich verkniff mir ein Augenrollen.

„Du bist unmöglich."

„Ich hatte schon befürchtet, der Satz würde nie kommen."

„Komplett bekloppt."

„Danke, ich weiß auch, dass ich toll bin, aber hey! Wie wäre es damit: Wir vertagen unsere Sitzung an dieser Stelle und reden darüber, wie es jetzt weitergeht. Du wirst noch genug Zeit haben, mich zu löchern, bis ein Schweizer Käse mir deutlich näher kommt ...", er unterbrach sich und schaute zur Seite, als Leo sich in seiner Mulde verschlafen regte.

Mein Herz setzte einen Schlag aus und ich konnte nur noch daran denken, wie ich meinen beiden Aufsehern die Situation erklären sollte. Hastig rappelte ich mich hoch. Leo murmelte irgendetwas. Dann setzte er sich mit deinem Mal ruckartig auf und blinzelte langsam.

„11204?", fragte er und ich zögerte nicht mit der Antwort.

„Ja?"

Leo hob den Kopf und schaute zu mir hinüber. Als unsere Blicke sich trafen, sah ich für einen Moment deutlich Erleichterung in seinem aufblitzen.

„Du bist wach", stellte er fest, „Ist es denn schon so spät?"

Ich antwortete nicht darauf. Gleich würde er mich fragen, wer da neben mir stand, gleich musste ich irgendwie erklären, wie ...

Leo ignorierte es, dass ich nichts auf seine Bemerkung erwiderte.
„Weißt du, wir müssen etwas besprechen", fuhr er fort und wenn ich es nicht besser gewusst hätte, hätte ich gedacht, er wäre schon einige Zeit auf den Beinen gewesen, „Es ist nämlich so, dass wir leider dein Training heute ausfallen lassen müssen. Joka und ich haben eine wichtige Besprechung vor uns."
Ich starrte ihn an und schaute mich dann verwirrt um, in der Erwartung Nathaniel neben mir zu entdecken. Doch dort, wo eben noch der Junge gestanden hatte, war nun ... gar nichts.
„Hast du mich verstanden?"
Irritiert wandte ich meine Aufmerksamkeit wieder meinem Trainer zu.
„Was für eine Besprechung?", fragte ich abrupt, da es das Einzige war, was von Leos Worten bei mir hängen geblieben war.
„Eine Wichtige", wiederholte dieser jedoch nur und sah mich ernst an, „Und wir möchten, dass du derweil im Quartier bleibst. Es kann sein, dass wir bis zum späten Abend weg sind, aber es gibt ja Bücher, du kannst also ..."
„Klar", antwortete ich rasch, bevor Leo seinen Satz vollenden konnte.
Ich hatte schon verstanden. Man wollte mich wieder einsperren. Man hatte Sorge, ich könnte etwas unerwünschtes tun. Ich würde mich nicht sträuben. Nicht heute.
„Gut", Leo sah sich nach Joka um, welcher ebenfalls aufgestanden war, „Ist dem noch irgendetwas hinzuzufügen?"
„Nein", erwiderte Joka kopfschüttelnd, „Das sollte fürs Erste an Informationen genügen."

Leo nickte.
„Wir gehen uns vorbereiten."
Ich nickte ebenfalls.
„Bis heute Abend."
Die beiden wandten sich ab und ich beobachtete sie schweigend dabei, wie sie das Zimmer verließen.

Die Antwort lautet: Nein

Irgendwann in seinem Leben erreicht jeder den Punkt, an dem er lernen muss, mit seinen größten Schwächen umzugehen.
Doch die Wenigsten haben die Kraft dazu, denn in dieser Disziplin liegt meist unsere größte Schwäche.

„Was war das denn?"
Ich zuckte zusammen, als wider Erwartens die Stimme Nathaniels ertönte. Rasch drehte ich den Kopf zur Seite und machte gleichzeitig einen Schritt in die entgegengesetzte Richtung. Doch der Kristall stand nur mit verschränkten Armen und kritisch gerunzelter Stirn da und betrachtete die Tür, durch welche Leo und Joka soeben verschwunden waren.
„Was meinst du? Die Frage ist wohl eher: Wo warst du?"
Nathaniel blinzelte und auch wenn ich es nicht zeigte, war ich erleichtert, dass er wieder da war.
„Ich war nie weg. Ich habe mich lediglich der angenehmen Kunst der Unsichtbarkeit bedient. Aber ich finde wirklich nicht, dass das die entscheidende Frage ist! Ich meine – und ich frage ungern ein zweites Mal, aber: Was zur Hölle war das gerade?"
Da ich erstmal verarbeiten musste, was Nathaniel soeben gesagt hatte, zuckte ich bloß etwas hilflos mit den Schultern.
„Ich habe keine Ahnung, wovon du redest."

„Im Ernst?", Nathaniel deutete mit einer Hand anklagend auf die verschlossene Tür, „Du willst mir weismachen, dass dieses Schauspiel völlig normal für dich war? Und, dass dir nicht aufgefallen ist, wie schafsköpfig du dich benommen hast?"
Kopfschüttelnd hob ich beide Klauen, um Nathaniel zum Schweigen zu bringen.
„Moment mal. Was meinst du überhaupt mit schafsköpfig? Ich habe nur ..."
„Schafsköpfig – weil du einfach den Kopf eingezogen hast, als sie dir ins Gesicht gesagt haben, dass sie dich einsperren wollen! Du hast ja nicht einmal versucht, ihnen zu zeigen, dass dir das nicht in den Kram passt!"
„Vielleicht, weil es mir perfekt in den Kram passt", erwiderte ich trotzig, „Ich hatte ohnehin vor, den Nachmittag hier zu verbringen."
„Ach ja?", Nathaniels Stimme klang spöttisch, „Und um was zu tun, wenn ich fragen darf?"
„Lesen."
Nathaniel sah mich mit hochgezogenen Brauen an.
„Bücher", wiederholte ich deshalb überdeutlich, „Bücher lesen."
Der Kristall lachte bis er bemerkte, dass ich schnurstraks auf ein Regal zuging und eines der darin aufbewahrten Bücher am Rücken daraus hervor zog. Beim Anblick des Einbandes wich sein Lachen einem entsetzten Gesichtsausdruck.
„Oh mein Gott, er meint das ernst!"
„Natürlich meine ich das ernst", gab ich ein wenig gelassener zurück. Den Schock in der Stimme des Kristalls genoss ich.

„Aber wollen wir nicht wenigstens noch ein bisschen reden?", versuchte dieser ein wenig verzweifelt, „Du hast bestimmt noch haufenweise Fragen!"
„Sicher", ich setzte mich wieder auf den Fußboden und lächelte von dort zu Nathaniel hinauf, „aber sagtest du nicht, dass wir noch so viel Zeit haben? Ich hab es nicht eilig und diese Lektüre hier ließt sich auch nicht von alleine."
„Toll. Und was soll ich solange machen?", fragte Nathaniel schmollend, „Ich werde unter keinen Umständen einen dieser Papierstapel auch nur in die Hand nehmen!"
„Dann übe dich in Geduld", entgegnete ich trocken, „Wir haben noch einen ganzen Tag zu überstehen."
Ein frustriertes Stöhnen war die Antwort.
„Von einer Qual in die nächste", hörte ich den Kristall leise murmeln und musste mir ein Grinsen verkneifen. Mit dem Kristall zu spielen, war eine gute Ablenkung.
„Weißt du überhaupt, was du da ließt?", grummelte Nathaniel in dem Moment und ich warf einen raschen Blick auf den Umschlag.
„Sicher. Das ist eine Pflanzenenzyklopädie."
„Studierst du Biologie oder so?"
„Nein. Ich interessiere mich nur für solche Themen. Hast du ein Problem damit?"
„Hätte ich nicht, wenn du dich wirklich dafür interessieren würdest."
„Woher willst du denn wissen, dass dem nicht so ist? Kannst du jetzt etwa auch noch hellsehen oder was?"
„Das nicht", erwiderte Nathaniel ein wenig verschmitzt, „Aber ich kann sehen, ob du lügst."
Einen Augenblick betrachtete ich Nathaniel noch, ohne ein Wort zu sagen, dann klappte ich das Buch wieder zu und legte es neben mich auf den Boden.

Ich hatte genau zwei Möglichkeiten – ausrasten und in Verzweiflung versinken oder so tun als sei es das Normalste der Welt. Ich entschied mich für Letzteres.
„Na gut. Du hast gewonnen. Dieses Buch interessiert mich absolut nicht."
„Sag ich ja."
„Was schlägst du vor, was wir stattdessen tun?", fragte ich herausfordernd. Wenn ich mich schon an die Gesellschaft des seltsamen Dämons gewöhnen musste, dann würde ich gleich damit anfangen.
„Ich könnte noch ein paar meiner Fähigkeiten aufzählen, damit du ausnahmsweise nicht überrascht bist, wenn ich etwas kann, das du für einen Mythos hältst."
„Lieber nicht", ich winkte dankend ab, „Ich mag Überraschungen."
„Lüge", bemerkte Nathaniel mit blitzenden Augen. Ich nickte.
„Ich wollte nur sichergehen, ob nicht du mich belogen hast."
„Dass du überhaupt daran denkst, ich würde zu so etwas Gemeinem im Stande sein", Nathaniel schüttelte enttäuscht den Kopf, „So wird das nie was mit uns. Ein bisschen gegenseitiges Vertrauen wäre schon angebracht."
„Ich denke darüber nach."
„Okay. Sag Bescheid, wenn du fertig überlegt hast. Können wir jetzt los?"
Mein Augenlid hob sich überrascht und ich musterte Nathaniel prüfend.
„Wohin?"
„Na raus."
„Wir gehen nicht raus."

„Du willst hier drin bleiben? Wirklich? Den ganzen Tag?"
„So ist es abgemalt."
„Abgemacht!", Nathaniel schnaubte, „Das ich nicht lachen. Die haben doch nur gesagt, wir machen das so und du hast nicht widersprochen. Das ist für mich etwas anderes."
„Mag ja sein, dass dir das so vorgekommen ist, aber wir werden nicht raus gehen."
Nathaniels Augen fixierten mich, doch ich verzog keine Miene und bemühte mich um einen gleichgültigen, aber dennoch bestimmten Gesichtsausdruck.
„Du willst aber raus, stimmts!?", stichelte der Kristall schamlos weiter.
„Selbst wenn dem so wäre, würde das nichts daran ändern, dass wir hier eingesperrt sind."
„Ich könnte uns rausbringen."
„Du würdest damit nur Chaos stiften."
„Ich könnte uns raus bringen, ohne Lärm oder etwas kaputt zu machen."
„Das ist mir egal."
„Aber ich könnte ..."
Diesmal unterbrach ich den Überzeugungsversuch, ehe Nathaniel zu Ende sprechen konnte.
„Die Antwort lautet: Nein."
„Spaßbremse", schmollte Nathaniel und ließ sich mit den Rücken gegen die Wand fallen. Ich seufzte ergeben.
„Meinetwegen. Sei trotzdem still und warte."
Ich schlang die Arme um meine angezogenen Beine und legte meinen Kopf darauf ab, während ich mir einen Punkt an der Wand suchte, den ich anstarren konnte.

Was ich brauchte, war Ruhe zum Nachdenken. Denn in Zukunft würde ich mich wohl für einiges wappnen müssen und ich war mir noch unsicher, was genau ich davon wollte und was es strikt zu unterschlagen galt.

TEIL 4: Diener und Meister und gebastelte Götter

Sichlor

Sichlor hatte alles beisammen, was er brauchte.
Das Treffen sollte, falls sie nicht gestört wurden, friedlich ablaufen. Solange er davon aufging, dass seine ehemalige Freundin nicht ihn als unerwünschten Besuch abstempelte, sollten seine Vorbereitung also reichen.
Lange Zeit noch stand er in der Dunkelheit seines Zimmers und tat nichts außer unsicher die golden glänzende, runde Edelmetallscheibe mit ihrem eingravierten Zeichen dabei zu beobachten wie sie völlig unscheinbar in seiner halb geöffneten Klaue lag.
Obwohl es draußen taghell war und eine frische Brise durch die Stadt strich, war es in dem Zimmer dämmrig und stickig, durch die seit Tagen geschlossenen Fenster sowie einige schwere, schmutzige Stoffvorhänge, die den Innenraum vor allerlei neugieriger Augen verstecken sollten. Denn seit dem Vorfall im Hotel war Sichlor mit seiner Unterkunft noch vorsichtiger geworden. Etwas anderes konnte er sich nicht leisten. Dafür hatte er zu viele Feinde. Und mit einer Mission wie dieser würden es allerhöchstens mehr werden.
Entschlossen ließ er den Sanguis mit seinem verfluchten Unendlichkeitszeichen wieder in einer seiner Taschen verschwinden und ging ein letztes Mal

sein restliches Reservoir an Dingen durch, auf die er bei aller Güte auch heute nicht verzichten konnte – drei Messer, eine Rauchbombe, der Schocker an seinem Handgelenk, ein dünnes Seil aus dehnbarem Kabel, eine Uhr, einen Kompass, ein Stück Draht und natürlich sein winziger, spitzer Dolch, welcher nicht selten bereits sein letztes Ass in einem Kampf gewesen war. Das waren die wichtigsten Utensilien. Mehr brauchte er nicht. Nicht für heute Abend.
Er trat an die Tür und griff nach der Klinke, verharrte jedoch gleich darauf in der Bewegung und lauschte auf jedes noch so kleine Geräusch, das jemanden hinter der dünnen Holzwand hätte verraten können. Erst nachdem er sicher war, dass der Hausflur verlassen lag, schlüpfte er durch einen dünnen Türspalt nach draußen und eilte die Treppe nach unten.
Bis zum Abend waren es noch ein paar Stunden. Bis dahin sollte er in Bewegung bleiben.

Ich, du und ein Raum voller Waffen

Kennt ihr das, wenn Zeit sich ins Unendliche zieht und einfach nicht verstreichen will?

„Okay, das reicht!"
Ich blickte überrascht auf, als ich Nathaniels Stimme hörte. Zehn Minuten hatte der Kristall es mehr oder weniger erfolgreich geschafft, still zu sein, doch nun schien die Rastlosigkeit ihn zu übermannen.
„Was soll das heißen?", erwiderte ich, ohne mich von meinem Platz zu erheben, während Nathaniel bereits auf die Tür zustrebte.
„Das heißt", verkündete er bestimmt, „Dass ich genug gewartet habe. Ich gehe raus – mich ein wenig umsehen."
Mit einem Satz war ich auf den Beinen.
„Das kannst du nicht einfach machen!"
„Natürlich kann ich."
„Draußen wirst du sofort gesehen werden und dann haben wir richtig Ärger am Hals!"
„Falsch", konterte Nathaniel grinsend, „Wenn überhaupt hast du richtig Ärger am Hals."
Ich biss wütend die Zähne zusammen.
„So wie ich dich verstanden habe, hättest du den Ärger gleich mit mir."
„Nicht unbedingt", meinte Nathaniel abwägend, „Das hätte ich, wenn du besser in deinem Job wärst."

Zorn flammte in meiner Brust auf. Ich ballte wider Willen meine Klauen zu Fäusten.
„Du wirst jetzt nicht ..."
Es krachte als Nathaniel die Tür mit einem Ruck aus den Angeln riss und sie anschließend neben sich zu Boden fallen ließ. Meine Worte erstarben mir auf der Zunge und ich starrte mit offenem Mund auf den nunmehr sperrangelweit geöffneten Ausgang. Erst nach ein paar Sekunden brachte ich einen unbeholfenen Satz zustande.
„Du hast doch gesagt, du könntest hier raus, ohne etwas kaputt zu machen ..."
„Richtig", Nathaniel nickte zustimmend, „Aber da du das alles nicht gut genug fandest, dachte ich, ich mach´s mal auf meine Art."
„Das geht nicht! Du musst ...", setzte ich in einem Anflug von Panik an, doch Nathaniel ließ mich nicht zu Wort kommen.
„Stell dich nicht so an", rügte er mich ungeduldig, „Lass uns erstmal von hier verschwinden."
Einen Augenblick rang ich noch mit meiner Vernunft. Doch ihr gegenüber stand ein Wunsch, der mich schließlich nachgeben ließ.
„Wo willst du denn hin?", erkundigte ich mich betont beiläufig, doch Nathaniel musste gemerkt haben, dass ich den Köder geschluckt hatte. Er grinste wissend.
„Einer deiner Freunde hat von einem Training gesprochen, das durch seiner Abwesenheit leider ausfallen muss. Ich dachte, wir nutzen die Zeit sinnvoll und du lässt dir von mir ein paar Tricks beibringen."
„Du meinst Tricks, wie man unsichtbar wird und Barrieren erschafft?"

„Ich dachte für heute eher an etwas weniger Anstrengendes mit mehr Bewegung", wehrte der Kristall ab, „Für dieses Thema nehmen wir uns ein andermal Zeit. Da gibt es scheinbar noch eine Menge Redebedarf."
Er schlenderte nach draußen und bevor ich mich bremsen konnte, lief ich ihm hinterher den Gang hinunter. Dabei spürte ich das unruhige Schlagen meines Herzens in meiner Brust und die ständige Sorge, jemand könnte unversehens aus einem der abzweigenden Gänge auftauchen und mich an der Seite des Dämons entdecken. Ich malte mir die zuerst bestürzten, dann aufgescheuchten Gesichter aus, bis alle zu einem grotesken Gemälde verwoben waren. Da war ein lachendes Auge gefüllt mit Furcht – eine wütende Stirn – ein verwirrtes Zucken – ein gehobener Mundwinkel – und der Blick war so fragend – der Mund fest zusammengepresst – das Gesamtbild panisch.
Rasch versuchte ich, meine Gedanken zu klären und beobachtete stattdessen Nathaniel, welcher entspannt und munter mitten durch die Flure schlenderte. Im Gegensatz zu mir verkörperte er vollkommene Sorglosigkeit. Sein Schritt war wippend und beschwingt.
„Wir sollten lieber etwas vorsichtiger sein", merkte ich an, als ich es nicht länger aushielt, den Mund zu halten.
„Ich bin doch vorsichtig", erwiderte Nathaniel und warf einen raschen Blick über die Schulter. Ein Stirnrunzeln glitt über sein Gesicht, während er mich eingehend musterte.
„Du siehst aus, als hättest du einen Stock verschluckt", bemerkte er und drehte sich um, sodass

er nun rückwärts vor mir her lief, „Nimm dir ein Beispiel an mir und entspann dich. Hier ist niemand. Also tu nicht so, als würde gleich einer mit'nem Messer auf dich losgehen."
„Ich bin entspannt", gab ich zurück und lockerte dabei betont lässig meine Schultern.
Nathaniel lachte.
„Goldig! Ganz ehrlich: Mit dir Zeit zu verbringen, hatte ich mir stressiger vorgestellt."
Unsicher, was ich erwidern sollte, zögerte ich mit einer Antwort. Doch Nathaniel nahm mir das Sprechen ab, indem er abrupt anhielt und sich zu einer Tür drehte, die ich als Eingang zum Trainingsraum identifizierte, den Leo mit mir häufig aufsuchte.
„Aha!", rief er triumphierend aus, „Da sind wir ja!"
„Warte!", setzte ich hastig an, doch zu spät – Nathaniel hatte die Tür bereits aufgerissen und hüpfte mit einem freudigen Jauchzen über die Schwelle.
Ich blieb im Flur stehend zurück wie versteinert. Dabei wartete ich auf verwirrte Stimmen anderer Trainierender, wenn sie den Unbekannten entdeckten. Es blieb jedoch still. Vorsichtig trat ich einige Schritte vor und späte um die Ecke in den Trainingsraum, welcher zu meiner Erleichterung, bis auf die Trainingsgeräte und einen begeistert herumrennenden Nathaniel vollkommen leere war.
Mit zwei schnellen Blicken in beide Richtungen des Ganges huschte ich ebenfalls hinein und schloss die Tür hinter mir. Erst dann ließ ich mich erleichtert mit dem Rücken an die Wand fallen.
„Das ist ja der Hammer!", rief Nathaniel gerade. Seine dunklen, begeistert glitzernden Augen erkundeten den Raum von oben bis unten. Ich dagegen verengte meine zu kühl glänzenden Schlitzen.

„Das war ganz schön riskant!", knurrte ich grimmig, doch der Kristall wollte davon nichts wissen.
„Ganz im Gegenteil", er schenkte mir sein breitestes Lächeln, „Das, was jetzt kommt, wird riskant."
Damit setzte er sich in Bewegung und strebte gezielt auf die gegenüberliegende Wand zu. Missbilligend verschränkte ich die Arme vor der Brust.
„Du kannst von Glück reden, dass uns niemand gesehen hat!"
„Mit Glück hatte das nichts zu tun", behauptete Nathaniel, ohne sich umzudrehen.
Ich war noch dabei, über die Worte nachzudenken als der Kristall sein Ziel erreicht hatte. Mit einem zufriedenen Laut zog er ein glänzendes Schwert aus dessen metallener Halterung und ließ es in einer Hand rotieren. Dabei bewegte er sich so geschmeidig, als wäre die Klinge längst ein ganz natürlicher Teil seines Körpers. Ich vergaß meine Überlegungen auf der Stelle.
Mit einer ausholenden und bedächtigen Bewegung führte Nathaniel die Hand mit dem Schwert nach vorne, bis die Spitze der Klinge geradewegs auf meine Brust deutete. Er sah aus wie ein Künstler, der eine lang geprobte Choreographie einleitete. Ich selbst rührte mich nicht. Ich war zu angetan von der zur Schau gestellten Präzession, um mir Sorgen darüber zu machen, ob es vielleicht gefährlich sein könnte, mich mit dem wahnsinnigen Dämon in einem Raum voller scharfer Messer und geladener Pistolen aufzuhalten.
„Age!", forderte dieser da auf einer Sprache, die ich nicht verstand. Dabei leuchtete ein Glitzern in seinen

Augen auf, dass mich zur Vernunft brachte und das vertraute Misstrauen weckte.

„Was bedeutet das?... Kannst du das Schwert runter nehmen?"

Nathaniel legte den Kopf schief, ohne dass der Rest seines Körpers eine Regung zeigte. Er öffnete den Mund, als würde er etwas sagen wollen, schloss ihn jedoch wieder und betrachtete mich prüfend.

„Was?", fragte ich ungewollt barsch, „Antwortest du bitte auf meine Fragen?"

Nathaniel stieß einen Laut aus, der sowohl an ein ungläubiges Schnauben, als auch an ein unterdrücktes Lachen erinnerte.

„Hast du gerade *bitte* gesagt?", fragte er endlich, wobei er seinen Arm mit dem Schwert so plötzlich fallen ließ, dass die metallene Klinge klirrend auf dem Boden aufkam. In seiner Stimme schwang so viel Ungläubigkeit und Erstaunen mit, dass ich selbst verwirrt und verunsichert zu einem kaum sichtbaren Nicken ansetzte.

„Das ist doch nicht zu fassen", murmelte der Kristall kopfschüttelnd, „Erst schmeißt er mit Befehlen um sich und jetzt das!"

„Aber ...", setzte ich an, wurde jedoch sogleich von Nathaniel unterbrochen.

„Vergiss es! Schnapp dir einfach eine Waffe und komm her. Ich will dich kämpfen sehen!"

Nathaniel

In meinem ganzen Leben war mir nie jemand begegnet, der so miserabel mit einem Schwert umgehen konnte.
Das war nicht übertrieben. Ganz im Gegenteil. Es war in jeder Hinsicht beunruhigend zutreffend. Die Technik des Jungen war erbärmlich. Wer auch immer bisher sein Trainer gewesen war, hatte entweder furchtbar schlechte Arbeit geleistet oder war selbst ein äußerst zu bemitleidendes Individuum.
Beim ersten Mal hatte es mich nur zwei schnelle Schläge gekostet und der Junge war zurückgetaumelt, als hätte ich ihm mein Metall zwischen die Rippen gestoßen. Als ich ihn dazu aufforderte, sich zu verteidigen, hatte er einige klägliche Versuche gestartet, an denen er jedoch ein ums andere Mal gescheitert war. Bei jedem Angriff hatte ich aufpassen müssen, ihm nicht aus Versehen den Kopf abzuschlagen oder sein Herz zu durchbohren. Zudem kam er schnell außer Atem und war bedauerlich schwach, aber vor allem unkoordiniert. Anfangs hatte ich noch die Hoffnung, er müsse sich erst an meinen Kampfstil gewöhnen. Bei genauerer Beobachtung war mir jedoch rasch klar geworden, dass er schlicht und einfach keine Spur von Talent oder Können besaß. Dass er dennoch seinen Trotz beibehielt, entblößte eine Arroganz, die ich von ihm nicht erwartet hatte.

Sie hielt mich jedoch gekonnt bei Laune, bis der Junge zu erschöpft war, als dass es sich gelohnt hätte, meine Waffe ein weiteres Mal gegen ihn zu erheben. Er war kein Kämpfer. So viel war nach dem heutigen Nachmittag jedenfalls klar. Das brachte mich jedoch in eine problematische Lage: Ich würde eine Strategieänderung brauchen.
Als ich über viele Monate hinweg meine Spielchen mit meinem neuen Meister geplant hatte, hatte ich nicht die Möglichkeit in Betracht gezogen, es könne sich dabei um einen ungeschickten, naseweisen Drachenjungen handeln, der nicht einmal einen echten Namen besaß und mich mit Bitten dazu bringen wollte, seinem Willen nachzukommen.
Auch wenn es bedauerlich war, kamen mir meine gemeinen Pläne angesichts dessen nicht länger angemessen vor.
Andererseits war an dem Verhalten des Jungen auf jeden Fall etwas faul.
Trotz der Tatsache, dass in seinen Adern wahnsinnig viel und lebendige Magie zu fließen schien, hatte er keinen blassen Schimmer davon. Zudem benahm er sich so beeindruckend einfältig, dass ich mich bereits duzende Male gefragt hatte, ob er es vielleicht irgendwie schaffte, mich hinters Licht zu führen.
Denn falls er mich belog, war es mir nicht aufgefallen. Anders gesagt: Entweder er sagte die Wahrheit oder er war verdammt gut. Zu gut.
Und aus welchen Beweggründen sollte er mich täuschen wollen?
Es ergab keinen Sinn, mich zu belügen, jetzt wo er in der Lage war, mich nach seiner Pfeife tanzen zu lassen wie eine mit Fäden gefangene Marionette. Dahinter steckte keine erkennbare Logik, außer es wäre Teil

seines ganz eigenen Spiels, hinter dessen Regeln ich nur noch nicht gekommen war.

Diese Möglichkeit wies jedoch so viele Lücken auf, dass ich die andere als wahrscheinlicher in Betracht zog. Die wiederum ließ vorerst nur eine Frage offen: Wie es sein konnte, dass jemand so viel Macht in sich trug, ohne davon zerfressen zu werden, geschweige denn überhaupt Notiz davon zu nehmen?

Wenn alles, was der Junge bisher von sich preisgegeben hatte, stimmte, war er nach meinen Kriterien ein an heile Welt glaubender Grünschnabel, welcher noch eine Menge zu lernen hatte und ganz nebenbei, ein wandelndes Pulverfass. Das waren nicht die angenehmsten Eigenschaften, wenn man bedachte, dass er ungeachtet dessen mein neuer Meister war – kein Kriegsführer, kein Meuchelmörder oder ein machtdurstiger Psychopath, sondern einfach nur dieser kleine Junge – ein Kind der Königsrasse, das sich kaum noch mehr von dieser unterscheiden könnte.

Die Verbindungsstelle

Tick, tack. Tick, tack.
An diesem Geräusch könnte man abzählen, wie
schnell die Zeit in Sekunden vergeht.
Manchmal versuchen wir, die Zeit durch Einheiten zu
gliedern.
Unsere Zeit vergeht aber immer gleich.
Warum wir die Einheiten trotzdem nötig haben, liegt
allein an unserer Wahrnehmung.
Deine Welt ist nicht echt.
Sie ist höchstens eine unvollständige und verzerrte
Version daraus.

Mir tat alles weh.
Obwohl das Training mit Nathaniel erst vor wenigen
Minuten ein Ende gefunden hatte, schmerzte mir jeder
einzelne Muskel.
Im Zimmer angekommen, schleppte ich mich daher
bloß ein, zwei Schritte in den Raum hinein, um mich
sogleich dankbar nehmen der herumliegenden
Pflanzenenzyklopädie auf den Steinboden fallen zu
lassen. Bei den Trainingseinheiten mit Leo hatte ich
allerhöchstens am nächsten Tag einen Muskelkater
gehabt, aber die heutige Verausgabung ließ mit ihren
Folgen nicht auf sich warten.
Ich wollte nicht wissen, wie ich mich morgen fühlen
würde. Während des Kämpfens hatte ich jegliches
Gefühl für Zeit verloren, da ich zu sehr damit

beschäftigt war, die präzisen Schläge des Kristalls abzuwehren. Diesem hatte es offensichtlich Freude bereitet, mich durch die Gegend zu scheuchen und auf Fehler hatte mich nur aufmerksam gemacht, wenn er mich provozieren wollte. Denn bei ihm sah alles wahnsinnig leicht aus.
Als ich probehalber eine Klaue öffnete, zog sich dumpfer Schmerz durch den Arm, bis in meine Schulter.
Wenn man mich gefragt hätte, wieso ich mit mir spielen ließ und wieso ich mir nicht mehr Sorgen machte, hätte ich keine Antwort gehabt. Genauso wenig wie ich eine Antwort auf die Frage wusste, was der eigensinnige Dämon vorhaben könnte. Sollte er nämlich mit allem, was er gesagt hatte, recht behalten, hatte er die Gebrauchsanweisung zu seiner Versklavung so bereitwillig vor mir ausgerollt, als würde er sich ganz gezielt mit mir anlegen wollen. Außer er glaubte nicht, dass ich Gebrauch davon machen würde – womit er nicht unrecht hätte. Ich fand keinen Gefallen daran, ihn zu quälen.
Geistesabwesend schlug ich die Enzyklopädie auf und begann darin herum zu blättern.
Wollte ich ihm vertrauen?
Wollte ich versuchen, ihm zuzuhören und seine Welt zu verstehen?
Wollte ich ihn überhaupt hier haben?
Denn so, wie ich es verstanden hatte, konnte ich ihm einfach den Befehl geben, zu verschwinden und nie mehr wiederzukehren.
Dass ich diese Entscheidung fällte, hielt ich jedoch für unwahrscheinlich. Bis auf die eine oder andere fragwürdige Eigenschaft fand ich den Kristall nämlich ausgesprochen sympathisch.

Außerdem wollte ich unbedingt mehr erfahren –
wollte seine Welt sehen und verstehen lernen. Sie
schien etwas mit mir zu tun zu haben – durch meine
Eltern, die Magie, meine Zugehörigkeit zur
Königsrasse und den Krieg – und hatte somit Einfluss
in der Vergangenheit, in meiner Gegenwart und wie es
aussah, auch in der Zukunft.
Das Wissen wäre damit eine Verbindungsstelle und
genau das, wonach ich gesucht hatte. Es würde
bedeuten, dass ich meine Vergangenheit und mein
Jetzt nicht mehr scharf voneinander trennen müsste.
Bei dem Gedanken spürte ich mein Herz in einem
ungewohnt freudigen Rhythmus in meiner Brust
schlagen und ich schloss die Augen, um mich dem
Glücksgefühl völlig hinzugeben.
Wollte ich Nathaniel also vertrauen?
Ich hörte die Worte des Kristalls als sie sich in meinen
Gedanken wiederholten.
Ein bisschen gegenseitiges Vertrauen wird schon nötig sein.
Ein bisschen. Auch wenn es noch eine Weile dauern
würde, war es einen Versuch wert.
Ich schlug die Augen auf und warf von meinem Platz
aus einen Blick auf den Kristall, welcher schlendernd
den Inhalt der Regale betrachtete. Er hatte die Arme
locker auf dem Rücken verschränkt und sein Blick
zeigte ein Interesse wie bei einem Kunstliebhaber,
umringt von zahlreichen teuren Werken. Ich runzelte
die Stirn.
Bis eben war mir gar nicht der Gedanke gekommen,
ihn selbst zu fragen, was er wollte.
Doch auch wenn ich sein neuer Meister war, sollte er
meinetwegen nichts tun, was gegen seinen Willen war.

Wir werden also verhandeln müssen, schoss es mir durch den Kopf.
Ich konnte noch keine Entscheidung treffen.
Er würde mir erst erklären müssen, was er wollte.

Sichlor

Die Sonne schien abendlich rot, als Sichlor endlich den Balkon des kleinen Restaurants betrat. Sein Blick fiel auf die schwarze Taschenuhr, welche er bei seinen Messern und den anderen unverzichtbaren Dingen an seinem Brust- und Hüftgurt befestigt hatte. Der Zeiger tickte gerade auf acht Uhr zu. Perfekt. Er war pünktlich - wie es sich gehörte.
Mit einem zufriedenen Lächeln verstaute Sichlor die Uhr wieder in ihrer kleinen Tasche. Auf viel Gepäck verzichtet zu haben, hielt er inzwischen für angebracht. Er war schließlich nicht im Auftrag hier. Daher war es durchaus verzeihbar, dass er seine übrigen Sachen mitsamt seinem Bogen im Zimmer zurückgelassen hatte.
Wie er sich eingestehen musste, war es zwar ein seltsames Gefühl, aber dadurch irgendwie aufregend. Das machte den Abend schließlich so schön. Das, und die Gesellschaft, die ihn bereits erwartete.
Sichlor ließ sich Zeit. Er zog seinen Gurt noch einmal fest und schlenderte schließlich an einigen Tischen vorbei über den Balkon. Die Plätze waren alle unbelegt. Natürlich. Er grinste.
Es kam nicht selten vor, dass die Leute mit denen er sich traf, für seinen Geschmack wahnsinnig übervorsichtig waren. Kopfschüttelnd lief er weiter. Der Balkon war lang und führte um eine Hausecke

herum. Sichlor ging in aller Ruhe darauf zu und bog ab als er am äußersten Rand eine schlanke Gestalt an einem der Tische direkt neben dem Geländer, entdeckte.

Als diese ihn kommen sah, wandte sie sich von dem Anblick der untergehenden Sonne ab und ihm zu und er musste eine Klaue vor die Augen heben, um das vertraute Gesicht gegen das blendende Abendrot zu erkennen. Das Lächeln auf seinem Gesicht wurde breiter und er hob von weitem grüßend die zweite Klaue. Kurz drauf war er am Ende des Balkons angekommen und blieb stehen.

„Na sowas", sagte er spielerisch überrascht und grinste, „Was für eine Ehre mir heute Abend noch zuteilwird."

Er deutete eine Verbeugung an, doch als er aufblickte, schien sein Gegenüber nicht im Mindesten beeindruckt.

„Mach dich nicht lächerlich und setz dich, Sich. Ich bin nicht wegen dir hier", erwiderte die scharfe Frauenstimme, welche Sichlor nur allzu vertraut war, „Du sagtest, du hättest Informationen für mich."

Sichlor seufzte theatralisch, ließ sich dann jedoch ohne Widerworte auf einen der Stühle fallen.

„Hallo, Lienora", begann er freundlich und tat dabei so, als habe der vorige Wortwechsel noch gar nicht stattgefunden, „Freut mich auch, dich wiederzusehen. Ist schließlich inzwischen schon eine Weile her! Oder, was denkst du? Waren es zwei ... oder sogar drei Jahre?"

Lienora sah ihn an. Ihre Miene war so finster, wie Sichlor es seit jeher in Erinnerung hatte.

„Definitiv nicht lang genug."

Er lachte amüsiert.

„Ach ja, charmant wie immer. Deshalb habe ich dich vermisst, weißt du?"

„Du bist ein Idiot, Sich. Hör bitte auf mich hinzuhalten", gab Lienora genervt zurück. Sie legte eine ihrer Klauen ruhig auf den Tisch vor sich. Ihre Schuppen leuchteten im Licht der Sonne in allen Farben und Sichlor fiel es schwer, zu glauben, dass so ein Körper Eigentum einer Persönlichkeit mit einem derart respekteinflößenden Todesblick sein konnte. Er musterte sie einen Moment schweigend, dann lehnte er sich zurück und verschränkte entspannt die Arme vor der Brust.

„Ich kann dir deine Fragen beantworten", meinte er mit einem kleinen Lächeln, „Aber dann möchte ich davor gerne sichergehen, dass du mich auch ausreichend für meine Dienste bezahlst."

Lienora hob ein Augenlider, blieb jedoch sonst ungerührt.

„Nenn mir einfach die Summe", antwortete sie genauso kühl wie vorher und Sichlor wiegte nachdenklich den Kopf hin und her.

„Ich will kein Geld. Das ist schwer transportabel und brauchen kann ich es eigentlich auch nicht."

„Gut", Lienora nickte verständnisvoll, „Was willst du dann?"

Sichlor zögerte.

„Was denkst du denn?"

„Woher soll ich wissen, was jemand wie du in seinem Leben brauchen sollte. Du stiehlst doch ohnehin alles."

Sichlor tat als würden ihn ihre Worte tief erschüttern.

„Bitte? Was denkst du bloß von mir?", er schüttelte enttäuscht den Kopf, doch schließlich zuckte er mit den Schultern, „Manche Dinge kann man nun mal nicht stehlen."

Lienora seufzte.

„Schluss mit dem Ratespiel", bestimmte sie schroff, „Sag mir einfach, was du brauchst."

Sichlor betrachtete sie gleichmütig.

„Ich brauche nicht viel. Ich würde mich sogar schon mit einem kleinen Lächeln und dem ein oder anderen netten Wort zwischen uns begnügen."

Er lächelte und Lienora schüttelte kaum merklich den Kopf.

„Unmöglich", murmelte sie, doch Sichlor entging nicht, dass sie sich tatsächlich ein Schmunzeln verkneifen musste.

„Na also", rief er begeistert und seine Augen strahlten, „Du hast es noch nicht verlernt! Und hoppla ... Lächeln steht dir."

„Sei kein Schleimer." Lienora lehnte sich in ihrem Stuhl zurück.

„Wie war das?", Sichlor tat, als würde er gespannt auf etwas lauschen, „Waren das nette Worte?"

Lienora verdrehte die Augen.

„Wenn du weiter so ein Theater machst, werde ich wohl meine Langschwerter zur Hand nehmen müssen. Dabei hatte ich mir eigentlich geschworen heute Abend auf diesem wunderschönen Balkon kein Blut zu vergießen."

„Guter Vorsatz", Sichlor reckte einen Daumen und nickte zur Bekräftigung seiner Worte, „Weiter so. Es ist wirklich nicht gut, seine Vorsätze leichtfertig aufzugeben."

„Das sehe ich genauso", erwiderte Lienora eine Spur freundlicher und als sie fortfuhr, breitete sich sogar ein schmales Lächeln auf ihrem Gesicht aus, „Das

wäre wirklich Verschwendung. Für dich würde ich aber eine Ausnahme machen."
Sichlor ließ den Daumen sinken.
„Tja, was bin ich nur für ein Glückspilz."
„Wie auch immer", Lienora stieß einen kurzen, ergebenen Seufzer aus, „Lass uns reden. Du hast natürlich Recht. Wir sehen uns grandioserweise nur noch sehr selten und jetzt, wo du es sagst, werde ich schon ein bisschen neugierig. Was treibt denn so ein Energiebündel wie du in einer so langen Zeit, wenn man es von der Leine lässt?"
„Bin ich ein Hund?", murmelte Sichlor halblaut, doch Lienora ignorierte seine Bemerkung.
„Also?", harkte sie unbeirrt nach, „Wie ist das Leben so als einsamer Wanderer? Führst du schon Selbstgespräche oder kommt das noch?"
„Wovon redest du?", Sichlor war verwirrt, „Wieso sollte ich ... Selbstgespräche führt doch jeder mal! Das bedeutet nicht, dass ich nicht mehr ganz richtig im Kopf bin!"
„Davon rede ich doch gar nicht", erwiderte Lienora beschwichtigend, „Ich meine nur, dass du dich bestimmt einsam fühlen musst oder hast du in letzter Zeit einen Haufen neuer Freunde gefunden?"
„Wir sind Freunde", gab Sichlor mit verschmitztem Lächeln zurück, „Von solchen Freunden habe ich eine Menge."
Lienora sah ihn eine lange Weile an und nickte langsam.
„Hoffnungslos", meinte sie schließlich, „Definitiv hoffnungslos."
Mit diesem Satz wurde es auch Sichlor zu viel.
Wütend beugte er sich über den Tisch zu ihr hinüber und funkelte sie zornig an.

„Was soll das? Willst du mich wirklich mit Absicht provozieren? Ich komme gut klar, falls es das ist, was du wissen willst. Und meinem Verstand geht es auch bestens!"

„Schon gut", Lienora hob beschwichtigend die Klauen, „Ich wollte dich nicht angreifen. Ich mache mir nur Sorgen - so unter Freunden."

„Okay", Sichlor holte tief Luft und ließ sich langsam zurück auf seinen Stuhl sinken. Er musste ruhig bleiben. Lienora hatte die anstrengende Gewohnheit seine Geduld so oft auf die Probe zu stellen, bis es ihn wahnsinnig machte. Das durfte heute Abend nicht sein. Er hatte schließlich diesmal die Zügel in der Hand, denn ohne ihn bekam sie gar nichts.

Er lächelte wieder, auch wenn es diesmal etwas frostig war.

„Man könnte sagen, ich habe meine Berufung gefunden", begann er deutlich gefasster als zuvor, „Und das ist super. Ich komme eine Menge herum. Da hört man haufenweise interessante Sachen."

„Du bist Auftragskiller, Sichlor. Das ist keine Berufung."

„Für mich schon."

„Schon klar. Wolltest du mir mit dieser souveränen Kurzfassung deines Lebens etwa den Anstoß geben, ebenfalls ein wenig aus dem Nähkästchen zu plaudern?"

„Du hast es erfasst."

„Ich bin wirklich gerührt von deinem Interesse."

„Mein Interesse für dich ist weitaus vielseitiger, als du mir glauben würdest."

„Deshalb halten wir ja Abstand. Meins ist für dich nämlich nicht halb so groß. Trotzdem weiß ich nun mal was für Vorteile du mir versprichst."

Sichlor verzog das Gesicht. „Autsch. Warum verletzt du mich?"
Lienora zuckte die Schultern. „Redet man so in diesem Job nicht ständig mit dir?"
„Können wir unser Gespräch hier bitte beenden? Du bist unausstehlich."
„Gerne doch. Heißt das, wir können uns jetzt den wirklich wichtigen Dingen zuwenden?", fragte Lienora gut gelaunt und Sichlor stöhnte genervt, „Du hast es eben schon einmal erwähnt: Man hört eine Menge interessante Sache als Söldner. Was wäre das denn zum Beispiel?"
„Nein", Sichlor schüttelte entschieden den Kopf und Lienora sah ihn fragend an.
„Was, nein?"
„Nein, du bekommst deine Informationen nicht. Du hast lausig bezahlt", gab Sichlor trocken zurück und stand von seinem Platz auf, „Vielleicht finde ich ja einen besseren Abnehmer. Einen schönen Abend noch."
Mit diesen Worten wandte er sich ab, doch ehe er davongehen konnte, stand Lienora plötzlich vor ihm und legte sachte eine Klaue auf seine Brust.
„Warte", ihre Stimme war mit einem Mal weniger schneidend und Sichlor blieb widerwillig stehen.
„Was?", fragte er grob und starrte dabei hoch in den Himmel.
„Bleib hier", entgegnete Lienora und Sichlor verkniff sich ein abfälliges Schnauben.
„Wieso sollte ich?"
„Es tut mir leid."
Mit einem überraschten Blinzeln sah er zu Lienora hinab und starrte sie ungläubig an.
„Wie war das?"

Lienora seufzte.

„Ich sagte: Es tut mir leid. Ehrlich. Das war nicht fair von mir."

Sichlor zögerte kurz.

„Stimmt", antwortete er schließlich nur und achtete auf Lienoras Klaue, welche immer noch auf seinem Brustkorb ruhte, „Du bist nie sonderlich freundlich."

„Ja", Lienora lachte unfroh, „Ich habe aber auch nie behauptet, ich sei gut darin."

„Das wäre auch eine Lüge."

Lienora nickte.

„Wie wahr. Aber ich werde mir Mühe geben, mich zu beherrschen. Das heißt nicht, dass ich deine sogenannte Berufung jetzt mehr zu schätzen weiß oder dich von Grund auf erträglicher finde, aber ich werde ab jetzt nicht mehr darauf herumhacken", sie seufzte und murmelte dann leise, „Es wird sich ja doch nichts daran ändern."

„Na gut. Heißt das, du erfüllst meine Erwartungen?"

„Es ist mir wichtig, Sich, dass du mir die Informationen gibst!", betonte Lienora diesmal sehr ernst und Sichlor sah sie einen Moment lang schweigend an.

„Ist das klar?", Lienoras Blick wurde drängender, „Das ist kein Scherz, Sich. Ich meine das so."

„Ich weiß", Sichlor lächelte, „Du hast dich eben bei mir entschuldigt. Das hättest du nie gemacht, wenn es dir nicht wichtig wäre."

„Richtig. Also ..."

„Du musst dich einfach mal entspannen", unterbrach Sichlor sie plötzlich, „Ich meine, komm schon Schätzchen - du bist immer nur mit deinen Gedanken bei deinen hundert Aufgaben und Verpflichtungen. Komm mal im Moment an. Ich werde dir schon sagen,

was du wissen willst. Aber dann musst du mir auch die Zeit geben, ein paar Worte mit einer alten Freundin zu wechseln."
Lienora schloss die Augen.
„Warum kann ich dich nur so gut leiden, obwohl du mit Sicherheit einer der größten Idioten dieses Planeten bist?"
„Gute Frage. Wieso lasse ich mich freiwillig von meinem hohen Niveau herab und höre dir zu? Manchmal steht die Welt einfach kopf."
„Wohl wahr, denn wie könnte es sonst sein, dass du noch am Leben bist?"
Sichlor grinste, dann griff er nach Lienoras Klaue und hielt sie einen Moment lang fest, während er sie stumm musterte.
Zwar spürte er Lienoras Blick auf sich, doch er machte sich nicht die Mühe, aufzuschauen.
„Diese Schuppen sind wahnsinnig schön", meinte er nach einer Weile mit einem kleinen Lächeln, ehe er Lienora den Sanguis in die Klaue drückte, „Egal, was du tust, pass auf, dass du keinen Scheiß machst."
Er ließ ihre Klaue los.
Lienora sah sich die Münze genauer an.
„Ist es das, wofür ich es halte?"
„Wahrscheinlich."
„Aber das ist doch irre", sie schaute auf und Sichlor erwiderte ihren Blick mit einem Schulterzucken, „Wer …?"
„Ich habe keine Ahnung wieso es passiert, aber die Leute reden wieder. Man schnappt das Gesprächsthema praktisch überall in den Kneipen auf."

„Was sagen sie, Sichlor!?", harkte Lienora ungeduldig nach. Ihre Stimme klang aufgeregt. Sichlor überlegte kurz.

„Sie sprechen wie damals von ihrem *Erlöser*. Es ist total wirres Gerede. Einige stecken die Köpfe zusammen, um nicht gehört zu werden. Die Bewegung gedeiht im Geheimen. Es ist beinah, als würde tatsächlich jemand die Strippen ziehen."

„Das ist nicht gut", murmelte Lienora zu sich, „Das ist überhaupt nicht gut."

„Du sagst es. Selbst mir bereitet das Sorgen und du kennst mich - das kommt nicht oft vor."

Lienora nickte, dann sah sie plötzlich auf.

„Danke, Sichlor. Jetzt weiß ich wenigstens, worauf ich gefasst sein muss."

„Kein Problem", Sichlor winkte ab, „Lass mich nur nicht der Grund sein, wieso du nachts nicht mehr zur Ruhe kommst."

Er sagte es scherzhaft, doch selbst ihm fiel es schwer, darüber zu lachen.

Sein Blick fiel auf die Münze in Lienoras Klaue. Sie war klein, leuchtete golden im beinah gänzlich hinter den Bergen verschwundenen Sonnenlicht und auf ihrer Vorderseite prangte das wunderschön geschwungene Unendlichkeitszeichen wie ein in Gold gegossener Fluch.

Das Leben hatte wahrhaftig eine Vorliebe für Ironie. Auf den ersten Blick würde niemand etwas Gefährliches hinter dieser geschmiedeten Kunst vermuten. Doch diejenigen, die den Krieg miterlebt hatten, wussten es besser.

Nathaniel

„Wie viel Uhr ist es?"
Ich blickte erfreut auf, als mein neuer Meister sich fragend an mich wandte.
Seitdem ich ihn im Trainingsraum nach Lust und Laune durch die Gegend gescheucht hatte, hatte der Junge eisern geschwiegen und ich hatte ihn gelassen, weil ich es viel zu amüsant fand, zu sehen, wie frustriert er über seine eigene Unbegabtheit war. Doch die Langeweile kehrte bereits wieder.
Gespielt nachdenklich klopfte ich mir mit dem Finger auf die Schläfe, während ich mich von den Regalen ab – und dafür dem Jungen zuwandte. Er hockte noch immer vor diesem dämlichen Buch und blickte abwartend zu mir auf.
„Meinem bisher untrüglichen Zeiteinschätzungsvermögen nach zu urteilen,...", begann ich absichtlich langsam, „müssten wir inzwischen ..."
Der Junge unterbrach mich.
„Die Tageszeit reicht auch schon."
Ich warf ihm einen finsteren Blick zu.
„Du hast wohl Zweifel an meinen Fähigkeiten!", das war eine Feststellung, keine Frage und der Junge bestätigte diese auch noch mit einem knappen Schulterzucken.

„Und wenn schon ... kriege ich jetzt noch eine Antwort?"
Unverschämt. Ich war kurz davor, verärgert den Kopf zu schütteln. Dabei spielte ich mit dem Gedanken, dem Jungen eine kleine Lektion zu erteilen – hielt mich aber nach allen Regeln der Kunst vorbildlich zurück. Ich war schließlich ein ruhiges Gemüt. Ganz zahm. Die Gelassenheit in Person. Und überhaupt nicht gekränkt. Nein. Mir ging es super.
Ich zog eine Augenbraue hoch und verschränkte mit düsterer Miene die Arme vor der Brust.
In der Regel war es so, dass meine neuen Meister meine Vorigen ganz gezielt umbrachten, da sie genau über meine Macht Bescheid wussten. Zwar wertschätzten sich mich dafür nicht, doch niemals hatten sie an meinen Fähigkeiten gezweifelt! Eher war es vorgekommen, dass sie mehr von mir verlangten als ich ihnen bieten konnte, was bisweilen immer in einem blutigen Schauspiel und sehr viel Schmerzerfahrung für mich geendet war. Für sie galt nur eins: Was sie sich vorstellen konnten, musste in meinen Möglichkeiten liegen.
Demnach war ich nun gleichermaßen verärgert, wie auch verwundert.
Dieser Junge hatte weder meinetwegen getötet, noch hatte er eine Ahnung von der Macht, die ich besaß. Ganz davon abgesehen, dass ich seinen Willen, mich zu etwas zu zwingen, problemlos mit einem Gegenstand in der Größe einer Erbse zerquetschen könnte.
„Kommt da noch was?"
Ich besann mich zu einer beherrschten Antwort. Noch musste ich mir überlegen, was ich mit ihm anfangen wollte. Ich hatte zwar nicht gelogen, als ich behauptet

hatte, ich könne ihn nicht aus eigener Hand töten, aber von einem Versehen war nie die Rede gewesen. Ich kannte meine Möglichkeiten. Andererseits hatte ich mich lange nicht mehr so amüsiert und außerdem war da dieses Verlangen ... dieser eigenartige Wunsch dem Jungen das Brett vom Gesicht zu reißen, dass entweder er selbst oder jemand anderes dort festgenagelt hatte.
„Spät", antwortete ich deshalb nur, „Aber leider nicht spät genug. Deine Freunde sind immer noch nicht zurückgekommen."
Der Junge strich beiläufig über den Einband des Buches.
„Stimmt, aber das macht ja nichts. Ihre Anwesenheit würde ohnehin nur stören."
Ich legte einigermaßen überrascht die Stirn in Falten.
„Ach ja? Was hast du denn vor, wenn ich mir diese Frage erlauben darf?", ein boshaftes Grinsen huschte über meine Lippen, „Sag bloß, du hast Lust auf eine zweite Runde ...?"
Doch der Junge schüttelte bloß den Kopf. Er sah mich ernst an und ich konnte förmlich spüren, wie meine Füße forderten, unruhig von einem auf den anderen zu treten. Ich blinzelte.
„Was soll das?"
„Ich denke, wir müssen reden", erklärte der Junge gerade heraus und ich hätte beinah entnervt die Augen verdreht.
„Plötzlich hast du also Zeit, mir deine Fragen zu stellen? Schonmal darüber nachgedacht, dass ich jetzt möglicherweise gar keine Lust mehr habe?"
Das war natürlich eine rein rhetorische Frage. Schließlich hatte es ihn nicht im Mindesten zu

interessieren, was ich wollte. Dennoch nickte der Junge.
„Doch. Genau deshalb müssen wir reden."
Jetzt verstand ich überhaupt nichts mehr. In meinem Kopf dröhnten bereits munter die Fanfaren, welche sich angesichts dieser verdrehten Situation endgültig von jeglicher Logik verabschiedeten. Ich zwang mich jedoch dazu, mir meine Überforderung nicht anmerken zu lassen.
„Soll heißen ...", setzte ich an und der Junge nahm die Überleitung bedenkenlos auf.
„...dass ich mich gefragt habe, was du willst."
Blinzeln. Schweigen.
„Aha", zu mehr war ich nicht im Stande, doch der Anstoß genügte.
„Genau", fuhr der Junge bestätigend fort, „Ich habe mich gefragt, was du tun würdest, wenn du nicht an einen Meister wie mich gebunden wärst."
Ich lachte schallend auf.
„Das ist leider völlig unmöglich, mein Lieber."
„Wieso das?"
„Weil es seit meiner ersten Beschwörung so vorgesehen ist und der Befehl nur von meinem ersten Beschwörer aufgehoben werden konnte."
„Konnte?", harkte der Junge nach. Eines musste ich ihm lassen. Wenn er wollte, war er ziemlich aufmerksam.
„Er ist tot", gab ich mit einem sanften Lächeln zurück, „Chance vertan. Mein Leben gehört nie nur mir selbst."
„Magst du es denn, einem fremden Willen zu unterstehen?"
Ich verzog verächtlich die Lippen.
„Natürlich nicht!"

„Na also", nun lächelte der Junge doch tatsächlich triumphierend, „Dann hast du dir doch sicher schonmal ausgemalt, was du tun würdest, wenn du ganz frei wärst. Oder?"
Ich zögerte einen Moment. Selbstverständlich hatte der Junge recht, denn ich hatte mir diese Situation mehr als tausend Mal immer und immer wieder auf unterschiedlichste Art und Weise ausgemalt. In der einen Version zog ich los und rächte ich mich nach und nach an allen meiner überlebenden Feinden. In der Nächsten schaffte ich es endlich, die Unterwelt zu besuchen, in der Dämonen für gewöhnlich nach ihrer Entlassung Zuflucht und Ruhe, sowie Gleichgesinnte suchten. Solange bis irgendein Idiot eines Tages eine Beschwörung zustande brachte, um den Bedauernswerten wieder an die Erde und seinen Willen zu binden. Dennoch blieben diese Vorstellungen eben nur alberne Tagträumereien und ich verspürte keine große Lust, diese dem Jungen aus freien Stücken zu schildern. Daher zuckte ich bloß mit den Schultern.
„Nicht wirklich."
„Wie du meinst."
Wie es aussah, wollte mein Meister sich mit dieser Antwort also nicht zufriedengeben.
Ich legte herausfordernd den Kopf schief.
„Das meine ich."
„Was wäre denn,", fuhr der Junge unbeirrt fort, „wenn ich dir befehlen würde, zu verschwinden und dich nie wieder bei mir blicken zu lassen, dir aber sonst alle Möglichkeiten offenlassen würde?"
Ich erwiderte einige Sekunden lang schweigend seinen zuversichtlichen Blick, in dem ich deutlich ein Funkeln erkennen konnte, das mir zuvor noch gar

nicht aufgefallen war und mich seltsamerweise sehr an ... Nein, das war ausgeschlossen.
„Ich würde wahrscheinlich warten."
„Okay", der Junge machte eine auffordernde Handbewegung, „Worauf?"
„Darauf, dass du getötet wirst und ich damit an einen neuen Meister gebunden wäre. Oder darauf, dass du es dir doch anders überlegst. Denn das würde definitiv passieren. Ich verspreche große Verheißung."
Bei den Worten zwinkerte ich ihm absichtlich aufreizend zu, aber auch diese Geste überging er kommentarlos.
„Ich werde dir jetzt noch genau zwei Fragen stellen", sagte er deutlich, „Erstens: Was willst du?"
Die Frage war eine Wiederholung und traf mich dennoch unvorbereitet, denn obwohl der Junge mit seiner Fragerei auf nichts anderes abgezielt hatte, hätte ich nicht damit gerechnet, dass es ihm so ernst war. Niemals hätte ich gedacht, diese Frage klar beantworten zu müssen.
Zwar wusste ich immer schon, was ich wollte, aber das hatte ich bisher nie durch Worte zum Ausdruck bringen müssen.
Ich blinzelte und ehe ich mich selbst zurückhalten konnte, hatte ich die einzige Wahrheit ausgesprochen, die mir spontan in den Sinn kam.
„Entscheidungen treffen."
Bei den Worten spürte ich ein aufgeregtes Kribbeln meinen Rücken hinaufkriechen und mir fiel auf, wie in das Lächeln des Jungen kaum wahrnehmbar etwas Erleichtertes trat.
Er nickte wie zur Bestätigung meiner Worte, erwiderte jedoch nichts und wappnete sich stattdessen für seinen letzten Zug.

„Zweitens:", er stockte und ich konnte sehen, wie er sich zur Gelassenheit zwang, „Willst du bleiben?"
Wieder Stille.
Meine Arme sanken wie von selbst nach unten, als ich mich entspannte und mein Mund sich ohne meine Zustimmung zu einer Antwort öffnete.
„Ja", formte er entgegen meinen Erwartungen, dann legte ich den Kopf schief und fügte mit einem Stirnrunzeln hinzu, „Du bist anders. Ich hab Lust auf anders."
Und diesmal war ich mir sicher. Da war tatsächlich Erleichterung in seinem Blick ... Und auch das Lächeln war echt.

Gern geschehen

Das Leben ist voller Überraschungen.
Und ist es nicht das, was es so reizvoll macht?

Mir war schwindelig vor Erleichterung.
Ich wusste nicht, was ich erwartet hatte. Dafür wusste ich nun umso genauer, worauf ich gehofft hatte und auch wenn es mir völlig irrsinnig erschien, hatte der Kristall genau diese Hoffnung erfüllt.
Zu gerne hätte ich gewusst, was in diesem Moment in ihm vorgegangen war, denn sein Stirnrunzeln hatte gewirkt, als wisse er selbst nicht genau, wieso er diese alles entscheidende Antwort gewählt hatte.
Ich war fest davon überzeugt, dass ich ihm deutlich mehr Freiheit hätte schenken können, als er behauptet hatte. Doch unter allen Optionen, die ich ihm dargeboten hatte, hatte er sich trotzdem für mich entschieden.

Als Leo und Joka etwa eine Stunde später von ihrem Termin zurückkehrten, hatte ich mich so weit beruhigt, dass ich es problemlos schaffte, einen möglichst neutralen Gesichtsausdruck zur Show zu stellen. Das war nicht so einfach gewesen und ich hatte von Nathaniel einige Rügen geerntet, sowie verständnisloses Kopfschütteln.
Wir beide hatten es zudem geschafft, uns darauf zu verständigen, was Nathaniel tun würde, wenn meine

Aufseher zurückkamen – er wollte sich wieder unsichtbar machen. Allerdings nur für sie, nicht für mich. Ich glaubte ihm zwar nicht, dass das möglich war. Er aber hatte darauf bestanden.
„Wir sind wieder da", verkündete Leo unnötigerweise und ich blickte von der Enzyklopädie auf, die Nathaniel als Trickmittel gefallen hatte, um meine Aufseher im Glauben zu lassen, ich hätte mich brav an unsere Abmachung gehalten. Er hatte sich köstlich amüsiert bei der Vorstellung, jemand könnte mir ernsthaft abkaufen, ich könne mich für dieses fachlich korrekte Wissen über Grünzeug interessieren. Doch ich hatte ihm versichert, dass ich sehr überzeugend sein konnte.
Nun war ich schonmal beruhigt. Wenigstens die Tür hatte ihren Test bestanden. Sie schien völlig unversehrt. Nichts ließ noch darauf schließen, dass sie vor kurzen noch aus den Angeln gerissen auf dem Fußboden gelegen hatte.
„Hi", begrüßte ich meine Aufseher und tat, als versuchte ich mich an einem vorsichtigen Lächeln. Von rechts schlenderte derweil Nathaniel in die Mitte des Raumes. Er trug einen Hut und als er stehen blieb, zog er ihn sich vom Kopf und verneigte sich grüßend, was Leo und Joka jedoch nicht zu bemerken schienen.
„Wie war dein Tag?", fragte Joka mit einem warmen, wenn auch müden Lächeln.
„Ganz okay", antwortete ich mit einem Blick auf das Buch, „Kam mir gar nicht so lang vor."
„Das ist gut", Joka klang eine Spur entlastet. Sofort drängte Leo sich neben ihn und betrachtete kritisch das Buch, das aufgeschlagen in meinem Schoß lag.

„Sowas ließt du?", fragte er skeptisch und ich sah aus dem Augenwinkel, wie Nathaniel ihm eine Kusshand zuwarf. Ich musste mir ein Augenrollen verkneifen.
„Ich hab auch ein paar andere Sachen gelesen", erwiderte ich nun auf Leos Frage hin, „Aber das hier ist gar nicht so uninteressant. Man lernt viel über wichtige Dinge."
Obwohl ich es nicht sein sollte, war ich heimlich stolz auf diesen völlig inhaltslosen, aber durchaus wirkungsvollen Satz. Leo schien sich bereits damit abzufinden und, so wie es aussah, war Joka sogar auf meiner Seite. Er nickte lächelnd.
„Meine Rede", meinte er mit einem Zwinkern zu Leo, woraufhin dieser sich schulterzuckend abwandte.
„Na wenn ihr meint", er streckte sich und begann auf seinen Schlafplatz zuzustreben, was Joka jedoch vereitelte. Sachte, aber bestimmt hielt er Leo am Arm fest.
„Warte bitte, wir sind noch nicht fertig", er sah Leo streng an und dieser verdrehte die Augen.
„Ich weiß. Ich mach ja schon."
Er drehte sich um und richtete seinen Blick direkt auf mich.
„Wie du weißt, waren Joka und ich bei einer wichtigen Veranstaltung", setzte er an und ich war sofort in Alarmbereitschaft.
„Es ist jedenfalls so", fuhr Leo erläuternd fort, „dass auch Leander dort gewesen ist, weshalb wir ihn unbedingt über deinen jüngsten Ausflug informieren mussten."
Ich warte wie gebannt darauf, was als Nächstes kam. Würde man mich bestrafen? Oder hatte Leander vielleicht mit einer Verwarnung darüber hinweggesehen?

„Das darf nicht wieder vorkommen!", ermahnte Joka mich eindringlich, „Es ist nicht gut, hier gegen das Gesetz zu verstoßen!"
Inzwischen hatte sogar Nathaniel aufgehört, Blödsinn zu machen, und lauschte mit zusammengekniffenen Augen der Predigt. Ich fühlte mich ein wenig benommen.
„Jedenfalls ...", setzte Joka nun wieder an.
„Wir haben es ihm nicht gesagt", platzte es aus Leo heraus. Joka warf ihm einen missbilligenden Blick zu. Ich blinzelte überrascht.
„Wieso?", fragte ich ungläubig und Leo hob verlegen die Schultern.
„Keine Ahnung. Es fühlte sich einfach nicht richtig an."
„Es war besser so", fügte Joka mit einem strengen Blick auf Leo und einem Beruhigenden auf mich hinzu, „Das Ganze hätte ein Aufsehen erregt, das keinem von uns dreien gutgetan hätte."
Neben mir applaudierte Nathaniel stolz nickend vor sich hin. Ich musste unbedingt aufhören, ständig zu ihm hinüber zu starren.
„Das heißt ...", setzte ich vorsichtig an, „ihr lasst es einfach so durchgehen?"
Joka rieb sich eine Schläfe, nickte aber zustimmend.
„Ja. Ausnahmsweise. Ich denke, so viel Fairness sollte angebracht sein. Grundsätzlich verstehe ich ja, dass es dich nach mehr drängt als dem, was wir dir bieten können – dürfen", verbesserte er sich, „aber es muss wirklich das letzte Mal gewesen sein, verstehst du?!"
Beim Klang von Jokas Stimme musste ich schlucken. Angst schwang darin mit und das verunsicherte mich mehr, als ich zugeben wollte.

Leo trat vorsichtig näher an mich heran und lächelte aufmunternd.

„Für´s Erste ist alles okay. Wir mussten es dir nur sagen."

Mehr als ein Nicken brachte ich nicht zustande.

„Bist du noch sauer?"

Ich blickte verständnislos auf.

„Weil wir dich einen ganzen Tag lang hier drin gelassen haben", er warf einen Blick auf das Buch vor uns am Boden, „...noch dazu mit so schlechten Lektüren."

Lächelnd schüttelte ich den Kopf.

„War schon okay, wirklich", ich ließ es zu, dass Leo mich kurz an der Schulter fasste und diese freundschaftlich drückte, „Und so schlecht waren die Lektüren gar nicht ..., bis auf diese hier vielleicht."

Daraufhin lachte Leo und Joka seufzte ergeben.

„Schon klar, aber wir sollten jetzt wirklich alle schlafen gehen."

Er reichte Leo eines der kleinen Fläschchen mit klarer, durchsichtiger Flüssigkeit, die er jeden Abend mitzubringen pflegte. Leo nahm es entgegen und reichte es an mich weiter.

„Hier. Trink das noch, bevor du dich hinlegst. Morgen früh haben wir eine Trainingseinheit nachzuholen." Er zwinkerte mir zu und ich lächelte möglichst ehrlich, wobei ich versuchte, nicht an meine schmerzenden Muskeln zu denken.

„Klar. Ich freu mich schon."

Das war nicht ganz gelogen, aber eben auch nicht die Wahrheit. Leo schien das jedoch nicht aufzufallen. Wie es aussah, konnte ich doch überzeugend sein.

Mein Blick wanderte wie von selbst hinüber zu Nathaniel, welcher Leo und Joka wie zum Abschied winkte. Auch er hatte offensichtlich seine Prüfung bestanden.

Nathaniel

Obwohl ich so tat, als hätte ich mit dem Thema längst abgeschlossen, ging es mir nicht mehr aus dem Kopf. Ein Meister von mir hatte sich ernsthaft danach erkundigt, was ich wollte und sogar geplant dies zu verwirklichen!
Nicht beeindruckt?
Nein?
Okay ...
Nochmal zum Mitschreiben: In der Vergangenheit war die erste Handlung eines neuen Meisters schon gewesen, mir zu befehlen, mir selbst seinen Speer durch den Brustkorb zu stoßen. Und das ohne dass ich zuvor auch nur einen Piep von mir gegeben hätte, der ihn zu solch einer überflüssigen Handlung bewegt haben könnte.
Der Jetzige hätte mich beinah in die Freiheit entlassen, nachdem ich ihn kurz davor zu erwürgen versucht hatte. Wenn das keine bemerkenswerte Änderung der Umstände war, wusste ich auch nicht weiter.
Ich beobachtete gerade mit halber Aufmerksamkeit meinen Meister dabei, wie er sich langsam von seinen Aufsehern entfernte. So wie mir schien, waren die beiden doch ganz in Ordnung. Jedenfalls wenn man davon absah, dass sie dieser verkorksten Einrichtung dienten.

Es ärgerte mich, dass sie mir nicht bekannt war, aber seit Kriegende hatte ich bis auf jede Menge Ärger mit manchmal täglich wechselnden Meistern auch kaum etwas mitbekommen.
Der Name *Leander* und das Wort *Gesetz* waren das einzig Nützliche, was ich bisher zum Thema aufgeschnappt hatte. Ein Gesetz, gegen das man besser nicht verstoßen sollte. Oh Wunder.
Als ich auf den Jungen zuhielt, bemerkte ich in seiner Klaue ein kleines Fläschchen, das er gerade zu öffnen versuchte.
Ich runzelte die Stirn, als ich auf einer anderen Wahrnehmungsebene das violette Schimmern des Inhalts bemerkte. Ein Etikett hatte das Fläschchen nicht, aber ich erkannte auch so, dass es nichts Gutes beinhalten konnte. Daher reagierte ich instinktiv und riss dem Jungen das Fläschchen aus der Klaue, ehe er ansetzen konnte.
„Was machst du?", fragte er erschrocken und ich war froh, dass ich daran gedacht hatte, die Barriere wiederherzustellen. Auf die Art wurden Leo und Joka keinen Laut unseres Gesprächs mitbekommen.
„Dich retten", antwortete ich mit einem analysierenden Blick auf das Fläschchen, welches ich soeben in meine Gewalt gebracht hatte. Von Nahem war die Farbe noch intensiver und leuchtete in einem künstlichen Neonton.
„Vor was denn?"
Der Arme blickte wirklich gar nichts.
„Vor diesem Gemisch hier", antwortete ich daher möglichst sachlich, „Das ist nicht gut für dich."
„Wieso sollte es nicht? Ich habe mich danach immer besser gefühlt", entgegnete der Junge diesmal mit

gedämpfter Stimme. Er klang nicht überzeugt und blickte sich ständig besorgt über die Schulter.
Was ein Glück, dass ich mal wieder an alles gedacht hatte.
Und was ein Jammer, dass mein Meister mir nach wie vor nichts zutraute.
„Was du nicht sagst", murmelte ich mit einem versteckten Augenrollen, „Was genau meinst du mit *besser*?"
Der Junge öffnete den Mund zu einer Antwort, schien es sich dann jedoch anders zu überlegen und dachte kurz nach.
„Meine Gedanken verhalten sich ruhiger. Ich kann leichter schlafen", erklärte er zögerlich.
Ich wartete, ob der Junge weitersprechen würde, doch dieser schien dem nichts hinzufügen zu wollen. Also setzte ich meine Befragung fließend fort.
„Und wie lange nimmst du das schon?"
„Seitdem ich hier bin. Vielleicht einige Wochen."
Ich nickte. Das war längst nicht so lang, wie ich befürchtet hatte. Der anfängliche Entzug würde zwar schwierig werden, aber mit ein bisschen Hilfe meinerseits kein allzu ernstes Problem. Ich ließ das Fläschchen wortlos in meiner Hand zu Asche zerfallen. Es glühte kurz auf, dann rieselten die Überreste als winzige Ascheflocken in meine Handfläche.
Den Blick meines Meisters hätte ich mir zu gerne einrahmen lassen.
„Ich weiß nicht genau, was es war", begann ich zu erklären, bevor er den Mund aufbekam, „Aber ich habe kein gutes Gefühl dabei und da das Zeug mit Sicherheit abhängig macht, lassen wir besser die Finger davon."

„Nein", der Junge schüttelte den Kopf, „Leo und Joka würden mir das nicht geben, wenn es schädlich wäre."
Ich zwang mich dazu, nicht abfällig zu schnauben. Wie konnte jemand nur so unfassbar gutgläubig sein? Statt meine Gedanken jedoch laut auszusprechen, verschränkte ich mit einem herausfordernden Blick die Arme vor der Brust und beugte mich zu dem Jungen hinunter, woraufhin dieser einen Schritt zurücktrat. Goldig.
„Dann beweis es mir."
Er blickte mich verständnislos an.
„Beweis mir, dass du es nicht nötig hast. Wenn dem so ist, kannst du sicher eine Nacht darauf verzichten."
Ich grinste liebenswürdig und der Junge musterte mich abschätzend. Dann zuckte er mit den Schultern.
„Okay. Testen wir es."
„Sehr schön", ich nickte anerkennend und trat zur Seite, um meinem Meister den Weg zu seinem Schlafplatz freizugeben. Während er demonstrativ an mir vorbei marschierte und sich anschließend dort zusammenrollte, verwandelte ich mich von dem Menschenjungen in eine kleine Feldmaus und begann als diese flink und zielstrebig eines der Regale nach oben zu klettern.
Es war schon eine tolle Sache sich so frei bewegen zu können und ich genoss jeden Moment, in dem ich meine Magie nach Belieben gebrauchen konnte. Es sprach von einer Freiheit, an die ich längst nicht mehr geglaubt hatte.
Als ich die Höhe des fünften Regalbretts erreichte, ließ ich mich auf der Etage nieder. Von dort hatte ich einen guten Überblick über den Großteil des Zimmers. Meine Aufmerksamkeit fast lauernd auf meinen Meister gerichtet, kauerte ich mich zwischen ein paar

Sachen und wartete. Der Teil der Nacht, der zuerst kam, würde sicher langweilig werden, doch ich hatte Hoffnung auf den Folgenden. Es versprach aufschlussreich zu werden und darauf bereitete ich mich vor.

Die erste Stunde schaffte ich es noch, ruhig zu sitzen, danach war meine Geduld aufgebraucht und ich sah mich nach einer Beschäftigung um.
Zuerst ließ ich eine Flamme in meiner Mäusepfote auflodern und beobachtete sie dabei, wie sie munter dort flackerte – bis ich merkte, dass ich sie unbewusst wachsen ließ. Das Feuer war gerade dabei, das Regalbrett direkt über meinem zu verkohlen und ich erstickte es hastig.
Meine Magie ließ ich daraufhin erstmal ruhen und begnügte mich stattdessen mit etwas Altmodischerem. Ich zählte Bücher. Und als ich damit durch war, noch einmal von vorne. Und nur zur Sicherheit ein weiteres Mal. Danach hatte ich keine Lust mehr und war obendrein drei Mal auf das gleiche Ergebnis gekommen, weshalb ich weitere Zählungen als unnötig einstufte.
Inzwischen waren vielleicht eineinhalb Stunden vergangen und ich ließ mich frustriert auf den Rücken fallen. Als Maus war das ein lustiges Gefühl, denn ich rollte sofort zur Seite und landete wieder auf den Pfoten. Begeistert stellte ich mich erneut auf die Hinterpfoten und ließ mich ein weiteres Mal zurück kippen. Selbes Resultat. Ich grinste, beherrschte mich aber, es ein drittes Mal zu wiederholen.
Als Ersatz entschloss ich mich dazu, doch noch einmal mit meiner Magie zu spielen und visierte dafür eine Holztruhe auf dem Regal direkt gegenüber von

meinem an. Bevor ich die Pfote hob, verwandelte ich mich von der Maus in ein kleines, blondes Mädchen mit zwei frechen Zöpfen und einem Engelsgesicht mit großen, himmelblauen Augen. Dieses hatte den Kopf seitlich auf der Schulter abgelegt, um noch gerade so im Regal Platz zu finden und ließ nun die Beine fröhlich von ihrer Etage nach unten baumeln, während es die vor sich ausgestreckte Hand erst mit der Innenfläche nach oben drehte, die Finger dann zur Faust krümmte und anschließend, gefolgt von einem gleißenden Lichtblitz wieder öffnete. Der Blitz ließ die Truhe auf der anderen Seite so lautlos zerspringen, als wäre sie nicht mehr als ein Trugbild gewesen und ich sorgte dafür, dass übrige Teile auf ihrem Weg zum Boden genauso geräuschlos zu Staub zerfielen.
Als Nächstes nahm ich mir ein Buch vor. Dabei wollte ich allerdings wählerisch sein, denn es sollte kein geringeres sein als ... Mein Blick streifte einen Moment suchend über die Regale, bis ich es entdeckte. Sofort erhellte sich mein Gesicht. Genau – die Enzyklopädie.
Ich hob gerade die Hand, als ich unter mir plötzlich ein ersticktes Keuchen wahrnahm. Augenblicklich ließ ich von meinem Ziel ab und mein Blick schnellte hinab zum Schlafplatz meines Meisters, wo dieser eng zusammengerollt lag und am ganzen Körper zitterte. Seine gesamte Haltung war völlig verkrampft und es überraschte mich nicht, als er kurz darauf einen erstickten Schrei ausstieß und sich so ruckartig auf den Rücken drehte, dass ich zuerst glaubte, er sei aufgewacht. Da dies jedoch nicht der Fall war, sprang ich hastig vom Regal und hockte mich vorsichtig neben die Kuhle im Boden. Der Junge schluchzte nun auf und begann sich auf seinem Schlafplatz zu

winden, als versuche er, sich aus einer starken Umklammerung zu befreien, während seinen Klauen dunkler Nebel entwich. Diesen betrachtete ich im ersten Moment so fasziniert, dass ich beinah meinen eigentlichen Grund des Kommens vergessen hätte. Erst als der Junge ein weiteres Mal aufschrie, kam ich wieder zu mir. Der Nebel hatte sich unterdessen verdichtet und zog sich als Geflecht dunkler Adern über die Steinplatten. Fast erschrocken wich ich zurück, besann mich dann jedoch eines besseren und packte den Jungen an beiden Armen. Sofort wehrte er sich und schlug sogar nach mir, doch ich war darauf gefasst gewesen und hielt ihn fest, während ich ihn aus der Kuhle zerrte und meine Arme schützend um ihn legte.
Er weinte nun noch heftiger und rief einen Namen, mit dem ich nichts anzufangen wusste. Ich ließ ihn jedoch selbst dann nicht los, als ein Nebelschleier sich angriffslustig um meine Kehle schlang und mir für einen kurzen Moment die Luft abdrückte. Als Reaktion erstickte ich die wilden, fahrigen Energiestränge mit meiner eigenen, konzentrierten Macht und beobachtete zufrieden, wie diese sich nach und nach aufzulösen begannen. In meinen Armen wandt sich nach wie vor mein schreiender Meister. Hastig beugte ich mich zu ihm hinunter und fing an, eindringlich auf ihn einzureden. Dabei sprach ich ganz leise und so beruhigend wie möglich, während ich die Worte immer und immer wieder vor mich hin flüsterte.
Zuerst zeigten meine Beruhigungsversuche keine Wirkung, doch schließlich riss der Junge die Augen auf und ich ließ es zu, dass meine Magie sich erleichtert entspannte. Stattdessen versuchte ich mich

an einem Lächeln, doch als der Junge nur keuchte und mich entgeistert anstarrte, begriff ich, dass ich vergessen hatte, die Gestalt zu wechseln.
„'Tschuldigung", sagte ich verlegen und verwandelte mich von dem blonden Mädchen schnell zurück in meine gewohnte Erscheinungsform. Nur langsam schien der Junge zu begreifen, was los war.
„Und?", fragte ich herausfordernd, obwohl ich wusste, dass es im Moment nicht angebracht war, „Wer hat mal wieder recht behalten?"
Ich grinste und für einige Sekunden hatte ich das Gefühl, als versuchte der Junge sich an einer Antwort, doch er zitterte immer noch so sehr, dass er keinen Ton herausbekam. Sein Mund öffnete sich und schloss sich wieder. Seine Augen, in denen Tränen und Panik standen, konnten sich nicht von mir lösen. Dann kippte sein Kopf einfach nach vorn in mein T-Shirt und er fing leise an zu weinen.
Halb überrascht, halb erschrocken, blickte ich auf ihn hinab und war kurz davor, ihn von mir zu stoßen, bis ich bemerkte, dass er sich Halt suchend an meinem Arm festklammerte. Ich zögerte damit, was ich tun sollte. Jemanden zu trösten war definitiv nicht mein Spezialgebiet. Vorsichtig verstärkte ich meinen Griff ein wenig und versuchte, mir einzureden, dass es nicht komplett verrückt war, was gerade passierte.
„Ist schon okay", flüsterte ich sachte und legte meinen Kopf auf seinem ab, während ich mit einer Hand unbeholfen versuchte, seinen Arm zu streicheln, „Es war nur ein Traum. Nichts weiter."
Die Antwort war ein leises Schluchzen, dann ein kurzer Augenblick der Ruhe, in dem mein Meister regelrecht die Luft anzuhalten schien und ich mich fragte, ob ich meinen Job vielleicht komplett verkackt

hatte. Doch dann spürte ich, wie der Junge an meiner Brust zittrig einatmete, bevor er mit erstickter Stimme flüsterte: „Warum kannst du eigentlich nicht immer recht haben?"

Er hielt inne und ich überlegte, ob in seinen Worten tatsächlich ein Kompliment versteckt lag.

„Vielleicht kann ich das ja", erwiderte ich betont locker.

Der Junge lachte matt und ich drückte ihn kurz etwas fester.

„Hey, mach dich nicht über mich lustig. Man darf ja wohl noch Visionen haben."

Statt mir zu antworten, nickte er nur. Ein Lächeln stahl sich auf meine Lippen, als mir bewusst wurde, dass er langsam in einen leichten Schlaf zurücksank – und verblasste sogleich wieder als mir außerdem klar wurde, dass er noch immer in meinen Armen lag. Ich seufzte innerlich, während ich mich darauf gefasst machte, so für den Rest der Nacht sitzen zu bleiben.

Mein Blick blieb missmutig an der Enzyklopädie hängen und ich verfluchte mich dafür, diesen unglückseligen, nervtötenden Gegenstand nicht längst ausgeschaltet zu haben.

Mit aller Selbstbeherrschung zwang ich mich, sie nicht länger anzustarren und schaute versonnen auf meinen Meister hinunter, welcher mir längst nicht mehr zuhörte, sondern nun still und unbewegt in meinem Arm lag.

„Ich mache uns ein Feuer, ja?"

Meine Finger spreizten sich und ich las ein letztes Mal den Titel des Buches, wenige Sekunden bevor dieses in Flammen aufging.

Neuro

Schon seit Kriegsbeginn hatte Neuro ständig Albträume gehabt. Doch seit er wie die meisten anderen Ringdrachen und einer Hand voll verbliebener Verbündeter auf den Kalten Kontinent geflohen war, entstand bald schon ein Albtraum, der hartnäckig wiederkam.

Tatsächlich war es ein Wunder, dass Neuro diesen Albtraum überlebt hatte. Denn Sam und Flora ließen ihn nur leben, da ihr Sohn sie anflehte, es zu tun.

Riley und Neuro hatten sich im Krieg kennengelernt. Viel zu früh waren beide Jungen in den Dienst gezogen worden. Doch während Neuro seinen Umgang damit fand, war es für Riley zu viel gewesen. Schon bei seinem ersten Einsatz im Kriegsdienst hatte der hoch angepriesene Sohn von Sam und Flora – den aufstiegsvernarrten Mitgliedern der größten von der Königrasse geführten Fanatikerpartei des Landes – die Fassung verloren und vom Kampfplatz entfernt werden müssen.

Neuro erinnerte sich lebhaft daran, wie schwer es gewesen war, Riley mit sich zu zerren, während dieser in einer unkontrollierten Panikattacke um sich schlug und auch lange nicht ruhig zu stellen war, als sie sich bereits an einen sichtgeschützten Ort fern der Gewalt geflüchtet hatten.

Sam und Flora hatten ihren Sohn seit diesem Tag bewusst gemieden und Neuro hätte sich ebenfalls nicht länger mit Riley beschäftigt, wenn dieser nicht wenige Tage später bei ihm aufgetaucht wäre, um sich schüchtern bei ihm zu bedanken.

Ganz im Gegensatz zu Sam und Flora hatte Neuro seitdem begonnen, sich um Riley zu kümmern wie um einen kleinen Bruder.

Seine eigenen Albträume verbarg er vor ihm, um ihm das Leben im Krieg leichter zu machen und dafür rettete Riley ihm Jahre später durchs Anflehen seiner Eltern das Leben.

Jedenfalls redete Neuro sich diese Version des Geschehenen ein. Denn sie war so viel schöner, als die Realität, in der Sam und Flora ihn gerne als ihren Sohn akzeptierten, um einen Ausgleich zu schaffen für den Jungen, den sie als Sohn aus Verachtung und Scham kaum wahrhaben wollten.

Der Albtraum, der immer wiederkehrte, handelte von exakt diesem Tag.

Das Eis auf dem Boden der Versammlungshöhe war bedeckt von Ringdrachenkörpern, die sich nie wieder erheben würden. Neuro saß verwirrt am riesigen Versammlungstisch, an dem eben noch alle wild diskutierend gesessen hatten, bevor sie nacheinander in sich zusammenbrachen.

Ihm gegenüber saßen lediglich noch Sam, Flora und Riley. Rileys Eltern musterten ihn abwartend.

„Hast du dein Getränk etwa nicht getrunken, Liebes?", fragte Flora und Neuro schaute hinab auf das volle Gras, welches er bisher nicht angerührt hatte. Ebenso wenig hatten dies Sam, Flora oder ihr Sohn. Bei allen anderen waren die Gläser leer.

Neuros Blick glitt weiter. Vom Glas über den Tisch zu Boden und dort über den starren Körper seines Vaters und seiner Mutter.

Vor ihm seufzte Sam theatralisch.

„Er hätte es wie die anderen auf die leichte Tour haben können", murmelte er und fügte dann lauter an Neuro gewandt hinzu, „Bleib sitzen. Ich erlöse dich."

Er erhob sich von seinem Platz und machte Anstalten auf Neuro zuzugehen, doch Riley hielt ihn davon ab.

Neuro erinnerte sich kaum daran, was gesagt wurde, doch irgendwann spürte er, wie ein kleiner Körper sich schützend an ihn klammerte und er wusste noch, wie er sich zu einem Lächeln zwang.

„Ich bleibe bei dir. Versprochen", flüsterte er und Riley sah ihn an, obwohl kein Schauspiel der Welt es Neuro diesmal ermöglicht hätte, seine Tränen zurückzuhalten.

Doch Neuros Albtraum begann nicht in der Versammlungshöhle, sondern danach. Er begann, als er die Person kennenlernte, die seine Eltern, sowie die anderen Ringdrachen auf dem Gewissen hatte.

Der Wissenschaftler – so nannten Sam und Flora ihn stolz – würde ihnen helfen, eine neue Ordnung auf dem Kalten Kontinent herzustellen. Dafür hatte er ihnen nicht nur den Gifttrank gemischt, sondern auch ein Mittel, das die übrigen Verbündeten, die Grausamkeiten der Vergangenheit und mit diesen den Krieg vergessen ließ.

Der Wissenschaftler - in Neuros Albtraum stand er da mit einem einladenden Lächeln. In einer Hand den Gifttrank, in der anderen das violette Gebräu, das so viele vergessen ließ, was war und wer sie waren.

Sam und Flora gaben es jedem. Außer sich selbst und ihren *Söhnen*.

„Es ist wichtig, dass wir unsere Bestimmung nicht vergessen", erklärte Flora gern, „Der Rest soll sich ausschließlich für ihre glorreiche Zukunft interessieren. Vom vergangenen Scheitern braucht außer uns niemand zu wissen. Das würde nur ablenken."

„Da bin ich ganz auf Ihrer Seite", stimmte der Wissenschaftler ihr beim ersten Mal lächelnd zu, „Erinnerungen sind für die meisten eine einzige Verschwendung von Zeit und Energie."

Seine Belohnung war es gewesen, einige derer mitzunehmen, die sein Gebräu hatte vergessen lassen. Danach hatte Neuro ihn nie wiedergesehen.

Welche Ironie, hatte er nur immer gedacht, wenn er Sam und Flora vor sich sah, oder das System, das sie sich aufgebaut hatten, *dass eure Macht und das alles aufbaut auf der Leistung eines einfachen Menschen. Eines einfachen Menschen, den ihr in eurem System verspottet.*

Dieses System war das Werk des Wissenschaftlers.

Doch Neuro weigerte sich konkret, ihn nur als dieses Synonym zu betrachten. Denn er kannte seinen Namen. Und er würde ihn nie vergessen.

Leander.

Aias

Aias war nie sonderlich überrascht, wenn Neuro mitten in der Nacht an seine Zimmertür klopfte.

Nach dem Tod seiner Eltern und dem Verschwinden seines kleinen Bruders hatte der letzte verbliebene Ringdrache bald schon begonnen, Fragen zu stellen.

Grund dafür war sein Wissen, dass Aias als einziger später auf den Kalten Kontinent floh und daher etwas verpasst hatte, dass Neuro stets vage als den *Tag des Wissenschaftlers* betitelte. Und auch wenn Neuro Aias nie erzählt hatte, wieso er diese Bezeichnung nutzte, wusste Aias doch, womit sie in Verbindung stand.

Denn dieses Ereignis war der Grund, wieso so wenige Ringdrachen überlebt hatten und wieso niemand das System der Verbliebenen hinterfragte, außer ihm selbst. Der Grund, wieso niemand überhaupt ahnte, wieso man es hinterfragen sollte. Und der Grund wieso seit dem Tod von Sam und Flora niemand mehr wusste, was er mit sich anfangen sollte.

Als Neuro jedoch diesmal klopfte, hatte Aias sofort das Gefühl, dass etwas anders war als sonst.

Und tatsächlich kam Neuro diesmal nicht mit einer Frage zu ihm, sondern mit einer Feststellung.

„Ich will ihn finden."

„Wen?", fragte Aias, obwohl er die Antwort zu kennen glaubte.

„Den Wissenschaftler", bestätigte Neuro aalglatt seine Vermutung. Er wollte den Mann, dem er die Schuld am Tod seiner Eltern gab, genau wie am Verschwinden, seines akzeptierten kleinen Bruders.

Aias räusperte sich, während er Neuro nachdenklich musterte.

„Was ist mit denen, die wir hier zurücklassen würden?"

„Wir lassen sie nicht zurück", erwiderte Neuro sofort, „Wir werden ihnen alles sagen. Alles, was sie vergessen haben, werden wir ihnen wieder ins Gedächtnis rufen und dann werden sie uns begleiten."

Er klang so entschlossen, dass Aias einen Moment in stiller Bewunderung schwebte.

„Manche könnten auf die Erinnerungen anders reagieren, als wir es uns wünschen würden", gab er dennoch zu bedenken, „Willst du, dass diejenigen sterben?"

„Nein", erwiderte Neuro schlicht und seine Stimme klang versonnen, während er sprach, „Ich denke, für diejenigen ist noch Platz in der alten Versammlungshalle."

Tausend Wege

Träume sind wie der Frieden.
Sie hinterlassen bunte Farbkleckse in deinem Leben.
Träume sind Hoffnung.
Sie geben dir einen Funken in der tiefsten Schwärze.
Träume sind Freunde.
Sie nehmen dich in den Arm, wenn alles andere dich
in Kälte zurücklässt.
Träume sind ewig.
Mit ihnen bist du nie allein.

Nur manchmal ist es anders.

Dann sind Träume die dunkelsten Schatten der Nacht.
Sie greifen dich rücklings an und fressen dich auf.
Dann sind Träume die Quelle der Schmerzen.
Sie machen dein Leben zur Hölle.
Dann sind Träume der Tod.
Sie hacken so lange auf dich ein, bis du verblutend am
Boden liegst.
Dann sind Träume endlich.
Sie sterben mit dir, wenn du sie nicht länger ertragen
kannst.

Ein Schuss knallte und ließ die Kugel an einer
undefinierten Stelle in der Wand einschlagen.

„Komm schon! Was war das denn?", Leo fuchtelte auf der Wandseite rechts von mir frustriert mit den Armen und ich ließ mit gestressten Seufzen die Waffe sinken.
„Nichts", gab ich schlicht zurück und fügte dann mit einem leisen Murmeln hinzu, „Offensichtlich."
Etwas anderes wollte ich auf Leos Standardfrage im Training nicht mehr antworten.
„Aber warum denn? Du brauchst deine Waffe doch nur auf das Ziel zu halten und abzudrücken!"
„Ich weiß", erwiderte ich wahrheitsgemäß, „Genau das tue ich die ganze Zeit. Nur treffen tue ich nicht."
„Dann machst du etwas falsch", kommentierte Leo streng und weise wie immer.
Ich ließ mich dazu herab, zustimmend zu nicken.
„Offensichtlich."
Leo nickte ebenfalls.
„Schön, dass wir uns da einig sind."
„Du weißt nicht zufällig auch, was ich anders machen könnte?", harkte ich nach, da Leos Ratschläge bisher nicht sonderlich hilfreich gewesen waren.
„Nopp, keinen Schimmer", entgegnete dieser jedoch zu meiner Enttäuschung und hob hilflos die Schultern, „Diese Aufgabe ist so einfach, das hättest selbst du hinkriegen sollen."
„Na danke", ich warf der Waffe in meiner Klaue einen feindseligen Blick zu. Anscheinend hatte ich nirgends ein Talent, wenn es ums Kämpfen ging.
In der Zeit, in der Leo versuchte, sich eine neue Übung für mich auszudenken, ließ ich mich auf den Boden sinken und erlaubte es mir, meinen Gedanken freien Lauf zu lassen.
Ich hatte Kopfschmerzen von letzter Nacht und grauenhaft schlecht geschlafen. Allein Nathaniels

Anwesenheit hatte einen Teil der Nacht gerettet – was die Geschichte nicht weniger unangenehm machte.
Ich war noch mehrmals aufgewacht, immer mit quälenden Bildern und Erinnerungen vor Augen und jedes Mal war der Kristall da gewesen und hatte es geschafft, mich abzulenken. Dennoch stimmte mich der Gedanke an die vergangene Nacht alles andere als glücklich.
Ich konnte mir nicht vorstellen, dass meine Aufseher ernsthaft geglaubt haben könnten, mir mit dem beruhigenden Mittel einen Gefallen zu tun. Denn das dieses keine dauerhafte Lösung war, erschien mir eindeutig.
Ihre Entscheidung gefiel mir nicht und ließ mich nicht zum ersten Mal daran zweifeln, ob meine Aufseher es wirklich gut mit mir meinten.
Dabei wollte ich nicht an ihnen zweifeln. Mein übriges Fundament war zu unsicher, denn auch dem Kristall vertraute ich nicht. Die letzte Nacht hatte das nicht geändert, denn ich wusste zu wenig über ihn, um ihn einschätzen zu können.
Dankbar war ich ihm trotzdem und wenn ich ehrlich zu mir war, wünschte ich mir selbst jetzt, ihn vor mir sitzen zu haben, um mich mit seinem frechen Lächeln von meinen trüben Gedanken abzubringen.
Grimmig schluckte ich alle Erinnerungen an die Zeit in meiner Heimat hinunter, als diese sich erneut anzuschleichen versuchten.
Ich hatte von nun an ein neues Leben, das mich mit genug Problemen belagerte. Es war nicht nötig, mich nebenbei mit den Dingen abzulenken, die längst hinter mir lagen.
„Fängst du?"

Ich schrak hoch und musste sofort einen Stock auffangen, den Leo mir bereits vor meiner Zustimmung entgegen geworfen hatte. Einigermaßen erleichtert über die schnelle Reaktion meines Körpers, drehte ich ihn prüfend in den Klauen.
„Wofür ist der"?
„Kämpfen", erwiderte Leo grinsend, „Mit irgendwas musst du ja klar kommen und ich hab da so ein Gefühl, dass es Schwertkampf sein könnte."
Ich schluckte meinen Kommentar auf seine Worte stumm hinunter und versuchte, mich nicht an das Training mit Nathaniel zu erinnern, in dem ich zumindest der Meinung des Kristalls nach gnadenlos versagt hatte.
„Aber das ist ein Stock", bemerkte ich und hielt demonstrativ meine neue Waffe in die Höhe.
Leo blickte mich verständnislos an.
„Natürlich ist es ein Stock", meinte er mit einem Blick, der fragte, was ich denn erwartet hätte, „Wir können ja schlecht mit einer echten Waffe anfangen, wenn du nicht mal den blassesten Schimmer davon hast, wie du dich verteidigen könntest. Ich würde dich verletzen!"
„Klar", ich nickte zustimmend, „Das macht Sinn."
Innerlich verfluchte ich Nathaniel für seine Sorglosigkeit. Unter meiner Aufsicht würde ich mich mit ihm einem Raum voller Waffen nicht mal mehr nähern.
„Na dann ...", Leo stellte sich kampfbereit vor mich und gab mir langsam mit dem Stock eine Schlagbewegung vor, „Für´s Erste musst du mir nur nachahmen."

Nathaniel

Der Tag war schon weit fortgeschritten und trotzdem bekam ich nichts als missmutige Gesichter zu sehen. Das amüsierte mich köstlich. Mein neuer Meister war einfach eine laufende Komödie!
Grinsend stand ich im Türrahmen als der Junge bis zum Anschlag gefüllt mit Frust und Ärger vom Training mit seinem Freund Leo zurückkehrte. Dieses hatte ich selbstverständlich nicht versäumt, sondern mir von einem praktischen Beobachtungsposten aus heimlich angesehen. Im Nachhinein hätte ich nichts lieber getan, denn es war wirklich zum Schreien gewesen – in vielen Hinsichten.
„Was?", fragte der Junge gereizt, als er das breite Grinsen auf meinem Gesicht nicht länger ignorieren konnte. Ich grinste noch breiter.
„Nichts."
„Dann grins nicht so blöd."
Jetzt musste ich mich wirklich zusammenreißen, nicht zu lachen. Fragend legte ich den Kopf schief.
„Und ich dachte, wir wären Freunde?"
Der Junge schnaubte, was wohl abfällig klingen sollte, doch an dieser Kunst musste er noch arbeiten. Es klang eher ein wenig verzweifelt.
„War dein Tag wirklich so schlimm?", fragte ich scheinheilig, doch der Junge achtete ohnehin nicht auf meinen Tonfall.

„Schlimmer", antwortete er nur und fügte dann hinzu, „Und leider ist er auch noch nicht vorbei."
„Was heißt, dass er Potenzial hat, besser zu werden", schlug ich gut gelaunt vor und folgte meinem Meister in sein Quartier.
„Stimmt", er blieb stehen und seine blauen Augen funkelten wachsam. Er musterte mich einen Moment lang, während ich seinen Blick schweigend erwiderte. „Der Tag könnte aber auch noch viel schlimmer werden und aus irgendeinem Grund wette ich eher darauf."
Mit diesen Worten wandte er sich erneut von mir ab und ging das letzte Stück zu seinem Schlafplatz.
Ein zartes Lächeln begann meine Lippen zu kräuseln. „Nicht doch. So pessimistisch kenne ich dich gar nicht", witzelte ich, wobei meine Magie gespannt auflebte. Abwartend füllte sie meine Adern mit pulsierender Energie, die mich von innen wärmte und wie ein Raubtier auf ihren Einsatz lauerte.
Nach außen hin vergrub ich meine Hände locker in den Hosentaschen der abgetragenen Jeans, die ich nicht selten bei der Wahl eines Outfits zu integrieren pflegte. Dabei spielten meine Finger kurz an einem vorstehenden Faden, der aus seiner Naht ausgebrochen war.
„Du kennst mich auch nicht", gab der Junge trocken zurück, während er seine schmerzenden Muskeln vorsichtig zu dehnen versuchte.
„Das behauptest du."
„Richtig."
„Aber bist du dir sicher, dass es die Wahrheit ist?"
„Nein."
„Ehrlichkeit ist der erste Schritt zu einer tollen Freundschaft."

Während ich sprach, merkte ich, dass meine Magie mich ungeduldig zum Handeln drängte. Was genau sie von mir wollte, wusste ich nicht, aber alles an ihr zog mich zum Jungen hin. Dieser war noch immer mit sich selbst beschäftigt.
„Was du da versuchst, wird es nicht besser machen", bemerkte ich freundlich, doch mein Meister wollte davon nichts wissen.
„Und wenn schon. Tu nicht so als würde es dir etwas ausmachen."
„Mach ich doch gar nicht."
„Ach nein?"
„Nein", bei jedem Herzschlag meines Körpers spürte ich meine Magie wilder drängen, „Ich könnte dir helfen. Ich kann es besser machen."
Die Antwort, die ich bekam, war ein misstrauischer Blick. Der Junge schaute nun nicht mehr weg und hatte die Versuche gegen den Erschöpfungsschmerz vorzugehen, fürs Erste eingestellt.
Ich begann wieder mit dem Faden zu spielen und wickelte ihn mir gleichmäßig um einen Finger.
„Soll ich?"
Die Antwort des Jungen war genauso abweisend, wie ich sie erwartet hätte.
„Ich glaube nicht, dass ich deine Hilfe nötig habe."
Damit marschierte er an mir vorbei und steuerte auf die Regale zu. Vor einem ging er in die Hocke, doch noch bevor er die Bewegung vollenden konnte, stand ich vor ihm, packte ihn mit sanfter Gewalt an der Kehle und zog ihn wieder zu mir nach oben.
Bei der Berührung keuchte er erschrocken auf und versuchte, Abstand zu nehmen, aber ich ergriff nun auch sein Handgelenk und im nächsten Moment ließ ich es zu, dass ein Teil meiner Magie die Schranken

durchbrach und heiß und ungebremst durch meine Hände in seinen Körper floss.

„Was zum...?!", seine Worte erstarben ihm auf der Zunge, als der Heilungsprozess einsetzte und seinen Schmerz und die Anspannung von einem auf den anderen Moment aus seinem Körper spülte. Im Pulsieren meiner Kraft konnte ich seine Reaktion so deutlich spüren, als wäre es mein eigener Körper, der mit einem Mal meinen Griff zuließ und die Hitze der Magie so bereitwillig hinnahm, als hätte er sie persönlich zu sich eingeladen. Ich lächelte, das Grinsen unterdrückend, und lauschte, wie der Junge zittrig ausatmete.

„Weiß du, was das ist?", fragte ich leise, wobei ich mein Gesicht noch näher an seinen Hals brachte und meine Stimme bis auf ein Raunen senkte.

Als der Junge den Kopf hob und unsere Blicke sich begegneten, konnte darin ich eine neue Art von Neugier entdeckten – nur unterzeichnet von einer leichten Scheu, die mein Grinsen nun doch zum Vorschein brachte.

„Das ist alles eingesperrte Kraft, die genutzt werden möchte."

Der Blick des Jungen glitt hinab zu meiner Hand, die auf seinem Schlüsselbein ruhte. Den ersten Schreck hatte er überwunden, wogegen ich mich plötzlich etwas eingeengt fühlte.

Ich stand mit dem Rücken so dicht vorm Regal, dass ich es kaum berührte. Gegenüber von mir stand mein Meister, den Körper ebenfalls so dicht vor meinem, dass er mich nur ein wenig zu stoßen bräuchte und meine Schultern würden gegen die Regaletagen prallen. Ich legte den Kopf schief. Das Lächeln brachte meine Augen zum Glühen.

„Willst du sie nicht auch in Freiheit sehen?"
„Ist das ein Test?", fragte der Junge und obwohl seine Stimme neutral und prüfend klang, glaubte ich die Herausforderung darin mitschwingen zu hören. Er wollte, dass ich mich etwas traute. Er wollte sehen, ob er sich nicht doch beweisen konnte.
Das jedenfalls konnte er vergessen.
Ganz unvermittelt machte ich einen Schritt nach vorn und drehte ihn so plötzlich herum, dass er mit dem Rücken gegen das Regal stieß, noch bevor ein Atemzug in der Zwischenzeit vergangen war. Dabei war es durchaus praktisch, dass ich größer als der Junge war, sodass nun ich ihn mit Hilfe des Regals auf der Stelle gefangen hielt.
„Das war nicht die Antwort auf meine Frage", erwiderte ich mit einem bösartigen Lächeln und ließ meine Magie in knisternden Energiestößen über seine Schuppen züngeln, „Also?... Oder ist es dir zu gefährlich?"
Mein Meister griff mit einer Klaue unbewusst nach dem Regal hinter sich. Sein Unwohlsein, dass ich mir überraschend schnell zurückerobert hatte, brachte mich beinah dazu, noch einen Schritt weiterzugehen. Doch ich beherrschte mich.
„Vielleicht", gestand er schließlich, „Schon möglich ..."
Ein Seufzen kam mir über die Lippen. Meine Hände ließen vom Jungen ab, doch ich blieb vor ihm stehen und sah nachdenklich auf ihn hinab.
„Was wolltest du eigentlich am Regal machen", erkundigte ich mich schließlich und der Junge hob unsicher die Schultern.
„Die Enzyklopädie suchen."
Ich runzelte überrascht die Stirn.

„Warum?"
„Um dich zu ärgern."
„Gut", ich nickte, „Ich habe sie verbrannt."
„Was?" Der Junge schien so ernsthaft bestürzt über meine Antwort, dass er für einen Moment völlig seine Unsicherheit vergaß. Verärgert stieß er mich von sich und sah mich an, als sei ich ein ungehorsames Kind, dass man zur Rechenschaft ziehen müsse, „Idiot!"
„He, he, jetzt werden wir hier aber nicht frech", wehrte ich mit erhobenen Händen ab, „Es war eine notwendige Maßnahme. Nichts weiter."
Kopfschüttelnd wandte der Junge sich von mir ab. Obwohl er sie bloß murmelte, konnte ich seine Worte verstehen, mit denen er wohl seinem Ärger über mich Luft machte. Ich räusperte mich.
„Was willst du?", kam die Antwort grob zurück.
„Was ich will?", erwiderte ich ruhig und gab mir wirklich Mühe, dem Jungen zu zeigen wie ernst es mir diesmal war, „Ich möchte dir etwas gestehen."
Mein Meister hob überrascht den Blick und blinzelte mich fragend an. In seiner Stimme schwang eine Spur von Panik mit, als er antwortete.
„Was hast du noch angestellt, außer völlig unnötig ein Buch zu verbrennen?"
„Entschuldigung, es war nicht ...!"
„Doch, es war unnötig!", unterbrach der Junge mich gereizt, „Was hast du noch getan?"
„Nichts, ich hab dich nur beim Training beobachtet."
Augenblicklich breitete sich Erleichterung auf dem Gesicht meines Meisters aus.
„Oh", sagte er nur und atmete beruhigt aus, „Na dann."
Empört stemmte ich die Hände in die Seiten.

„Wo denkst du hin!?", fragte ich entrüstet, „Das Schlimme kommt ja erst noch!"
„Was denn noch?", rief der Junge ein wenig verzweifelt und ich hob warnend einen Finger.
„Mein jungen Freund", begann ich tadelnd, „Mit mir hat das nichts zu tun. Du bist derjenige, der das Problem ist."
„Ich? Wieso das plötzlich?"
„Weil du nicht länger so weiter machen kannst wie bisher!", eröffnete ich bestimmt und sah meinen Meister streng an. Dieser erweckte seinerseits den Eindruck eines begossenen Pudels, dem man sein Spielzeug weggenommen hatte.
„Ganz im Ernst: Da muss sich etwas ändern."
Mein Blick war inzwischen so eindringlich, dass der Junge es nicht schaffte, sich davon abzuwenden. Ich sah, wie er mühsam schluckte.
„Wie?"
Die schlichte Frage erzeugte in mir einen freudigen Trommelwirbel. Mit einem kleinen Lächeln machte ich mich bereit, ihm meinen grandiosen Plan zu erläutern.
„Also", setzte ich betont langsam an, „ Mir sind – unter anderem durch eingehende Analysen deines Trainings – einige Lücken aufgefallen, an denen wir arbeiten sollten."
Bei dieser Formulierung wurde der Blick meines Meisters etwas säuerlich.
„Du meinst mein nicht vorhandenes Kampftalent?", gab er grimmig zurück.
Er tat mir beinah leid. Aber eben nur beinah, denn es war viel zu amüsant zu beobachten, wie er sich aufregte. Außerdem war an seiner Bemerkung etwas dran.

„Das auch", gestand ich aufrichtig, „Aber das Schwertgefuchtel kann warten. Zuerst würde ich mit etwas viel Grundlegenderem anfangen."
„Nämlich?"
„Ganz einfach: Wissen", ich machte mich auf Protest oder wenigstens ein gewisses Maß an Verwirrung gefasst, doch zu meiner Überraschung verkörperte der Junge nichts von beidem, „Du hast keine Ahnung von der Welt, in der du lebst", erklärte ich also geduldig, „Das müssen wir ändern. Und erst danach...", ich kam näher und tippte meinem Meister mit einem Finger auf die Brust, „werfen wir mal einen Blick hier rein." Obwohl ich es nicht beabsichtigt hatte, verfing sich mein Blick erneut in seinem und ich ließ nur langsam die Hand sinken.
Einige Sekunden vergingen in Schweigen, doch als der Junge endlich zum Sprechen ansetzte, trat ich einen Schritt zurück und präsentierte ihm mit begeistertem Grinsen das Ende meiner Performance.
„Klingt das gut oder klingt das genial?"
Zu meiner Enttäuschung hob der Junge bloß unsicher die Schultern.
„Was heißt das für jetzt?"
„Gute Frage", ich dachte kurz darüber nach, bis ich kurzentschlossen eine Entscheidung fällte, „Für jetzt bedeutet es, dass ich dich fragen werden, ob du den Rest des Tages Zeit für mich hast?"
„Wahrscheinlich schon, aber.."
„Gut!", ich unterbrach ihn, „Dann bedeutet es ab jetzt auch eine Menge Spaß!"
„Du willst etwas Verbotenes machen, richtig?", stellte mein Meister fest und ich nickte grinsend.
„Klar, wo sollte ich sonst den Spaß hernehmen?"

Ein Fenster zur Wahrheit

Wenn du vor die Wahl gestellt wirst, entweder etwas extrem Riskantes zu tun, das dein Leben zwar verbessern, aber auch für immer verkomplizieren könnte oder es sein zu lassen und in deiner sicheren Komfortzone zu verweilen, geh den Schritt. Trau ihn dir zu. Jeder Versuch ist besser, als kampflos unterzugehen.

Nathaniel stand vor mir und hielt mir seine ausgestreckte Hand hin. Er hatte mich aufgefordert, sie zu ergreifen, doch bisher rührte ich mich nicht. Zweifelnd blickte ich auf die Hand, deren Ergreifen bedeuten würde, dass ein gewisser Teil meines Misstrauens gebrochen war. Ich wusste nicht, ob das der Fall war. Ich wusste nur, dass mir die Vorstellung, dem Kristall zu vertrauen, Angst machte.
Ich schloss die Augen. In meiner Fantasie rannte ich geradewegs hinein in die offenen Arme von Dummheit und Gefahr. Beide wollten mich verführen, beide raunten mir liebevoll ins Ohr, als seien sie gute Freunde – ein fataler Fehler.
Doch war der Kristall wirklich genau das?
War er nicht viel eher die Chance, die Veränderung und die Antwort, nach der ich mich sehnte?
Im Dunkel meiner Erinnerung sah ich Evelia vor mir, die mich anlächelte. Das Trugbild bereitete mir solche Schmerzen, dass meine Brust sich unangenehm eng

zusammenzog. An diesem Lächeln festzuhalten, war der Fehler. Es wiedersehen zu wollen, war wie darauf zu hoffen, dass ein Glas ohne Boden eines Tages voll sein würde. Es gab dieses Mädchen nicht mehr und ich hatte auch keine Heimat mehr – falls ich sie denn je gehabt hatte. Denn auch die Gekrönten – unter ihnen Leo und Joka – all das fühlte sich nicht nach Heimat an und war gewiss nicht das, was ich wollte. Der Kristall war meine einzige Option. Ich wollte meinen Verstand zwingen, das zu bereifen, doch er tat es einfach nicht. Denn was ich wirklich wollte, war mehr als nur eine weitere Option.

Ich wollte, dass ich nach der vergangenen Nacht in dem Dämon die Stütze sehen konnte, die mich aufrecht halten würde und den Wegweiser, der mich in ein Leben führen würde, in dem ich nicht ständig zurückblicken musste. Das Problem war nur, dass ich nicht riskieren wollte, mich zu täuschen. Ich wollte nicht auf eine lächelnde Fassade hereinfallen, die mich schlussendlich vernichten würde.

Plötzlich entschlossen öffnete ich die Augen, trat vor und griff nach Nathaniels Hand, woraufhin dieser seine Finger mit meinen verschränkte. Für mehrere Sekunden betrachtete er meine Klaue in seiner Hand, dann schaute er auf und lächelte.

„Was jetzt?", fragte ich ein wenig irritiert und war kurz versucht, meine Klaue zurückzuziehen.

„Jetzt halten wir Händchen", erwiderte Nathaniel unbekümmert, „Ist lustiger, als ich gedacht hätte."

Mit einem beherzten Ruck zog er mich zu sich heran, sodass ich nach vorn stolperte.

„Halt dich gut fest. Ich will dich wirklich nicht auf der Reise verlieren, also pass lieber auf. Ich kann nicht versprechen, dass ich dich sonst suchen komme."

Mir blieb gerade mal genug Zeit, dem Kristall einen erschrockenen Blick zuzuwerfen als die Welt sich auch schon vor meinen Augen in einer spiralförmigen Bewegung zusammenzog und ich den Boden unter den Füßen verlor.

Ich klammerte mich an das Einzige, was es noch zum Festhalten gab. Um mich herum war es plötzlich kalt und die Luft trocken und frostig. Meine Augen hatte ich zugekniffen, als die Welt verschwunden war und uns dem Strudel überlassen hatte. Dauernd ermahnte ich mich, dass es keinen Grund gab, sich Sorgen zu machen, aber eigentlich konnte ich das gar nicht wissen.
Ein Windstoß ließ mich frösteln, dann ertönte über mir ein leises Räuspern, bei dem ich zusammenzuckte.
„Du kannst mich jetzt loslassen."
Verwirrt blickte ich auf und begriff erst jetzt, dass ich mich aus Reflex enger an Nathaniel gedrückt hatte, sodass ich fest seine Taille umklammert hielt. Mit einem verschmitzten und etwas schiefen Lächeln blickte er auf mich hinunter und in seinen Augen lag das gewohnte amüsierte Glitzern, welches mir aus nächster Nähe einen kalten Schauder den Rücken hinunter jagte. Aus Schreck löste ich mich so plötzlich von ihm, dass ich beinah gestolpert und nach hinten gefallen wäre, hätte der Kristall mich nicht vorher am Arm gepackt und festgehalten.
„Immer langsam", lachte er, während er mich wieder näher zu sich zog „Das sollte nicht heißen, dass du dich gleich vom Dach stürzen sollst."

Hektisch blickte ich mich um. Direkt hinter mir ging es metertief nach unten bis auf harten, dunklen Beton und über mir war nichts außer die Weiten eines frühlingstrüben Abendhimmels. Wir standen auf einem Flachdach, mitten in einem kleinen Stadtviertel, von dem aus man, in der umliegenden Landschaft, viele weitere Gebäude entdecken konnte. Unter mir lag kiesige Erde, in der hier und da einige Pflanzen wuchsen. In einigen Fenstern der Häuser und in den Laternen auf den Straßen brannte bereits das Licht. Die kleinen Punkte glühten gelb und orange und wirkten so freundlich und einladend, dass ich unbewusst lächeln musste. Nur in der Ferne waren Geräusche zu hören – von Motoren und Stimmen – ansonsten war es erstaunlich ruhig. Das Land um die Häuser herum war gesäumt von Mischwäldern und Hängen mit Weinreben.

Da der Frühling noch recht jung war, sprossen nur langsam die Knospen aus den Stämmen und sprenkelten alles mit ihren satten, hellen Grüntönen. Staunend ließ ich meinen Blick immer und immer wieder über die verschiedenen Landschaftsteile gleiten. Der Anblick zog mich so ungebremst in seinen Bann, dass ich innerhalb weniger Sekunden völlig meine Panik vergessen hatte.

Dafür merkte ich überrascht, dass es sich hier auf diesem Dach, mit niemandem außer dem Kristall an meiner Seite zum ersten Mal tatsächlich nach so etwas wie Freiheit anfühlte. Vor allem, da ich endlich einmal das Gefühl hatte, Zeit zu haben.

„Bring uns hier runter!", forderte ich mit angefachtem Elan und riss mich bestimmt vom Blick in die Ferne los, um mich stattdessen aufgeregt Nathaniel zuzuwenden. Dieser hob jedoch bloß fragend eine

Augenbraue. Er hatte die Arme vor der Brust verschränkt und machte keine Anstalten, meiner Aufforderung nachzukommen. Verunsichert schaute ich ihn an.
„Was ist los?"
Der Kristall zuckte mit den Schultern.
„Nichts, ich war nur kurz überrascht."
„Wieso?" Ich verstand nicht, was ich falsch gemacht hatte, doch als sich nun ein zartes Schmunzeln auf Nathaniels Gesicht stahl, war ich mir nicht mehr sicher, ob ich überhaupt einen Fehler gemacht hatte.
„Du hast mir gerade einen Befehl gegeben", erklärte er mit einem anerkennenden Zwinkern, „Könnte sein, dass du doch lernfähig bist."
Genervt verdrehte ich die Augen.
„Ha, ha. Sehr witzig."
„Das war kein Scherz", gab Nathaniel tadelnd zurück, „Ich meinte das durchaus ernst."
„Meinetwegen", entgegnete ich unbeeindruckt und wandte mich wieder dem Dachrand zu, „Mir ist ohnehin gerade eingefallen, dass ich dich hierfür nicht brauche."
Noch bevor Nathaniel begriffen hatte, was ich vorhatte, breitete ich die Flügel aus und vollführte einen kräftigen Schlag nach unten. Meine Klauen verließen den Boden und ich spürte kurz den altbekannten Auftrieb in den Flügeln, ehe ich meine Flugbahn steil nach unten kippte. Was Nathaniel mir hinterherrief, hörte ich schon gar nicht mehr. Stattdessen konzentrierte ich mich auf das Gefühl von schierer Befreiung, welches sich bei jedem Meter meines Sturzflugs in mir ausbreitete, bis es meine Brust regelrecht zu sprengen schien.

Mit einem begeisterten Aufschrei vollführte ich noch während des Fallens eine Rolle in der Luft und war kurz davor, mit den Klauen auf dem Boden aufzusetzen als mich plötzlich ein kräftiger Ruck hoch in die Luft schleuderte. Erschrocken aber nicht wirklich überrascht schrie ich ein weiteres Mal und verfiel dann in ein verzücktes Lachen, während direkt vor mir das kritische Gesicht des Kristalls auftauchte. Ich hing irgendwo neben ihm in der Luft und fühlte mich wie auf einem Luftkissen. Ich grinste angriffslustig und tauchte ab, als wolle ich mich erneut in die Tiefe stürzen, doch dank der eigenartigen Kraft glitt ich nur kurz hinab, um gleich darauf neben Nathaniel wieder aufzutauchen. Dieser ansatzweise so amüsiert, doch er ließ mich gewähren und sah mir einige Runden beim Ab- und Auftauchen zu, bis es ihm schließlich zu viel wurde und er seufzend die Finger einer Hand an seine Schläfe legte.
„Weist du, dass man dich echt nirgendwo hin mitnehmen kann?", fragte er vorwurfsvoll, „Ganz im Ernst, welche Drogen haben die dir diesmal gegeben und wann habe ich das nicht mitbekommen?"
„Keine Ahnung. Bist du nicht der Experte?", antwortete ich kichernd, wofür ich dieses Mal einen ernsthaft besorgten Blick ernte.
„Also wirklich, so kann ich mich nicht auf meine Lehraufgabe konzentrieren!", tadelte Nathaniel mich, „Was soll ich denn deinen Trainern sagen, wenn sie fragen wie unsere Exkursion gelaufen ist?"
„Gar nichts. Sie sollen es doch gar nicht wissen", erinnerte ich ihn großzügig, was dem Kristall schlussendlich doch ein zustimmendes Lächeln entlockte.

„Auch wieder wahr", gab er zu, blieb jedoch erstaunlich ernst, als er fortfuhr, „So geht das trotzdem nicht. Du kannst nicht einfach überall herumturnen, wie es dir passt!"
„Warum nicht? Wer will mich denn aufhalten?", gab ich provokant zurück und fixierte den Kristall mit meinen glänzenden Blicken, „Und jetzt lass mich fallen."
Statt auf mich zu hören, schüttelte Nathaniel nur den Kopf.
„Tut mir leid, aber das kann ich zu deinem eigenen Wohlbefinden leider nicht tun", meinte er entschieden.
„Stell dich nicht so an", beschwerte ich mich ungeduldig, „Ich kann gut auf mich selber aufpassen."
Nathaniel sah mich hochgezogen Brauen an.
„Bist du dir sicher?", harkte er zweifelnd nach, „Das hätte ich jetzt nicht behauptet."
Trotz des warnenden Untertons überging ich die Bemerkung.
„Ich bin mir sicher."
„Wie du meinst", erwiderte Nathaniel und zuckte mit den Schultern, als auf einen Schlag alle Kraft von mir abließ und mich völlig unvorbereitet in die Hecke eines kleinen Gartens plumpsen ließ. Einer der Äste bohrte sich schmerzhaft in meine Seite und ließen mich stöhnend das Gesicht verziehen. Über mir hörte ich Nathaniel lachen.
„Hör auf!", schimpfte ich wütend, während ich mich aus dem Busch kämpfte, „Das ist nicht lustig!"
„Da gehen die Meinungen wohl auseinander", meinte Nathaniel unschuldig und richtete entspannt sein leicht zerknittertes T-Shirt. Es sah merkwürdig aus, wie er einen Meter über dem Boden schwebte, als

wäre es der normalste Zeitvertreib der Welt. Und tatsächlich schien es ihm nicht mal aufzufallen.
„Glaubst du nicht auch, dass die Leute komisch gucken könnten, wenn sie dich so auf ihren Straßen entdecken?", fragte ich grummelnd und warf dem Busch einen letzten feindseligen Blick zu, obwohl es natürlich nicht seine Schuld war, dass ich in ihm gelandet war.
„Doch, das würden sie wahrscheinlich", gab Nathaniel nickend zu, „Aber wenn sie dich sehen, würden sie schreiend wegrennen. Oder dich angreifen. Also rate mal, was besser ist."
Überrascht sah ich den Kristall an, welcher meinen Blick mit einem knappen Schulterzucken kommentierte.
„Aber ich dachte ...", setzte ich an, wusste dann jedoch nicht, was ich hatte sagen wollen. Eigentlich sollte es mich nicht wundern, dass Menschen normalerweise Angst vor Drachen hatten. Da ich in letzter Zeit jedoch gleich zwei Mal das Gegenteil erlebt hatte, hatte ich nicht darüber nachgedacht.
„Ich denke, du hast es verstanden", bestätigte Nathaniel meine Überlegungen und ließ sich endlich zu mir auf den Boden sinken, „Du musst noch lernen, wo du dich getrost zeigen kannst und wo du dich lieber bedeckt hältst. Aber keine Sorge, genau dafür sind wir hier. Umgang mit Menschen ist ein heikles Thema. Seit dem Krieg sind die Verhältnisse oft nicht mehr so rosig wie früher."
Ich machte große Augen.
„Du weißt etwas über den Krieg?"
Nathaniel sah mich beleidigt an.
„Machst du Witze?"
„Nein."

Diesmal blinzelte der Kristall irritiert.
„Jeder weiß vom Krieg. Ich natürlich auch.
Schließlich habe ich selbst darin gekämpft. Über Jahre", er unterbrach sich und blickte kurz nachdenklich auf meine aufgeregt leuchtenden Augen, „Ähnlich wie das Wissen über Magie kann dir das unmöglich nicht bekannt sein. Es ging dabei um den Glauben der Zeit, um Macht und einfach alles. Außerdem ist er erst 13 Jahre her", seine Augen verengten sich zu schmalen Schlitzen, als er mich prüfend fixierte, „Als Ringdrache gehörst du außerdem zur ehemaligen Königsrasse ..."
Da war sie. Die Bemerkung über meine Rasse, aus der ich nie schlau geworden war.
„Erzähl mir mehr!", ich war innerlich so außer mir, dass es mir schwerfiel, ruhig zu bleiben, „Über die Königsrasse und welchen Glauben du meinst! Wer war alles vom Krieg betroffen? Und ... und ...", ich musste mich unterbrechen, um Luft zu holen, „Du hast gesagt, du hättest selbst darin gekämpft?"
Nathaniel nickte. Diesmal schien er es zu sein, der nicht verstand, was vor sich ging.
„Ja, wie gesagt, über Jahre hinweg. Deine Spezies war dabei zeitweise mein größter Feind oder aber mein engster Verbündeter. Schließlich wurdet ihr nicht umsonst als Königsrasse bezeichnet", während Nathaniel erzählte, schien er völlig in Gedanken versunken, „Angeblich wart ihr es, die den Krieg begonnen und die Menschen aus den kalten Ländern vertrieben habt. Die Ringdrachen hielten sich für bemächtigt zu herrschen und haben damit eine Grenze überschritten, die die Menschheit nicht hinnehmen wollte", er machte eine Pause, doch ich war so gespannt mit Lauschen beschäftigt, dass ich kein Wort

herausbrachte, „Eigentlich hätte es nur ein Krieg zwischen den beiden Parteien werden sollen", erklärte der Kristall weiter, „aber durch den Missbrauch der Ringdrachen von der Macht der Dämonen, wurde es ein Krieg zwischen dreien, der sich über den gesamten Warmen Kontinent ausbreitete. Bedenkt man, dass sich unter den Drachen ebenfalls Rivalitäten ausbildeten, wird es sogar noch viel komplizierter. Denn es war längst nicht jeder mit der Vorherrschaft der Ringdrachen einverstanden. Klar ist nur, dass Arosia und Shalon auf dem Warmen Kontinent am meisten unterm Krieg gelitten haben."

„Sind das beides Länder?", harkte ich nach und Nathaniel nickte.

„Zwei von sechs in den warmen Ländern. Der Kalte Kontinent war nach der Vertreibung der Menschen vom Krieg beinah unberührt. Man sagt, dort lebt inzwischen nur noch eine kleine Kultur, unter denen sich die geflüchteten Vertreter der Königsrasse befinden. Denn nach Kriegsende war es für sie in den warmen Ländern nicht mehr sicher."

Ich blinzelte, während sich in meinem Kopf die Gedanken überschlugen.

Wenn die Gerüchte stimmten, musste meine Familie noch vor wenigen Jahren selbst in den Krieg verwickelt gewesen sein. Auch ich musste es miterlebt haben – im Herz des Geschehens.

Zudem bedeutete es, dass wir Geflüchtete waren. Die Einzigen, um genau zu sein. Denn meines Wissens nach, waren meine Eltern, mein Bruder und ich die einzigen Ringdrachen, die noch auf dem Kalten Kontinent gelebt hatten.

Nathaniel kratzte sich mit einer Hand unsicher am Hinterkopf.

„Ich war lange nicht mehr in Cliffs Edge, aber soweit ich weiß, wurden die Kriegshandlungen dort als Erstes eingestellt, weshalb an den Gerüchten durchaus etwas dran sein könnte."
„Nathaniel", setzte ich an und sprach damit zum ersten Mal den Namen des Kristalls aus. Er sah mich an und ich hatte mit einem Mal das Gefühl, ihn endlich zu akzeptieren.
„Ich dachte immer, dort komme ich her", sagte ich tonlos, weil ich zu verblüfft war, von den vielen Informationen, die so viel und doch viel zu wenig erklärten, „Ich erinnere mich nur an eine Zeit, als ich dort war."
Auf diese Worte folgte ein längeres Schweigen und ich erkannte Nathaniels Skepsis.
„Das muss eine große Gedächtnislücke sein", meinte er schließlich, „Du hättest den Krieg vollständig miterleben müssen. Seine Beginne zwar in sehr jungen Jahren, aber als Kind von Ringdrachen dennoch mitten im Geschehen. Er dauerte gerade mal 70 Jahre."
Die Erkenntnis verstörte mich.
Nicht nur, dass meine Rasse den Krieg begonnen hatte, sondern viel mehr, dass ich in diesem Krieg gelebt haben musste, ohne mich zu erinnern.
Etwas musste in Cliffs Edge passiert sein. Etwas, was mich meiner Erinnerungen beraubt hatte und irgendwie mit der Nacht in Gesellschaft des lächelnden Schemens in Verbindung stand.
Ich dachte, du würdest aufwachen.
Was wenn mein Bruder viel mehr gewusst hatte?
„Aber so vieles ergibt noch immer keinen Sinn", flüsterte ich kopfschüttelnd, „Ständig gab es bloß ausweichende Bemerkungen über den Krieg. Aber

zeitgleich machte man die Menschen nieder und predigte über Zeit und Macht und Herrschaft ..." Nathaniel sah nachdenklich aus.

„Das hört sich so an, als würden in Cliffs Edge zwar die alten Werte gelehrt werden, jedoch ohne an die Geschichte – den Krieg – zu erinnern", meinte er, während ich seine Worte logisch zu verarbeiten versuchte.

„Wenn der Krieg erst 13 Jahre her ist, müssen alle, die ich in Cliffs Edge kannte, darin gelebt haben."

„Unangenehme Wahrheiten werden gerne vergessen", gab Nathaniel zu bedenken, „Für mich klingt die Lage auf dem Kalten Kontinent nach jeder Menge Heuchelei."

Ich dachte an Evelia und Neuro, die Schüler und das fragwürdige Lehrkonzept meiner Schule.

Wer war Täter, wer Opfer?

Und wie viel hatten meine Eltern zu verschulden?

„Denkst du, man könnte so einen Krieg ein zweites Mal anfangen wollen?", fragte ich gerade heraus und Nathaniel zuckte die Schultern.

„Sicher. Aber dafür bräuchte es schon etwas mehr, als halbherzig gefälschte Geschichtslehren. In den warmen Ländern ist die Kriegsbereitschaft viel größer. Wie man an dem Misstrauen in den Städten merkt, sind auch die Menschen längst nicht über den Krieg hinweg und ich weiß nichts darüber wie es bei den übrigen Parteien aussieht. Fest steht nur, dass es im Moment kaum größere Unruhen gibt. Die Angst vor einem weiteren Blutvergießen sollte die Parteien trotz ihrer Feindseligkeit vorerst davor bewahren, sich gleich wieder auseinanderzureißen. Es ist trotzdem nur allzu verständlich, dass verbliebene Vertreter der

Königsrasse sich lieber noch in friedlichen Gebieten verschanzen, die sie besser kontrollieren können."
„Aber was ist mit dem Tag als ich mit Leo und seinen Freunden in der Söldner-Bar war?", merkte ich fragend an, „Da hat es auch keinen Menschen interessiert, dass wir dort waren ..."
„Söldner werden fast überall geduldet – egal ob Drache, Mensch, Wiedergeborener oder Dämon", erwiderte Nathaniel abwinkend, „Sie werden erst dann eine Gefahr, wenn sie sich für Aufträge einer großen Partei anschließen, aber für gewöhnlich haben sie da keine Prioritäten", er überlegt, „Dass ihr dort wart, war zwar bestimmt nicht ungefährlich, aber für gewöhnlich akzeptiert man die Geschäfte der Söldner und versucht sich nicht einzumischen."
Deshalb hatte Leo mich so schnell über den Bürgersteig in die Bar gezerrt. Er hatte nur verhindern wollen, dass ich gesehen wurde.
Ich nickte verstehend, sprach jedoch nicht gleich weiter, da ich zu sehr in Gedanken versunken war. Erst als die nächste Frage sich unaufhaltsam in mir aufdrängte und auch Nathaniel keine Anstalten machte, das Gespräch fortzuführen, brach ich das Schweigen.
„Worum hat man überhaupt gekämpft?"
„Macht, Ansehen, alles, was einen als überlegen kennzeichnen könnte", antwortete Nathaniel, doch ich verstand nicht, wieso das so wichtig sein sollte. Der Kristall schien das zu merken, denn nach einem kurzen Zögern fuhr er fort: „Um das zu verstehen, musst du eigentlich nur wissen, vor wem sie sich kennzeichnen wollten", erklärte er, ernte dafür jedoch lediglich fragende Blicke meinerseits, „Diese Welt hat sich einen Gott gesucht, der sich nicht um jeden

kümmern kann", fügte er bitter hinzu, „Und wenn du mich fragst, haben sie sich damit für den Falschen entschieden. Solange man die Wahl hat, dient man niemandem, der einen für Schwäche bluten sehen will."

Nathaniel

Profilergänzung:
- Kind von Geflüchteten aus großem Krieg
- aufgewachsen mit alten Werten, die unbequeme Wahrheit auslassen
- gottlos
- immer noch unwissend

Irgendwie überraschte mich das alles nicht.
Dass der Junge zur Königsrasse gehörte, war mir natürlich auf den ersten Blick klar gewesen. Diese Erkenntnis war der Grund für meine anfänglich vielleicht doch ein wenig überspitzte Aktion mit dem Würgen gewesen.
Aber was soll´s. Passiert ist passiert. Es konnte ja schließlich keiner ahnen, dass der Junge sich rasend schnell als wohl größte Ausnahme seine Art entpuppen würde. Bei seinem Anblick bekam Machtstreben und Brutalität sonst nämlich eine ganz neue Bedeutung.
Die erst Sache, die mich überrascht hatte, war seine Sturheit.
Die Zweite, Ahnungslosigkeit.
Ehrlich gesagt fragte ich mich immer noch wie man in einer Welt wie dieser keinen blassen Schimmer davon haben konnte, was Magie war. Wie mir schien, herrschte auf dem Kalten Kontinent eine Art

Verdrängungskultur. Und vielleicht noch etwas anderes.

Aber es wurde ja noch grotesker! Nicht einmal die Landkarte war dem Jungen vertraut. Und das, obwohl er eigentlich alt genug war, um den Krieg vollständig mitbekommen zu haben.

Andererseits schien der Junge nicht einmal wirklich zu wissen, was in seiner Heimat vorgegangen war. Eine Heimat, die sich mit Sicherheit abschotten wollten. Weit weg von den Menschen, der Magie und der Ungnade, in die die Ringdrachen nach dem Zerfall der Rassenideologie bei Kriegsende gefallen waren. Immerhin schienen sie mir jedenfalls nicht gerade todbringende Soldaten für einen erneuten Anschlag auf die Menschheit oder die Dämonen vorzubereiten. Insbesondere, wenn man das nicht vorhandene Kampfgeschick meines neuen Meisters betrachtete. Zudem wurden zwar die Werte ihres Gottes gepriesen, dieser aber nicht beim Namen genannt. Das verwunderte mich, könnte aber auch ein cleverer Schachzug sein für ...

Na ja, für etwas eben.

Am verwirrendsten fand ich jedoch alles im Zusammenhang mit der Kraft des Jungen, mit welcher er angeblich unabsichtlich seine Eltern getötet hatte, von der er bis vor Kurzem nicht einmal etwas geahnt hatte und die er außerdem so gar nicht unter Kontrolle hatte.

Das konnte eigentlich gar nicht sein.

So eine Kraft besaß man nicht einfach mal so.

Trotzdem besaß er sie.

Und dann war da noch die Sache mit seinem Widerwillen, seine Macht als mein Meister gegen mich zu missbrauchen. Stattdessen hatte ich regelmäßig das Gefühl, von ihm als Lösung all seiner Probleme angesehen zu werden. Zwar eine Lösung, der er nicht zu hundert Prozent über den Weg traute – was durchaus klug war, wenn man davon absah, dass ich zunehmend die Lust verlor, ihm etwas anzutun – aber dennoch etwas, was er wertschätzte.

Deshalb hatte ich mich schließlich, entgegen aller Vernunft dafür entschieden, bei ihm zu bleiben. Auch das tat ich nicht einfach so. Ich hatte meine Gründe. Darunter zählten aktuell insbesondere der Unterhaltungsfaktor, mein gewecktes Interesse und faszinierenderweise sogar ein wachsendes Maß an Sympathie.

Das hatte bisher kaum jemand zustande gebracht.

Der Junge sollte sich geehrt fühlen.

Aber er wusste es eben nicht.

Noch schwankte ich schließlich zwischen dem, was ich wollte.

Noch wollte ich ihm nicht gestehen, dass ich ihn ganz gut leiden konnte.

Der gemachte Gott

Es gibt bestimmt eine Menge coole Dinge, die man über seine Vergangenheit erfahren könnte.
Aber Teil einer Rasse zu sein, die einen Krieg begonnen hat, gehört nicht zwingend dazu.

Verträumt blickte ich hinab auf das Meer von Lichtern, das sich unter mir erstreckte.
Nachdem Nathaniel und ich unser Gespräch erst einmal beiseitegelegt hatten, um zu verarbeiten, was wir jeweils erfahren hatten, hatte der Kristall spontan vorgeschlagen, uns an einen Platz zu bringen, von dem aus wir einen noch viel größeren Teil der Stadt überblicken konnten.
Walles – so hatte er die Stadt genannt und tatsächlich war die Position, von der aus wir nun auf ihre Häuser hinab blickten, noch deutlich schöner als auf dem Dach des ersten Gebäudes.
Die Terrasse, auf der wir saßen, bestand aus weißem Marmor und war elegant erhellt von Lichtern, die neben Pflanzenkübeln in durch und durch identisch ausgearbeiteten, schlichten Modellen in den Boden eingelassen waren. Zudem gab es einen bläulich schimmernder Pool, dessen Wasseroberfläche so glatt war, dass er perfekt als Spiegel dienen könnte. Im Inneren des anliegenden Gebäudes brannte dagegen kein Licht. Trotzdem wirkte es sehr viel kunstvoller

als die einfachen Kastenbauten, auf deren Stil die meisten niedrig gelegenen Häuser basierten.
Das Haus lag verlassen am Hang eines Berges, der in das Tal hinabführte, in dem der Rest der Stadt sich weitläufig und lebendig erstreckte. Von hier oben betrachtet, kam sie mir sogar noch gewaltiger vor als bei unserer Ankunft, denn ich erkannte nun, dass große Teile der Wohnlandschaft viel weiter ins Land reichten, als ich mit bloßem Auge erkennen konnte.
Der gesamte Anblick erschien mir wie ein Traum, in den ich benommen taumelnd gerutscht war und den ich nun nicht mehr verlassen wollte, weil es zu vieles gab, was ich darin noch nie gesehen oder erlebt hatte.
Wenn ich lauschte, konnte ich das leise Schnurren, Rauschen und Brummen der Autos auf den Straßen hören.
Wenn ich genau hinschaute, erkannte ich hunderte Silhouetten, geschäftlich umherwandernder Menschen auf den Straßen.
Und wenn ich einatmete, war die Luft, die meine Lungen füllte, so frisch und kühl, dass ich mich jedes Mal an die Freiheit erinnert fühlte, von welcher ich fest entschlossen war, sie nie wieder zu verlieren und die ich das erste Mal mit dem Kristall an eben diesem Tag auf dem Dach des ersten Kastenbaus gespürt hatte.
Bei diesem Gedanken glitt mein Blick beinah von selbst zu Nathaniel, welcher wie ich am Rand der Terrasse saß. Seine Beine baumelten locker über die Kante und er hatte die Hände neben sich aufgestützt, sowie den Oberkörper leicht nach vorne gebeugt als spiele er mit dem Gedanken, sich in die Tiefe vor sich zu stoßen. Tatsächlich aber war sein Blick gedankenverloren auf einen dunklen Punkt zwischen

unserem Aussichtsplatz und der Stadt gerichtet und er
reagierte nicht gleich auf meinen, ihm zugewandten
Blick, sodass ich die Zeit nutzen konnte, um ihn einen
Moment schweigend zu betrachten. Dabei rief ich mir
in Erinnerung, was ich heute von ihm gedacht hatte.
So eigenartig unsere Beziehung auch gestartet war,
das Verhältnis, welches sich inzwischen darauf
aufbaute, grenzte an eine seltsame Art der
Freundschaft, die ich so angenehm und beruhigend
fand, dass mein Misstrauen auf eine bisher ungeahnt
freundliche Temperatur angeheizt war – und das lag
vor allem daran, dass der Kristall so ehrlich war.
Ganz gleich wie verrückt und durchgedreht er mir
manchmal erscheinen mochte – er machte mir
wenigstens nichts vor.
Ein weiterer Grund, weshalb ich seine Anwesenheit
nicht länger abschreckend fand, war, dass ich sein
gesamtes Auftreten schlicht und einfach genoss.
Sein Umgang mit mir war weder überflüssig
rücksichtsvoll noch bösartig oder ernsthaft
verspottend. Er war in der Lage, mir genau zu zeigen,
wo meine Schwächen lagen, und mit ihm hatte ich in
der kurzen Zeit mehr gelernt und verstanden als Leo
und Joka es in mehreren Monaten zustande gebracht
hatten.
Manchmal fand ich diese Eigenschaft an ihm
unheimlich, da es mir das Gefühl gab, durchschaubar
zu sein. Doch insgeheim freute ich mich so darüber,
dass die wenige Unsicherheit nicht ausreichte, um sich
ernsthaft Gehör zu verschaffen.
„Ist was?"
Ich blinzelte erschrocken, als ich unerwartet
Nathaniels Stimme hörte und bemerkte erst, dass ich

ihn immer noch ansah, als sein prüfender Blick sich längst in meinem verfangen hatte.
„Ähmm ... nein!", antwortete ich ein wenig zu hastig und spürte, wie mein innerer Kommentator sich dafür frustriert eine Hand vor die Stirn schlug. Daher fügte ich etwas kleinlaut hinzu: „Ich war nur in Gedanken."
„In Gedanken über mich?", Nathaniel grinste plötzlich wieder und seine Augen funkelten im Schein eines der Dekolichter so amüsiert, dass ich mich seufzend geschlagen gab.
„Schon möglich", erwiderte ich gedehnt, fuhr jedoch fort, bevor dem Kristall eine dumme Bemerkung über die Lippen kam, „Aber das ist nichts, worauf du dir etwas einbilden solltest. Ich überdenke nur meine zukünftigen Planungen, in denen du eine Rolle spielst."
Nathaniel hob nachharkend eine Augenbraue, ohne vorher das Grinsen von seinem Gesicht zu wischen.
„Ich bin Teil von zukünftigen Planungen?"
So wie er es sagte, konnte ich nur mit Mühe ein Augenrollen verkneifen.
„Richtig", antwortete ich zustimmend, „Wenn ich dich richtig verstanden habe, werde ich dich schließlich so schnell nicht mehr los."
„Und das ist alles?", wollte Nathaniel zweifelnd wissen. Offensichtlich war ich nicht so gut im Vertuschen, wie ich gehofft hatte.
„Ja", behauptete ich trotzdem und war ausnahmsweise sogar zufrieden wie bestimmt meine Stimme dabei klang. Auch Nathaniel schien das nicht entgangen zu sein, denn er zuckte mit den Schultern und richtete seinen Blick auf die Stadt.
„Auch gut, ich habe schließlich ebenfalls an nichts Besonderes gedacht", behauptete er beiläufig und ich

hatte zum ersten Mal das Gefühl, als seien seine Worte nicht alle wahr.
„Nathan?", fragte ich nach einer Weile, in der wir beide nicht gesprochen, sondern nur still auf die Stadt geblickt hatten.
Der Kristall sah mich überrascht an.
„Nathan?", wiederholte er fragend und ich nickte, um das Wort zu bestätigen, „Ein Spitzname?"
„Ich dachte nur ..."
„Du bist ja knuffig", unterbrach Nathaniel mich lachend, „Hätte nicht gedacht, dass ich so schnell dein Vertrauen gewinnen würde."
Ich zögerte mit meiner Antwort. Eigentlich hatte ich Nathaniel sagen wollen, dass genau das geschehen war.
Doch war es immer noch möglich, dass ich mich täuschte?
Ich war mir plötzlich nicht mehr sicher, ob ich tatsächlich bereit war, ihm Vertrauen zu schenken und nur einen Schritt davon entfernt, einen Rückzieher zu machen – stattdessen zuckte ich erschrocken zusammen, als sich auf einmal von der Seite ein Arm um meine Schultern legte. Ich blickte verwirrt auf und schaute direkt in die dunkeln Augen des Kristalls, welcher mich freundschaftlich an sich drückte und dabei amüsiert lächelnd auf mich hinab blickte.
„Mag ich", meinte er schließlich und ich konnte nichts mehr dagegen tun, dass sich auch auf meinem Gesicht ein glückliches Lächeln breit machte, „Aber pass trotzdem auf, nicht allzu zutraulich zu werden", fügte er warnend hinzu, „Ich bin manchmal ganz schön unberechenbar."
„Ist notiert", seufzte ich augenrollend.

„Vielleicht boxe ich dich morgen, wenn du mich mit meinem Spitznamen ansprichst."
„Schon klar", ich musste lachen, „Ich bin vorsichtig."
Nathaniel nickte zufrieden.
„Besser so. Jeder vernünftig denkende Mensch würde dir raten, nie einem Dämon über den Weg zu trauen."
„Selbst wenn dieser mir das von sich aus rät?"
„Dann vor allem!"
Ich schüttelte nur schmunzelnd den Kopf und ließ meine Aufmerksamkeit wieder zum Anblick der im Dunkeln leuchtenden Stadt schweifen.
„Sind wir eigentlich immer noch in Ivers?", fragte ich nach einem kurzen Schweigen, ohne jedoch den Blick zu heben.
„Japp", antwortete Nathaniel bestätigend, „Walles liegt ein Stück östlich von der Einrichtung, aus der wir kommen – deutlich näher an der Grenze zu Arosia. Dort gibt es auch eine Stadt und die Stützpunkte der vorherrschenden Parteien. Die letzte Stadt liegt in Kellslang. Das ist mehr im Südosten", er zeichnete mit dem Finger Linien in die Luft, um mir seine Beschreibung zu verdeutlichen, „Ganz östlich, hinter Arosia und Kellsland liegt Shaylon. Da lebt allerdings meines Wissens nach keiner mehr. Ach ja und im Norden gibt es noch Malia und natürlich Cliffs Edge. Bei Letzterem liegt allerdings ein Ozean dazwischen."
Während er erzählte, folgte ich seiner Handbewegung mit meinen Blicken und versuchte mir die Welt, von der er berichtete, genaustens einzuprägen.
Aus der Schule kannte ich lediglich den Namen meines Heimatlandes. Die anderen Länder waren für mich schon immer nur, *die warmen Länder* gewesen. Die Welt war gewaltig. Doch bisher war ich zu sehr mit mir selbst und meinem direkten Umfeld

beschäftigt gewesen, um viel weiter hätte sehen zu können.

Das war nun anders, denn Nathaniel ermöglichte es mir zum Einen, nach vorne zu schauen und zum Anderen, mich endlich einmal umzusehen.

„Du sagtest, die Welt hätte einen Gott ...", murmelte ich halblaut – noch ganz in Gedanken versunken, mit dem Bild der Landkarte vor meinem geistigen Auge, „Hat er einen Namen?"

„Sein Name ist Zeiber", antwortete Nathaniel aufklärend, „Man verehrt ihn als Gott der Ewigkeit."

„Ist er das denn nicht?"

Nathaniel lachte verhalten.

„Er ist kein Gott."

Überrascht schaute ich zur Seite. Auf den Lippen des Kristalls lag ein ungewohnt vernichtendes Lächeln.

„Wie meinst du das?"

„Ich meine das so, wie ich es gesagt habe", gab Nathaniel unbeeindruckt zurück, „Er ist kein Gott. Und er war auch nie einer. Unfassbar mächtig, ja. Aber ein Gott? Nein. Inzwischen tot, auch ja."

„Ich denke, er wird noch verehrt ..."

Nathaniel nickte.

„Seine fanatischsten Anhänger wollen den Tod ihres Gottes offensichtlich nicht wahrhaben. Ihre Zahl ist trotzdem sehr unbedeutend geworden."

„Aber hält ihn das nicht am Leben? Wenn noch jemand an ihn glaubt? Ich meine: Sind Götter nicht ohnehin meist ...", ich suchte nach den richtigen Worten.

„Überirdisch? Außerhalb unserer Reichweite?", half Nathaniel mir auf die Sprünge, „Sicher, aber der Gott, von dem wir reden, war schließlich ein atmendes Lebewesen. Wie gesagt: Er ist nur als Gott verehrt

worden und seine Werte haben sich so fest in die Gesellschaft eingeflochten, dass sie nicht so einfach vergessen werden. Mir will scheinen, deine Heimat ist das beste Beispiel."
Ich hob erstaunt die Augenlider.
„Er war ein Bewohner dieser Welt?"
„Richtig. Nur der Zugang zu einer besonderen Macht, der er sich verschrieben hat, hat ihn zu dem gemacht, was die Anderen in ihm sahen. Erst wurde dafür gefürchtet, doch schließlich haben sich mehr und mehr Anhänger um ihn gescharrt. Und er? Er hat ihnen ewiges Leben versprochen, wenn sie sich nur als würdig erweisen würden. Seitdem hatten wir Krieg und irgendwann", setzte Nathaniel ironisch lächelnd zum Ende seiner Geschichte an, „war er einfach verschwunden."
„Verschwunden?", wiederholte ich fragend Nathaniels letztes Wort, „Wieso sollte er einfach verschwinden?"
„Ich denke, weil er tot ist", entgegnete Nathaniel schulterzuckend, „Alles andere ergibt keinen Sinn. Er war zu nah an seinem Ziel, am ewigen Leben, das er allen versprochen hatte, er aber nicht mal selbst erreicht hatte. Er hätte nie aufgehört, dafür zu kämpfen, wenn er noch leben würde."
„Du sagst es so, als hättest du ihn gekannt ...", bemerkte ich vorsichtig, da ich sah, wie bei den Worten ein düsteres Funkeln in Nathans Augen trat.
„Das habe ich auch. Vermutlich besser als jeder andere. Ich war immerhin sein Kunstwerk."

Der kurze Moment des Schweigens zog sich bis ins Unendliche.
Ein Kunstwerk – ein Kunstwerk eines Gottes – eines Gottes, der dadurch einer wurde, da er als jener

verehrt wurde – ermöglicht durch eine besondere Macht.
Ich kam mir vor wie an die Wand geworfen.
Nathaniel neben mir lächelte grimmig.
„Ich war sein erstes großes Kunstwerk", verbesserte er sich und stieß dabei den Atem als weißer Nebel aus, „Mit meiner Erschaffung hat er sich selbst den Startschuss gegeben. Ich war der Beweis für das unnatürlich hohe Ausmaß seiner Macht. Denn glaub mir – einen Dämon ins Leben zu rufen ist nicht einfach. Das kostet dich sehr viel und erfordert obendrein eine Art von Magie, der selbst die gelehrtesten Unterweltler oft nicht mehr mächtig sind."
„Dann bist du ...", setzte ich an, doch Nathaniel klärte mich bereits auf.
„Ich bin ein Dämon und Dämonen haben ihren Ursprung alle in der Magie. Die wenigstens sind allerdings das Werk eines Irdischen. Mein Erschaffer, mein erster Meister, Zeiber, war einer der wenigen, die das zustande gebracht haben und er ging noch weiter. So weit bis man ihn als Gott ansprach. Das hat ihn nur noch versessener gemacht", der Kristall seufzte leise, „Ich habe ihm lange gedient, weiß du ... Ich war das Symbol seiner Macht. Auch mich hätte er nicht einfach fallen gelassen", endlich drehte er den Kopf und sah mich an, „Bevor du irgendwas sagst: Ich weiß, ich komme nicht gerade rüber wie das Werk eines dunklen Gottes. Ich habe schließlich mit der Zeit mein Eigenleben entwickelt und festgestellt, dass ich meine Bestimmungen anderswo sehe als in Ewigkeit, Macht und Göttlichkeit. Aber ich würde dir die Geschichte nicht erzählen, wenn sie nicht wahr wäre."

Seine Augen glänzten schwarz wie tintengefüllte Glasperlen.
Ich schaute ihn eine lange Weile nur schweigend an.
„Ist das eine Warnung?", fragte ich endlich und Nathaniel ließ seinen Arm von meiner Schulter gleiten.
„Ja. Auch ...", er zögerte, „Vor allem ist es eine Antwort. Und die Wahrheit. Wolltest du nicht, dass ich ehrlich zu dir bin?"
Ich nickte.
„Bist du überrascht?"
Nathaniel sah mich unschlüssig an. Sein Blick hin und hergerissen zwischen Frage und Anspannung, doch ich schüttelte den Kopf.
„Nein. Nicht wirklich. Du hattest bereits beim ersten Mal etwas in der Richtung erwähnt", ich ließ einen Moment schweigend verstreichen, „Zu dem Zeitpunkt habe ich dich nur nicht richtig ernst genommen."

Nathaniel

Ja, ein Kunstwerk. Das war ich. Und noch dazu ein perfekt geglücktes.
Immer wieder mussten meine Gedanken in die Vergangenheit zurückgehen, als ich mich tatsächlich so wertvoll gefühlt hatte – mächtig.
Als alle Welt zu mir und meinem ersten Meister aufblickte.
Als unsere Namen nur noch mit zitternden Stimmen in einsamen Ecken geraunt wurden.
Als sie anfingen, sich unseretwegen auf die Knie zu werfen, und sich schließlich gegenseitig die Köpfe einschlugen.
Ab da war es mir zu viel geworden, denn diese Art der Unterwerfung hatte mich angeekelt.
Wie von Sinnen waren sie aufeinander losgegangen, töteten und töteten und schwenkten dabei Flaggen mit unserem Zeichen, laute Worte der Huldigung in die Nacht schreiend.
Meinen Meister hatte das nie berührt.
Seine Aura war immer ruhig und unverändert geblieben.
Es war ihm schlichtweg gleichgültig.
Nur wenn es brannte, wurde sie manchmal heller, denn das Licht und die Wärme der Flammen, waren etwas, worin er sich verlieren konnte.

Kein Wunder, hatte ich oft gedacht, *wenn man sein Leben in dunklen Stollen der Unterwelt und mit nichts außer der Gesellschaft von Kälte, Finsternis, Dämonen, Nekromanten und schwarzer Magie verbringt ...*
Das musste schließlich seine Spuren hinterlassen. Und das tat es.
Jede Form der Zerstörung hinterließ kurze Momente der Freude. Für die, die dabei ums Leben kamen, hatte er dabei keine Beachtung übrig. Mit dem Tod wurde er in der Unterwelt oft genug konfrontiert.
Und auch mich hatte er in der Sehnsucht nach Licht geschaffen, denn mein Hauptelement war das Feuer. Doch auch wenn er mir meine Macht gegeben hatte, auch wenn meine Existenz sein Werk war – ich hatte ihn nie als einen Gott betrachtet. Das tat ich bis heute nicht.
Wohl aber sah ich das Gespinst in den Köpfen der Lebenden als Gott an. Ein düsterer, gnadenloser Gott. Einer, der zum Glück mit der Zeit und mit dem Ableben meines ersten Meisters fast gänzlich zu einem Teil meiner Vergangenheit geworden war.
Der Krieg war vorbei.
Die meisten Fanatiker tot.
Die wenigen Übrigen spielten keine Rolle.
Der Glaube und damit sein Gott waren am Aussterben.
Ich hatte mich endlich davon abwenden können.
Und nun hatte ich noch etwas viel Bedeutenderes.
Freiheit.
Eine seltsame Art von Freiheit, aber definitiv Freiheit.
Daran hatte ich nicht mehr geglaubt, seitdem ich völlig verwirrt in dem Bannkreis meines zweiten

Meisters erwacht war und seitdem mit jedem neuen Toten von einem zum nächsten weiter gereicht wurde. Bis heute hatte ich nicht verstanden wie und wieso es passiert war, denn es war klar, dass keiner in der Lage gewesen sein sollte, meinem ersten Meister das Leben zu nehmen und ganz gewiss nicht die Witzfigur eines zweiten Meisters, die ich danach über Wochen ertragen musste.
Nein, damals musste die Regel eine andere gewesen sein.
Ich hatte nur keine Idee, welche ...
Aber wie gesagt: Vergangenheit.
Obwohl manche Dinge mir wohl auf ewig ein Rätsel bleiben würden.
So wie auch meine aktuellste Situation.
Dass mein jetziger Meister nicht ganz normal war, konnte man wahrscheinlich unerwähnt lassen – was mich jedoch genauso wunderte, waren seine Eltern. Jedenfalls, wenn es stimmte, dass mein Meister sich die Macht über mich durch ihren Tod errungen hatte. Dies würde bedeuten, dass ihnen die Macht vorher gehört hatte und es war zwar so, dass ich mich ihnen nie persönlich vorgestellt hatte, doch hatten sie mich immerhin monatelang mit ihrem Befehl an eine Höhle gekettet, als hätten sie meine Anwesenheit gespürt und diese konkret von sich abgewiesen.
Das war an und für sich erstmal nichts Ungewöhnliches. Einige fürchteten eine Macht, wie ich sie hatte.
Ich war immerhin kein Kinderspielzeug.
Da seine Eltern jedoch ebenfalls Vertreter der Königsrasse waren, verlor das Ganze seine Logik erschreckend schnell.

Warum sollte ein Fanatiker schon eine solche Machtquelle verschmähen, wenn sie derart leicht zu bekommen war?
Eben. Das tat ein Fanatiker nicht. Niemals.

Der König und sein Untertan

Ob nun das Werk eines verstorbenen Gottes oder nicht. Diese Information änderte für mich gar nichts. So versuchte ich, es mir jedenfalls einzureden. Wenn man bedachte, dass der Gott ohnehin kein richtiger Gott war, klang es auch gleich nicht mehr so dramatisch.

„Weißt du, was ich nicht verstehe?"
Ich sah Nathaniel fragend an. Es war nur wenige Sekunden her, dass ich ihm eine Antwort auf seine letzte Frage gegeben hatte, doch mit der jetzigen wusste ich nicht so recht etwas anzufangen.
„Nein ...", erwiderte ich daher gedehnt, „Was meinst du?"
Nathaniel hatte den Blick immer noch nicht von mir abgewandt und seine Hand lag dicht neben mir auf dem weißen Stein der Terrasse. Auf eine beunruhigende Art und Weise wirkte er entspannt und nachdenklich.
„Dich."
Ich atmete auf.
„Das wundert mich jetzt nicht wirklich."
„Nein?", ein amüsiertes Lächeln huschte über Nathaniels Gesicht, „Dürfte ich mir denn die aufdringliche Frage erlauben, wieso nicht?"

Mit einem Schulterzucken ließ ich mich rücklings auf die Terrasse sinken, um von dort einen besseren Blick auf den von Sternen übersäten Nachthimmel zu haben.
„Vermutlich, weil meine Entscheidungen meist nicht gut durchdacht sind und deshalb auch nur sehr schwer nachzuvollziehen."
„Stört dich das etwa?"
„Ich weiß nicht. Es ist wahrscheinlich nicht sehr professionell ..."
„Und wenn schon", unterbrach Nathaniel mich abwinkelnd, „Pläne machen ohnehin alles langweilig. Die meisten Dinge fangen erst dann an Spaß zu machen, wenn du bereit bist, spontan zu handeln."
Als Antwort stieß ich eine Mischung aus Lachen und Schnauben aus, für das ich vom Kristall einen unsanften Stoß in die Seite erntete.
„Ey, das ist mein Lebensmotto! Pass jetzt lieber auf, was du sagst."
„Ich sag doch gar nichts", verteidigte ich mich wahrheitsgemäß und grinste ein wenig, als kurz darauf Nathaniel mit einem äußerst kritischen Gesichtsausdruck in meinem Blickfeld auftauchte.
„Ganz schön frech", bemerkte er und ich war plötzlich unsinnig stolz auf mich.
„Und wenn schon", gab ich spielerisch provokant zurück, die Worte des Kristalls absichtlich wiederholend, „Ich denke, ich bin dein neuer Meister. Ich darf das."
Bei diesen Worten lachte Nathaniel.
„Na klar."
„Was denn? Stimmt doch."
„Es stimmt theoretisch", verbesserte der Kristall mich, „Praktisch stimmt es erst, wenn du es hinbekommst, mich wirklich herumzukommandieren."

„Wer sagt, dass ich das nicht könnte?", entgegnete ich angestachelt. Dabei setzte ich mich mit einem Ruck auf, nur um kurz darauf ein nüchternes Lächeln auf den Lippen des Kristalls zu entdecken.
„Ich meine, ich würde es dir nie unterstellen, aber ..."
Das war schon Antwort genug. Bevor Nathaniel weitersprechen konnte, sprang ich auf die Füße und deutete auf den Pool.
„Spring da rein!", forderte ich möglichst forsch und beobachtete enttäuscht wie der Kristall bloß mitleidig die Stirn runzelte.
„Da", ich deutete erneut mit dem Finger auf den Pool, dann auf Nathaniel, „Du. Da rein."
Das Resultat war, dass der Kristall sich auf die Unterlippe biss, um sich ein Lachen zu verkneifen. Der Anblick ließ Frustration in mir aufwallen und ich fixierte den Kristall noch konkreter, während ich versuchte, alles an Dominanz in mir für diesen Moment zu Tage zu fördern.
„Bitteschön", knurrte ich wütend, „Dann eben nacheinander. Steh auf!"
Nathaniel nickte anerkennend, rührte sich jedoch keinen Millimeter.
„Super. Mach ruhig weiter so", meinte er aufmunternd, „Es wird."
Ein ärgerliches Stirnrunzeln trat auf mein Gesicht. Der Kristall machte sich über mich lustig.
Das war offensichtlich.
Die Frage war nur: Was machte ich falsch? Ich hatte es doch schonmal geschafft, ihn zu etwas zu zwingen.
„Wenn du jetzt nicht aufstehst, werde ich ungemütlich", versuchte ich es mit einer Warnung, obwohl ich nicht wirklich daran glaubte, dass diese Taktik Erfolg haben würde.

Zu meiner Überraschung seufzte Nathaniel jedoch und begann sich langsam aufzurichten.
„Meinetwegen", sagte er unbeeindruckt, „Für das, was ich jetzt vorhabe, muss ich mich ohnehin dazu bequemen."
Er streckte sich kurz, dann kam er auf mich zu und ich wich erschrocken zurück.
„Stop! Keinen Schritt weiter!", rief ich im verzweifelten Versuch, doch noch etwas mit meinen kläglichen Befehlsversuchen erreichen zu können. Doch noch ehe ich mich versah, stand Nathaniel direkt vor mir und stieß mich kommentarlos rückwärts in den Pool.
Es klatschte, als mein Körper auf dem Wasser aufschlug und einen Sekundenbruchteil später auch schon darin versunken war. Das warme Wasser umfing mich von allen Seiten und ich schloss instinktiv die Augen und hielt den Atem an, bevor die Wassermassen über mir zusammenschlugen. Von einer Sekunde auf die Andere hörte ich nichts mehr außer ein leises Rauschen in einer drückenden Stille wie sie einzig und allein der Unterwasserwelt zu eigen war und spürte die kleinen Luftblasen, welche sich an meinem Körper vorbei ihren Weg nach oben bahnten. Wie von selbst entfalteten sich meine Flügel, um das Absinken meines Körpers zu bremsen und ich ließ mir noch Zeit, um langsam zum Stillstand zu kommen, bevor ich mich mit einem kräftigen Flügelschlag wieder nach oben drückte.
Mein Kopf brach aus der Wasseroberfläche und kalte Luft füllte meine Lungen, während ich mich nun schwimmend über Wasser hielt und heftig blinzelnd versuchte, Nathaniel am Rand des Pools auszumachen.

Genauso schnell, wie sie verstummt waren, kehrten derweil auch die Geräusche zurück und die Ruhe, welche ich für einen kurzen Moment unter Wasser verspürt hatte, verwandelte sich in Windeseile in Panik.
Hektisch drehte ich den Kopf hin und her, doch auf der Terrasse zu den Seiten des Pools war vom Kristall keine Spur.
Als ich hinter mir ein amüsiertes Lachen hörte, fuhr ich erschrocken herum. Ein Strudel zog mich erneut unter Wasser und schleuderte mich so oft im Kreis herum, bis er mich völlig orientierungslos an der Oberfläche wieder ausspuckte.
Ich schnappte nach Luft und paddelte wild mit den Armen, mehr der Panik wegen, als aus dem Grund, dass ich zu lange unter Wasser gewesen wäre. Zudem wollte ich unbedingt Abstand zwischen mich und den Kristall bringen, obwohl ich genau genommen gar keine Ahnung hatte, wo dieser geblieben war.
Daher war es auch nicht wirklich überraschend, als der Kopf Nathaniels wenig später und kaum zwei Meter entfernt von mir auftauchte – ein breites Grinsen auf dem Gesicht und mit Haaren, die ihm nass und zerwühlt am Kopf klebten.
Als er sah, dass ich ihn bemerkt hatte, winkte er mir zu und machte sich anschließend daran, zu mir hinüber zu schwimmen, wogegen ich den Rückwärtsgang einlegte.
„Was machst du denn? Bist du bescheuert?!", rief ich keuchend, wobei ich gleichzeitig versuchte, mich nicht ständig an dem wellenschlagenden Wasser zu verschlucken. Nathaniel grinste heimtückisch, während er in Ruhe näher kam.

„Ich mach doch gar nichts", entgegnete er unschuldig und tat, als hätte ich ihn gekränkt, während in seinen Augen das wissende Funkeln weiterleuchtete, das mich begreifen ließ, dass ich etwas Entscheidendes nicht bedacht hatte. Allerdings merkte ich erst, dass ich in der Falle saß, als mein Rücken längst gegen den Beckenrand stieß.
Ich erstarrte als mir bewusst wurde, dass ich in meiner Hektik in einer der Ecken des Pools gelandet war und überlegte schon auf die Terrasse zu klettern, doch dafür war es inzwischen zu spät. Nathaniel war bereits kurz vor mir und streckte seine Hand nach mir aus. Ich versuchte, mir auf die Schnelle etwas einfallen zu lassen, stattdessen bekam ich eine aufpeitschende Welle ins Gesicht, verschluckte mich und hielt dem Kristall abwehrend eine Klaue entgegen.
„Warte!", brachte ich hustend heraus, während ich mich Halt suchend am Beckenrand festhielt und mich darauf gefasst machte, gleich wieder unter Wasser gezogen zu werden.
Ein Moment zog vorüber, ohne meine Befürchtung zu bestätigen. Ein Zweiter folgte genauso schleichend. Obwohl ich mir sicher war, dass Nathaniel mich längst erreicht haben müsste, wagte ich es nicht, die Augen zu öffnen. Gleichzeitig wurde ich mir immer genauer einem stetigen Rauschen bewusst, welches sich mit jeder vergehenden Sekunde mehr und mehr in ein angenehmes Knistern verwandelte. Verwirrt lauschte ich darauf. Hinter meinen geschlossenen Lidern konnte ich ein helles Flackern ausmachen und mit einem Mal glaubte ich sogar, zu spüren wie die Luft um mich herum wärmer wurde.
Blinzelnd öffnete ich die Augen und was ich sah, ließ mir beinah ungläubig die Kinnlade runter fallen.

Zwar befand ich mich in genau der Haltung und an eben der Stelle, an die ich mich erinnerte, doch alles um mich herum hatte sich verändert.
Die Terrasse lag plötzlich im Dunkeln und alle Lichter waren erloschen, das Wasser des Pools schien sich schlagartig beruhigt zu haben und war so spiegelglatt wie eine polierte Fensterscheibe. Auch Nathaniel stand noch immer dicht vor mir, eine Hand unverändert gehoben als wäre er in der Bewegung erstarrt. Doch sein Gesicht flackerte im Schein einer Flamme, die, nur langsam erlöschend, in meiner ausgestreckten Klaue loderte.
Ein leiser Pfiff ertönte und riss mich aus meiner Schockstarre. Mein entsetzter Blick blieb sofort an den Augen des Kristalls hängen.
„Dann war ich heute ja doch noch erfolgreich", er erwiderte meinen Blick und ich versuchte, zu sprechen – jedoch ohne Erfolg.
„Spürst du das?", fragte der Kristall und ich wunderte mich, ob er die Hitze der Flammen, das Kribbeln in meiner Klaue, meinen nur Stück für Stück ruhiger werdenden Puls oder das absolut befriedigende Wissen um eine Macht meinte, die nur mir gehörte. Ein Wissen, dass irgendwo tief in mir zum Leben erwachte und das ich dieses Mal zuerst richtig wahrnahm.
„So fühlt sich die reinste Form der Energie an, wenn sie ausbricht und Chaos möchte."
Er hob seine eigene Hand höher, führte sie an meine Klaue bis die Innenflächen einander geradeso nicht berührten und ließ dann ebenfalls eine Flamme auflodern, sodass Licht und Wärme ineinander züngelten wie angriffslustige Schlagenzungen.

„Ist das normal?", flüsterte ich, den Blick jetzt starr auf das brennende Feuer gerichtet.
„Normal ist eine sehr unpräzise Angabe, Meister", antwortete Nathaniel mit einem sanften Lächeln. Als ich ihn ansah und er zu grinsen anfing, wirkten seine Konturen im flackernden Licht verzerrt und unheimlich.
„Für mich ist es praktisch natürlich."
Seine Flammen wurden heller und mit einem letzten Aufleuchten seines Gesichts im Flammenschein legte er seine Fingerspitzen auf meine und ich keuchte, als die Hitze seiner Magie in meinen Körper flutete.

Lienora

Dieses eine unvergleichbare Lächeln, in dem so viel Wärme steckte.
Genau das hatte Lienora, seitdem sie Lyng verlassen hatte, niemals vergessen und genau das war es, was sie bei ihrer Wiederkehr als Erstes zu sehen bekam. Unverändert. Es war, als wäre sie nie fort gewesen.
Die Augen, die sie anblickten, waren dieselben und sahen auch immer noch das gleiche Potenzial in ihr – wenn nicht noch mehr.
Das Herz, das zu den Augen gehörte, hatte sie immer noch tief in sich geschlossen und war nach wie vor bereit, ihr Zuflucht und Halt zu gewähren – wann immer sie es brauchen würde.
„Es tut mir leid, dass ihr warten musstet", begann Lienora das Gespräch, während sie aus dem Runenkreis in der Mitte des Raumes trat, „Ich habe mich bemüht, so schnell zu kommen wie möglich, aber ich konnte nicht losziehen, bevor ich gewisse Dinge erledigt hatte."
Ohne auf ihre Erklärungsversuche einzugehen, kam Lyng ihr entgegen und legte ihr eine Klaue auf die Schulter, so wie er es immer tat, wenn er jemandem Zuversicht, Freude oder Stolz vermitteln wollte. Heute schien ihr die Geste wie eine Mischung aus allem.
„Das Warten hat sich jedenfalls gelohnt", sagte er, ehe er ihr anbot, ihm aus seinem Arbeitszimmer zu folgen,

„Es freut mich sehr, dass du gekommen bist und es gibt noch mehr Kandidaten, die es kaum abwarten können."
Er zwinkerte ihr zu und sie stöhnte entnervt.
„Sag den Idioten lieber, dass sie die Finger von mir lassen sollen. Ich bin wirklich nicht in Stimmung für herzliche Umarmungen."
Lyng lachte leise und auf sein Gesicht trat ein amüsiertes Schmunzeln, als er sie von der Seite betrachtete.
„Wie damals. Vielleicht noch ein wenig stolzer ..."
Lienora brachte ihn mit gehobener Klaue zum Schweigen.
„Bitte mach dich nicht über mich lustig. Ich bin heute extrem nah am Schwert gebaut."
Als Antwort bekam sie von Lyng ein Kopfschütteln, gefolgt von einem sanften Lächeln.
„Willkommen zuhause, Lienora. Darf ich dich daran erinnern, dass subtiles Mobbing hier zur Tagesordnung gehört?"
Lienora schnaubte verächtlich, wenn auch ein wenig belustigt über den Kommentar ihres damaligen Lehrmeisters.
„Von dir? Das wäre mir neu. Ich dachte, das wäre meine Aufgabe."
„Ich lerne eben vom Profi", entgegnete Lyng und zwinkerte ihr zu, woraufhin sich ein Grinsen auf Lienoras Gesicht breitmachte.
„Na sowas, Lyng sucht sich schlechte Vorbilder ...", fing sie an, doch ihr Lehrmeister unterbrach sie.
„Ich würde dich nicht als schlechtes Vorbild betrachten. Nicht immer jedenfalls. Diese Kunst hat es mir einfach angetan. Sie ist etwas, dass man sehr lange reifen lassen kann."

„Das ist ja noch ein richtiger Schock, der mich hier erwartet", Lienora betrachtete Lyng forschend, „Sicher, dass dir meine Abwesenheit gutgetan hat?"
„Nun, gewiss nicht. Mir hat wohl ein entscheidendes Etwas gefehlt", gestand dieser lachend und öffnete Lienora eine Türe zu einem Gemeinschaftsraum, in dem sich bereits fünf weitere Drachen tummelten.
Bei Lienoras Anblick stießen zwei von ihnen – sie hatten dieselbe Statur und wirkten auch sonst leicht verwechselbar – zur gleichen Zeit einen freudigen Schrei aus, sprangen vom Sofa, auf dem sie sich bis eben noch gelümmelt hatten und rannten auf sie zu. Die Anderen begriffen nicht so schnell, was los war und blickten ein wenig verdutzt aus der Wäsche.
„Da bist du ja endlich!", rief Milan begeistert und fiel Lienora hastig um den Hals, bevor diese sich wegducken konnte, „Wir sind so oft früh morgens motiviert für dich aufgestanden."
Mik stimmte seinem Bruder eifrig nickend zu.
„Gut, dass das jetzt ein Ende hat. Es war schlimm. Morgenmotivation ist sooo anstrengend!"
„Wundervoll", brachte Lienora gepresst heraus, während sie sich sehr human aus Milans Umklammerung befreite, „Freut mich für euch. Reicht es dann jetzt mir Wiedersehensfreude? Das ist auch anstrengend."
„Klar", die beiden fingen synchron an zu nicken, „Da sind wir voll bei dir."
„Hey, Lienora", kam es da aus dem hinteren Teil des Raumes, wo Lutzo, Erlanis und Spiro sich ihr beinah ungläubig näherten.
„Du bist tatsächlich gekommen", bemerkte Spiro anerkennend und Lutzo schüttelte grinsend den Kopf, während Erlanis ihr freundlich zulächelte.

„Sicher", erwiderte Lienora bestimmt, „Ich hatte es schließlich angekündigt."
„Anscheinend ist auf dein Wort Verlass", meinte Lutzo und kam mit seinen Freunden zu beiden Seiten kurz vor ihr zum Stehen, „Freut mich, dass du wohlauf bist."
Lienora nickte.
„Danke, geht mir ebenso", sie wandte sich Milan und Mik zu, welche sie immer noch freudestrahlend ansahen, „Wart ihr denn auch schön fleißig, während ich weg war?", fragte sie mit einem verschmitzten Lächeln und die Zwillinge nickten eifrig.
„Oh ja! Wir sind richtig gut geworden!", prahlten sie gleichzeitig, drehten sich zueinander um und streckten sich beide die Klauen entgegen, weshalb beide zeitgleich von einem Windstoß erfasst und zu Boden geschleudert wurden.
Lienora lachte herzlich.
„Toll! Klappt immer wieder. Und wie sieht es mit euch aus?"
Die übrigen Jungs grinsten verhalten.
„Gut. Wir lernen jeden Tag mehr."
Wie auf Kommando ließen alle drei zur Demonstration ihr Element in einer Klaue erblühen wie die Knospe einer im Frühjahr erwachenden Pflanze.
Feuer.
Eis.
Erde.
Lienora beherrschte sie alle.
Sie senkte anerkennend den Kopf.
„Eine Demonstration wie aus dem Bilderbuch."

Unterdessen hatten sich Milan und Mik wieder etwas berappelt und schubsten sich nun aufgeregt von einer Seite zur anderen.
„Wollen wir heute einen gemeinsamen Trainingsausflug machen?", fragte Milan laut, um sich trotz der Rangelei Gehör zu verschaffen, „Wie damals?"
„Au ja!", pflichtete ihm Mik sofort angetan bei, „Wie damals!"
„Also eigentlich ..."
„Bitteeee!"
Lienora seufzte ergeben.
„Meinetwegen. Ich wäre dabei."
Die Zwillinge brachen in wilden Jubel aus, dann wurden sie schlagartig still und sahen erwartungsvoll Lyng an, welcher die Szenerie bisher unkommentiert beobachtet hatte.
Dieser hob fragend die Augenlider.
„Worauf wartet ihr? Wer als Letzter da ist, muss die nächste Woche lang aufräumen."

TEIL 5: Vom Bunker ins Kreuzfeuer

Lienora

Lienora lag lang ausgestreckt auf ihrem Bett und starrte die Decke an.
Die natürliche Maserung des Holzes, mit dem die Höhlendecke bekleidet war, ließ es zu, dass sie sich einbildete, sie befände sich in einer kleinen Hütte mitten im Wald. Es erinnerte sie an die Ausflüge, die sie damals mit Lyng unternommen hatte und auch wenn sie es nie zugeben würde, dachte sie noch heute gerne daran zurück – an das knisternde Feuer im Kamin, an Lyngs sanfte Stimme, wenn er ihr abends Geschichten erzählte und an das leise Rauschen des Windes im Wald.
Sie stellte sich vor, wieder klein zu sein. Mit Staunen und Furcht, gleichermaßen wie mit einem Gefühl inniger Geborgenheit und Wärme, lag sie auf ihrer Schlafstelle aus Holz, Stroh und Moos und lauschte, während draußen die Nacht anbrach.
Bei der Erinnerung merkte sie, dass sie müde wurde. So unfassbar müde, dass sie sich zwang, sich aufzusetzen, um nicht versehentlich einzuschlafen.
Der Tag heute war schön gewesen. Es hatte gut getan wieder einmal so viele lachende Gesichter zu sehen und mit seiner Magie zu spielen – ihr endlich Freiheit zu gewähren, nach so langer Zeit, in der Lienora sie hatte verstecken müssen.

Dennoch war ihre Sehnsucht nicht der Grund gewesen, wieso sie gekommen war. Sie hatte eine Mission – einen Auftrag – und den musste und wollte sie noch an diesem Abend zu Ende bringen.
Wie als hätte er ihren Gedanken gelauscht und sie verstanden, betrat Lyng in diesem Moment ihr Zimmer.
Er lächelte ihr zu und schloss sachte die Tür hinter sich, bevor er zu ihr kam.
Lienora blinzelte träge und beobachtete ihn dabei, wie er sich neben sie auf die Bettkante setzte. Sie konnte sich nicht daran erinnern, wann sie das letzte Mal so müde gewesen war, doch dies musste wohl eine Folge des ungewohnt reichlichen Gebrauchs ihrer Magie sein.
Ihr Blick wanderte schleppend zu ihrem Lehrmeister, welcher schweigend bei ihr saß und nun seinerseits zur hölzernen Decke aufsah.
„Denkst du auch noch an früher?", fragte Lienora intuitiv, obwohl sie eigentlich nicht hatte fragen wollen.
„Recht regelmäßig sogar", gab Lyng zu, den Blick unverwandt nach oben gerichtet, „Es ist schließlich eine sehr schöne Erinnerung."
„Warum hast du mein Zimmer eigentlich nicht einem von den Jungs gegeben?", harkte Lienora nach, „Es ist doch eins der ansehnlichsten und jetzt steht es ständig leer."
„Ich weiß, aber ich bin gerne hier drin und wenn jemand hier wohnen würde, wäre ich nicht mehr so ungestört", endlich wandte er den Blick von der Decke ab und dafür ihr zu, weshalb sie die Ernsthaftigkeit in seinen Augen sah, „Außerdem möchte ich, dass du weißt, dass du jederzeit

zurückkommen kannst. Und sei es nur für einen kurzen Besuch wie dieses Mal."

„Danke", Lienora erwiderte Lyngs Lächeln nach ihren Möglichkeiten, „Das weiß ich sehr zu schätzen." Ihre Stimme war nun kaum mehr als ein Murmeln und sie war froh als Lyng sie mit seinem leisen Räuspern daran erinnerte, wach zu bleiben. Er schaute wieder hoch zur Decke und ließ sich Zeit, ehe er seine Gedanken laut aussprach.

„Ich freue mich immer, dich zu sehen. Aber deshalb bist du nicht gekommen."

Lienora nickte, wusste jedoch nicht gleich, wo sie anfangen sollte. Auch Lyng schien mit seinen Gedanken festzuhängen, denn sein Kopf wandte sich ihr zwar zu, doch seine Augen blickten durch sie hindurch, als er sprach.

„Ich denke, dir brennt etwas auf dem Herzen, das du unbedingt loswerden musst."

„Ja", bestätigte Lienora entschieden, „Das ist richtig. Ich bin gekommen, weil ich dir dringend etwas berichten muss."

Als Einladung fortzufahren, blieb Lyng still und wartete.

Lienora seufzte und rieb sich mit den Klauenrücken über die Augen.

„Ich weiß", begann sie wieder, „Du sagst immer, ich sei zu misstrauisch. Aber diesmal ist es wirklich ernst."

Ohne noch länger zu zögern, brachte Lienora die goldene Münze zum Vorschein, deren Anwesenheit sie belastete, seitdem Sichlor ihr das Edelmetall in die Klaue gelegt hatte. Als sie Lyng den Sanguis entgegen streckte, konnte sie es kaum abwarten, dass er ihr das unheilvolle Ding abnahm, um prüfend einen Blick darauf zu werfen.

„Die alte Währung ...", meinte er nach einer Weile nachdenklich und drehte das runde Geldstück zwischen seinen Krallen, sodass die Oberfläche das Licht im Zimmer zeitweise direkt in Lienoras Richtung reflektierte, „Woher hast du die?"

„Ein alter Freund hat sie mir gegeben", erwiderte Lienora, zu einer Erklärung ansetzend, „Ich habe ihn gebeten, mich auf dem Laufenden zu halten, weil ich seit einiger Zeit das Gefühl nicht loswerde, dass irgendwas anders ist."

„Inwiefern anders?", fragte Lyng, welcher mit einem Mal sehr besorgt aussah, „Hatte dein Freund Neuigkeiten für dich?"

Lienora nickte und unterdrückte ein Schlucken, denn sie hatte plötzlich einen faden Geschmack im Mund.

„Ja", brachte sie mühsam heraus, „Er hatte Neuigkeiten für mich und ich meine *anders* in dem Sinne, dass die Stimmung umschlägt. Mein Informant hat mir das bestätigt. Er sagte, sie reden wieder. Sie reden von ihrem sogenannten *Erlöser* und sie bilden Gruppen – vereinen sich. Er meinte, dass es wieder jemanden geben könnte, der die Fäden zieht."

Sie hielt inne, um Luft zu holen, doch ehe sie sich verrennen konnte, hatte Lyng ihr bereits eine Klaue auf die Schulter gelegt – eine Berührung, die sie durchatmen ließ.

Kurz überlegte sie, ob sie Lyng auch von dem Jungen erzählen sollte und dem seltsamen Gefühl, welches sie in seiner Nähe verspürt hatte. Doch sie besann sich rechtzeitig eines besseren. Sie hatte alles gesagt. Der Junge hatte nichts damit zu tun.

„Das sind beunruhigende, aber äußerst wichtige Nachrichten", sagte ihr Lehrmeister bestimmt und legte den Sanguis beiseite, woraufhin Lienora ihrerseits das starke Verlangen verspürte, danach zu greifen, „Von dem ausgehend, was ich bisher verstanden habe, würde ich nicht behaupten, dass du zu misstrauisch gehandelt hast. In Zeiten wie diesen scheint mir Vorsicht mehr als gefragt."
Lienora hob überrascht den Kopf.
„Sag bloß, du wusstest davon?"
„Sagen wir es so: Wissen tue ich immer noch nichts. Mich plagen nur düstere Vorahnungen."
Er lächelte müde, wobei Lienora die eigene Erschöpfung wieder einfiel und sie blinzelte heftig dagegen an.
„Du solltest dich ausruhen", meinte Lyng behutsam und richtete sich auf, während Lienora dankbar nickte.
„Ich weiß", gestand sie kleinlaut, „Vielen Dank, dass ich hier sein kann."
„Danke, dass du mir berichtet hast", entgegnete Lyng schmunzelnd, „Es hat mich sehr gefreut, dass du gekommen bist."
Ein letzter Druck an Lienoras Schulter ließ sie den Kopf heben, als ihr Lehrmeister sich leise erhob. Halb eindösend schaute sie ihm nach, wie er ein paar Schritte auf die Tür zu machte, sich dann jedoch umdrehte und ihr schweigend zu sah, wie sie sich endlich in ihrem Bett zusammenrollte.
Erst danach öffnete er wortlos die Tür und ließ sie allein.

Neuro

Neuro hatte nie vorgehabt, der Anführer einer Widerstandsbewegung zu werden.

Und doch fühlte es sich genau danach an, als er über den wackeligen Holzsteg, der das Boot mit dem Festland verband, seine Heimat verließ. Während er über den Steg schritt, blickte er hinab in das schäumende Wasser und spürte das Schaukeln der Wellen unter den Füßen. Seine Klaue berührte die Reling und die kalte Vormittagssonne schien zwischen dem Mast und durch die eingezogenen Segel auf ihn hinab. Wind fuhr über seine Schuppen und er blinzelte gegen die salzige, sonnige Luft an.

Aias und er hatten keine Woche gebraucht, um den verbliebenen Bewohnern des Kalten Kontinents wieder ins Gedächtnis zu rufen, was man sie hatte vergessen lassen. Nicht wenige schienen sich anschließend an die im Krieg erlebten oder getanen Grausamkeiten zu erinnern und auch wenn dies der Grund war für viele Tränen und viel Leid, hatte es doch seinen Zweck erfüllt. Nur Vereinzelte hatten sich anschließend noch für den Glauben oder den Weltengott ausgesprochen und die meisten wollten sich von ihrer abgeschiedenen Untätigkeit trennen und denjenigen zur Verantwortung ziehen, der sie um ihre Persönlichkeit und ihre Vergangenheit betrogen hatte. Sie wollten aktiv werden. Genau wie Neuro. Und sie vertrauten ihm. Obwohl er ein Ringdrache war. Denn der Königsrasse anzugehören, war schon lange kein Statussymbol mehr.

Neuro störte das nicht. Im Gegenteil. Er befürwortete es, denn die Trennung durch Rassen hatte für ihn in einer Welt, die Frieden wollte, keinen Platz.

Umso mehr schätzte er das Vertrauen, das man ihm entgegenbrachte. Denn auch Aias ließ ihm, seitdem er ihm sein Vorhaben offenbart hatte, freie Hand. Er stand ihm stets unterstützend zur Seite, hielt sich jedoch im Hintergrund und überließ die wichtigen Entscheidungen ihm.

Neuro bildete sich nichts darauf ein, denn er wusste, dass er ohne Aias aufgeschmissen wäre.

„Wie findest du es?"

Neuro schaute auf und entdeckte Rick, der beiläufig am Hauptmast lehnte.

„Es ist perfekt", Neuro nickte dem Söldner dankend zu, „Damit werden wir alle auf den Warmen Kontinent bringen können."

Rick nickte grinsend. Er mochte nicht der ehrlichste Geschäftsmann sein, aber Aias sah in ihm eine Möglichkeit, die Neuro nicht bestreiten konnte. Und wenigstens Aias gegenüber hatte der Söldner sich bereits als zuverlässig erwiesen.

Ihr Deal lief seit dem Tag, an dem Aias auf den Kalten Kontinent geflohen war. Einmal im Jahr war Rick seitdem übers Meer gereist, um ihn mit Informationen zu versorgen und seinerseits über Neuigkeiten auf dem Laufenden gehalten zu werden.

Doch dieses Mal war Aias Informant mehr als nur das. Er war Neuros erste Lösung.

Der erste Schritt auf seinem Weg zum Wissenschaftler.

Und damit zu Riley.

Denn auch wenn Neuro es nicht laut aussprach, war er sich sicher, dass niemand anderes für den Tod von Sam und Flora und das Verschwinden seines kleinen Bruders verantwortlich sein konnte.

Wenn er Leander fand, würde er auch ihn finden.

Mit einem entschiedenen Schritt ließ er den Steg hinter sich und betrat die verheißungsvollen Planken des kleinen Schiffes, um denen zu helfen, die sich bereits an den letzten Vorbereitungen der Abreise beteiligten.

Rick würde ihn zum Wissenschaftler führen. Und damit auch zu Riley.

Ein Schritt nach vorn

Es ist erstaunlich, wie mächtig Zeit ist.
Egal was passiert, sie kann uns jeden Schmerz
vergessen lassen und jede noch so verrückte
Veränderung in etwas ganz Normales verwandeln bis
wir uns fragen wie unser Leben je ohne diese
stattfinden konnte.

Es wurde besser.
Das war die Devise der letzten Wochen.
Insbesondere die schlaflosen Nächte, die mich regelmäßig verfolgten, seitdem Nathaniel mir verbot, Jokas Mittel zu nehmen, wurden weniger zahlreich und die Phasen, in denen ich wach lag kürzer.
Das war ein Erfolg und freute nicht nur mich, sondern auch Leo. Denn der zunehmend gute Schlaf verbesserte nicht zuletzt auch mein Training. Ich war konzentrierter und fühlte mich täglich stärker. Tatsächlich fing es sogar an, mir Spaß zu machen. Daher war ich heute zum ersten Mal allein ins Training gegangen.
Seit Nathaniel da war, hatte ich endlich das Gefühl, dass sich etwas in meinem Leben bewegte – in eine Richtung, die mich mit Aufregung füllte.
Seit ich während unseres Ausflugs nach Walles unbewusst meine Magie genutzt hatte, spürte ich die Kraft dieser in meinem Körper pulsieren, als wäre sie

ein lebendiges Wesen, das dort wuchs und herumtollte wie ungezähmte Natur auf einer ewigen Spielwiese.
Zwar sah Nathaniel in dem Ereignis nur die ersten Zeichen einer Menge zukünftiger Arbeit, aber das störte mich nicht. Der Anfang zählte und so pessimistisch der Kristall auch sein mochte, war er mir meist eine große Hilfe.
Egal wie lang die durchwachten Nächte zunächst waren – der Kristall war immer bei mir geblieben, hatte sich zu mir gesetzt und mit mir geredet, bis ich müde genug war, um für eine Weile schlafen zu können.
Und auch tagsüber war er stets präsent.
Ich konnte darauf zählen, dank ihm meist schon nach wenigen Minuten mit einem Lächeln auf dem Gesicht zu enden und sein ständiger Tatendrang ließ es nicht zu, dass ich mit meiner Zeit verschwenderisch umging.
Doch selbst vorm Hintergrund der aufschlussreichen Geschichte des Dämons gab es Dinge, in denen wir beide ein Rätsel sahen.
Neben einem kurzen Gespräch über meine Kraft, in dem der Kristall mehrmals nachgebohrt hatte, woher ich diese haben könnte und in dem ich genauso oft hilflos mit den Schultern gezuckt hatte, hatten wir auch viel über die Gekrönten geredet.
Laut Nathaniel musste Leander seine Einrichtung in den 13 Jahren der Nachkriegszeit auf die Beine gestellt haben. Denn er selbst kannte die Krone aus Kriegszeiten nicht. Er fand es schrecklich, dass er kaum etwas über die Gekrönten wusste und wie mich machten ihn die Missionen ausgebildeter Untertanen der Krone skeptisch.

„Wieso ausgerechnet die Höhle?", hatte Nathaniel mich gefragt und dabei nachdenklich versucht, selbst auf eine Erklärung zu kommen.
„Ich weiß es nicht", hatte ich ehrlich geantwortet, „Sie scheinen nach etwas zu suchen, aber ohne zu wissen wonach. Man sagte ihnen nur, dass es gefährlich sei."
Daraufhin hatte Nathaniel bloß gelacht.
„Ich bin auch gefährlich! Das ist eine sehr unpräzise Angabe."
Zwar erschienen dem Dämon auch meine Berichte über die Labore suspekt, doch ohne weiteres Wissen blieb es vorerst bei unserem heimlichen Misstrauen. Stattdessen fokussierten wir uns auf andere Dinge und nutzen den Stützpunkt der Gekrönten mehr oder weniger nur noch als Mittel zum Zweck. Dies sorgte dafür, dass ich erstmals das Gefühl bekam, unabhängig zu sein und es bot mir die Freiheit, mich von allem loszusagen.
Ein kleines Grinsen huschte über mein Gesicht, als ich einen Wurfstern aus seiner Halterung nahm und damit vor die zugehörige Scheibe trat. Jede Bewegung, jeder Schritt fühlte sich anders an, sicherer, bewusster, voller Energie und Präzision. Langsam hob ich den Arm mit dem Stern und zielte.
Obwohl ich wusste, dass ich noch nicht gleich ins Schwarze treffen würde, war ich mir doch sicher, dass ich ab jetzt mit jedem neuen Wurf meinem Ziel ein Stück näher kommen würde.

Wenn ihr wüsstet ...

Manchmal ist die Wahrheit wie ein Schlag ins Gesicht.
Nur weiß man das leider vorher nicht.

Auf dem Weg vom Trainingsraum zum Quartier hing ich verträumt meinen Gedanken nach.
Während ich durch die Flure lief, dachte ich daran zurück, mit welcher Perfektion Nathaniel vor wenigen Tagen sein Schwert geführt hatte. Wie hell und groß und lebendig das Feuer in seiner Hand im Pool der Privatvilla gelodert hatte. Nicht selten überlegte ich, wie das Leben des Kristalls früher ausgesehen hatte und auf welchen Wegen er zu dieser Macht gekommen war.
Die Magie gehörte schon immer ihm. Das hatte er mehrmals betont, aber konnte er sie auch schon immer so gut kontrollieren? Ich bezweifelte es.
Zudem wusste ich, dass er an der Seite des Weltengottes im Großen Krieg mitgekämpft hatte. In Wahrheit hatte ich jedoch keine Vorstellung, was das bedeutete.
Das Wort *Krieg*, war mir schon immer suspekt erschienen, denn es klang so zahm, so einfach – zu hohl für die Bedeutung, die es zu füllen hatte. Wörter hatten das meistens an sich, wenn sie nicht mit Erfahrungen verbunden waren. Ohne diese waren sie eben nur Worte und Worte allein waren nicht direkt bösartig.

Sie konnten es sein – darin bestand kein Zweifel – aber dafür brauchten sie mehr als nur ihren Klang. Sie brauchten Bedeutung, Geschichte, Gefühle. Erst dann konnten sie zur Waffe werden und jemanden verletzten oder das Fürchten lehren.
„Wir gehen nochmal hin."
Ich zuckte zusammen, als ich einen Gang weiter vertraute Stimmen wahrnahm. Wie angewurzelt blieb ich stehen und lauschte. In den Gängen von Leanders Einrichtung war meist kaum jemand anzutreffen, weshalb ich nicht mit Gesellschaft gerechnet hatte.
„Das ist doch bescheuert!"
Ich schlich ein Stück vor, als in der aufgebrachten Stimme, die meines ersten Aufsehers erkannte. Wenn Joka hier war, war Leo bestimmt nicht weit und tatsächlich ertönte dessen Stimme wenig später.
„Es ist ein Auftrag von oben."
„Das macht es nicht besser!"
Vorsichtig späte ich um die Ecke und zog schnell den Kopf ein, als ich meine Aufseher mitten im Gang stehend entdeckte. Leo hatte die Arme verschränkt und Joka funkelte ihn aufgebracht an. In seiner Stimme schwang Ärger und Fassungslosigkeit mit.
„Damit sagst du mir nichts neues."
Im Gegensatz zu Joka klang Leo kühl und beherrscht.
„Dann solltest du auch nicht gehen!"
„Es ist ein Auftrag von oben."
„Trotzdem weißt du, dass es dumm und unverantwortlich wäre!", schrie Joka dieses Mal zornig.
„Hat das jemals einen Unterschied gemacht?"
Verborgen hinter der Ecke versuchte ich zu begreifen, über was meine Aufseher sich streiten könnten. Noch nie hatte ich Joka so wütend erlebt und wenn ich mich

nicht täuschte, klang in seiner Stimme nicht nur Zorn mit, sondern auch Angst. Eine Angst, deren Ursprung ich unbedingt erfahren wollte.
„Natürlich nicht", wehrte Joka aufgebracht ab, „Aber zu Beginn wussten wir nicht, wieso es so idiotisch wäre!"
Leo stieß ein halbherziges Lachen aus.
„Ja, aber das ändert nichts an der Tatsache, dass wir jetzt hier sind und nicht über Befehle urteilen dürfen. Außerdem wissen wir noch immer nicht genau, ob es so idiotisch wäre. Wir haben doch nur Vermutungen."
„Diese Vermutungen", setzte Joka scharf an, „Sind eindeutig und ich kann dir versichern, dass sie sich bewahrheiten werden. Mein letztes Gespräch mit Leander war der Beweis!"
„Nur weil die Krone dir gegenüber irgendetwas Vages von Herrschaftsansprüchen und Machterweiterungen gefaselt hat, ist das doch kein Beweis! Nicht jeder Herrscher ist schlecht und wenn wir die Macht bestimmter Dinge nicht nutzen, tut es ohnehin jemand anderes."
„Sei jetzt bloß nicht naiv", Joka hatte die Stimme zu einem dunkeln Grollen gesenkt, „Magie tötet, Leo!"
Erschrocken zuckte ich zurück. Mein Herz geriet kurz ins Stolpern und ich hatte das Gefühl, als schnürte mir jemand für einige Sekunden die Luft ab. Benommen ließ ich mich mit dem Rücken gegen die Wand fallen und glitt langsam daran zu Boden. In den Fluren war es für kurze Zeit still geworden und ich wusste, dass es schlau wäre, jetzt leise zu verschwinden, aber ich konnte nicht.
Magie. Das Wort schien plötzlich wie Gift auf meiner Zunge zu zergehen, als ich es leise in die Stille hauchte. Warum wussten sie davon?

Ich hatte geglaubt, dass bei den Gekrönten wie in meiner Heimat, Magie keine Rolle spielte. Doch anscheinend hatte ich mich getäuscht. Hier wusste man um ihre Existenz und nicht nur das. Anscheinend wollte man sie aufspüren. Sie sich zu eigen machen. Das klang im ersten Moment nicht schlimm, doch Jokas letzte Worte verfolgten mich und führten meine Erinnerung zurück zu anderen, fetzenhaften Satzstücken, die ich bereits Wochen vorher gehört hatte.
Magie tötet, Leo.
...kahl und trostlos.
Denk an unsere Ausbildung.
...keine genauen Anweisungen.
In dieser Welt ist es überall gefährlich...
„Du weißt genauso gut wie ich, dass ich keine Wahl habe", Leos gemurmelte Worte brachten mich wieder zur Besinnung, „Wir tun hier doch ständig Dinge, die wir nicht für richtig heißen. Hierbei ist es nicht anders."
Ich hörte, wie Joka einen verzweifelten Fluch unterdrückte. Obwohl meine plötzliche Furcht versuchte, mich völlig in Beschlag zu nehmen, konzentrierte ich mich weiter auf das Gespräch.
„Aber wenn ihr sie wirklich findet, wird alles anders."
Jokas Stimme klang inzwischen heiser und gepresst.
„Was ist mit dem Jungen?"
„Was meinst du?"
„Na, unser Schüler!", drängte Leo, „Wir bilden ihn für dasselbe aus. Wir sorgen dafür, dass er abhängig wird von dem hier. Wir tun das jeden Tag, obwohl wir wissen, dass es falsch ist!"
Ein kurzes Schweigen breitete sich aus, dann erklang kleinlaut Jokas Stimme: „Was sollten wir auch sonst

tun? Wenn wir es ihm sagen, bringen wir ihn in viel zu große Gefahr."
„Vielleicht wäre es trotzdem besser gewesen", erwiderte Leo grimmig, „Ein gnädigeres Schicksal. Genau wie wir es für uns hätten wählen sollen."
„Wir konnten es nicht früher wissen."
„Wir haben es aber früher geahnt. Nicht, was genau das Problem ist, aber dass es so nicht richtig ist. Das etwas an alledem falsch ist. Wir hätten von hier verschwinden sollen!"
„Ich dachte, das Thema hatten wir schonmal! Wir können nicht einfach abhauen! Wir wären in keinem der neuen Reiche willkommen."
„Das weiß ich, aber ich bleibe dabei – den Versuch wäre es wert! Es wird sich nur nichts ändern, wenn wir weiterhin nichts tun!"
Nach diesen Worten hatte ich genug gehört. Hastig aber mucksmäuschenstill stand ich auf und eilte davon. Ich achtete darauf, nicht noch mal in die Nähe des Ganges zu kommen, in dem Leo und Joka nun mit gedämpften Stimmen weiter diskutierten. Dafür lief ich zahlreiche Umwege, bis ich irgendwann endlich vor unserem Quartier angekommen war. Dort lehnte ich mich gegen die Tür und versuchte erst mal wieder zu Atem zu kommen.
Ich fühlte ich mich wie nach meinem Wutausbruch vor wenigen Tagen. Nur dass diesmal kein bisschen Zorn meine Sinne vernebelte, sondern gleich die kalte Angst einsetzte, die meine Sinne schärfte und mich zum Nachdenken zwang.
Es war klar, dass ich Angst hatte – höchstwahrscheinlich nicht unberechtigt. Doch wovor eigentlich? Wer war der Feind?

Nathan? Der Kristall, der die Magie in sich trug, vor der Joka sich so fürchtete.
Leander? Die Krone und Anführer der Gekrönten, der Nathans Macht unbedingt finden wollte?
Oder ...
Ich war mir sicher, dass Leo und Joka nicht der Feind waren. Nach ihrem Gespräch glaubte ich eher, sie seien Figuren in einem Spiel, das sie nicht wirklich verstanden, in dem sie sich jedoch gerade deshalb gefangen fühlten.
Und was war mit mir? Ich trug die Magie ebenso in mir wie der Kristall. War ich damit jemand, vor dem man sich fürchten musste?
Die Antwort lautete, ja. Vor mir musste man sich definitiv fürchten. Aber nur, weil ich keine Kontrolle hatte über die Macht, die ich besaß.
Andererseits war auch Nathaniel gefährlich. Er war nicht zwingend bösartig, aber in jedem Fall tödlich.
Ich blinzelte und schaffte damit Platz für einen ganz neuen Gedankengang.
Die eigentliche Frage war doch: Was war schlimmer? Die Waffe oder der, der sie benutzen wollte.

Nathaniel

Ich fand meinen Meister heute vor der Tür zu seinem Quartier.
Eng zusammengekauert saß er dort, den Kopf zwischen seinen um sich geschlungenen Flügeln versteckt und verbissen schweigend.
Vorsichtig trat ich vor ihn und hockte mich dann mit schief gelegtem Kopf hin, um ihn genauer unter die Lupe zu nehmen, doch er schien mich nicht zu bemerken. Jedenfalls reagierte er nicht.
„Hey", sagte ich zur Begrüßung und tippte dabei mit einem Finger gegen sein Schutzschild aus dünner, blau schimmernder, schuppiger Haut, „Was machst du hier?"
„Nichts", kam die Antwort dumpf zurück, „Ich denke nach."
„War das Training so schlimm?", ich runzelte die Stirn, „Hätte ich doch mitkommen sollen?"
„Nein. Das Training war gut", erwiderte er, was tatsächlich nicht wie eine ausweichende Lüge klang, sondern erfreulicherweise wie die Wahrheit. Das sprach dafür, dass ich Fortschritte mit ihm machte.
„Okay ... Was ist dann das Problem?", fragte ich weiter, denn irgendetwas musste schließlich passiert sein. Ich war mir sicher, dass mein Meister sonst nach einem guten Training eher freudestrahlend zu mir

gerannt wäre als trübsinnig auf dem Boden herumzuhocken.
Zu meiner Enttäuschung antwortete der Junge jedoch nicht.
Ungeduld begann sich in mir bereit zu machen. Ich war noch nie jemand gewesen, der anderen gerne jede Antwort einzeln und in endlosen Gesprächen abgerungen hatte. Um genau zu sein, machte es mich schier wahnsinnig und meiner Meinung nach gab es für diese Quälerei viel zu selten einen akzeptablen Grund. Einige hatte mich aus diesem Grund schon als ungestüm und rücksichtslos bezeichnet, doch ich selbst sah den Fehler eher bei ihnen.
Auch mein jetziger Meister schien jedoch nicht vorzuhaben, das Schweigen von sich aus zu brechen. Zumindest nicht in den nächsten paar Sekunden.
Ich musste daran denken, dass ich früher Leute gefoltert hatte oder sie mit anstößigen, bösartigen Worten so lange in Rage getrieben hatte, bis sie endlich mit Antworten rausrückten. Das hatte wenigstens Spaß gemacht und vermutlich würde ich in der ein oder anderen Situation heutzutage dasselbe tun, aber bei dem Nummernkind fühlte sich Gewalt einfach nicht richtig an. Darum bemühte ich mich äußerst, meine Nachsicht zu bewahren.
„Guckst du mich bitte mal an?", fragte ich nach einer geschlagenen Minute Stille mit der lieblichen Stimme eines Engels und klimperte mit den Wimpern, obwohl ich natürlich wusste, dass mich der Junge unter seinen Flügeln nicht sehen konnte. Es war mir einfach wichtig, völlig in meine Rolle zu schlüpfen – eine gut gewählte Rolle, wie ich bald feststellte, denn obwohl ich einen gewissen Widerwillen spürte, nahm sich der Junge meine Bitte zu herzen.

Langsam schoben sich seine Flügel auseinander und er hob den Kopf, um mich anzusehen.
„Besser?", erkundigte er sich, wobei er mich erwartungsvoll ansah, als wäre er und nicht ich es, der hier auf eine Antwort hoffte.
Ich nickte.
„Definitiv", zur Demonstration zeigte ich ihm einen emporgereckten Daumen, „Verrätst du mir jetzt auch noch, wieso du das Bedürfnis hast, hier vor der Tür zu sitzen?"
„Ich wollte meine Ruhe", erklärte er und hob dabei die Schultern zur Andeutung eines Zuckens.
„Aha", ich nickte verständnisvoll, „Und wofür?"
„Zum Nachdenken."
„Das sagtest du bereits."
Diesmal seufzte der Junge ein wenig genervt.
„Es geht um meine Aufseher", ließ er sich zu einer ersten Erklärung herab und ich spitzte gespannt die Ohren, „Ich habe sie eben belauscht."
Erfreut schlug ich die Hände zusammen und schenkte dem Jungen ein verzücktes Lächeln.
„So was Schönes! Und – was ist ihr Geheimnis?"
Der Junge hob hilflos die Klauen.
„Wo soll ich anfangen? Damit, dass sie Leanders Einrichtung früher für etwas Gutes gehalten haben, jetzt jedoch an ihr zweifeln? Damit, dass sie mir Leanders Mittel geben, obwohl sie es für falsch halten? Oder vielleicht damit, dass beide von Magie wissen, sie jedoch fürchten und glauben, dass diese genau das ist, wonach die Krone seit Jahren am Suchen ist?"
Ich dachte kurz über die Worte nach.
„Letzteres würde jedenfalls erklären, wieso sie ausgerechnet zur Höhle geschickt wurden. Ich habe

eine starke magische Aura", merkte ich schließlich an, wofür ich mir vom Jungen einen säuerlichen Blick einfing.
„Und die können sie sehen, obwohl sie keine Magie beherrschen?", fragte er skeptisch.
Ich zögerte.
„Na ja, also so ganz ohne Magie wird das schon schwierig ..."
„Es geht mir aber eigentlich gar nicht darum", unterbrach mein Meister mich harsch, „Ich habe jetzt das Gefühl, als müsste ich sie irgendwie einweihen."
„Was meinst du?"
„Ich meine, dass ich ihnen von dir erzählen sollte!"
„Aber wieso denn?", wenn ich ehrlich zu mir war, konnte ich den Zusammenhang, den der Junge sah, noch nicht ganz erkennen, „Das Eine hat mit dem Anderen doch nichts zu tun. Im Gegenteil: Wenn sie Magie fürchten und Magie außerdem das ist, was die Krone sucht, sind das gute Gründe, ihnen nichts von mir zu erzählen!"
„Ich denke, dass es gerade deshalb wichtig ist", entgegnete mein Meister kopfschüttelnd, „Leo und Joka werden hier nur benutzt und jetzt da ich mehr weiß, ist es an mir, ihnen zu helfen!"
„Wieso? Du bist ihnen nichts schuldig", widersprach ich schulterzuckend, aber mein Meister verneinte die Behauptung.
„Ich schulde ihn auf jeden Fall etwas. Auch wenn sie mir das Mittel gegeben habe, waren sie die Einzigen, die mir auf irgendeine Art zu helfen versucht haben und ich habe sie reden gehört! Sie sind keine Feinde. Was auch immer Leander plant – sie sind damit nicht einverstanden und wenn wir uns zusammentun würden, könnte das auch für uns von Nutzen sein."

„Okay", ich zuckte einwilligend mit den Schultern, „Meinetwegen. Dann erzähl ihnen alles. Ist mir eigentlich schnuppe ... Könnte sogar ganz witzig werden, wenn ich so drüber nachdenke."
Ein vorausschauendes Grinsen huschte mir über die Lippen, doch frustrierenderweise fand mein Meister die Idee wohl nur halb so gut, wie ich gedacht hatte.
„Ganz so einfach ist es eben nicht!", sagte er entschieden und sah mich von unten herauf streng an, „Wie ich bereits zu erwähnen versucht habe, hält Joka Magie für etwas Grässliches – etwas, das Leben beendet. Ich habe keine Ahnung, wie er auf dich reagieren würde, wenn er von dir wüsste", er stockte, „Besser gesagt, wenn er von uns wüsste." Seine letzten Worte waren kaum mehr als ein tonloses Murmeln.
Ich dagegen kam gerade erst so richtig in Fahrt. Immerhin war ich Profi auf meinem Gebiet und zu diesem gehörte es auch, Leute von etwas zu begeistern.
„Nur weil Joka im Moment so denkt, muss das nicht auf ewig so bleiben. Ich könnte ihn vom Gegenteil überzeugen!"
Der Vorschlag war nett gemeint, doch an Stelle von Begeisterung erntete ich bloß einen entsetzten Blick. Ein wenig beleidigt verschränkte ich die Arme vor der Brust.
„Soll mir das jetzt irgendwas sagen?", fragte ich scharf und durchbohrte den Jungen dabei mit einem Blick, der eindeutig Missfallen widerspiegelte.
„Auf jeden Fall! Schlag dir deine Ideen gleich wieder aus dem Kopf", riet er heftig nickend, „Wenn du sie

vom Gegenteil überzeugst, dann nur unter meinen Anweisungen!"

„Ich dachte, du vertraust mir inzwischen", gab ich mit Unschuldsmiene zu bedenken. Vielleicht war ich ein wenig selbstverliebt, aber ich fand es göttlich, was meine Anwesenheit mit dem Verhalten des Jungen gemacht hatte. Schon nach so kurzer Zeit war er ein waschechter Kritiker geworden.

Mein Meister wiegte zustimmend den Kopf hin und her.

„Tue ich auch, aber manchmal ist Vorsicht trotzdem besser als Nachsicht ..."

Obwohl ich es nicht wollte, bracht ich bei diesen Worten in amüsiertes Gelächter aus.

„Wenn ich dir da nur mit gutem Gewissen widersprechen könnte."

„Da haben wir es. Du bist einfach unverantwortlich."

„Auch da würde ich mir einen Widerspruch nie anmaßen."

„Heißt?"

„Wir erzählen es deinen Aufsehern trotzdem?"

Mit einem verzweifelten Stöhnen ließ mein Meister seinen Kopf gegen die Wand hinter ihm fallen.

„Was denn? Ich fände es halt ganz cool auch nochmal mit jemand anderem reden zu können außer mit dir", behauptete ich trotzig, obwohl das nicht der eigentliche Grund war, wieso ich langsam Gefallen daran fand, den Aufsehern meines Meisters meine Gegenwart zu offenbaren. Es ging mir mehr um das Drama, welches die Idee mit sich bringen würde.

Denn dieses klang durchaus vielversprechend.

„Hast du mir eben eigentlich zugehört?", wollte mein Meister gereizt wissen und funkelte mich durch seine blauen Augen wütend an.

Er merkte offenbar, dass ich andere Beweggründe verfolgte als ich vorzugeben versuchte und auch, dass ich mich in Anbetracht dessen wenig für die Problematiken interessierte, die sich dadurch ergeben könnten. Ich überlegte, ob ich ihm diesen Gedankengang ehrlich sagen konnte, entschied mich nach kurzem Zögern jedoch für eine Kurzfassung und nickte.
„Größtenteils."
„Perfekt! Dann kannst du dich doch sicherlich noch an das Problem erinnern, das ich erwähnt habe?", stichelte der Junge weiter, während er sich aufrichtete und mit verschränkten Armen vor mich stellte.
„Sicher", behauptete ich sofort, dachte dann aber doch noch einmal darüber nach und setzte schließlich ergeben zu einer Ergänzung an, „Trotzdem wäre es bestimmt keine Schande, wenn du es bei der Gelegenheit nochmal erwähnen könntest."
Manchmal war ich mir wirklich nicht im Klaren darüber, wie gesund ich für meinen Meister war. Bei meinen Worten stieß er ein verärgertes Stöhnen aus und wandte sich von mir ab, um statt meiner Wenigkeit die Wand anzustarren. Eine Geste, die mir wohl sagen sollte, dass der bearbeitete Stein das deutlich kleiner Übel war und sich seine Gunst noch nicht verspielt hatte.
Ob mir das wirklich zu denken geben sollte, bezweifelte ich allerdings. Schließlich sprachen wir hier von einer Wand. Was konnte die schon groß falsch machen?
„Was machst du überhaupt hier?", murmelte mein Meister ermattet, „Du bist auf jeden Fall keine Hilfe."
„Das ist jetzt aber unfair", beschwerte ich mich und legte mir gedanklich eine kleine Standpauke bereit, als

ich auf einmal unerwartet und obendrein äußerst unhöflich unterbrochen wurde.

„Was zum Teufel!"

Überrascht horchte ich auf und sah, wie auch der Kopf meines Meisters aufgeschreckt in die Richtung der Stimme huschte. Mit gerunzelter Stirn drehte ich mich um und mein Blick erhellte sich freudig, als ich vor uns die Aufseher des Nummernkinds entdeckte.

Joka starrte uns entgeistert an und schien kurz davor, in den Gang zurückzurennen, aus dem er gekommen war. Doch Leos Augen blitzten wachsam und kampfbereit, während er ein Schwert in seiner Klaue stärker umfasste.

Um meinen Meister davon zu überzeugen, dass ich durchaus anständig sein konnte, hob ich grüßend eine Hand.

„Wie schön. Ihr kommt genau rechtzeitig. Wir wollten gerade nach euch suchen. Ich heiße übrigens Nathaniel und ihr braucht euch wegen mir keine Sorgen zu machen. Ich beiße nur, wenn mein Meister es möchte."

Sichlor

Die Tür flog auf und krachte scheppernd gegen die Wand des Gasthauses, als Sichlor über die Schwelle trat. Augenblicklich herrschte Stille, doch die hielt sich nicht lange.
„Hallo Sich!", rief eine fröhliche Stimme von der Bar aus und kurz darauf kam ein großer, stämmiger Mann mit Bierbauch auf Sichlor zu stapfte, um ihn freundschaftlich in die Arme zu schließen.
Doch Sichlor wich ihm aus. Wenn es etwas gab, wonach ihm gerade nicht zumute war, dann war es definitiv Kuscheln. Kuscheln und Höflichkeit.
„Vergiss es Ben", knurrte er und schob sich an ihm vorbei auf die Bar zu, „Aus der Masche sind wir raus. Hol mir lieber was zu trinken."
Ben runzelte die Stirn, ging aber widerstrebend zum Tresen zurück und füllte ein Glas mit einer prickelnden, gelblichen Flüssigkeit.
Als er aber zu Sichlor zurückkehrte, der sich auf einen der Barhocker hatte fallen lassen, schüttelte dieser den Kopf.
„Nein. Du weißt, ich trinke nicht. Gib es auf. Außer du willst, dass ich öffentlich abgestochen werde."
Dann drehte er sich um und deutete mit einer Kralle in die gaffende Menge.
„Ja, ja, genau mit euch rede ich. Ich kenne euch. Ihr würdet nicht eine Sekunde zögern und ganz ehrlich:

Ich nehme es keinem übel. Aber helfen werde ich euch dabei auch nicht."

Damit wandte er sich wieder Nick zu, welcher immer noch verblüfft mit dem Sekt vor ihm stand.

„Komm", Sichlor winkte ihn genervt weg, „Hol mir was ohne Alkohol."

„Was ist denn los? Bist du etwa im Dienst?", erkundigte Ben sich, nachdem er sich mit einem Glas Wasser und einem Krug Bier zu Sichlor an den Tisch gesetzt hatte.

Dieser hob die Augenlider.

„Okay, klar bist du das. Dumme Frage", gestand Ben und Sichlor nahm einen Schluck aus seinem Glas.

„Scharfsinnig wie immer", bemerkte er sarkastisch, obwohl es eigentlich nicht mal stimmte. Er hatte seinen Auftrag und damit vorerst seinen Dienst beendet, als er Lienora nach ihrem Gespräch auf dem Balkon zurückließ. Andererseits musste er in seinem Job immer Vollzeit bereit sein. Insofern war die Aussage nicht gänzlich falsch.

Dennoch schien Ben nicht glücklich mit ihm, denn er stieß ihn bei seiner ungehaltenen Bemerkung so unsanft an, dass das Wasser sich über den Tisch ergoss.

„Hey!", beschwerte Sichlor sich aufgebracht und überrascht, da er nicht mit einer Zurechtweisung gerechnet hatte, „Was sollte das denn?" Er knallte das Glas absichtlich etwas fester als nötig zurück auf den Tresen und funkelte den Barmann durch zusammengekniffene Augen an, als erwartete er von ihm auf der Stelle eine Entschuldigung.

Stattdessen sah der Barmann ihn nur verärgert an und schüttelte knapp den Kopf.

„Hör auf damit. Schließlich bin ich der Einzige, der dich kostenlos mit Trinken und Holz oder Munition versorgt."
Sichlor schnaubte wegwerfend.
„Mach dich nicht lächerlich. Du weißt genauso gut wie ich, dass ich dich nicht brauche, um an das Zeug zu kommen."
Ben presste die Lippen zusammen.
„Ist das so? Wieso holst du dir dein Zeug dann nicht einfach selber?"
Sichlor zuckte mit den Schultern und trank den Rest des Wassers leer, bevor Nick auch diesen verschütten konnte.
„Ich bin ein von Grund auf fauler Jäger. Außerdem hänge ich gern hier ab. Ich mag deine Freunde."
„Wow", Ben machte ein Geräusch, das einer Mischung aus Lachen und Schnaufen ähnelte, „Manchmal frage ich mich echt, wie du es überhaupt schaffst, noch Freunde zu haben. Selbst ich falle immer wieder darauf herein!"
„Tja", Sichlor grinste wissend und lehnte sich entspannt gegen den Tresen, „Ich bin einfach unschlagbar charmant."
Kopfschüttelnd erhob Ben sich vom Tisch.
„Ich weiß ja nicht, was für eine Laus dir heute über die Leber gelaufen ist, aber du benimmst dich unmöglich! Im Ernst, wann merkst du endlich, was für ein selbstverliebtes Arschloch du bist? Ich sag's dir: Irgendwann stehst du ganz alleine da und dann weiß ich nicht, ob ich dir nochmal die Türen öffnen würde."
„Du leitest eine Kneipe", rief Sichlor dem Barmann hinterher, „Du öffnest jedem die Türen."

„Ich erwähne es nur, damit du dich am Ende nicht wunderst. Behaupte einfach nicht, ich hätte dich nicht gewarnt."
Sichlor verzog das Gesicht. Natürlich wusste er, wie unfair er sich verhielt, aber er war schließlich hergekommen, um seinen Frust abzulassen, nicht, um sich Moralpredigten anzuhören. Dementsprechend war ihm gerade vieles egal und er setzte zudem auf die Geduld des Barmannes. Denn dieser hatte ihn schon oft länger ertragen, als Sichlor ihm zugetraut hätte.
Möglich, dass er auch einfach nur ein paar beruhigende Worte von dem alten Mann hören wollte, um sich von seiner Nervosität abzulenken. Aber genau jetzt war ihm eher danach, jemanden zu beleidigen.
„Echt jetzt? Du lässt mich einfach so sitzen?", fragte Sichlor vorwurfsvoll und beobachtete enttäuscht wie Ben nur unbetroffen die Schultern zuckte.
„Tust du doch auch ständig. Wegen dir habe ich ständig Ärger am Hals."
Mit einem Blick auf Sichlor, der wahrlich Bände sprach, verschwand er hinterm Tresen und tauchte kurz darauf Gläser putzend wieder auf.
Sichlor kommentierte seinen Blick derweil mit einem geringschätzigen Augenrollen.
„Das stimmt doch gar nicht", behauptete er zuversichtlich, „Du hast ständig Ärger am Hals, weil du Killer und Betrüger als Stammgäste hast!"
Ben hob beinah fragend eine Augenbraue und für einen Moment glaubte Sichlor sogar, Belustigung in seinem Blick aufleuchten zu sehen, bevor der Barmann ihn beifällig an etwas erinnerte.
„Richtig. Du bist einer davon."

„Immerhin bringe ich dir ab und zu mal geschossenes Wild mit. Tut das hier sonst noch jemand?", wollte Sichlor zunehmend gereizt wissen. Auch wenn er sich durchaus im Klaren darüber war, dass dieses Argument nun wirklich nicht ausschlaggebend war.
Ben schien das genauso zu sehen.
„Das kommt vielleicht einmal in fünf Monaten vor", entgegnete er kühl, „Wenn ich mich auf dich verlassen würde, wäre ich längst verhungert."
Recht hatte er, doch als Sichlor gerade etwas Herunterspielendes erwidern wollte, wurde er prompt unterbrochen, als ein Pfeil haarscharf an seinem Gesicht vorbei flog und sich neben ihn in das Holz eines Gewölbebalkens bohrte.
Schreie ertönten. Innerlich stöhnte er. Warum ausgerechnet jetzt?
Ganz darauf bedacht, die Ruhe in Person zu bleichen, stand er auf und zog den Pfeil mit einem bestimmten Ruck aus den Brettern, um ihn anschließend in seinen Köcher zu stecken. Dann erst drehte er sich um.
Hinter ihm standen zwei fremde Typen mit Bögen und grinsten blöde.
Sichlor blinzelte und musterte er sie genauer.
Es waren beides Muskelprotze. Größer als er.
Bestimmt strohdumm. Sie sahen so aus, als seien sie genau das, was er gerade brauchte – Beute.
„Hi", grüßt Sichlor die beiden und legte dabei den Kopf fragend schief, „Hab ich irgendwas verpasst?"
„Nein", einer der Männer ließ seine Muskeln spielen.
Der andere versuchte verzweifelt, einen neuen Pfeil auf die Sehne zu legen. Doch dieser rutschte immer wieder von der Auflage.
Irgendwie traurig. Es grenzte an ein Wunder, dass ihr Pfeil überhaupt so gut treffen konnte.

„Cool. Wieso schießt ihr dann auf mich? Ein Schlag auf den Kopf wäre in eurem Fall vielleicht sinnvoller gewesen", schlug Sichlor freundlich vor, während er in Gedanken die ersten Zeilen seines Lieblingsliedes summte.
Einen Moment schienen seine Angreifer verwirrt.
Sichlor unterdrückte ein abfälliges Lächeln. Was für Lappen sie doch waren.
„Jemand hat eine fette Belohnung für deinen Kopf ausgelegt", erklärte einer der beiden Muskelprotze schließlich bereitwillig.
„Wir haben mit Freunden gewettet, ob wir es schaffen dich mit deinen eigenen Waffen zu schlagen."
Darum ging es also. So langsam kam Licht ins Dunkle. Zwar hatten die Beiden nicht speziell gesagt, wer eine Belohnung auf ihn aufgesetzt hatte, doch Sichlor hatte da seine Vermutungen.
Die Tatsache, dass man sich auf der Art an ihm rächen wollte, war nichts Ungewöhnliches, jedoch genauso unbewehrt wie eh und je. Das war sein Vorteil daran, eine Legende in der Söldnerwelt zu sein. Denn auf ihn setzten es nur die Idioten an. Die Cleveren dagegen hielten sich manierlich zurück. Entweder aus Angst und Respekt. Oder aus Sympathie.
„Und was denkt Ihr?", fragte Sichlor gelangweilt, „Gewinnt ihr die Wette?"
Die Männer sahen sich überrascht an.
Sichlors Ruhe schien sie aus dem Konzept zu bringen.
„Klar! Wäre doch gelacht wenn nicht!", protzten sie wie aus einem Munde und ließen Sichlors Nachsicht damit endgültig verblassen.
„Okay", er stand auf und nahm den Bogen vom Tresen. Wer so dämlich und tollkühn war, hatte einen Denkzettel bitternötig.

„Nein, Sich", versuchte Ben ihn aufzuhalten, „Nicht hier, wir hatten ...", er verstummte, als die beiden Volltrottel fast zeitgleich umkippten.
Beiden steckte ein Pfeil bis zum Schaft in der Kehle. Der Barmann seufzte.
„Alles klar. Raus."
Ohne Umschweife kam er zu Sichlor hinüber und begann ihn auf den Ausgang zu zuschieben.
Doch Sichlor sträubte sich.
„Warte! Das ist ja wohl ein Scherz!"
Er versuchte Bens Blick aufzufangen, woraufhin dieser aber nur den Kopf schüttelte.
„Sorry, Sich, aber so kann das nicht weiter gehen. Du vertreibst mir meine Kundschaft. Ach was, noch schlimmer. Du tötest sie!"
„Das waren hirnlose Vollidioten! Du kannst mir nicht erzählen, dass du sowas gern in deiner Bar hast!"
„Es ist mir ziemlich egal, wer hier ein und aus geht. Das solltest du wissen. Schließlich bist du immer noch einer von diesen Leuten!"
„Aber die haben den Streit doch erst angefangen! Wann habe ich hier drinnen bitte mal so eine Auseinandersetzung vom Zaun gebrochen? Die hatten es nicht anders verdient!" Während Sichlor sich in Rage redete, wehrte er sich halbherzig, wenn auch entschieden, gegen Bens groben Schraubstockgriff, mit dem er ihn zielsicher in Richtung Ausgang lotste.
„Du hast hier schon oft genug für Stimmung gesorgt", widersprach der stämmige Barmann entschieden, „Außerdem hatten wir eine Abmachung! Keine Toten hier in diesen vier Wänden."
„Es war Notwehr!", versuchte Sichlor sich zu verteidigen, aber Ben schüttelte bedauernd den Kopf.

„Nein, war es nicht. Du hättest die Streiterei problemlos nach draußen verlegen können."
Mit einem frustrierten Stöhnen gab Sichlor den Kampf gegen Ben auf.
„Ob ich sie hier drinnen oder vor deiner Tür umbringe – wo liegt da der Unterschied?", fragte er säuerlich, obwohl er sich nicht mehr viel von seinen Überzeugungsversuchen erhoffte. Inzwischen war der Ausgang deprimierend nah.
„Hier drinnen sollen meine Kunden sich sicher fühlen", erwiderte Ben stur, „Tu nicht so, als würde dir das nicht auch an meiner Bar gefallen. Selbst wenn du dich immer noch so aufführst, als würde dich jeder bei der erstbesten Gelegenheit abstechen wollen. Genau das wird nicht passieren!"
„Und das?"
Ohne ein weiteres Wort zu sagen, deutete Sichlor auf den neuen Pfeil in seinem Köcher.
Ben seufzte, ließ die Frage jedoch unkommentiert.
„Wie auch immer. Für heute war´s das für dich. Also lass es uns nicht komplizierter machen, als ohnehin schon."
„Och bitte, Ben", flehte Sichlor, „Ich verspreche dir: Das war das letzte Mal. Ich will mich an deine Regeln halten, wirklich! Das heute – es war bloß eine Kombination blöder Umstände!"
Aber zu seinem Bedauern schüttelte Ben erneut den Kopf.
"Das ist keine Entschuldigung. Tut mir leid. Die Versprechen eines Betrügers sind nichts wert. Das sagst du doch selbst immer."
Er sah ihn ein letztes Mal an – sein Blick entschuldigend, aber entschlossen. Dann schlug er

Sichlor die Tür vor der Nase zu und ließ ihn einfach stehen.
Ohne zu protestieren, ließ Sichlor sich mit dem Rücken gegen die Wand des Gasthauses fallen. Er bereute es inzwischen, nicht gewartet zu haben, bis sein Ärger verraucht war, bevor er sich erneut auf die Suche nach einer sicheren Bleibe machte.
Bei Ben hätte er bestimmt Unterschlupf gewährt bekommen. Doch diese Chance hatte er soeben verspielt und das bedeutete, die Suche ging weiter. Eine Weile verharrte Sichlor noch auf der Stelle und tat nichts, außer schweigend hinauf in den Himmel zu starren. Dann erst stieß er sich von der gemauerten Wand ab und machte sich auf, eine neue Bleibe zu finden.

Ich kann das erklären

Egal wann du denkst, deine Situation könnte nicht schlimmer werden ...
Glaub mir: Es geht.
Dir fehlt bloß der Durchblick, um das zu begreifen.

„Wer zum Henker ist das?", fragte Leo scharf, den Blick lauernd auf Nathaniel gerichtet, während dieser völlig entspannt neben mir stand.
Die Waffe in Leos Klaue schien den Kristall nicht im Mindesten zu beeindrucken und genau das war es, was mir am meisten Angst machte. Rasch griff ich nach Nathans Arm und zerrte ihn ein Stück zurück, während ich mich selbst vor ihn schob.
„Leo, bevor du irgendwas tust, glaub mir: Er ist in Ordnung!"
„Wer ist er?", wiederholte Leo seine Frage schroff und etwas lauter als vorher. Meinen Versuch, ihn zu beruhigen, ignorierte er und deckte seinerseits Joka, der sich noch immer nicht gerührt hatte.
Hinter mir meldete Nathaniel sich zu Wort:
„Entschuldigung, aber ich dachte, ich hätte mich gerade erst vorgestellt. Eigentlich seid ihr an der Reihe – auch wenn ich euch natürlich längst kenne."
Für eine Sekunde blitzte Leos Blick zu mir hinüber.
„11204, sag mir, wer das ist! Auf der Stelle!"

Obwohl ich zunehmend in Bedrängnis kam, versuchte ich ruhig zu antworten: „Das tue ich, sobald du die Waffe weglegst."
Doch Leo wollte davon nichts wissen.
„Wer ist er?!", brüllte er und diesmal hielt auch ich mich nicht länger zurück.
„Ein Freund!"
Einige Augenblicke sah Leo so aus, als wüsste er nicht, was er sagen sollte.
„Ich bin ein Dämon", bemerkte Nathaniel mit einem Blick über meine Schulter.
Sofort wirbelte ich herum und fixierte ihn warnend.
„Nicht jetzt, Nathan. Lass mich das machen!"
„Ich will nur helfen."
„Du machst es aber nur schlimmer!"
„Bei den Göttern", Joka wich mit entsetzt geweiteten Augen zurück, „Leo, sag mir, dass das nicht sein Ernst ist."
Nathaniel sah Joka bedeutungsvoll an.
„Es ist mein Ernst."
Hastig drückte ich dem Kristall einen Finger auf die Lippen.
„Still jetzt! Ich mein´s ernst!"
Ergeben verdrehte Nathaniel die Augen und schob sachte meine Klaue beiseite.
Ungeachtet der Tatsache, dass er offensichtlich Ärger wollte, schien er sich ein wenig Mühe zu geben, mich nicht allzu sehr zu provozieren. Und es nervte mich, dass seine Strategie funktionierte.
„Ist ja gut", meinte der Kristall beruhigend, wobei seine Augen jedoch funkelten, als wisse er genau, was sein Gehabe mit mir anstellte, „Diese Lippen verlässt kein Wort mehr."

Er tippte sich auf den Mund und lächelte, womit er mich endgültig aus dem Konzept brachte.
Während ich mich wieder zu meinen Aufsehern umdrehte, versuchte ich vergeblich, mich an die Strategie zu erinnern, mit der ich ihnen mein Geheimnis vorbringen wollte. Doch als ich nun ihre Gesichter sah – Leos wachsam und zornig und Jokas ungläubig und voller Furcht – wagte ich es einfach, zu improvisieren.
Das Wissen um die Magie, welche meinen Körper bis in jede Faser zu durchdringen schien, ließ derweil die Sicherheit wiederkehren, die ich beim Training verspürt hatte und die mir nun half, die richtigen Worte zu finden.
„Das ist Nathaniel", begann ich ruhig, aber deutlich, „Und wie bereits erwähnt wurde, ist er ein Dämon. Er ist aber niemand, vor dem ihr euch fürchten müsst. Außer ihr fürchtet euch auch vor mir."
Während ich sprach, achtete ich so genau auf meine Worte, dass ich spürte, wie riskant die meisten klangen. Jedes von ihnen konnte einen Konflikt heraufbeschwören und trotzdem hätte ich auf keines verzichten wollen.
„Mach dich nicht lächerlich!", knurrte Leo in einem Ton, der so gar nicht nach ihm klang und beinah Spott versprühte, „Das hat rein gar nichts ..."
„Fürchtest du mich?", wiederholte ich scharf und Leo verstummte.
„Nein. Das tue ich nicht", warf er schließlich ein, trat jedoch nicht näher an mich heran und senkte mahnend die Stimme, „Ich verstehe nur nicht, was du plötzlich mit magischen Wesen am Hut haben solltest. Geschweige denn mit so etwas Niederträchtigem wie Dämonen!"

„Ich habe ihn kennengelernt", erwiderte ich ausweichend, da weitere Informationen mehr Verwirrung stiften würden, als einen stabilen Rahmen zu schaffen, in dem sich das Gespräch bewegen konnte – vor allem wenn man bedachte, dass Nathans und mein erstes Zusammentreffen nicht zwingend vor Liebenswürdigkeit gestrotzt hatte.
Leo sah mich fragend an, weshalb ich nach einer kurzen Pause fließend das Thema wechselte: „Er hat Fähigkeiten, die es ihm ermöglicht haben, sich vor euch zu verbergen."
„Aber wieso solltest du ihn vor uns geheimhalten? 11204, ob Dämonen, Söldner oder andere zwielichtige Gestalten – so jemandem vertraut man nicht. Du hättest uns warnen müssen!", zischte Leo angespannt. Während er sprach, huschte sein Blick immer wieder zu Nathaniel und seine Klaue hatte er so feste um den Griff seiner Waffe geklammert, dass sie von der Anstrengung zu zittern begann.
„Es hat einen Grund, wieso ich ihm vertraue", entgegnete ich kühl. Denn obwohl ich Ruhe bewahren wollte, lösten Leos Anschuldigungen in mir eine Wut aus, die ich nur mühsam zügeln konnte.
„Außerdem macht es für mich genauso wenig Sinn, ihm zu vertrauen wie euch!"
Bei den Worten zuckte Leo zusammen und ich konnte sehen, wie Joka sich seinem Freund mit steifen Schritten näherte.
„Das müssen wir melden, Leo", flüsterte er an seiner Seite und versuchte dabei, nicht zu mir ober Nathaniel zu schauen, „Bleib du hier. Ich gehe Verstärkung rufen."

„Das würde ich lieber nicht tun", warf Nathaniel mit liebenswürdigem Lächeln ein, „Sonst muss ich nämlich ..."
„Du musst gar nichts!", unterbrach ich ihn wütend, „Leo, Joka, was ich zu erklären versuche, ist, dass er mir nur hilft, die Antworten zu erhalten, die ihr mir nicht geben könnt!"
Joka verstummte und Leo blinzelte mich zweifelnd an.
„Wer ist er und wieso vertraust du ihm?", fragte er erneut. Er versuchte, mich anzusehen, doch sein Blick wollte es nicht wagen, völlig von Nathaniel abzulassen.
Es war offensichtlich, dass er Angst hatte. Doch auch wenn ich die seine Angst zuerst als größte Gefahr angesehen hatte, machte sie es mir nun umso leichter, die Fassung zu wahren.
Warum sollte ich Leo und Joka schon überzeugen müssen? Sie waren heute diejenigen, die ein Problem bekamen, wenn sie nicht zuhören wollten – nicht ich.
„Gegenfrage", erwiderte ich daher nüchtern und richtete meinen Blick fest auf Leo, „Wer seid ihr und wieso denkt ihr, dass ich ihm weniger vertrauen sollte als euch? Er untersteht wenigstens meinem Befehl. Ihr dagegen dient einer Einrichtung, die es für richtig hielt, mich zu entführen und unter Drogen zu setzen."
Das hatte gesessen. Von einer auf die andere Sekunde konnte ich Schuld und Bestürzung sowohl in Leos als auch in Jokas Blick aufflammen sehen.
„Ich bin mir sicher, das ist nicht eure Entscheidung gewesen?", fügte ich daher mit aufgesetzter Freundlichkeit hinzu und lächelte fragend, was Leos Augen ein trotziges Funkeln entlockte. Er stand

kerzengerade vor mir und konterte mein Lächeln mit verbissenem Schweigen.
Ich wartete noch einige Sekunden, bis ich nicht mehr das Gefühl hatte, mein Brustkorb würde im nächsten Moment vor Wut entzweigerissen. Dabei verschränkte ich die Klauen hinterm Rücken, denn ich spürte, wie hauchdünne Fäden eines dunklen Teils meiner Magie daraus hervor züngelten wie winzige Zungen, die nach Nahrung lechzten.
Erst dann sprach ich betont entspannt weiter: „Ich würde euch das tatsächlich glauben. Trotzdem denke ich, dass unser Vertrauen auf Gegenseitigkeit beruhen sollte. Und sei es nur für dieses Gespräch hier."
Die Festigkeit und die Ruhe in meiner Stimme schienen Leo sichtlich aus dem Ruder zu werfen und er musste einige Sekunden mit sich ringen, bevor er endlich mit einer Antwort rausrückte.
„Wie kommst du darauf, dass er dir gehorchen sollte?", brachte er hervor und deutete anklagend auf Nathaniel, „Du kannst darauf wetten, dass er dich nur täuschen möchte! Ein Söldner oder wer er ist, gehorcht niemandem!"
„Ich sagte, er ist ein Dämon!", rief ich aufgebracht und zwang mich sofort wieder zur Ruhe, da die Magie in meinen Adern bei dem Ausbruch gierig aufkochte.
Doch Leos Antwort machte es nicht besser.
„Und für die gilt das Gleiche!", erwiderte er schneidend, „Schattenwesen sind niemandem treu!"
„Ihrem Meister schon", widersprach ich entschieden, wobei ich meine Klauen hinterm Rücken zu Fäusten ballte, um die Magie darin zu ersticken, die jedoch bei meinen nächsten Worten schlagartig in sich zusammenfiel, „Ich weiß, dass er mir gehört ... Schließlich wurde er mir durch den Tod meiner Eltern

überlassen und den habt ihr mir selbst bestätigt."
Dies war das erste Mal, dass ich meinen Mord offen ansprach. Ich wusste nicht mehr, ob ich mich schuldig fühlen sollte. Ob mich Gewissensbisse plagen sollten und ich meine Tat immer wieder bereuen sollte – jedenfalls tat ich es nicht.
Wenn ich inzwischen über den Tod meiner Eltern nachdachte, war in mir neben einem kaum zu spürenden Schmerz nichts als Kälte. Und ein verborgener Teil in mir nannte es sogar Gerechtigkeit. Es war Gerechtigkeit für Evelia, für Neuro für alle, die ihretwegen leiden mussten und auch für mich. Meine Unverblümtheit schien Leo und Joka zu überraschen, denn sie sahen beide bestürzt aus. Ich hingegen wartete gar nicht auf eine Erwiderung, sondern bereitete mich mental auf meinen letzten Zug vor. Ein Zug, der mir in dem Moment klar wurde, als meine Magie endlich aufhörte, sich von innen gegen die Mauern meines Bewusstseins zu werfen als hoffte sie, diese einreißen und ausbrechen zu können – so wie sie es bereits einmal getan hatte und wozu sie bestimmt noch einmal in der Lage wäre. Der Unterschied war, dass ich diesmal wusste, was sie vorhatte und mein Bewusstsein mit aller Kraft dagegen stellte.
„Lasst uns zum Punkt kommen", setzte ich nach einem tiefen Atemzug an, während ich es wagte, meine Klauen hinterm Rücken hervorzunehmen. Dabei suchte ich Leo´s Blick und versuchte, statt Kälte den Hauch einer Bitte in meinen nächsten Fragen zu verpacken: „Wem wollt ihr helfen? Leander oder mir?"
Als Antwort warf Leo Joka einen raschen Blick zu und ich konnte Nathaniel leise lachen hören.

Ich stand zwischen zwei Fronten.
Hinter mir, der Kristall, dessen Magie ich, wie meine eigene, einsatzbereit lauern spürte.
Vor mir, meine Aufseher, die einfach nur da standen und mich anschauten. Leo mit einer Waffe in der Klaue und Joka hinter ihm versteckt. Mit einem Ausdruck auf dem Gesicht, der wie eingefroren wirkte. Ich konnte in ihm nichts lesen, doch ich war froh, dass er mich wenigstens ansah.
Trotz der Spaltung hielt sich in mir hartnäckig ein Gefühl purer Macht. Denn ich war in dieser Konstellation nicht gefangen. Sie war nicht mein Gefängnis, dass andere mir gestrickt hatten. Nein. In ihr hatte ich Rückendeckung und stand an der Spitze einer Front, die ich selbst gewählt hatte.
Zwar war ich mir unsicher, ob Leo mich angreifen würde, ob Joka losrennen würde, um Verstärkung zu holen oder ob ich Nathaniel befehlen musste, genau das zu verhindern. Doch ich war mir umso sicherer, im Notfall handeln zu können.
Da regte Leo sich endlich. Er straffte die Schultern und begann seine Waffe langsam in ihr Halfter auf seinem Rücken zurückzuschieben.
„Okay", meinte er und sein Blick glitt zu mir hinüber, sobald er die Waffe losgelassen hatte, „Reden wir."
Ich nickte, um ihm meine Einwilligung zu bedeuten, versteckte jedoch jede Emotion hinter einer undurchdringlichen Fassade. Denn mit dem Einverständnis meines einen Aufsehers war der Kampf noch nicht gewonnen.
Hinter Leo konnte ich sehen, wie Joka den Kopf schüttelte.

„Nein", sagte er deutlich, während er einen Schritt rückwärts trat und zu Boden schaute „Ich kann das jetzt nicht. Tut mir leid."
Er drehte sich um und wollte davon eilen, doch Leo fasste ihn vorher an der Schulter und hielt ihn zurück.
„Warte Joka! Wir sollten ..."
„Nein! Egal, was du sagen willst, ich kann das jetzt nicht! Bitte", sein Blick zuckte kurz zu mir hinüber, „Gib mir einen Moment."
Leo öffnete den Mund zu einer Erwiderung, aber bevor er etwas sagen konnte, hatte Joka sich bereits von ihm gelöst und mit schnellen Schritten zum Gehen gewandt.
Er schaute nicht zurück und verschwand bald um die nächste Biegung, während wir nur da standen und zusahen.
„Soll ich ihn aufhalten?", bot Nathaniel sich großzügig an und machte einen Schritt an mir vorbei, aber ich schüttelte den Kopf und er hielt inne.
„Nein", antwortete ich leise, „Lass ihn gehen."

Die ersten Schwierigkeiten

Vertrauen ist ein gefährliches Zugeständnis. Das heißt jedoch nicht, dass es nie belohnt wird.

„Und du willst ein Dämon sein?"
Leo runzelte kritisch die Stirn und betrachtete Nathaniel eingehend. Dieser hatte die Arme locker vor der Brust verschränkt und stand vor meinem Trainer in unserem Quartier.
„Vermutlich würde ich lieber alles andere sein wollen, aber ich bin jedenfalls einer", antwortete der Kristall gedehnt, woraufhin Leo sich aufgeregt in neue Überlegungen stürzte.
Seit Joka verschwunden war, hatte sich die Atmosphäre, zu meiner Erleichterung, sehr gewandelt und mein Trainer war in seiner Begeisterung kaum noch zu bremsen gewesen.
„Ist Leander dann vielleicht auch ein Dämon?", fragte er nun mit großen Augen, doch Nathaniel zuckte bloß mit den Schultern.
„Ich kenne ihn nicht. Woher soll ich das wissen?"
„Ich frage nur, weil Leander sieht aus wie du, er ..."
„Du meinst: Menschlich?" Die Frage klang verächtlich, was Leo jedoch nicht zu bemerken schien.
„Genau!"
Nathaniel klopfte mit einem seiner Finger ungeduldig auf seinem Arm herum.

„Nicht alle Menschen sind Dämonen, Kumpel."
„Du schon."
„Ich ...", Nathaniel unterbrach sich und drehte sich ein wenig genervt zu mir um, „Kannst du mal ein paar Erklärungen übernehmen. Das hier ist unter meiner Würde."
„Wieso?", ich grinste verständnislos, „Ist doch sonst voll dein Ding."
Das stimmte zwar absolut nicht, doch ich fand es nett, mal derjenige zu sein, der den Kristall dabei beobachtete, wie er sich aufregte, nicht umgekehrt. Ein Privileg, das Nathaniel dagegen äußerst gegen den Strich zu gehen schien.
„Ich werde hier durchgehend beleidigt!", zeterte er weiter, „Erst nennst du mich einen Stein, jetzt nennt dein Freund mich einen Menschen! Wo soll das denn hinführen?"
„Tut mir leid. Ich hab mir einen Dämon einfach anders vorgestellt", verteidigte Leo sich.
„Ach ja?", Nathaniels Augen verengten sich zu zwei funkelnden Schlitzen, „Sollte ich lieber *so* aussehen?"
Urplötzlich schmolz der Körper des Kristalls in sich zusammen, wie das Wachs einer erhitzen Kerze. Zurück blieb eine Masse, aus der sich mit der Geschwindigkeit von Wasser, das in eine Form gegossen wird, ein Wesen mit Krallen, acht Beinen, hunderten Augen und einem riesigen Maul herausschälte. Dieses bäumte sich auf, bis es sich mit Leo auf Augenhöhe befand.
Leo nickte und musterte sein neues Gegenüber mit einer Mischung aus Bewunderung und Zustimmung.
„Das würde schon eher meiner Vorstellung entsprechen."

Sofort verwandelte der Kristall sich zurück in seine Menschengestalt und warf mir einen vorwurfsvollen Blick zu.
„Hast du gehört? Das ist einfach nur hochgradig voreingenommen!"
„Schon", gestand ich mit einem leichten Schmunzeln, „Aber du musst zugeben, Leo trifft einen Punkt. Oder sind etwa alle Dämonen so eitel wie du?"
„Ich bin nicht eitel", entgegnete Nathaniel beleidigt, „Ich kann nichts dafür, das ich in der Regel gut aussehe!"
„Und wir haben dich wirklich bei der Höhle aufgegabelt?"
Leo war so neugierig wie ein dreijähriges Kleinkind. Und wenn man der Geschichte glauben konnte, mit der er uns sein Leben seit seiner Zeit bei den Gekrönten beschrieben hatte, wunderte es mich auch nicht.
Auf unser Nachhaken hin hatte Leo berichtet, dass Leanders Einrichtung bei ihrer Entstehung ausschließlich für Kinder gedacht war, die der Krieg heimatlos und verstört zurückließ. Er und Joka waren zwei von vielen gewesen, die ins Muster passten und er erinnerte sich, dass die neue Heimat bei Leander für sie ein erster Hoffnungsschimmer nach Jahren des Fürchtens und Fliehens gewesen war.
Zuerst hat man uns täglich mit den Mitteln versorgt, die heute noch in Leanders Laboren hergestellt werden, hatte Leo berichtet. Da sie jede schmerzvolle Erinnerung tilgten, wollte sich auch niemand weigern, sie einzunehmen.
Wahrscheinlich hätte ich auch wie die meisten nie an der Methode gezweifelt. Aber Joka hat früh gemerkt,

dass wir dabei waren, uns einer Scheinwelt hinzugeben.
Deshalb hatten sie heimlich aufgehört, die Mittel zu nehmen. Doch zu diesem Zeitpunkt waren ihre Erinnerungen bereits löchrig und verschwommen. Was hängen blieb, war die Erinnerung an das viele Leid, dass der Krieg und vor allem die darin beteiligte Magie ausgelöst hatte. Und so auch die Erleichterung, die mit der Ausrottung der Magier und dem Rückzug der Dämonen in ihr Herrschaftsgebiet einherging. Diese Erinnerungen reichten, um Jokas Skepsis aufrecht zu erhalten, als Leander begann, die geheilten Jugendlichen nach eigenen Programmen auszubilden und sie schließlich auf die angepriesenen, scheinbar wahllosen Missionen schickte. Während das Gemeinschaftsgefühl bei den meisten zunahm, machten er und Leo nur noch mit, um nicht aufzufallen.
Bei Joka sind die Erinnerungen an Magie noch sehr viel schmerzhafter, als ich es von mir behaupten kann, hatte Leo mit gesenkter Stimme geendet. Er selbst hielt die Magie nicht grundsätzlich für schlecht, doch Joka verband mit dieser, nur Unheil und großes Leid.
„Richtig", antwortete Nathaniel, „Auch wenn aufgegabelt definitiv das falsche Wort ist. Ich bin mitgekommen, weil mein neuer Meister unter euch war und ich Lust auf Spielchen hatte."
„Aber welchen Sinn hatte es für dich, mitzukommen, wenn du weißt, dass er dich uneingeschränkt herumkommandieren kann?", merkte Leo etwas verblüfft an. Damit stellte er genau die Frage, die ich mir bereits hunderte Male gestellt hatte.
„Erstens: Hier zu sein, ist immer noch besser, als sich irgendwo zu langweilen. Was ich definitiv tun würde,

wenn ich nicht mitgekommen wäre. Und zweitens: Er kann mich nicht uneingeschränkt herumkommandieren!", Nathaniel reckte stur den Kopf, „Er könnte. Aber er ist zu blöd."
Bei diesen Worten lachte Leo und Nathaniel zwinkerte mir vielsagend zu, doch ein finsterer Blick meinerseits ließ ihn entschuldigend die Schultern heben.
„Was denn? Stimmt doch."
Ich seufzte.
„Und wenn schon. Wir kommen vom Thema ab."
„Ach ja?", Nathaniel sah mich überrascht an, „Was war unser Thema?"
„Wie viele Magier oder magische Wesen gibt es wohl noch in unserer Welt?", fragte ich, um auf ein Thema zurückzukommen, das mir, seit Leos Bericht nicht mehr aus dem Kopf ging.
„Was weiß ich", entgegnete Nathan unsicher, „Seit dem Krieg jedenfalls nicht mehr so viele wie früher. Nach dem, was ich mitbekommen habe, werden beschworene Dämonen immer seltener, da die Zahl derer, die Magie beherrschen, stark reduziert wurde. Die Elementaren, eine Armee aus freien Dämonen, existiert sicher unverändert. Auch Storm sollte es noch geben. Ansonsten weiß ich nicht viel darüber, wer seit Kriegsende die Länder regiert. Ich gehe davon aus, dass sich neue Großparteien gebildet haben. In denen findet man bestimmt noch Magieträger."
„Dann ist es also ein Machtsymbol, wenn man jemanden mit magischen Fähigkeiten in seinen Reihen vorweisen kann."
„Gute kombiniert."
Nathaniel zwinkerte mir zu, was jedoch ich großzügig übersah, um meine Theorie zu Ende zu führen.

„Wahrscheinlich will Leander sich unter den großen Parteien etablieren."

„Ja", Leo dachte einen Moment lang nach, „Er baut eine Armee auf, aber das Entscheidende fehlt ihm noch."

„Ha! Wenn er wüsste, wen er hier in seinen vier Wänden hat", gluckste Nathaniel fröhlich. Doch während ihn die Sache zu amüsieren schien, behagte mir der Gedanke ganz und gar nicht.

„Ich glaube nicht, dass das gut für uns wäre", murmelte ich. Nathaniel ignorierte mich jedoch, indem er sich plötzlich wieder an Leo wandte.

„By the way: Denkst du, dein Freund verpetzt uns gerade bei eurem Anführer? Wie hieß er noch gleich? Leander?"

Leo nickte erst, schüttelte dann aber als Antwort auf Nathans erste Frage rasch den Kopf.

„Nein, ich denke nicht, dass er das tut. So leichtfertig würde Joka dieses Wissen nicht weitergeben. Er denkt bestimmt nur darüber nach, wie er sich damit fühlen soll."

Das konnte ich verstehen. Ich war mir schließlich auch unsicher gewesen, was ich vom Dämon und meinen magischen Fähigkeiten zu halten hatte. Eigentlich war ich mir sogar immer noch unsicher, aber inzwischen beschäftigte die Unsicherheit mich nicht mehr so sehr.

Als Leo sich vernehmlich räusperte, blickte ich auf und sah ihn an. Der Ausdruck auf seinem Gesicht wirkte mit einem Mal besorgt und er knetete seine Klauen in Unruhe.

„11204...", begann er langsam, was Nathaniel mit einem gereizten Schnauben kommentierte.

„Wer hat sich den Scheiß eigentlich ausgedacht?", fragte er tadelnd, „Eine Nummer? Ich kann meinen Meister doch nicht ständig mit einer Fünf-Zahlen-Kombination ansprechen!"
„Das ist hier nun mal Vorschrift", wandte Leo ein.
„Vorschriften", Nathaniel verzog bei dem Wort angeekelt das Gesicht, „Gut, dass ich die noch nie leiden konnte."
Auch wenn ich Nathaniel grundsätzlich recht geben musste, wollte ich ihm diese Übereinstimmung unserer Ansichten zunächst nicht bestätigen. Es war einfach nicht der richtige Zeitpunkt, sich über meine Nummer auszulassen.
„Ich finde, wir sollten dieses Thema wann anders ausdiskutieren", bestimmte ich daher mit einem scharfen Blick auf den Kristall, „Leo, sag, was auch immer du gerade sagen wolltest."
Leo nickte und warf ebenfalls einen Blick auf Nathaniel, welcher nachdenklich durchs Zimmer tigerte.
„Ich wollte nur sichergehen, ob du wirklich weißt, was du tust", raunte er vorsichtig, „Versteh mich nicht falsch. Ich finde diese neuen Entdeckungen wahnsinnig aufregend, aber sie machen mir auch Angst."
„Natürlich tun sie das", erwiderte ich ruhig, „Wir haben nun mal für nichts Gewissheiten."
Ich machte eine Pause und deutete dann auf Nathaniel: „Nur er ist fest an mein Wort gebunden. Dadurch ist er völlig ungefährlich."
Sofort warf Nathaniel mir einen empörten Blick zu.
„Entschuldige Mal, der Junge leidet an chronischer Selbstüberschätzung!", beschwerte er sich an Leo gerichtet, „Ich bin definitiv ..."

„Hört auf!", ich sah Nathaniel streng an, „Es wäre kein Kompliment, wenn ich sagen würde, du seist gefährlich!"

„Nein? Und was, wenn ich darin ein Kompliment sehen möchte?", erwiderte der Kristall provokant und ich verstärkte die Intensität meines Blicks, als ich in den Überlegungen für eine bissige Antwort plötzlich von Leo unterbrochen wurde.

„Denkt ihr, wir stecken in Schwierigkeiten?", fragte er sinnend und ich blinzelte überrascht, während die Frage langsam in meinem Bewusstsein ankam.

„Wahrscheinlich", erwiderte Nathaniel, bevor ich überhaupt bereit war, zu antworten.

Leo und ich sahen uns einige Sekunden lang schweigend an, dann zuckte mein Trainer mit den Schultern.

„Da kann man wohl nichts dran machen."

Nathaniel

Obwohl ich zu Beginn kritischer war, als ich mir selbst eingestehen wollte, war ich mir inzwischen sicher, dass ich Leo mochte.
Der Typ war einfach cool drauf.
Möglicherweise hatte er sogar Potenzial, mein Freund zu werden. Aber immer der Reihe nach.
Gerade war Leo ohnehin nicht da, denn er wollte Joka suchen und ihm das erklären, worüber wir bis eben gesprochen hatten. Bis er wiederkam, war ich also mit meinem Meister alleine. Mit anderen Worten: Eine ganze Weile – nur er und ich. Herrlich.
„Was denkst du?", fragte ich grinsend an den Jungen gerichtet, welcher nachdenklich auf dem Boden hockte und mit einem verschlossenen Kästchen aus einem Regal herumspielte, „Sollen wir ihnen auch von deinen Kräften erzählen?"
„Ehrlich gesagt, glaube ich, dass die beiden im Moment genug zu verkraften haben", erwiderte er abwesend, „Da müssen wir nicht zwingend noch eine Karte drauf setzen."
„Was machst du da eigentlich?"
Der Junge hob fragend den Kopf und endlich hatte ich auch das Gefühl, dass er mich wirklich wahrnahm.
„Was meinst du?"
„Ich meine, du sitzt da, als würdest du schon wieder Pläne schmieden. Das macht mich nervös. Es ist doch

nichts passiert. Es gibt nur gute Neuigkeiten zu feiern!"
„Was denn für gute Neuigkeiten?"
Mein Meister klang ernsthaft verwirrt, weshalb ich beschloss, ihm mit ein wenig Enthusiasmus auf die Sprünge zu helfen.
„Leo liebt mich, wir haben herausgefunden, wofür du hier täglich deine Zeit verschwendet hast und wissen jetzt, dass wir Leanders begehrteste Ware sind. Wenn das nicht genial ist, weiß ich auch nicht weiter!"
Ich strahlte und fügte nach einer kurzen Pause, in der mein Meister mich nur sprachlos angestarrt hatte versuchsweise hinzu: „Du hast endlich mal ein gutes Training hinter dich gebracht?"
„Okay, einen Moment bitte", mein Meister rappelte sich auf und trat so schnell vor mich, dass ich beinah überrascht einen Schritt zurückgemacht hätte, „Nur damit ich dich richtig verstehe: Du findest das gut? Dass wir in einer verfluchten Mausefalle stecken?"
„Wir stecken nicht in einer Mausefalle", widersprach ich ihm, „Wir sind ein unentdeckter Schatz. Außerdem könnten wir jeder Zeit verschwinden."
„Und dann? Wohin sollen wir gehen?"
„Ich weiß wirklich nicht, worüber du dich aufregst", entgegnete ich mit einem verständnislosen Seufzen, was den Jungen jedoch nicht davon abhielt, sich weiter in Rage zu reden.
„Wenn wir hierbleiben, werden sie es merken! Früher oder später ...", erschöpft ließ er sich gegen ein Regal fallen, „Und wenn es so weit ist, wird man uns wohl kaum feiern, oder einen Orden überreichen."
„Leander kann uns aber auch nicht einfach umbringen. Wenn Leo recht hat, will die Krone uns schließlich für ihre Armee."

Der Junge verzog das Gesicht, als beruhigte ihn diese Vorstellung nicht im Geringsten.
„Wir müssen weg", sagte er entschieden und warf im nächsten Moment hilflos die Arme in die Luft, „Aber wir können nirgendwo hin."
„Wieso? Wir können überall hin", widersprach ich ihm nachdrücklich, „Sie haben doch die ganze Zeit nichts gemerkt und ...", ich unterbrach mich und dachte kurz darüber nach, was ich hatte sagen wollen, bevor ich es mir anders überlegte, „Andererseits ... japp. Wir sollten definitiv verschwinden. Draußen ist es ohnehin viel besser. Aufregender!"
„Aufregender?"
So wie der Junge das Wort wiederholte, klang es lächerlich. Dennoch nickte ich zustimmend.
„Genau! Aufregend. Ein echtes Abenteuer!", ich schlang meinem Meister ermutigend einen Arm um die Schultern und zog ihn mit mir, als ich begann, langsam durchs Zimmer zu schreiten und ihm Stück für Stück meine Fantasie für die Zukunft zu schildern, „Stell dir vor – nur wir zwei – meinetwegen mit Leo und Joka – draußen unterwegs. Es gibt noch so viel, das ich dir zeigen könnte! Ist das nicht genau das, was du wolltest? Endlich hätten wir ..."
„Das Einzige, was ich wollte, war ein echtes Zuhause!"
Der Ausruf ließ mich überrascht zusammenzucken. Mein Meister stand neben mir – erschrocken, als würde er gerade erst begreifen, dass er geschrien hatte. Dann holte er plötzlich aus und warf das Kästchen in seiner Klaue so feste gegen die Wand, dass es zerplatzte. Ich blinzelte irritiert und ließ ihn los.
„Alles in Ordnung?"

„Nein!", mit einem verzweifelten Stöhnen sank der Junge vor einem Regal zu Boden, „Nein. Ganz und gar nicht."

„Du machst dir unnötig Sorgen", versuchte ich ihn zu beruhigen, „Wenn wir es nicht wollen, werden sie uns auch nicht finden und wenn doch ... tja, dann haben sie trotzdem nichts, was uns etwas anhaben könnte. Jedenfalls mir nicht."

Ich sah den Jungen ernst an und dieser schluckte schwer.

„Das stimmt nicht. Niemand ist unverwundbar."

„Wir haben doch niemanden verärgert", entgegnete ich, obwohl mir natürlich klar war, dass dies keine Voraussetzung für Ärger war. Nur war ich mir gerade nicht im ganz Klaren darüber, was genau den Jungen beschäftigte.

„Glaubst du ernsthaft, eine Welt vergisst ihren Gott so schnell?", fragte dieser da unvermittelt und verneinte die Frage bereits, bevor ich antworten konnte, „Natürlich nicht. Deswegen will jeder immer noch Macht. Und deswegen will man uns. Zuerst waren es nur meine Eltern", er schloss die Augen, als erinnerte er sich zurück an den Moment, an dem es erkannt hatte, „Als sie sagten, ich störe das *Große-Ganze*, meinten sie bestimmt etwas, das mit ihrem Gott zu tun hat. Und bei den Gekrönten fahndet man nach einer Machtquelle mit allen Mitteln. Überall preist man diese Aufgaben als heilige Bestimmung. Die Welt besteht noch aus Dienern! Dienern, denen nicht einmal Krieg zu weit geht. Wenn wir ihre begehrteste Ware sind, sind wir entweder so gut wie tot oder wenigstens in verflucht großen Schwierigkeiten!"

„Warte mal´ne Sekunde", ich hob nachhakend einen Finger, „Das haben deine Eltern zu dir gesagt?"

Eigentlich war ich bereits so verblüfft, dass ich die Antwort nicht glauben wollte, doch der Junge war gerade erst dabei sich warm zu reden.
„Das haben sie", bestätigte er fast nachdenklich, „Sie nannten mich auch einen Fehler im System. Es war der Grund, aus dem sie mich beseitigen wollten."
„Das ist ...", ich suchte vergebens die richtigen Worte, doch der Junge nahm mir die Antwort mit einem kleinen Lächeln ab.
„Das ist der Grund, wieso ich nicht mehr daran glaube, irgendwo sicher zu sein, solange die Worte dieses Gottes in den Erinnerungen unserer Welt weiterleben."
Ich stieß ein kurzes, ungläubiges Lachen aus.
„Wenn das alles wirklich zusammenhängt ... Ist dir klar, was das bedeutet?"
„Dass der Gott nicht so tot ist, wie wir gedacht haben?", fragte mein Meister kühl. Er hörte sich belustigt an, fast spottend. Auch wenn ich mir sicher war, dass dies nur eine Fassade war, die er aufsetzte, um von dem Hass und dem Schmerz abzulenken, die ich bei den Worten deutlich in seinen blauen Augen aufblitzten.
„Das meinte ich gar nicht!", hastig trat ich wieder näher an den Jungen heran und fing seinen Blick mit meinem, sodass er mich ansehen musste, da ich aus dem Staunen gar nicht mehr heraus kam, „Wenn sie dich wirklich zu töten versucht haben, um das *Große-Ganze* zu schützen, müssen sie Dinge über dich gewusst haben, denen du dir zu dem Zeitpunkt gar nicht bewusst warst. Sie müssen ..."
„Was ist das *Große-Ganze*?", die Frage kam etwas zu schnell aus meinem Meister heraus gestolpert.

„So hat *er* sein Projekt immer genannt", erwiderte ich dumpf, da sich schon allein bei der Erwähnung des Wortes die Erinnerungen in meinem Kopf überschlugen, „Wenn sie es benutzt haben ...", mein Mund öffnete und schloss sich, doch ich konnte für einige Sekunden nur sprachlos den Kopf schütteln. Alles, was ich über den Jungen wusste, war bei weitem nicht so viel, wie ich gerne über ihn gewusst hätte und was ich dennoch wusste, sorgte nur für Verwirrung.
Seine Eltern.
Seine Kräfte.
Sein Verhalten.
„Sie müssten gedacht haben, du seist eine Bedrohung für *ihn* – für ihren Gott."
Der Junge schüttelte den Kopf.
„Das können sie unmöglich geglaubt haben. Ich war nie eine Bedrohung!"
„Bist du dir sicher?"
Mein Meister verstummte.
„Dacht´ ich´s mir."
Wir verfielen beide in Schweigen.
„Wahrscheinlich sollte ich mich wirklich freuen", bemerkte der Junge trocken und stieß ein humorloses Lachen aus, „Wenn ich eine so große Bedrohung sein soll, muss ich echt mächtig sein", er stoppte, „Zu dumm, dass mich dieser Gedanke nur noch mehr quält, als das Wissen überhaupt solche Kräfte zu besitzen. Jetzt wo ich weiß, dass ich deswegen dauerhaft zur Zielscheibe werde."
Während er sprach, starrte ich nur zu Boden. Es war absurd. Ich hatte glauben wollen, die Zeit, in der alle ihren genialen Gott anhimmelten, sei vorüber, doch ich musste zugeben, dass der Junge recht hatte.

Vermutlich täuschte ich mich in diesem Punkt gewaltig.
Der Krieg hatte gar nichts verändert. Im Gegenteil: Er hatte die Leute nur noch verzweifelter gemacht.
Ganz plötzlich kam der Junge auf mich zu und schloss mich in seine Arme. Ich hatte nicht einmal genug Zeit zurückzuweichen, da hatte er sich bereits an mich geschmiegt und seinen Kopf in den Falten meines T-Shirts vergraben.
Erschrocken und überrascht erstarrte ich auf der Stelle, doch schließlich entspannte ich mich und legte meine Hände sachte auf seinen Rücken.
„Ich habe Angst", flüsterte er an meiner Brust und ich schmunzelte verständnisvoll.
„Du wirst lernen müssen, damit umzugehen", raunte ich dennoch.
Das war für den Jungen das Zeichen, dass ich ihn verstanden hatte. Langsam hob er den Kopf und sah mich an.
„Denkst du auch, dass wir uns für immer versteckt halten müssen?"
Ich hob erstaunt die Augenbrauen.
„Wo denkst du hin?", fragte ich bestürzt, „Ich denke sogar, dass wir uns absichtlich bekannt machen sollten!"
Der Junge runzelte zweifelnd die Stirn.
„Du willst dich auf den Präsentierteller stellen?", fragte er mit einem Unterton, in dem hörbar Skepsis mitschwang.
„Wenn sie uns für gefährlich halten, seien wir es doch auch!", erklärte ich strahlend, „Sie werden erst richtig Angst bekommen, wenn sie denken, dass wir keine haben."
„Und dann?"

„Dann sind wir unantastbar."

Sichlor

Die Welt ist ein Karussell. Eines, das sich extrem schnell dreht ... Oder eine Achterbahn. Eine mit Loopings, die um Kurven rast und hoch und runter fährt, in schwindelerregenden Höhen und mit einer Geschwindigkeit, bei der du alles nur noch verschwommen an dir vorbei flutschen siehst.
Das dachte Sichlor, als er völlig betrunken durch den Gang eines Flures torkelte, der zu seiner neuen Unterkunft gehörte.
Nachdem Ben ihn vor die Tür gesetzt hatte, war er den ganzen Tag unterwegs gewesen und hatte versucht in zahlreichen Bars und Spielhallen seinen Frust in Wetten, Glücksspielen und Alkohol zu ertränken.
Noch jetzt schmeckte er den bitteren, brennenden, heißen Nachgeschmack mancher Getränke auf der Zunge und seine Schritte waren unsicher und ziellos, während er sich abmühte, sich daran zu erinnern, wo zum Teufel er sein verfluchtes Zimmer gemietet hatte.
Sichlor blieb schwankend stehen, um sich in dem kaum beleuchteten Gang zu orientieren. Neben im zu den Seiten des Flures befanden sich Türen mit den Zimmernummern, doch es dauerte ganze zehn Sekunden, bis er es schaffte, seinen Blick scharf genug zu stellen, um die Zahlen auf dem verblichenen Messing zu lesen und zehn weitere, bis die gelesene Information in seinem Gehirn angekommen war.

57.
Das war zu wenig.
Resigniert akzeptierte Sichlor, dass er schon wieder im falschen Flur sein musste. Dabei war das hier sicher schon der Vierte, den er ausprobierte ... oder doch der Fünfte?
Als er sich zum Gehen wenden wollte, stolperte Sichlor zur Seite und stützte sich mit einer Klaue an der Wand des Korridors ab, während er sich mit der anderen an seiner Begleitung festhielt.
Über seinen Schultern hing eine dünn bekleidete Frau, die mindestens genauso betrunken war wie er und leise lallend vor sich hin schimpfte, als er sich mit ihrer Hilfe aufrichtete und sie dann mit sich in Richtung Treppenhaus zerrte.
Sie stank aus dem Mund nach Alkohol und war entsetzlich anhänglich, aber das Schlimmste war, dass Sichlor sich nicht daran erinnern konnte, wo er sie aufgegabelt hatte.
Das Gemaule der Frau ignorierend, kämpfte er sich mühsam mit ihr die Treppenstufen bis in den nächsten Stock hoch. Dann musste er erstmal stehen bleiben, um sich zu sammeln.
Der Gang oben war noch dunkler. Was, wie Sichlor bald bemerkte, damit zusammenhing, dass das Licht ausgeschaltet war. Doch so genau er sich auch umschaute – er konnte keinen Lichtschalter entdecken. Sichlor stieß ein ungeduldiges Knurren aus und machte sich kommentarlos auf den Weg ins Dunkle.
Ihm war schwindelig und der ekelhafte Geschmack in seinem Mund ließ ihn nur noch daran denken,

hoffentlich bald ein Glas frisches Wasser in die Finger zu bekommen.
Neben ihm gähnte die Frau und ihr Kopf kippte auf seinen Brustkorb, sodass ihre zerwühlten Haare ihn an der Kehle kitzelten.
Ärgerlich rüttelte er sie wach und schob sie gegen das Treppengeländer, an dem sie sich schwankend festhielt. Dann drehte er sich um und versuchte, trotz der schlechten Lichtbedingungen die Zahl auf einem der Schilder zu entziffern.
81.
Das klang schon besser.
Er drehte sich zu der Frau um, doch diese war längst neben dem Geländer auf den Boden gesunken und schnarchte selig vor sich hin. Sichlor ließ sie dort liegen und setzte seinen Weg durch den dunklen Gang fort. An jeder Tür musste er anhalten, um die Zahlen darauf zu lesen und es dauerte nicht lange, bis er die Geduld verlor und einfach gegen eines der Zimmer hämmerte.
Das Zimmer antwortete mit einem wütenden Brüllen und einen Moment später riss jemand die Tür auf und ein großer Mann mit Vollbart und Glatze tauchte in Sichlors Blickfeld auf.
Der Mann versuchte Sichlor zu packen, doch dieser stolperte rechtzeitig nach hinten und ließ sich lachend gegen die gegenüberliegende Wand des Flures fallen.
„Zu langsam", kicherte er, woraufhin der Riese drohend mit dem Kiefer knackte.
„Verzieh dich, Abschaum", grollte er düster und gab Sichlor einen Stoß, der ihn beinah zu Boden warf. Er schaffte es jedoch rechtzeitig, sein Gleichgewicht wiederzuerlangen und stolperte nur kichernd zur Seite.

„Das hättest du wohl gerne", lallte er und wollte wieder auf den Riesen zugehen, als dieser mit grimmigem Gesichtsausdruck die Ärmel seines Hemdes hochschob und darunter Berge von, von Adern überzogenen Muskeln zum Vorschein brachte. Sichlor blieb schwankend stehen.
Normalerweise wäre so ein Ochse für ihn leichte Beute gewesen. Doch er bezweifelte, dass er in seinem jetzigen Zustand auch nur ein Messer führen konnte. Also winkte er ab und deutete mit einer Kralle in den Gang hinter sich.
„Ich wollte eh gerade gehen", lallte er, „Hab mich im Zimmer geirrt."
Der Riese schnaubte.
„Das will ich auch hoffen", grunzte er ungehalten und schlug krachend die Tür hinter sich zu, woraufhin Sichlor dieser die Zunge raus streckte.
Er wusste, wie lächerlich er sich aufführen musste, aber das war ihm im Moment egal. Schuld daran waren der Alkohol und seine schlechte Laune, welche er einzig und allein Ben zu verdanken hatte. Ben und natürlich Lienora.
Seine ehemalige Freundin hatte ihn zwar schon immer abschätzig und herablassend behandelt – denn das war ihre Art, ihm mitzuteilen, dass sie seine Arbeit für Verschwendung hielt und ihm außerdem unmissverständlich zu machen, dass er sie an Gemeinheit nicht übertrumpfen konnte. Dennoch, der Gedanke, dass sie ihn nur aus dem Grund aufgesucht hatte, dass sie ihn brauchte, tat fast ein bisschen weh. Immerhin kannten sie sich gefühlt ein Leben lang und Sichlor hatte sich mehr erhofft als ihre altbekannten Unverschämtheiten.
Er blieb vor der nächsten Tür stehen.

84.
Nur noch eine weiter.
Ganz ehrlich, was hast du erwartet, dachte Sichlor betrübt. Er war schließlich selbst daran schuld. Immerhin war er es gewesen, er sich am Ende des Gesprächs von ihr um den Finger hatte wickeln lassen. Und das mit nicht mehr als einem einfachen: *Es tut mir leid.*
Wie dumm es doch von ihm gewesen war, es als mehr zu deuten, als das, was es war. Nämlich ein schlampig ausgeführter Versuch, ihn zu besänftigen. Damit Lienora bekam, was sie wollte.
Denn genau das war es gewesen. Sie hatte sich nicht einmal Mühe geben müssen.
Lienora konnte ihn vielleicht ganz gut leiden, aber damit war die Geschichte auch schon beendet. Er sollte aufhören, sich Hoffnungen auf etwas zu machen, was nicht passieren würde.
Vor seiner Zimmertür angekommen, griff Sichlor nach der Klinke und prallte hart gegen das Holz als die Tür mit dem Runterdrücken des Messingknaufs nicht wie erwartet aufsprang, sondern wie ein trotziges Kleinkind seine Stellung wahrte.
Leise fluchend taumelte er zurück. Natürlich. Verschlossen.
Sichlor kramte eine Weile in seinen Taschen herum und brachte schließlich einen Schlüssel zum Vorschein, den er ins Schloss zu schieben versuchte, um die Tür zu entriegeln. Eine Angelegenheit, die betrunken gar nicht so leicht zu bewältigen war.
Der Schlüssel gab sich große Mühe, immer und immer wieder das Schloss zu verfehlen, doch der Gedanke, dass Sichlor den Kampf früher oder später gewinnen würde, ließ ihn hartnäckig weitermachen.

Nach mehreren gescheiterten Versuchen schaffte er es auch und stieß einen triumphierenden Laut aus, ehe er den Schlüssen ein paar Mal drehte, um endlich den Weg zu seiner Unterkunft frei zu machen.
Bevor er jedoch das Zimmer betreten konnte, spürte er plötzlich ein ungutes Gefühl wie eine Warnung in sich aufleben. Er drehte sich um, in der Erwartung jemand Fremden am Ende des Korridors zu entdecken. Doch dieser lag ruhig und verlassen. Nur die Frau lehnte noch im Treppenhaus am Geländer und schlief selig weiter.
Müde rieb Sichlor sich über die Augen.
Er hatte in dieser Nacht wirklich Mist gebaut. Da war es kein Wunder, dass er schon anfing zu halluzinieren. Wütend auf sich selbst schleppte er sich die letzten Schritte ins Zimmer, zerrte den Schlüssel mit einem Ruck aus dem Schloss und schlug die Tür grob hinter sich zu.
Das Einzige, was er noch wollte, waren Wasser und Schlaf. Viel Wasser und viel Schlaf. Damit er am Morgen alles vergessen hatte und er vielleicht von einem allzu unangenehmen Kater verschont blieb.

Die nicht so traurige Geschichte, eines kaputten Pfarrers

Ob mich der Plan des Kristalls in Panik versetzte?
Vielleicht ein wenig.
Ob ich versuchen würde, es ihm wieder auszureden?
Mit Sicherheit.

„Ich finde es ja äußerst fürsorglich von dir, dass du wert darauf legst, mich auf andere Gedanken zu bringen, als deinen furchtbaren Plan, uns demnächst zur Attraktion des Jahres zu machen. Aber was für eine Ablenkung soll das sein, für die wir in die Kirche müssen?"
Von unserem aktuellen Standpunkt aus, einem kleinen Hügel, beäugte ich misstrauisch das kleine, hübsche Bauwerk mit seinen Türmen und bunten Fenstern. Im Licht der aufgehenden Sonne und umringt von einer grasgrünen Wiesenlandschaft, erschien es mir fast absurd friedlich.
„Was wohl für eine?", gluckste Nathaniel neben mir gut gelaunt, „Wir beten um die Vergebung unserer getanen und zukünftigen Sünden."
Als ich ihn daraufhin ein wenig schockiert ansah, lachte er jedoch.
„Ich mach´ nur Witze. Wir sind hier für etwas sehr viel heilsameres."
„Warum mache ich mir immer Sorgen, wenn du etwas in die Richtung sagst?", fragte ich argwöhnisch und

konnte nichts dagegen tun, dass mein Blick unruhig zwischen Nathaniel und der kleinen Kirche hin und her zuckte. Es war wirklich schrecklich, nicht zu wissen, was der Kristall vorhatte. Doch noch schlimmer war es, meinen eigenen Gedanken dabei zuzuhören, wie sie ungebremst mit Vermutungen um sich schmissen, als seien diese buntes Konfetti, mit dem man die Landschaft vor uns durch einem Teppich aus Schnipseln ersetzen wollte.

Anstatt mich jedoch aus meiner ungewissen Lage zu befreien, grinste Nathaniel nur gut gelaunt, um mir dann die Schuld für diesen Gefühlszustand selbst zuzuschieben.

„Ich nenne das auch: Vertrauenslücke", behauptete er neckend, weshalb ich beschloss, seinen Provokationsversuch einfach zu ignorieren.

Wortlos beobachtete ich, wie vor der Kirche immer wieder im Sonnenlicht schimmernde Fahrzeuge anfuhren. Sie kamen von der einzigen Straße, die sich in kurvigen Bahnen zwischen den Hügeln entlang schlängelte und hielten auf einem mit Schotter ausgelegten Platz, der sich vorm Eingang der Kirche breitgemacht hatte.

Die Menschen, die aus den Wagen ausstiegen, trugen alle Kleider oder schwarze Anzüge mit weißen Hemden darunter. Außerdem zahlreiche Accessoires, die ich nicht benennen konnte und wenn ich genau hin hörte, trug der Wind aufgeregte Stimmen sowie helles Lachen zu mir hinüber.

„Was machen die Menschen hier?", fragte ich überrascht, „Das sieht aus wie eine ganze Partygemeinschaft."

Da ich nicht gleich eine Antwort bekam, blickte ich über die Schulter zu Nathaniel, welcher ebenfalls zu

den Fahrzeugen und ihren vergnügten Nutzern hinüberschaute.
„Das ist eine Partygemeinschaft", erklärte er, „Jedenfalls so was in der Art."
Ich hob fragend die Augenlider, doch bevor ich etwas sagen konnte, wanderte Nathaniel bereits den Abhang hinab.
„Hey!", rief ich erschrocken und lief ihm nach, um ihn aufzuhalten, „Wir können da doch nicht einfach hingehen! Du hast mir gesagt, dass Menschen und Drachen nicht miteinander auskommen."
„Hab ich das?", Nathaniel zuckte mit den Schultern, „Schon möglich."
Ein gefährliches Funkeln trat in seine Augen, dann schnappte er sich meinen Unterarm und zog mich munter pfeifend den Hügel hinunter.
„Was machst du denn?" Mit aller Kraft zerrte ich an meinem Arm, schaffte es jedoch nicht einmal, die Schritte des Kristalls zu verzögern.
Als Reaktion seufzte dieser ergeben, machte jedoch keine Anstalten langsamer zu werden.
„Jetzt entspann dich mal", forderte er stattdessen und gab mir damit das Gefühl, mich komplett lächerlich aufzuführen, „Ich tue dir gerade einen Gefallen! Und ich schwöre, ich verlange nichts von dir – nur das du hinguckst und dich begeistern lässt."
Er schwieg einen Moment, als wartete er auf eine Antwort. Als er jedoch bemerkte wie ich stur den Kiefer zusammenpresste, drehte er seinen Kopf gerade so weit in meine Richtung, um mir ein überlegenes Grinsen zuzuwerfen. Eines, das ich nur allzu gern aus seinem Gesicht poliert hätte.
„Versuch die Nummer erst gar nicht", sagte er lachend, „Ich werde mich deswegen bestimmt nicht

schlecht fühlen. Du hast schließlich vor Leo und Joka von Vertrauen gepredigt – was ich übrigens echt süß fand", er zog im Gehen ein wenig an meinem Arm und versuchte, mich so zu etwas mehr Engagement zu ermutigen, „Komm schon. Die Theaterbühne wartet! Und sie kann unmöglich auf mich verzichten."
Er gab mir noch einen letzten Augenblick, mich für seine nachsichtigen Begeisterungsversuche zu entscheiden, doch als ich ihm immer noch nicht antwortete, lief er plötzlich los und zog mich mit sich auf das Ende des Hügels zu.
Obwohl ich noch nicht völlig überzeugt war, ergriff ich die Gelegenheit und ließ mich widerstandslos von ihm mitziehen. Dabei verwandelte sich der Lauf schon bald in ein unbeabsichtigtes Wettrennen, bis wir beide schließlich ins Gras fielen und den Rest des Hügels nach unten rollten.
An seinem Fuß kamen wir lachend und rangelnd zum Liegen, doch ich hatte nur wenige Sekunden mich zu orientieren, als Nathaniel mich schon packte und wieder auf die Füße zog, um weiter auf die Kirche zuzulaufen.
Erst kurz davor zwang der Kristall mich, leise zu sein, indem er mich unerwartet hart, aber nicht schmerzhaft gegen die Mauer der Kirche stieß. Warnend legte er sich einen Finger auf die Lippen, während ich selbst das Lachen nur mit Mühe unterdrücken konnte. Er hatte seine Hände links und rechts von meinem Kopf an den Stein gestützt und tat, als müsste er mich mit seinem Körper vor neugierigen Blicken schützen, während er vorsichtig um die Ecke des Gebäudes auf den Parkplatz späte.
Ich nutzte die kleine Verschnaufpause, um den Kopf zu heben und senkrecht an der Wand der Kirche

emporzublicken. Sie wirkte mit einem Mal so hoch, dass ich zu sehen glaubte, wie sie sich zögerlich über uns beugte.
„Psst."
Ich schaute Nathaniel irritiert an.
„Was denn? Ich sag doch gar nichts."
„Jetzt schon", flüsterte er zurück, woraufhin ich versuchte, mich unter seinem Arm hindurch zu ducken und ebenfalls einen Blick um die Kirchenecke zu erhaschen. Doch der Kristall begann bereits, mich drängelnd in die andere Richtung schubste.
Protestierend machte ich den Mund auf, um ihm eine Beschwerde oder wenigstens eine Beleidigung an den Kopf zu werfen, doch Nathaniel ließ mich gar nicht erst zu Wort kommen.
„Renn, sonst entdecken sie uns", wisperte er mir ungeduldig zu und hastete an der Mauer entlang, bis er um die Ecke auf der anderen Seite verschwunden war.
Ärgerlich verkniff ich mir das, was ich hatte sagen wollen und folgte ihm mit einem beunruhigten Blick über die Schulter, da ich mir nicht sicher war, wie ernst seine Warnung gemeint war.
Da jedoch niemand auftauchte, während ich vorwärts schlich, ging ich davon aus, dass die vorgetäuschte Hektik des Kristalls nichts als Show gewesen war.
Ich wollte mich gerade vollständig dorthin umdrehen, wo Nathaniel nach seiner gespielten Flucht verschwunden war, als mich etwas so ruckartig zur Seite zerrte, dass ich erst verstand, was passiert war, als ich mich bereits in einem überdachten Raum im Inneren der Kirche wiederfand.
Noch etwas benommen legte ich erneut den Kopf in den Nacken. Doch die Decke war diesmal so niedrig,

dass es gar nicht nötig gewesen wäre. Dafür erblickte ich über mir das verschmitzte Grinsen des Kristalls, der mich mit einem Arm an seine Brust drückte. Mit der anderen Hand stützte er sich lässig an einer geschlossenen Tür ab.
Beim Anblick seiner belustig glitzernden Augen, drückte ich Nathaniels Arm von mir weg und befreite mich grob aus seiner Umklammerung.
„Wieso bist du nur so?", zischte ich wütend, erntete jedoch nur ein noch verzückteres Lächeln.
„Wie bin ich denn?", fragte er herausfordernd, „Absolut fantastisch? Umwerfend? Großartig? Wahnsinnig genial? Hinreißend?" Er unterbrach sich und sein Grinsen verblasste, als ich mir eine Antwort auf seine Frage ersparte.
„Verzeihung", entschuldigte er sich gespielt demütig und wirkte plötzlich gar nicht mehr selbstverliebt und überheblich. Viel eher wie ein zerknirschter Diener, der beschämt versuchte, sich bei seinem Herren für ein Missgeschick zu entschuldigen.
„Wie unhöflich von mir... Letzteres trifft natürlich schon auf dich zu."
„Sehr witzig", erwiderte ich genervt und konnte nicht anders, als nun doch die Augen zu verdrehen. Das legte der Kristall wohl als Erfolg aus. Denn so schnell, wie es von seinen Lippen und aus seinen Augen verschwunden war, war das Grinsen auch wieder da, um seine Züge zu beherrschen.
„Das war kein Witz", beharrte der Kristall, obwohl ich ihn schon gar nicht mehr beachtete. Stattdessen wandte ich mich der Tür am anderen Ende des Raumes zu und spähte durch den schmalen Spalt vorsichtig in den großen Festsaal, in dem die Menschen sich plaudernd und scherzend versammelt

hatten. Alle wirkten glücklich und ausgelassen und eine ganze Weile stand ich nur vor dem Türspalt und schaute ihnen zu.

„Was feiern sie?", fragte ich nach einer Weile, ohne mich von dem Anblick abzuwenden.

„Eine Ehe", antwortete Nathaniel mir sofort, weshalb ich zwar bemerkte, dass er ebenfalls näher an die Tür getreten war, es aber nicht näher zur Kenntnis nahm. Bis er schließlich ein paar Worte hinzufügte: „Das ist die Verbindung zwischen zwei sich Liebenden."

Obwohl die Information mir nicht neu war, bildete sich zwischen meinen Augen eine nachdenkliche Falte und ich drehte mich wieder zu Nathaniel um. Dieser lehnte wenige Schritte von mir entfernt mit der Hüfte an einem Tisch und betrachtete seine Nägel so interessiert, als würden sie gleich beginnen, auf seinen Fingerspitzen zu tanzen.

„Dafür braucht man so eine riesen Party?", fragte ich nach, auch wenn es mir nicht direkt abwegig erschien. Von Evelia wusste ich, dass ihre Mutter und ihr Vater die Anwesenheit des jeweils Anderen sehr genossen hatten und selbst wenn es für mich zuerst schwer vorstellbar gewesen war, war ich mir sicher, dass auch meine Eltern sich geliebt hatten.

Verraten hatten mir dies ihre Blicke. Denn in der Art, wie sie sich angesehen hatten, hatte stets ein ganz besonderes Funkeln gelegen.

Anfangs war diese Blicke mein einziger Lichtblick gewesen. Denn sie ließen mich hoffen, Sam und Flora könnten auch gegenüber anderen solche Zärtlichkeit entwickeln. Heute zog sich beim Gedanken daran alles in mir zusammen und ich musste mich krampfhaft zwingen, nicht erneut im Foyer meiner Schule zu landen, dessen Fliesen rot und klebrig

waren vom Blut meiner Freundin. Ein Blut, in dem ich die verliebten Blicke meiner Eltern gespiegelt sehen konnte.
Ob auch Sam und Flora einmal in so einem Prunk zusammengekommen waren?
„Warum denn nicht?", erwiderte Nathaniel, welcher sich inzwischen vom Anblick seiner Nägel gelöst hatte, „Partys sind doch klasse."
Er trat neben mich und warf ebenfalls einen flüchtigen Blick in die Kirche.
„Die hier ist mir trotzdem ein wenig zu schicki-micki", gab er dann zu, weshalb ein kleines Lächeln auf meinem Gesicht bemerkbar wurde.
„Ach ja? Was für Partys magst du denn?", erkundigte ich mich ehrlich interessiert, woraufhin Nathaniel mir einen nachdenklichen Blick zuwarf.
„Ein anderes Mal", erwiderte er und riss sich vom Anblick der Feiernden los, um sich einige Schritte von der Tür zu entfernen.
„Wieso ein anderes Mal? Es ist doch keine schwierige Frage", beharrte ich und folgte Nathaniel zwei Schritte, bevor ich mich eines Besseren besann und stehen blieb.
„Das ist nicht das Problem", behauptete der Kristall schulterzuckend, „Ich will dich nicht mit Geschichten langweilen. Es würde sich mehr lohnen, dich zu so eine Party mitzunehmen."
„Das halte ich für eine schlechte Idee."
„Ein entscheidender Grund, wieso sie mir gefällt", konterte Nathaniel, wobei er begann in der Schublade eines herumstehenden Tischchens zu kramen.
„Wir könnten ja einen Kompromiss finden", schlug ich vor, „Du erzählst mir eine Geschichte und ein anderes Mal sammele ich meine Erfahrungen selber."

„Na gut. Noch ein Kompromiss", erklärte Nathaniel sich einverstanden, „Ich denke darüber nach und gebe dir meine Antwort, sobald ich damit fertig bin."
„Das ist kein fairer Kompromiss!", beschwerte ich mich ärgerlich, doch Nathaniel schien das anders zu sehen. Obwohl er offensichtlich abgelenkt war, wedelte er mit der Hand in meine Richtung, als wolle er mich zum Schweigen bringen.
„Ich finde den Kompromiss fair. Ich könnte ich dir die Antwort schließlich schon in fünf Minuten geben."
„Richtig", bestätigte ich etwas säuerlich, „Du könntest. Du könntest sie mir aber auch erst in drei Tagen geben. Und dann ist ja nicht einmal sicher, dass die Antwort, ja, lauten wird!"
„Hmhm", machte Nathaniel zustimmend, „Das ist völlig korrekt. Uuuuuuuiiii! Sieh dir das an!" Urplötzlich schoss Nathaniels Oberkörper, mit dem er sich vorher zum Tischchen hinab gebeugt hatte, in die Höhe und er drehte sich zu mir um, während er stolz einen seltsam hohen Hut aus rotem und weißem Stoff präsentierte, der an seiner Spitze ein wenig an ein abgestumpftes Dreieck erinnerte.
Ich warf ihm einen verständnislosen Blick zu.
„Das ist eine Mirta", erklärte Nathaniel grinsend und setzte sich den Hut mit einer schwungvollen Geste auf den Kopf. Er schnippte einmal mit den Fingern, woraufhin vor ihm ein großer Spiegel erschien, in dem er sich fasziniert betrachtete.
Ich selbst sah ihm eine Weile wortlos zu, doch schließlich seufzte ich und fragte gereizt: „Was ist eine Mirta?"
„So etwas trägt ein Kirchenoberhaupt manchmal", antwortete der Kristall und zwinkerte sich selbst über das Glas spielerisch zu, „Schon mal etwas von einem

Papst oder einem Bischof gehört?"
Die Antwort war offensichtlich. Dennoch war ich kurz davor, Nathaniel seine Frage zu beantworten, als ich plötzlich hörte, wie die Tür hinter mir geöffnet wurde. Ich erstarrte, bevor ich herumfuhr und direkt in die weit geöffneten Augen eines rundlichen Mannes mit einem weißen, golden geschmückten Gewand schaute, das seinen Körper bis auf den Kopf, die Hände und die Füße vollständig verdeckt. Auch er trug eine Kopfbedeckung und in seinen Händen hielt er ein rotes Kissen mit zwei kleinen silbernen Ringen. Wie festgefroren stand er mitten in der offenen Tür und in seinem Blick konnte ich den Anflug von Panik glimmen sehen. Ich machte einen Schritt auf ihn zu und hob beruhigend die Klauen, als sein Mund sich bereits unumkehrbar zu einem Schrei öffnete.
Ein Schrei, der nur dadurch verhindert wurde, dass ein Buch den Mann genau in diesem Moment am Kopf traf. Den Mund noch immer weit geöffnet, verdrehte er die Augen und sank ohnmächtig in sich zusammen. Sofort wirbelte ich zu Nathaniel herum. Dieser stand mit ausgestreckter Hand da und sah mich mindestens genauso entsetzt an, wie ich seinen Blick erwidern musste.
„Wieso hast du...", setzte ich vorwurfsvoll an. Doch Nathaniel eilte bereits an mir vorbei, um die Tür zuzuschlagen, durch die der Mann soeben gekommen war.
„Sorry", brachte er atemlos hervor, „Das war ein Reflex!"
„Ernsthaft?!" Ich schaute ein wenig verzweifelt und fassungslos zu dem Ausgeknockten vor mir hinab. Er war mit dem Kopf auf dem Kissen gelandet und die

Ringe lagen neben ihm und dem aufgeklappten Buch auf dem Stein.

„Er hätte uns verraten können!", verteidigte Nathaniel sich mit einem raschen Blick über die Schulter, als könne er durch das Holz der Tür sehen, ob jemand von dem Zwischenfall mitbekommen hatte. Falls er tatsächlich etwas sehen konnte, schien dem jedoch nicht so zu sein. Denn seine Haltung entspannte sich merklich und sein Blick wanderte zurück zu dem Gefallenen.

Vorsichtig ging der Kristall in die Knie und berührte mit zwei Fingern eine Stelle am Hals des Mannes.

„Ist alles okay mit ihm?", fragte ich innerlich betend, dass die Reglosigkeit des Menschen nicht von langer Dauer sein würde. Doch Nathaniel winkte bereits ab.

„Dem ist nichts passiert. Aber ich habe präzise getroffen. Könnte sein, dass er noch ein paar Stunden außer Gefecht ist."

„Ein paar Stunden!", ich sah Nathaniel entsetzt an, „Das ist viel zu lang. Wir können ihn so nicht einfach hier liegen lassen!"

„Wieso nicht?", Nathaniel betrachtete sein Werk mit schief gelegtem Kopf, weshalb die seltsame Kopfbedeckung nun endgültig von seinen Haaren rutschte, „Ich finde, es sieht aus, als wäre er nur gerade eben mal eingenickt."

„Natürlich. Mitten auf dem Boden."

„Sieht doch bequem aus."

„Nein!", sagte ich entschieden, „Das machen wir nicht!"

„Schon gut. Ich sehe ein ganz anderes Problem bei der Sache."

„Und welches?", fragte ich aufgebracht. Inzwischen wäre es mir wirklich lieber gewesen, ich hätte mich nicht von Nathaniel zu diesem Ausflug überreden lassen. Er war wie ein übereifriges Kleinkind, dass sofort zuschlug, wenn ihm etwas nicht passte. Da war Ärger vorprogrammiert.

„Dieser Mann", sagte Nathaniel leise und wenn ich mich nicht verhört hatte, klang er tatsächlich zerknirscht, „Ist ein Kirchenoberhaupt und wird mit Sicherheit bald da draußen erwartet."

Er griff nach den Ringen neben dem Kopf des Mannes und hielt sie mir hin.

„Das sind die Trauringe. Sie werden den Liebenden bei der Zeremonie überreicht."

„Und das war seine Aufgabe?", hakte ich vorsichtshalber nach, hätte jedoch am liebsten den Kopf gegen die Wand geschlagen, als Nathaniel zur Antwort stumm nickte, „Na großartig."

„Wenigstens habe ich ihn nicht komplett kaputt gemacht."

Ohne ein Wort zu sagen, drehte ich mich zu Nathaniel um und schaute ihn einen Moment abwartend an, um sicher zu sein, mich nicht verhört zu haben.

„Ich hoffe, dir ist bewusst, dass es sich bei diesem Mann um ein Lebewesen handelt?", erkundigte ich mich dann gespielt unbekümmert, was Nathaniel jedoch mit einem knappen Schulterzucken abtat.

„Sicher. Aber auch ein Lebewesen kann man zerbrechen."

Ich runzelte die Stirn und Nathaniel fügte strahlend hinzu: „Sowohl physisch als auch psychisch!"

„Hervorragend", murmelte ich ermattet, „Klingt ganz toll."

„Nicht zu viel Begeisterung bitte", gab Nathaniel ironisch zurück und ausnahmsweise wurde sein Blick

etwas ernster, „Ich hätte eine Idee, die dich vielleicht beruhigen könnte ..."
Unter normalen Umständen hätte ich mich gehütet, diesen viel zu verlockend klingenden Vorschlag vom Kristall entgegen zu nehmen. Aber diese Situation war weder normal, noch konnte ich erkennen, dass ich eine Wahl hatte. Also nickte ich.
„Versuch´s. Ich bin offen für Vorschläge."
Meine Antwort schien Nathaniel zu gefallen. Er fing sofort an zu strahlen und griff nach der auf dem Boden liegenden Mirta. Diese setzte er sich genauso enthusiastisch wie beim ersten Mal auf den Kopf, hielt sie jedoch an einer Stelle fest, während er sich verbeugte.
„Du wirst es nicht bereuen!", prophezeite er und berührte im gleichen Zug den Hinterkopf des Mannes, woraufhin dieser plötzlich aufrecht im Zimmer stand. Ich riss vor Verblüffung die Augen auf. Bis ich erkannte, dass das Kirchenoberhaupt nicht nur im Zimmer stand, sondern auch noch auf dem Kissen lag, als wäre es völlig normal, dass sein Körper sich an zwei Stellen zeitgleich befand.
„Guck mich nicht so an!", beschwerte der zweite Mann sich spitz und verschränkte störrisch die Arme, „Ich weiß auch, dass ich in meiner normalen Gestalt ansehnlicher bin."
Seine Stimme klang ungewohnt fremd und dennoch erkannte ich in der Art, wie der Mann sprach Züge wieder, die mich stark an jemanden erinnerten, von dem im Raum plötzlich jede Spur fehlte.
„Nathaniel?", fragte ich ungeachtet der Tatsache, dass ich mir die Antwort bereits denken konnte.
„Das bin ich", entgegnete der Kristall durch den Mund des Pfarrers.

Weil ich trotzdem nicht gleich antwortete, fing der Mann langsam an zu lächeln, was ein wenig durchgedreht aussah und mich auf eine verrückte Art und Weise ebenfalls an Nathaniel erinnerte. Obwohl wirklich nichts in den Gesichtszügen des Mannes noch eine Ähnlichkeit mit ihm aufwies.

„Du guckst, als hätte man dir gesagt, die Welt balanciere auf dem Panzer einer Schildkröte, die nur nicht in die endlose Tiefe unter der Erdscheibe fällt, weil sie auf einem Turm vieler weiterer Schildkröten steht", bemerkte Nathaniel grinsend, woraufhin mein Gehirn endgültig das Handtuch werfen wollte.

„Nein", widersprach ich entschieden, „Da wäre ich noch ein wenig verzweifelter."

„Meinetwegen."

Nathaniel bückte sich und hob behutsam den Kopf des wahren Pfarrers an, um das Kissen unter diesem hervorzuziehen. Die Szene war so eigentümlich, dass ich mir einreden musste, es gäbe nichts, was ich daran ungewöhnlich finden sollte.

„Darf ich?", flink griff Nathaniel nach den Eheringen in meiner Klaue und platzierte sie sorgsam auf dem Polster in seinen Händen.

„Was genau wirst du jetzt tun?"

Ich kam mir etwas dumm vor, weil ich die Frage stellte. Doch wenn Nathaniel das ebenfalls dachte, sagte er es jedenfalls nicht.

„Ich mache für unseren Freund seinen Job!", eröffnete er voller Begeisterung und lief noch einmal zu seinem selbstgeschaffenen Spiegel, um sich mit dem raschen Blick eines Kenners darin zu betrachten und ihn anschließend verschwinden zu lassen.

„Was meinst du? Bin ich ein gutes Kirchenoberhaupt?"

„Ich denke ...", setzte ich zögerlich an. Doch ich war wohl zu langsam, denn bevor ich zu Ende sprechen konnte, hatte Nathaniel meine Worte bereits als Zustimmung ausgelegt.
„Perfekt! Ich wusste schon immer, dass ich für Größeres bestimmt wurde!"
Ich seufzte.
„Mit Sicherheit."
Nathaniel kam näher zu mir herüber und musterte prüfend meinen Blick, während ein süffisantes Lächeln seine Lippen umspielte.
„Du glaubst nicht an mich."
„Wie bitte?", ich schaute rasch zu Boden, „Doch, ich glaube an dich. Es ist nur ..."
„Du glaubst, ich könnte es übertreiben."
„Zurecht."
„Soll heißen?"
„Nichts", schicksalergeben drehte ich mich vom Kristall weg, sodass ich ihm nun den Rücken zukehrte, „Geh einfach da rein oder bring uns hier weg."
Ungeduldig wartete ich darauf, dass Nathaniel widersprechen würde, doch das tat er nicht. Hinter mir war es mit einem Mal still. So still, dass ich schon nach wenigen Sekunden, den Drang verspürte, mich umzudrehen. Dennoch widerstand ich ihm und fügte nur etwas fordernder hinzu: „Na los, mach schon!"
Der Befehl hörte sich in der plötzlichen Stille viel zu laut an. Ich lauschte seinem leisen Nachhall beim Verstummen, wobei mir plötzlich das Geplauder und Gelächter hinter der Tür wieder bewusst wurden. Für fünf geschlagene Sekunden schaffte ich es noch, still zu stehen, dann hielt ich es nicht länger aus und drehte mich um.

Was mir zuerst ins Auge fiel, war der am Boden liegende Pfarrer. Doch es dauerte nicht lange, bis ich etwas bemerkte, dass mich vor Schreck keuchend zurückstolpern ließ.

Die Wand, die den kleinen Raum, in dem ich mich befand und die große Halle mit den vielen Partygästen voneinander trennte, war verschwunden. Ich hatte freien Blick auf die Menschen, welche alle mit dem Gesicht zum Altar standen. Dieser ragte schräg vor mir auf und ich versuchte, schreckensstarr zu begreifen, was gerade passiert war.

Mein erster Impuls beim Anblick der vielen nach vorn gerichteten Augen war, so schnell wie möglich die Flucht zu ergreifen. Aber dafür wäre es ohnehin zu spät. Die Menge musste mich längst gesehen haben und doch ...

Verwirrt legte ich den Kopf schief und kniff die Augen zusammen, während ich versuchte, die Stelle anzuvisieren, an der vorher noch die Wand gewesen war.

Auf den ersten und zweiten Blick schien es zwar tatsächlich, als sei sie spurlos verschwunden, doch je länger ich hinschaute, desto deutlicher wurde ein Flimmern in der Luft, in dem sich genau die Umrisse des alten Gemäuers abzeichneten.

Vorsichtig trat ich einige Schritte darauf zu. Dabei beobachtete ich genaustens die wartende Menge, welche mich jedoch ihrerseits nicht zu bemerken schien.

Unmittelbar vor der Stelle, an der das Flimmern am stärksten war, blieb ich stehen und streckte zögerlich eine Klaue aus. Kurz rechnete ich damit, ich würde wirklich ins Leere greifen, doch zu meiner

Überraschung und gleichzeitigen Genugtuung traf meine Klaue auf kalten Stein.
Langsam und staunend fuhr ich mit den Krallen weiter den Stein entlang, sodass dieser leise knirschte und das Flimmern deutlicher wurde. Die Wand war durchsichtig. Aber scheinbar nur für mich.
In diesem Moment entdeckte ich endlich wieder den falschen Pfarrer. Mit dem Kissen in den Händen kam er auf den Altar zugeschritten, neben dem bereits ein edel gekleideter junger Mann wartete. Begleitet wurde dieser von einem weiteren Jungen, der an seiner Seite stand wie ein Wachtposten.
Völlig gefesselt, ließ ich meine Klaue sinken und beobachtete, wie Nathaniel dem Wachmann das Kissen überreichte. Dabei nickte er seinem elganten Kumpanen freundlich zu und wechselte einige Worte mit ihm, die beide Männer zum Lachen brachte.
In der Halle begannen die Geräusche nun zunehmend zu verebben, während die Gäste ihre Aufmerksamkeit allmählich nach vorne richteten.
Der falsche Pfarrer wandte sich von den jungen Männern ab und trat ein Stück zurück, während einer der beiden sich nun der Halle zuwandte.
Zuerst glaubte ich, er würde das Publikum anlächeln oder seinen Blick über die Anwesenden schweifen lassen. Bis auf einmal Musik erklang und alle Köpfe sich gespannt zur großen Flügeltür am anderen Ende der Halle drehten, die aufschwang und die Menge dazu bewegte, sich ganz im Einklang zu erheben.
Die Musik wurde leise, nur um kurz darauf erneut anzuschwellen als begleitete sie die in reines Weiß gehüllte Frau, die in diesem Moment in den Mittelgang trat. Mit ihren Tönen folgte die Musik ihr ebenso wie die Schleppe des Kleides, dass sich bei

jedem Schritt um ihre vorwärtsschreitenden Beine bauschte.

Hinter der Frau folgten kleine Kinder. Sie warfen Blumen und Rosenblätter in Rosa und Weiß und ich merkte, wie ich unwillkürlich lächeln musste, als ich das reine Glück in den Gesichtern der Menschen sah, während sie die Ankommenden bei ihrem Gang durch ihre Mitte mit ihren Blicken verfolgten.

Applaus brandete auf und die Gäste begannen zu klatschen, pfiffen und riefen Glückwünsche, bis die Frau den Altar erreicht hatte. Dort wurde sie zuerst von einem älteren Mann empfangen, dessen ausgestreckte Hände sie lachend ergriff. Dann hakte sie sich bei ihm ein, um mit ihm gemeinsam die letzten Stufen des Altars zu erklimmen.

Oben angekommen, ließ der Mann sie los und die Frau verließ ihn ihrerseits mit einem liebevollen Lächeln, ehe sie und einer der jungen Männer sich gegenüber traten.

Ich sah, wie sie sich an den Händen fassten und nicht mehr losließen, während ihre Blicke sich ineinander verschränkten, als gäbe es für sie nichts Schöneres, als sich bis in alle Ewigkeit so anzublicken.

Ein letztes Mal ertönten Jubel, dann trat Nathaniel vor und es kehrte wieder Ruhe ein.

Obwohl die Verliebten einander anschauten, als wären sie plötzlich allein und nicht mehr umgeben von hunderten aufschauenden Augen, wandte sich der Kristall ihnen mit freundlicher Ernsthaftigkeit zu.

„Eric, ich frage Sie:", begann er bedeutungsvoll und es schien, als haben seine Worte die ganze Kirche mit einem Mal vollständig in ihren Bann gezogen, „Sind Sie hierher gekommen, um nach reiflicher Überlegung

und aus freiem Entschluss mit ihrer Frau Olivia den Bund der Ehe zu schließen?"
Gespannt lauschte ich mit dem Rest der Kirche auf die Antwort des Mannes, dessen Blick sich wohl nie wieder vom Gesicht der Frau in Weiß abwenden können würde. Auch wenn er völlig weggetreten wirkte, schaffte er es, ein einzelnes Wort über die Lippen zu bringen.
„Ja."
In der Kirche blieb es einen Moment still und als ich meinen Blick über die Gäste schweifen ließ, fragte ich mich unwillkürlich, ob manche von ihnen wohl den Atem anhielten.
Der falsche Pfarrer fuhr in seinem Text fort.
„Wollen Sie ihre Frau dann lieben und achten und ihr die Treue halten alle Tage ihres Lebens?"
Wieder herrschte kurz Stille, dann holte der Mann plötzlich tief Luft und blinzelte, als hätte er Tränen in den Augen. Dabei lächelte er jedoch und verströmte so viel Glück, wie ich es noch nie zuvor gesehen hatte.
„Ja", brachte er halb lachend heraus und in der Halle ertönte vereinzeltes Aufschluchzen und Gelächter.
Fasziniert und gerührt beobachtete ich, wie Nathaniel sich daraufhin an die Frau wandte und seine Fragen wiederholte. Er spielte seine Rolle so ordentlich, dass ich zwischendurch beinah vergaß, dass es der Kristall war, welcher dort auf dem Altar stand und sprach, als gehörte er schon immer hier her und hätte nicht gerade seine wahre Verkörperung ohnmächtig geschlagen und damit beinah die Feier zum Stillstand gebracht.
Wieder einmal blieb mir nichts anderes übrig, als mich über ihn zu wundern. Er war so sonderbar. Doch

genau das mochte ich auch an ihm. Er hatte seinen eigenen Charakter, einen Willen, wandelbar und aufgeweckt, ähnlich wie auch Evelia ihn besessen hatte. Nur dass er im Gegensatz zu ihr eine Macht besaß, die es ihm erlaubt, sich in seiner Welt zu behaupten, zu wehren und dadurch zu überleben.
Er musste bereits viel erlebt haben – was alles konnte ich nur erahnen – und doch benahm er sich oft wie ein Kleinkind, das gerade erst Laufen gelernt hatte.
Ich dachte zurück an die Abende und Nächte, in denen er mich von meinen Albträumen ferngehalten hatte, indem er mir die seltsamsten Geschichten erzählte, und fragte mich unwillkürlich, ob er einige dieser Geschichten genauso erlebt hatte.
Nathaniel hatte mir seine wahre Herkunft offenbart – dass er ein Kunstwerk war – der einstige Besitz eines zum Gott erhobenen Magiers. Doch wie sein Leben bei diesem gewesen war, hatte er bis auf wenige Andeutungen unerwähnt gelassen.
Im Stillen nahm ich mir vor, ihn später mit Fragen zu löchern, als lauter Applaus mich wieder in die Realität zurückbrachte.
Erschrocken schaute ich zum Altar, doch dieser war verschwunden – hinter einer Mauer aus undurchdringlichem Stein. Meine Klaue presste sich instinktiv gegen das Gemäuer, doch es hielt stand und blieb so undurchsichtig, wie es sich für eine Mauer gehörte. Trotzdem war ich im ersten Moment verwirrt, fast panisch, bis sich von hinten plötzlich eine Hand auf meine Schulter legte und mich in der Bewegung erstarren ließ.
Mein erster Gedanke galt dem ohnmächtigen Pfarrer. Als ich jedoch gerade herumfahren wollte, hörte ich

bereits den Hauch einer vertrauten Stimme, die dicht neben mir in mein Ohr geraunt wurde.
„Lass uns von hier verschwinden", flüsterte Nathaniel unnötig leise und ich konnte nicht anders als zu nicken und mich erst dann langsam umzudrehen. Noch während ich das tat, löste sich das Gewicht der Hand von meiner Schulter und als ich mich umschaute, sah ich, wie der Kristall bereits zielstrebig auf die Tür zum Verlassen der Kirche zusteuerte. Er hatte wieder seine gewohnte Gestalt angenommen, und die Mirta stand unscheinbar auf dem Tischchen, aus dem der Kristall sie genommen hatte.
Aus einem unerklärlichen Grund war mir schwindelig, weshalb ich ihm nicht gleich folgte.
„Kommst du oder soll ich dich raus tragen?", rief Nathaniel mir ungeduldig zu und streckte den Kopf von draußen durch die Tür, wobei er belustigt eine Augenbraue hochzog, „Kleiner Tipp: Nach der Vermählung trägt der Bräutigam seine Braut manchmal über die Schwelle der Kirche nach draußen. Das kann also auch falsch verstanden werden."
Hastig schüttelte ich den Kopf.
„Geht schon, danke!", behauptete ich schnell, wofür ich von Nathaniel ein fragendes Stirnrunzeln erntete. Da ich merkte, dass er kurz davor war, Fragen zu stellen oder eine dumme Bemerkung abzugeben, straffte ich rasch die Schultern und marschierte quer durch den Raum und an ihm vorbei nach draußen. Dort lief ich noch ein paar Schritte weiter, bevor ich mich umdrehte und den Kristall entdeckte wie er schmunzelnd an der Kirchenmauer lehnte.
„Ich bin draußen und jetzt?", informierte ich ihn herausfordernd, doch Nathaniel nickte nur.

„Das sehe ich", sagte er zustimmend, „Jetzt wäre es für dich an der Zeit, sich bei mir zu bedanken."
Verdutzt hielt ich inne.
„Bedanken?"
„Exakt."
„Wieso das denn?"
Nathaniel zuckte ausweichend mit den Schultern.
„Ich habe es geschafft, dich abzulenken. Ich wette, du hast da drin kein einziges Mal an unseren Plan gedacht."
Das stimmte.
Dennoch konnte ich nichts sagen. Etwas in mir schnürte sich zusammen und ich spürte, wie es mir protestierend die Brust zerquetschte, obwohl ich weder wütend war, noch traurig.
„Danke", murmelte ich leise, was Nathaniel mit einem Augenrollen kommentierte.
„Bloß nicht zu viel Enthusiasmus", wiederholte er ironisch seine Formulierung von vorhin. Doch anstatt länger auf mir herumzuhacken, hielt er mir kurz darauf fordernd eine Hand hin. Eine Geste, bei der ich mich an den Moment vor unserem ersten Ausflug zurückerinnert fühlte.
„Vertraust du mir immer noch?", fragte Nathaniel und ich erwiderte seinen Blick entschieden, während ich vortrat und meine Klaue nach seiner Hand ausstreckte.
„Das tue ich."
Bei diesen Worten huschte ein Schatten über die Züge des Kristalls, vor dem ich sonst zurückgeschreckt wäre – düster, heimtückisch, kalt. Dennoch ergriff ich seine Hand und konzentrierte mich nur auf das belustigte Funkeln, welches Sekunden später wieder in seinen Augen lag.

Er sah mich noch einen langen Moment an, ohne sich zu bewegen. Dabei fuhr er sich mit der Zunge geistesabwesend über die Lippen und ich dachte schon, er wäre wieder kurz davor einen Witz zu machen, als er erneut, jedoch viel zu ernst, zum Sprechen ansetzte.
„Du sagst das so einfach", flüsterte er so leise, dass mir ein kalter Schauder den Rücken hinunter lief. Ich öffnete den Mund, um mich zu erklären, doch Nathaniel war offenbar gar nicht auf eine Erklärung aus, denn er hob einen Finger und gebot mir damit zu schweigen.
„Du sagst das so einfach", wiederholte er und sein Blick wurde eindringlicher, als er fortfuhr, „Ich würde dir das echt gern glauben, aber ..."
Seine Stimme stockte und ich hielt die Luft an, weil ich ahnte, was als Nächstes kommen würde.
Nathaniel atmete hörbar tief ein.
„Wenn es stimmt ... Wovor hast du dann Angst?"

Zwischen den Welten

In mir lebt etwas – es tut dir weh.
Dabei wird es lächeln und liebevoll seine Träume
gesteh'n.
Du solltest rennen, solange du noch kannst.
Warte einen Moment zu lange.
Und deine Chance ist vertan.

Es war, als hätte jemand die Uhr innerhalb der
nächsten zwei Atemzüge, mehrere Stunden
vorgestellt. Anders konnte ich es mir nicht erklären,
wieso es plötzlich Nacht und fast stockfinster war.
Blinzelnd schaute ich hoch in den Himmel, der düster
wie ein unendlich tiefes Loch über mir gähnte und es
dauerte einen Moment, bis ich begriff, dass es Wolken
waren, die für die Dunkelheit über mir verantwortlich
waren - Berge von schwarzen Gewitterwolken, die ich
gerade erst als solche erkannt hatte, als ich bereits
spürte, wie der Regen in dicken, nassen Tropfen auf
mich herabfiel und innerhalb weniger Sekunden
vollständig durchnässte.
Meine Augenlider schlossen sich schützend dagegen
und ich ließ den Kopf sinken, was mir den Blick auf
einen weiteren Abgrund ermöglichte, der sich im
Kontrast zum Himmel in unerreichbaren Höhen,
unmittelbar unter mir auftat.
Beinah wäre ich fluchtartig davon abgewichen, da der
Anblick der Klippe nur wenige Zentimeter hinter mir,

mich sofort in Alarmbereitschaft versetzte. Doch ich schnappte nur kurz nach Luft und richtete meinen Blick nach vorne, wo bis eben noch Nathaniel gestanden hatte.

Zuerst konnte ich nichts erkennen, da ich die Augen erneut zusammenkneifen musste, als der Wind mir die eiskalten Tropfen mit vielfacher Wucht entgegenschleuderte. Als ich jedoch dagegen anblinzelte, erkannte ich Nathaniels Umrisse nur wenige Meter von mir entfernt.

Wie aus Reflex machte ich einen Schritt in seine Richtung und hielt erst inne, als ich sah, dass er ebenfalls auf mich zukam.

Seine Augen leuchteten in der Dunkelheit und er ergriff mit seiner Hand das Gelenk meiner Klaue, kaum dass wir dicht genug voreinander standen.

„Was wird das?", fragte ich atemlos und halb schreiend gegen das Toben des Windes, „Wieso hast du uns hier her gebracht?"

Als Antwort schenkte Nathaniel mir ein Lächeln, dass sich zögerlich in ein beinah diabolisches Grinsen verwandelte.

„Ich dachte, ich zeig dir mal etwas, das wirklich Spaß macht", erwiderte er unbekümmert, „Und außerdem will ich, dass du mir eine Chance gibst, dein Vertrauen zu gewinnen."

„Aber ...", ich unterbrach mich, als der Wind wie ein tollwütiger Wolf zu schreien anfing, „Vertrauen kann ich nicht einfach verschenken! Es kommt langsam."

Ich hoffte, dass Nathaniel mich verstehen würde.

Doch dieser umging meine Bemerkung.

„Hat dir schonmal jemand ein Märchen erzählt?", rief er laut in den Wind, weshalb seine Worte stückweise

zerrissen und sich nur geradeso zu einem verständlichen Satz zusammenfügten.
Obwohl ich verwirrt war, schüttelte ich den Kopf.
„Ein Märchen ist eine kleine Geschichte. Eine Erzählung, die von Generation zu Generation weitergegeben wird", erklärte der Dämon und ich hörte ihm gespannt zu, egal ob es lächerlich unpassend war und ich nicht verstand, wie er überhaupt auf das Thema gekommen war, „Es gibt zum Beispiel ein Märchen mit einem fliegenden Teppich, auf dem man reisen kann."
Bei der Vorstellung musste ich unwillkürlich lachen, doch Nathaniel nickte nur ernst, wobei mir auffiel, wie nass seine Haare wegen des starken Regens bereits waren. Trotz der schlichten Bewegung fielen einige Tropfen davon ab und landeten auf der bloßen Haut seines Gesichts.
Erst als er meinen Blick bemerkte, hob er eine Hand, um sich die störenden Dreads damit aus dem Gesicht zu streichen.
„Glaub mir – das ist bei weitem nicht das Verrückteste", behauptete er schulterzuckend, „Das könnte ich glatt nachstellen."
„Vermutlich."
„Ziemlich sicher."
Bei den Worten des Kristalls spürte ich seinen Blick deutlich auf mir ruhen, aber anstatt ihn zu erwidern, späte ich an ihm vorbei und versuchte durch den dichten Regen etwas von der uns umgebenden Landschaft zu erkennen.
Immer mal wieder konnte ich die Silhouetten von sich im Wind gefährlich biegenden Baumkronen ausmachen. Außer diesen und den dunklen Wolken,

sowie dem schlammig-felsigen Boden unter mir,
schien es an diesem Ort jedoch nichts zu geben.
Da Nathaniel immer noch mein Gelenk festhielt,
wagte ich es, mich ein wenig zu drehen und vorsichtig
einen Blick hinab in die Tiefe der Schlucht zu werfen,
wo ich hinter der Kante jedoch auch kaum etwas
außer Schwärze entdecken konnte.
Wäre ich gefallen, hätte ich zwar fliegen können, doch
dafür konnte ich dank des Regens kaum sehen und
war in meinem Leben noch nie so unbarmherzigen
Bedingungen ausgeliefert gewesen, weshalb ich mir
nicht wirklich zutraute, bei dem Versuch gänzlich
unbeschadet davonzukommen.
„Würdest du mir vertrauen, wenn ich dir versprechen
würde, dich aufzufangen?"
Überrascht wandte ich mich wieder vom Abgrund ab
und betrachtete nun doch zweifelnd Nathaniel,
welcher mir gegenüber als Trennung zwischen
Schlucht und Waldrand stand. Während wir uns
gegenseitig musterten, war der Ausdruck in seinen
Augen so herausfordernd und glänzend, dass ich mir
nicht sicher war, ob er mich damit provozieren oder
nur verunsichern wollte.
Statt zu antworten, zog ich skeptisch ein Augenlid an.
„Wie habe ich das jetzt zu verstehen?", erkundigte ich
mich bemüht scharf, um mir nicht anmerken zu lassen
wie aufgeregt mein Herz bei Nathaniels Frage zu
schlagen begann, „Willst du etwa, dass ich springe?"
„Fallen lassen würde mir völlig reichen."
Der Kristall grinste und stemmte sich mit zusätzlicher
Kraft gegen den Wind, als dieser Anstalten machte,
uns mit seinen nächsten Böen gemeinsam von der
Klippe zu stoßen.

Im Gegensatz zu ihm musste ich alles andere als freudig auf seinen Vorschlag reagiert haben. Denn anstatt seine Worte zurückzunehmen, fing er auch noch an zu lachen, was mich beinah dazu veranlasste, meinen Arm von seiner Hand zu befreien, ihn zurückzustoßen, anzuschreien oder erneut einen Befehl auszuprobieren, der ihn zwingen würde, uns wieder zu den Gekrönten zu bringen, wo ich mich austoben könnte, ohne mir Sorgen darüber machen zu müssen, im nächsten Moment ins Leere zu stürzen.
„Warum lachst du?!", rief ich schließlich laut, als ich mich bereits mit allen meinen Sinnen fürs Schreien entschieden hatte, „Glaubst du etwa, ich hätte Angst davor?"
„Schon", gestand Nathaniel offen und betrachtete mich mit einem dezent belustigten Lächeln. Ein Lächeln, das mich nur noch wütender machte, und ich musste mich wirklich zusammenreißen, ihm nicht wehtun zu wollen, da ich mir diesmal erschreckend sicher war, dass ich es gekonnt hätte.
„Was denn?", verteidigte Nathaniel sich nachsichtig, „Willst du mir das wirklich verübeln? Bisher hat sich nun mal niemand freiwillig auf meine Bitte hin eine Klippe hinab gestürzt."
„Tja, warum wohl", fauchte ich spöttisch zurück, „Erwarte jetzt bloß nicht von mir, dass ich der erste Idiot sein werde, der das tut!"
Ich war mit einem Mal so außer mir, dass ich nicht mehr auseinanderhalten konnte, ob es bloß Angst war, die mich antrieb oder doch eher Empörung und Wut über Nathaniels Formulierungen, da es sich so anhörte, als hielte er mich immer noch für gutgläubig und naiv. Naiv genug, um derart unbedacht zu handeln.

„Ich will nicht wissen, ob du dumm genug dafür bist",
kam es von Nathaniel endlich zurück, als hätte er
gemerkt, was in meinem Kopf vorging, „Ich will, dass
du eine Erfahrung machst, die du brauchen wirst,
wenn wir weiter machen wie bisher."
„Eine Erfahrung?", wiederholte ich fassungslos, „Was
soll das, Nathan? Was willst du damit bezwecken?"
Zunehmend enttäuscht entwandt ich ihm mein Gelenk
und trat einen Schritt zurück, um mich von ihm zu
entfernen. Obwohl ich dafür dem Abgrund gefährlich
nah kam.
„Hey", versuchte der Kristall mich aufzuhalten und
griff nach mir, aber ich verschränkte meine Arme
abwehrend hinterm Rücken und entfernte mich einen
weiteren Schritt, „Ich will dich nicht zwingen das zu
tun, aber ich möchte, dass du bereit bis!"
„Wofür bereit!", gab ich scharf zurück, „Rede Klartext
mit mir!"
Doch Nathaniel hielt nur inne, ließ die Hand sinken
und musterte mich mit einem Blick, der auf einmal
unerklärlich bittend wirkte.
„Genau darauf", sagte er so leise, dass ich ihn gegen
den tosenden Wind nur schwer verstehen konnte, „Ich
will, dass du bereit bist, mich als Anker zu
akzeptieren, im Moment, wenn du merkst, dass es
sonst nichts mehr zum Festhalten gibt."
Wäre der Sturm nicht gewesen, wäre es jetzt
vermutlich totenstill.
Ohne ein Wort zu sagen, erwiderte ich Nathans Blick
bis dieser zur Seite schaute und sich mit einer Hand
beinah verlegen in den Nacken fuhr. Ich verstand,
worauf er hinaus wollte, doch anscheinend ging er
davon aus, dass ich es nicht tat. Denn er setzte zu
einer Erklärung an.

„Du musst verstehen, Kriege sind nicht immer einfach, also wenn du ..."
„Schon okay."
Nathaniel hielt überrascht inne und sah mich an, als hätte er sich verhört.
„Was ist los?", fragte er irritiert, „Sonst willst du doch auch immer für alles eine Erklärung."
„Stimmt", gab ich schulterzuckend zu, „Aber ich denke, ich habe verstanden, was du mir sagen willst. Und das ist okay. Ich denke, ich weiß, worauf ich mich einlasse."
„Das denke ich eben nicht", widersprach Nathaniel kopfschüttelnd, „Und versuch gar nicht erst, mich zu belügen. Ich kann spüren, dass du Angst hast", er sah mich ernst an, „Wenn unser Plan funktionieren soll, darf sich diese Angst nicht gegen mich richten."
Die Angst. Ja. Dieses gemeine Gefühl, welches mich immer wieder in den unpassendsten Momenten heimsuchte.
Ich wusste genau, wovon Nathaniel sprach, doch ich war mir auch sicher, dass er sie ebenso falsch deutete wie ich es bis eben noch getan hatte.
Ein weiterer Windstoß fegte über uns hinweg und diesmal stellte ich mir vor, er könnte mich einfach mitreißen. Würde ich es zulassen, war er mit Sicherheit stark genug, mich von der Klippe in die Tiefe zu stoßen.
Mein Blick richtete sich wieder auf Nathaniel, als ich nickte.
„Das weiß ich", antwortete ich knapp und lehnte mich ein letztes Mal mit eigener Kraft gegen den Wind.
Der Kristall zögerte.
„Und das bedeutet?"

„Es bedeutet, dass ich mir darüber im Klaren bin, wie unpraktisch es wäre, wenn ich tatsächlich Angst vor dir hätte", entgegnete ich gerade heraus, „Ich werde dir beweisen, dass dem nicht so ist."
Mit diesen Worten überwand ich den letzten Schritt an den Rand die Klippe. Hinter mir war nun nur noch die Tiefe des Abgrunds. Langsam breitete ich die Arme aus und schaute Nathaniel dabei in die Augen, als suchte ich in ihnen einen Hinweis – irgendein Zeichen, das mich doch dazu bewegen würde, mein Vorhaben abzubrechen. Dort war aber nichts dergleichen zu finden. Nichts, was mir Angst machte und nichts, was mir Einhalt gebot. Es war eher, als würde er gespannt darauf warten, ob ich halten konnte, was ich versprach.
Er selbst versprach mir mit seinem Blick gar nichts. Dennoch gab mir sein Schweigen die Gewissheit, dass ich nichts falsch machte. Obwohl ich mein Tun eben noch selbst für verrückt erklärt hatte.
Ich schloss die Augen und sofort wurde die Welt etwas ruhiger. Zwar hörte der Sturm nicht auf, sondern zerrte weiter an mir, doch ich fühlte mich für diesen kurzen Moment wie abgeschottet von allem um mich herum. Meine Muskeln hörten auf sich gegen die Kraft des Windes zu wehren, und ich ließ mich nach hinten fallen, während ich die Flügel öffnete und mich vom nächsten Windstoß von der Felskante fortzerren ließ.
Zuerst glaubte ich, der Wind würde mich herumschleudern wie ein welkes Blatt. Doch kaum, dass die Klippe über mir war und sie die wilden Luftströme blockierte, fiel ich nur noch. Ich fiel mit dem Regen zusammen und fühlte, dass die Ketten, welche mich so lange gefesselt hatten, bei dem Fall

endlich rissen. Ich war frei. Über mir tobte der Sturm und unter mir war nur noch Leere. Meine Flügel wurden vom Fallwind nach oben gedrückt und ich fiel immer weiter. Ich hätte nichts im Moment mehr genossen und ließ es einfach geschehen – tauchte immer tiefer in den Spalt zwischen den Welten ab, die mich umgaben. Die Schwerelosigkeit gab mir das Gefühl zu schweben und ich hoffte fast, dass ich ewig so weiterfallen könnte, als die Reise viel zu plötzlich ein abruptes Ende fand.

Arme tauchten unter mir auf und fingen meinen Sturz ab. Ich spürte, wie ich gebremst wurde, und die Schwerelosigkeit endete ebenso rasch, wie sie eingetreten war. Ich wurde nach oben gezogen und merkte schließlich, dass die Arme mich vorsichtig auf nassem Untergrund absetzten.

Meine Augen öffneten sich und ich blickte nach oben, wo in weiter Ferne über mir die Kante der Klippe aufragte. Dann drehte ich mich um und meine Augen leuchteten Nathaniel entgegen, als dieser seinerseits den Blick auf mich richtete.

„Das nenne ich mal eine Ansage", bemerkte er und ich konnte nicht anders. Ich begann zu lachen. Dabei lehnte ich mich gegen Nathaniel und dieser schlang verwirrt einen Arm um mich, da er kurz Sorge zu haben schien, ich würde umkippen.

„Huch, ist bei dem Fall etwa eine Sicherung bei dir durchgebrannt?", fragte er mich, obwohl auch seine Stimme amüsiert klang.

„Bestimmt nicht nur eine!", bestätigte ich lachend, woraufhin der Kristall triumphierend zu grinsen begann.

„Entschuldigung", sagte er ironisch, „Ich wollte kein schlechter Einfluss für dich sein."

Darüber konnte ich nur grinsen.
„Zier dich bloß nicht", warnte ich ihn flüsternd, „Ich liebe schlechte Einflüsse."
Wie zur Bestätigung, dass er nicht mal im Traum darüber nachdenken würde, in Zukunft etwas anders zu machen, ergriff Nathaniel mit der freien Hand meinen Kiefer und beugte sich ein Stück zu mir hinunter.
„Diesem Befehl folge ich nur zu gerne", gab er zurück, wobei er das Leuchten meiner Augen in sich aufzusaugen schien, bis seine ebenso glühten, wie meine es tun mussten, „Was hältst du davon, wenn wir dich ab jetzt Lu nennen?"
Die Frage war völlig aus dem Kontext gerissen, doch ich wusste natürlich, dass die Namensgeschichte Nathaniel wegen meiner, ihm verhassten Nummer noch immer verfolgte.
„Wie kommst du darauf?", fragte ich neugierig und sah, wie der Kristall unschlüssig die Schultern hob.
„Wenn du ein Mädchen wärst, wärst du eine Luna", antwortete er knapp und brachte mich damit erneut zum Lachen, „Gefällt dir die Idee nicht?"
„Doch", versicherte ich ihm und lächelte, „Sie gefällt mir sogar ausgezeichnet."

TEIL 6: Das Problem mit falschen Worten

Mischka

„Gute Nacht, Mammy!"
„Gute Nacht, meine Süße! Schlaf gut und träum etwas Schönes. Wenn Mummy dich morgen aufweckt, hat Papa schon ganz leckere Pancakes gebacken und frischen Orangensaft gepresst! Aber das funktioniert nur, wenn du jetzt ganz schnell schläfst!"
„Na klar", das Mädchen kicherte, „Das glaub ich dir doch schon lange nicht mehr! Daddy macht die Pancakes so oder so!"
„Also gut", die Mutter lächelte großmütig und setze sich dann zu ihrer Tochter auf die Bettkante, um ihr anschließend liebevoll über die Haare zu streicheln, „Aber schlafen ist trotzdem gesund, weißt du. Wenn du viel schläfst, kannst du tagsüber nicht nur viel mehr leisten, sondern du wirst auch größer und stärker und glücklicher sein."
„Ja, ich weiß. Das erzählst du mir jedes Mal. Aber was soll ich denn machen, wenn ich noch nicht müde bin?"
„Hmmm", die Mutter des Mädchens überlegte, „Bist du denn sicher, dass du es nicht bist?"
Das Mädchen zuckte mit den Schultern.
„Nö. Eigentlich bin ich total müde. Ich wollte es nur mal anmerken."
„Okay", die Mutter lachte etwas. Das Geräusch tönte

hell und klar in der abendlichen Stille, „Damit kann ich leben. Meine schlaue, kleine Prinzessin."
Als Antwort grinste das Mädchen ihr breit zu und verkroch sich dann unter ihrer Bettdecke.
„Bis morgen, Mammy."
„Bis morgen, Engelchen. Und zum zweiten und hoffentlich letzten Mal, gute Nacht."
Mit diesen Worten stand sie auf und trat aus dem Zimmer, ehe sie die Tür vorsichtig hinter sich zuzog. Dunkelheit verschluckte den Raum. Nur durch die Fenster schien noch ein schwacher Lichtschein, und der Regen prasselte sachte gegen das Glas, wobei er dieses mit glitzernden Tropfen besprenkelte.

Mischka blinzelte. Er war bereits nass bis auf die Knochen und beobachtete wie in dem Zimmer, vor dessen Scheibe er seit gefühlten Stunden lauerte, endlich das Licht ausgemacht wurde.
Kinder waren so anstrengend. Erst tobten sie herum, dann wollten sie kuscheln und wenn man sie ins Bett bringen wollte, hatten sie plötzlich wieder Hunger oder wollten eine gute Nacht Geschichte hören. Das bedeutete jedoch keineswegs, dass er keine Kinder mochte. Im Gegenteil. Er mochte Kinder sogar sehr gerne. Aber heute war er nicht gekommen, weil er es genoss, ihnen bei ihrem kindlichen Treiben zuzusehen. Nein, diesmal hatte er eine Mission.
Aus diesem Grund wartete er noch einen Moment ab, um sicherzugehen, dass die Mutter des Mädchens nicht zurückkehren würde.
Er drehte den Kopf und blickte hinauf in den Regen – nach oben, wo die dunklen Wolken in erdrückend riesigen Massen über die Landschaft zogen. Als Nächstes schauerte er die Straße hinunter, um sich

außerdem zu vergewissern, dass niemand auf die Idee kam, trotz dieses Ekelwetters einen Nachtspaziergang zu machen. Doch zum Glück war die Straße unter ihm menschenleer. Alles andere wäre unpraktisch gewesen, denn er klebte mitten an der weißen Hauswand des ersten Stocks wie ein riesiges, schwarzes Insekt. Ein Anblick, der einem Vorbeikommenden mit Sicherheit Grauen erregende Furcht eingeflößt hätte. Eigentlich war das nichts Schlimmes. Aber das Letzte, was Mischka gerade gebrauchen konnte, war ein wie wahnsinnig kreischender Irrer, der vor ihm durch die Nacht flüchtete.
Seine knochigen Hände und Füße fanden problemlos Halt an der rauen Fassade und sein dunkler, zerschlissener Umhang klebte ihm nass und kalt am Körper.
Als Mischka genug gewartet hatte, löste er sich vorsichtig und möglichst lautlos aus seiner Position und schob sich seitlich durch die Glasscheibe ins Innere des Zimmers. Dort kroch er auf einen Schrank, von dem aus er sich hinab auf den Boden gleiten ließ und erst als seine Füße den alten Holzboden berührten, richtete er sich langsam auf.
Das Wasser tropfte leise und stetig aus dem regenschweren Umhang, dessen Stoff sich bis zum Limit damit vollgesaugt hatte, und Mischkas Augen glühten gelb, als er sie auf das Mädchen richtete.
Sie hatte die Augen geschlossen und sah vollkommen friedlich aus.
Mischka musterte sie einige Sekunden lang, ließ seinen Blick gleiten über das blonde Haar, die feinen Gesichtszüge, die kleinen Hände und die narbenlose Haut. Dieses Kind war ein Musterbeispiel für einfache

Fügsamkeit. Perfekt für den Zweck, für den er sie holen wollte. Schade nur, dass er sie dafür ihren Eltern wegnehmen musste.
Langsam hob er einen Arm und streckte seinen langen, knochigen Finger nach einem der ebenfalls hölzernen Bettpfosten aus.
Klopf... Klopf...
Das Geräusch klang leise und dumpf in dem düsteren Raum. Der Wind rüttelte an den Fensterangeln und der Regen begann noch heftiger gegen die Scheiben zu trommeln. Mischka wartete einen Moment, dann klopfte er erneut - leicht und rhythmisch, denn er wollte das Mädchen nicht erschrecken.
Beim dritten Mal, als das Klopfen ertönte und kurz darauf wieder erstarb, bewegte sich das Kind. Sie schlug flatternd die Augen auf und murmelte müde ein paar Worte.
„Mammy? Bist du das?"
Mischka zog seinen Finger zurück.
„Fast", erwiderte er kaum vernehmlich mit seiner heiseren Stimme, welche in der Dunkelheit unheimlich kalt klang, „Versuch es noch einmal."
Das Mädchen setzte sich auf. Mit einem Mal wirkte sie hellwach, aber nicht verängstigt, sondern viel eher neugierig und verwundert. Ihr Blick fiel sofort auf Mischka und dieser machte sich nicht die Mühe, ihm auszuweichen oder sich vor ihr zu verstecken. Er blieb ganz ruhig stehen und sah sie an.
„Wer bist du?", fragte das Mädchen erstaunt und Mischka lächelte ein wenig, wobei die dünne ledrige Haut sich über seinen Schädel spannte.
„Mein Name", begann er rau, „ist Mischka. Ich will dir nicht weh tun. Ich bin nur hier, um dir eine wichtige Frage zu stellen."

„Welche?"
Mischka lachte leise.
„Du bist aber ungeduldig. Hast du gar keine Angst vor mir ... Animosa?"
Jetzt schien das Mädchen wirklich verwirrt.
„Woher kennst du meinen Namen? Ich habe ihn dir doch noch gar nicht gesagt."
„Ich weiß so einiges über dich, das du mir nicht gesagt hast", schnurrte Mischka und tippte sich dabei mit einem Finger sachte an eine seiner Schläfen.
„Beobachtest du mich etwa?", fragte Animosa schüchtern und Mischka ließ die Hand wieder sinken.
„Gut möglich. Du hast meine Frage noch nicht beantwortet."
Animosa zögerte kurz, dann fragte sie.
„Ob ich mich vor dir fürchte? Ist es das, was du wissen willst."
Mischka nickte: „Ja."
Sie zuckte mit den Schultern, zog jedoch die Decke enger um sich.
„Hast du mir bisher etwas getan?"
„Nein."
„Falsch", der Widerspruch war kaum mehr als ein Flüstern.
Mischka legte den Kopf schräg.
„Du bist in mein Zimmer eingebrochen und du gibst zu, mich beobachtet zu haben", Animosa schauderte und schluckte, dann öffnete sie den Mund und sprach weiter, „Du willst wissen, ob ich Angst vor dir habe? Ja, aber ich trau mich nicht, zu schreien, weil du sonst Mammy wehtun könntest."
Diese Worte ließen erneut ein Lächeln über Mischkas Züge huschen.

„Kluges Mädchen", raunte er kaum hörbar und trat einen Schritt näher an das Bett heran.
Die Kleine darin versuchte tapfer auszusehen. Doch in ihren Augen konnte Mischka Tränen glitzern sehen, genau wie das Wasser auf den kalten, leblosen Glasscheiben der regengesprenkelten Fenster.
„Weist du, ich kann das verstehen", sagte Mischka sanft und ließ sich Zeit, seine Worte gut zu überdenken, „Ich hätte an deiner Stelle bestimmt auch Angst, aber ich kann deine Meinung ändern."
„Wie?", die wenigen Laute Animosas klangen inzwischen erstickt, als versuche sie mit aller Macht, das Schluchzen zurückzuhalten. Wofür Mischka ihr dankbar war. Weinende Kinder mochte er nicht, auch wenn er meist daran schuld war, dass sie es taten.
„Glaubst du, du kannst mir für einen Moment vertrauen?"
Animosa presste die Lippen zusammen.
„Ich verspreche dir: Ich werde dir nicht wehtun."
Eine lange Pause entstand, die Mischka geduldig abwartete. Dann endlich das erstickte Flüstern:
„Okay."
Er lächelte.
„Sehr gut. Was ich verlange, ist auch nicht schwierig. Ich möchte nur, dass du für den jetzigen Augenblick versuchst, keine Angst mehr zu haben", er streckte seine Hand nach dem Mädchen aus, hielt ihr die knochige Hand hin, als wollte er ihr damit guten Tag sagen.
Animosa sah ihn unsicher an. Ihre Hände hatte sie um den Stoff der Decke geklammert.
„Komm. Nimm meine Hand", forderte Mischka sie ruhig auf, „Du musst dich nicht fürchten. Im realen Leben sind nicht immer die Fruchteinflößenden die

Bösen. Das wahre Böse erkennst du meist gar nicht, weil es glitzert und dich damit in die Falle lockt. Alles, während du glaubst, ins Paradies einzutauchen."

Er sah, wir Animosa kaum sichtbar den Kopf schüttelte.

„Aber meine Mammy ist auch wunderschön", murmelte sie und Mischka spürte, wie sich bei diesen Worten etwas in ihm zusammenzog.

Wieso konnte er nicht einfach so wie die anderen sein?

Wieso konnte es ihm nicht egal sein?

Er sah Animosa tief in die Augen. Die Kleine würde ihn nicht bremsen können. Mit keinem, der unwissenden, kindlichen Worte, das aus ihrem Mund stolperten.

„Deine Mutter ist auch etwas ganz besonderes", sagte Mischka heiser, „Sie wäre so stolz auf dich, wenn sie sehen würde, wie mutig du bist."

„Aber das bin ich nicht", hauchte Animosa zaghaft, „Deine Finger gruseln mich."

„Dann sieh einfach nicht hin", erwiderte Mischka, „Los, du brauchst nur einmal deine Hand auszustrecken und ..."

Er verstummte. Animosa hatte die Augen geschlossen. Er konnte noch sehen, wie sie die Tränen runterschluckte, doch schließlich wurde ihr Atem ruhiger und ihre Züge entspannten sich.

„Genau so", flüsterte er möglichst zärtlich und trat noch einen Schritt näher an Animosa heran, während Schatten ihn einhüllten und wie Nebel unter den Enden seines Umhangs hervorquollen, „Siehst du. Ich bin gar nicht so gruselig. Ich bin genauso schwarz wie alles andere."

„Du hast eine schöne Stimme", murmelte Animosa und Mischka lächelte still.
„Streck deine Hand aus, kleiner Schmetterling. Nur die Mutigen werden im Leben fliegen lernen."

Lienora

Das Nutzen von Magie war für Lienora schon lange keine Kunst mehr. Jedenfalls nicht, wenn man von den einfachen Formen sprach, in denen sie sie gebrauchen konnte.
Das bedeutete allerdings nicht, dass es keine Ausnahmen gab. Zurück in Leanders Einrichtung zu kommen, war und blieb jedenfalls eine Herausforderung. Demnach war sie jedes Mal umso erleichterter, wenn sie diese Tortur endlich hinter sich hatte.

Erschöpft ließ Lienora sich gegen die Wand neben der Tür zu ihrem Quartier fallen.
Ein Ausflug ohne Erlaubnis war die eine Sache. Aber auch noch Magie dafür zu verwenden – in dieser Einrichtung, in der alles danach schrie und sich die Glieder verbog und verrenkte, um ein kleines Bisschen davon zu fassen zu kriegen – war noch ein wenig gewagter. Vor allem in ihrem Fall, denn sie war sich sehr wohl im Klaren darüber, dass Leander ihr eine Ewigkeit nicht vertraut hatte, nachdem sie vor Jahren zu ihm gekommen war. Damals hatte er sie beschatten lassen und sie dadurch unfähig gemacht, auch nur eine kleine, mit Magie verbundene Tätigkeit auszuführen, ohne enttarnt und zum Zielobjekt aller Sucher erklärt zu werden.

Nur ihrem Durchhaltevermögen hatte sie es zu verdanken, dass die Spionage nachgelassen hatte und schließlich völlig aufgegeben wurde.
Ihr Opfer dafür war gewesen, dass sie noch fügsamer und leistungsorientierter aufzutreten versucht hatte, als alle anderen, um sich die Gunst der Krone zu erkämpfen. Zudem viele, viele Monate, in denen sie völlig abgeschnitten von der Außenwelt in den unterirdischen Gängen gehaust hatte, ohne jemandem zu berichten, ob es ihr gut ging oder sie möglicherweise in Schwierigkeiten steckte.
Doch die Zeit, die sie für ihren jetzigen Ruf und Rang gegeben hatte, hatte sich gelohnt. Denn sie war nun nicht nur deutlich freier, sondern auch ein relevanter Teil von Leanders Armee. Anders gesagt: Sie hatte eine Position, in der man einiges mitbekam und trotzdem die ein oder andere Regel missachten konnte. Doch das war nicht genug.
Sie musste noch mehr wissen und Nachlässigkeit konnte sie sich demnach nicht leisten. Es wäre Verschwendung, wenn ihr kleiner Ausflug die jahrelange Planung zu Nichte gemacht hätte.
Da dem jedoch allen Anschein nach nicht so war, konnte sie sich sicher sein, dass sie sauber gearbeitet hatte. Sie war vorsichtig und ungesehen geblieben und würde daher in Zukunft deutlich schneller vorgehen können.
Das war ein echter Erfolg.
Beim Erklingen des Summens, mit dem sie ihre Langschwerter in die Halterungen an der Wand schob, dachte Lienora an den ersten Tag zurück, an dem sie bei den Gekrönten angekommen war.
Obwohl sie für gewöhnlich unerschrocken war und sich wenig Sorgen darum machte, dass einer ihrer

Pläne schiefgehen könnte, hatten ihre Klauen an diesem ersten Abend auf dem ihr frisch zugewiesenen Zimmer gezittert. Denn sie hatte gefürchtet, dass man ihr ihre magischen Fähigkeiten ansah, dass man sie sofort entlarven und einsperren würde, bevor sie irgendetwas über die Intentionen und Strategien des Wissenschaftlers in Erfahrung bringen konnte. Das Einzige, was sie hatte denken können, war ständig gewesen: *Sie werden dich finden. Du wirst schon sehen. Sie werden sich nicht so zum Narren halten lassen.*
Ganze eineinhalb Wochen hatte es gedauert, bis Lienora verstand, dass es für den Wissenschaftler, die magieunfähige Krone, unmöglich war, sie als diejenige zu erkennen, die sie war, wenn sie ihr nur keine zu offensichtlichen Hinweise lieferte, mit denen sie sich selbst verriet. Also hatte sie sich in den Wänden vom Stützpunkt des Wissenschaftlers angewöhnt, ihre Magie so unter Verschluss zu halten wie sie es auch mit der Wahrheit über ihre Herkunft tat. Stattdessen hatte sie sich bemüht ihrem neuen „Ich", welches die einzige Überlebende eines kleinen Dorfes war, das im Krieg an der Brutalität der Kämpfe zerbrechen musste, ein Gesicht zu geben und den misstrauischen Leander davon zu überzeugen, dass sie nichts lieber wollte, als seinen Schutz, seinen Stolz und Teil seiner Gemeinschaft zu sein, in der sie als Gegenleistung gern seinem Willen gehorchte und ihm diente.
„Ich möchte, dass Sie gewinnen", hatte sie häufig zu ihm gesagt und dabei in strammer Haltung und mit festem Blick vor ihm gestanden.
„Weshalb?", war seine häufigste Frage gewesen und sie hatte stets gleich geantwortet.

„Weil ich nichts hatte und ich mit Euch alles haben kann."

Wenn er dann gelächelt hatte, wusste sie, dass sie einen Sieg davongetragen hatte, doch Leanders Vertrauen war instabil und bröckelte immer wieder, weshalb ihre Kämpfe nie aufgehört hatten und sie ein ums andere Mal einen weiteren Sieg gegen ihn erringen musste.

Bisher hatte das geklappt, und zwar so gut, dass sie es sich endlich getraut hatte, einen Schritt weiter zu gehen, denn sie weigerte sich, durch ihren abgeschotteten Aufenthalt bei den Gekrönten den Blick für den Rest des Bildes zu verlieren und es gab so viel mehr in ihrer Welt, dass unbedingt im Auge behalten werden musste.

Froh über den Erfolg ihres Experimentes, kramte Lienora ihr kleines Notizbüchlein aus einer Schublade des kleinen Tisches, der in ihrem privaten Zimmer platziert war. Neben ihren Langschwertern, die sie begleiteten, seit sie denken konnte, war dieses Büchlein der einzige persönliche Besitz, den sie noch hatte und in ihm hielt sie mit einzelnen Wörtern, scheinbar zusammenhangslos, alles fest, was sie wichtiges über die Gekrönten und die Welt draußen in Erfahrung brachte.

Es war für sie inzwischen so wertvoll, dass Lienora schon oft mit dem Gedanken gespielt hatte, es einfach zu verbrennen. Aber da dies nur unnötige Aufmerksamkeit auf sich gezogen hätte, tat sie das genaue Gegenteil. Sie behandelte es, als wäre es ein Wisch, den ihretwegen jeder lesen konnte, und bisher hatte ihre Taktik funktioniert. Denn niemand hatte es auch nur mehr als eines Blickes gewürdigt.

Als sie das Büchlein aufschlug, raschelte das verblichene Papier bei jeder umgeblätterten Seite und offenbarte hunderte knappe Kritzeleien, die sich in den Jahren ihres Aufenthalts dort angesammelt hatten. Lienora nahm eine Feder und ein Gefäß voll Tinte zur Hand und tauchte die Spitze behutsam in das Fläschchen. Bei Lyng hatte sie so immer Briefe geschrieben. Meistens an sich selbst. Aus Langeweile oder weil Lyng es ihr geraten hatte.
„Schreiben reinigt die Seele", hatte er gerne gesagt und betont, dass dies vor allem bei seinen eigenen Gedanken und Gefühlen wichtiger wäre, als man glauben würde.
Wie recht er damit gehabt hatte. Denn Lienora hatte ihm nie geglaubt. Dennoch hatte sie geschrieben. Über ihre Gedanken und Gefühle, Erinnerungen, Erlebnisse, Träume und Wünsche. Ob sie dies zu jemand anderem, möglicherweise jemand Besserem gemacht hatte, wusste sie nicht. Aber es hatte in der Regel gutgetan und ihr geholfen, ihre Ziele stets im Blick zu behalten.
Gerade als sie die Feder ansetzen wollte, hörte Lienora hinter sich plötzlich ein Geräusch, das sie innehalten ließ. Tinte tropfte auf ihr Blatt und wurde sogleich von dem dicken Papier aufgesaugt. Der Fleck breitete sich aus wie eine schwarze Sonne, die unheilverkündend ihre Strahlen spreizte.
Als Lienora herumfuhr, presste sie ihre Klaue darauf und spürte einen kurzen Moment die Hitze, ehe das Zeichen mit dem Büchlein in Flammen aufging. Eine Klinge streifte sie und hätte ihre Lunge mit Sicherheit durchschnitten, wäre sie nicht im letzten Moment so abrupt nach hinten gesprungen, dass sie mit dem Rücken gegen eine der Zimmerwände stieß.

Aus dem schmalen Schnitt, der nun an ihre Seite prangte, lief Blut in einem feinen Rinnsal, das genauso dunkel war wie die Tinte für ihre Feder. Lienoras Augen richteten sich blitzend auf ihre Angreifer. Es waren drei. Düstere Gestalten, gehüllt in schwarzen Nebel und ausgestattet mit scharfzackigen Klingen, die sie schlagbereit gehoben hatten.
Obwohl Lienora es nur schwer begreifen konnte, erkannte sie das Wesen der Gestalten und damit die Gefahr, in der sie selbst schwebte, sofort – Dämonen. Sie grinsten sie hinterlistig an und zischten Wörter auf einer Sprache, die sie nicht verstehen konnte, dann schlugen sie plötzlich und gleichzeitig zu.
Eine Stoßwelle ging von Lienora aus als sie ihre Macht konzentrierte und die Dämonen damit nach hinten schleuderte. Sie fauchten und sprangen sofort wieder auf die Füße, während Lienora zu der Halterung mit ihren Langschwertern hechtete und diese schwungvoll daraus hervorzog. Mit einer blitzartigen Bewegung fuhr sie herum und stieß dem Dämon am nächsten zu ihr das Schneideblatt in die Brust, sodass er vor Wut und Schmerz aufkreischte. Unerwartet packte er nach der Klinge und umklammerte sie, obwohl seine Hände tiefe Schnittwunden davontrugen und schwarzes Blut aus den Verletzungen quoll. Damit hatte er erreicht, was er wollte. Denn Lienora schaffte es nicht, ihre Klinge seinen unbarmherzig zupackenden Händen zu entreißen.
Sie fluchte laut, als ein weiterer Dämon hinter ihr auftauchte und seine kalten Finger um ihren Hals legte.

„Gib auf!", hauchte er ihr ins Ohr, weshalb sie im Kontrast seinen heißen Atem spürte, „Wir sollen dich nur töten, wenn es unvermeidlich ist."
Lienora keuchte. Sie hatte immer noch eine Hand mit einem ihrer Schwerter frei und nicht vor sich zu ergeben. Sie überlegte nur noch, wo es am sinnvollsten war, zuzuschlagen.
Der Dämon vor ihr verzog die Lippen zu einem Grinsen und sie konnte den hinter sich leise kichern hören. Der Dritte ließ die Klinge in seiner Hand rotieren, als wartete er nur auf eine falsche Bewegung von ihr, die es ihm erlauben würde, sein Spielzeug erneut mit ihrem Blut zu zieren. Denn sie erkannte an dem dunklen Streifen an seinem Schneideblatt, dass er ihr den Schnitt in der Seite verpasst hatte.
Hastig ging Lienora im Kopf ihre Optionen durch. Sie könnte erneut versuchen, sich mit Magie Platz zu verschaffen und es dann darauf anlegen, mit ihren Kampfkünsten gegen die drei Dämonen anzukommen. Doch auch diese schienen kampferprobt und es war unwahrscheinlich, dass sie es mit allen von ihnen gleichzeitig aufnehmen konnte. Die andere Option war jedoch kapitulieren und da sie diese nicht wirklich als Option in Betracht zog, musste sie es wenigstens probieren.
Flammen loderten um sie auf und sorgten endlich dafür, dass der Dämon vor ihr, ihr Schwert losließ und der hinter ihr, rasch auf Abstand ging. Mit Genugtuung schickte Lienora die Flammen den Dämonen hinterher, doch diese nutzten bereits ihre Macht, um das Feuer zu ersticken.
Die Hitze verglomm in einer Welle aus Kälte und Lienora musste sich zu Boden werfen als die

Dämonen ihre Flammen als mehrere spitze Geschosse zu ihr zurückschickten.

Mit einer geübten Rolle kam sie wieder auf die Füße und drehte sich im Stand so blitzartig, dass einer der Dämonen ihrem Angriff diesmal nicht entkommen konnte.

Ihr Schwert trennte den Kopf von seinem Körper, als wäre der Dämon aus Butter. Dann ließ sie ihn zu Boden stürzen und sah zu, wie seine Gestalt sich in schwarze Nebelschlieren auflöste. Grinsend wandte sie sich ihren verbleibenden Gegnern zu und diese setzten wutschäumend zum Gegenangriff an. Doch jetzt war Lienora eingespielt.

Bei jedem Angriff tänzelte sie geschickt durch das Zimmer, parierte, wich aus, duckte sich, schlug selbst zu. Die Luft um sie herum flimmerte dabei vor Magie und es dauerte nicht lange, bis Lienora einem weiteren Dämon ihre Klingen in den Körper gerammt hatte.

Dafür blieb ihr diesmal wenig Zeit, sich über ihren zweiten Sieg zu freuen. Denn der dritte Dämon zögerte diesmal keine Sekunde. Er warf sich auf sie und riss sie mit sich zu Boden. Seine Hand packte nach ihrer Kehle, doch ihr Schwert trennte diese am Gelenk vom Rest seines Körpers.

Der Dämon kreischte und Lienora nutzte die Gelegenheit, um ihm mit aller Kraft gegen die Brust zu treten und ihn auf diese Weise von sich zu schleudern. Dabei entglitt ihm seine Waffe und als er sich aufrappeln und danach greifen wollte, hatte Lienora bereits eine Klaue darauf abgestützt.

Tief atmend beugte sie sich über das Schattenwesen, während sie ihm ihre eigene Klinge an die Kehle presste.

Mit Genugtuung spürte sie die vertraute Hitze in ihrer Brust und das Adrenalin, welches ihre Augen lebendiger den je funkeln ließ. Ihr hatte wirklich ein ordentlicher Kampf gefehlt. Fast war sie gewillt, dem Dämon für diese Möglichkeit zu danken.
„Wer schickt dich?", fragte sie stattdessen und schnitt mit der Klinge ein wenig in das modrige Fleisch des Schattenwesens, als dieses nicht sofort antwortete.
„Er wird dich töten!", zischte der Dämon ihr boshaft lachend entgegen, „Er weiß es."
„Was weiß wer?", fauchte Lienora zurück und ließ drohend ihre Magie aufwallen, doch den Dämon kümmerte das nicht.
„Unser Meister weiß über dich Bescheid. Du kannst dich nicht länger verstecken!", spottete er höhnisch, „Deine Drohungen sind wertlos. Meine Freunde sind längst hier."
Kaum dass der Dämon die Warnung ausgesprochen hatte, fuhr ein scharfer Schmerz durch Lienoras Körper und ihr wurde einen Moment lang schwarz vor Augen. Blind sprang sie auf und wich zurück in eine Richtung, von der sie hoffte, dass niemand dort auf sie lauern wurde. Sie spürte, wie Blut ihre Seite hinab lief und krümmte sich, als erneuter Schmerz die Wunden durchzuckte.
Nur verschwommen sah sie die dunkeln Gestalten auf sich zukommen.
Sechs.
Oder vielleicht auch sieben.
Sie taumelte erneut rückwärts.
Vor ihr kam der Dämon wieder auf die Beine, den sie eben noch bedroht hatte. Seine Augen glühten siegessicher.

„Gib jetzt auf", forderte er gierig grinsend, „Wenn du Glück hast, wird dein Leben dir dann geschenkt."
Lienora verzog das Gesicht gegen den Schmerz. Es waren zu viele. Und sie war verwundet. Sie konnte nicht gewinnen. Egal wie sehr sie es auch wollte.
„Fahrt zur Höhle", spuckte sie aus und umklammerte die Griffe ihrer Waffen noch fester. Sie wollte kämpfen, doch stattdessen tat sie das, was ihr schon immer am meisten zuwider gewesen war. Denn es war nicht besser als jede gewöhnliche Flucht.
Sie teleportierte.

Krisensitzung

Es ist toll zu beobachten, wie Fremde zu Freunden werden.
Noch schöner ist dieses Erlebnis, wenn die Fremden sich anfangs nicht leiden konnten.

Ich hockte mit Leo am Boden unseres Quartiers und rollte mit ihm gelangweilt eine Murmel zwischen uns hin und her. Dabei warteten wir darauf, dass Joka von einer Konferenz zurückkehren würde.
Er war nicht da gewesen, als ich und Nathaniel von unserem Ausflug zurückgekehrt waren, und hatte sich auch Leo gegenüber noch nicht dazu geäußert, was er von meinem neuen Freund hielt, weshalb mein Trainer und ich uns fest vorgenommen hatten, ihn sobald er wiederkäme zur Rede zu stellen. Doch momentan wirkte es so, als zöge sich die Konferenz ins Unendliche.
„Was beredet ihr eigentlich bei diesen Treffen?", fragte ich beiläufig, obwohl ich Leo gar nicht mit dieser Frage hatte ausquetschen wollen.
„Dies und das", murmelte er geistesabwesend, doch als er meinen kritisierenden Blick bemerkte, fuhr er fort, „Meistens geht es um die Missionen – ob es schon Erfolge gab und was uns aufgefallen ist. Es wird furchtbar viel um den heißen Brei herum geredet. Außerdem werden wir auf unseren Trainingszustand

getestet oder müssen von den Fortschritten unserer Schüler berichten."

„Da haben sich die Leute bei mir sicher gelangweilt", bemerkte ich selbstironisch und Leo schmunzelte.

„Ich habe mich bemüht, es spannend zu verpacken."

Ich war kurz davor, noch etwas zu erwidern, als die Tür plötzlich aufgerissen wurde und Leo und ich gleichzeitig auf die Füße sprangen.

„Guten Nachmittag meine herzallerliebsten Freunde! Ist heute nicht ein toller Tag?"

Ich starrte fassungslos zum Ein- und Ausgang unseres Zimmers und dann wieder zu Leo, welcher ähnlich irritiert auf die beiden Neuankömmlinge starrte.

„Du siehst das auch oder?", fragte er ausdruckslos und ich nickte nur.

Vor uns im Türrahmen stand Nathaniel und hatte einen Arm freundschaftlich um Jokas Schultern geschlungen, während er strahlte wie ein Fünfjähriger mit Waffeln auf einer Geburtstagsfeier.

„Ich habe Joka von seinem Meeting abgeholt", erzählte er munter, „Ich dachte, er freut sich sicher!"

Mein Blick wanderte zu Joka, welcher lange nicht so begeistert wie Nathaniel, aber immerhin beruhigend gelassen wirkte.

„Heißt das etwa ..", setzte Leo fragend an und Nathaniel beendete seinen Satz mit Zustimmung.

„Ihr habt völlig umsonst gewartet. Richtig."

Leo stieß mit einer Mischung aus Enttäuschung und Ärger die Luft aus.

„Wir verstehen uns übrigens prächtig!", prahlte Nathaniel weiter, wobei sein Blick sich diesmal auf Joka heftete, „Wir werden die besten Freunde!"

Ein wenig irritiert versuchte ich mich an einer unbekümmerten Frage: „Sieht Joka das denn genauso?"
Dabei wanderte mein Blick zwischen dem Kristall und meinem ersten Aufseher unschlüssig hin und her.
„Natürlich!", Nathaniel wirkte einigermaßen beleidigt, „Immer diese Unterstellungen!"
„Er unterstellt dir nichts", warf Leo da ein, „Er macht sich Sorgen um Jokas Wohlbefinden."
Nathaniel legte empört seine freie Hand auf die Brust. „Autsch. Ich habe auch Gefühle!"
„Bitte", wir verstummten alle, als Joka endlich zu sprechen begann, „Hört auf. Das ist ja schlimmer als im Kindergarten."
„Selbst dran schuld, würde ich mal sagen", grummelte Leo und fügte dann etwas lauter hinzu, „Wieso hast du uns nicht gleich gesagt, dass du mit dem Idioten klarkommst?"
„Welcher Idiot denn?", rief Nathan gekränkt aus, doch Joka umging die Anmerkung.
„Ich hätte es euch längst gesagt, wenn der Idiot nicht direkt vor dem Konferenzraum gewartet und mich beinah zu Tode erschreckt hätte!"
Ich warf dem Kristall einen strafenden Blick zu. „Nathan ..."
„Was?", der Dämon warf aufgebracht die Arme in die Luft, „Ihr könnt mir nicht ständig alles verbieten!"
„Tun wir ja nicht", entgegnete Leo an meiner Stelle, „Es sollte nur besser nicht rauskommen, dass du hier bist!"
„Was das angeht ...", Joka schloss kurz die Augen und rieb sich angestrengt die Stirn, während er zu überlegen schien.
Leo und ich warfen uns einen alarmierten Blick zu.

„Was ist los?", wollte ich aufgeregt wissen und selbst Nathaniel sah Joka schockiert von der Seite aus an.
„Ja. Was gibt es da, was du mir verschwiegen hast!"
„Ich habe dir gar nichts verschwiegen", gab Joka spitz zurück, „Du hast mich völlig zugetextet."
„Dann ist es jetzt etwa meine Schuld, dass ich nicht weiß, was Sache ist?"
„Sei still und hör zu", fuhr ich den Kristall ungeduldig an, „Wir wissen es alle nicht. Also mach kein Drama draus."
„Ist es schlimm?", platzte Leo heraus und Joka hob hilflos die Schultern.
„Wenn ich das wüsste."
„Was ist denn nun los?", fragten Nathan und ich diesmal wie aus einem Munde.
Leo verstummte und wir alle sahen nun begierig zu Joka, welcher mit einem Mal durch und durch aufgewühlt wirkte.
„Leander hat mich vorm Verlassen des Konferenzraumes heute zur Seite genommen."
Er begann auf und ab zu laufen, als könnte er es nicht länger ertragen, still zu stehen. Derweil beobachteten wir ihn zunehmend beunruhigt und ich merkte, wie Leo bittend die Klauen zusammenlegte.
„Er hat gesagt, er möchte mit dir sprechen."
Ich erstarrte als Jokas Blick bei den Worten auf mich fiel. Zwar hoffte ich noch kurz, dass es nichts zu bedeuten hatte, doch erübrigte diese Hoffnung sich bald, als Nathaniel lauthals seinen Unglauben ausrief.
„Leander will mit Lu sprechen?"
„Lu?"
„Er meint mich", erwiderte ich knapp, um Joka die Verwirrung zu ersparen, welche Leo bereits durchlebt

hatte, als es zur Erwähnung meines neuen Namens kam. Das konnten wir gerade wirklich nicht brauchen. Anstatt meine Antwort zu hinterfragen, bestätigte Joka Nathans Frage jedoch augenblicklich.
„Ja. Das wollte er."
Ich ließ mich mit dem Rücken wortlos gegen die nächste Wand fallen. Das konnte nicht sein. Ich war bestimmt der schlechteste Kämpfer unter allen Gekrönten und daher sicherlich nicht für Leander von Interesse. Wieso sollte er mit mir reden wollen? Es machte keinen Sinn, außer er wusste ...
„Bevor ihr etwas sagt", unterbrach Joka meine Gedanken, „Ich habe kein Wort über ihn", er deutete mit einer Kralle auf Nathaniel, „oder andere Regelverstöße gesagt."
„Ich bin also ein Regelverstoß?"
Joka schaute Nathaniel einen Moment lang an, dann nickte er.
„Definitiv."
„Aber wieso sollte er ...", setzte Leo an, ehe er von Joka abrupt unterbrochen wurde.
„Ich habe keine Ahnung, was er von ihm will!", mit verzweifeltem Gesichtsausdruck blieb mein Aufseher stehen und sah mich ernst an, „Ich weiß nur, dass es seine Berechtigung hat, sich deshalb Sorgen zu machen."
Irgendwo neben uns schnalzte jemand missbilligend mit der Zunge. Ich drehte den Kopf und erblickte Nathaniel, welcher uns kopfschüttelnd beobachtete.
„Schiebt ihr jetzt mal nicht so ein Drama", meinte er hörbar unbeeindruckt und kam dann näher, um sich so an meiner Seite zu platzieren, dass er mir eine seiner Hände von hinten auf die Schultern legen konnte,

„Wenn die Krone Lu sehen will, gehen wir doch einfach zu ihr."

„Wir?", Joka lachte auf, „Leander will uns aber nicht dabei haben."

Bei diesen Worten kräuselten sich Nathans Lippen zu einem gemeinen Lächeln.

„Euch vielleicht nicht."

„Sekunde!", Leo wedelte aufgeregt mit den Armen, „Du kannst nicht einfach ..."

„Ihr könnt nicht einfach!", wehrte Nathaniel sofort ab, „Wenn ich will, kann er mich nicht sehen. Euch schon."

„Das ist komplett bescheuert!"

„Leute!!!", Leo und Nathaniel hielten verdutzt inne, als ich mich ärgerlich zwischen sie stellte, „Es wird nicht besser, wenn ihr euch gegenseitig anzickt!"

„Du musst aber zugeben, dass ich Recht habe", gab Nathaniel zu bedenken, wofür er von mir einen giftigen Blick erntete.

„Ich gebe gerade niemandem Recht!"

„Wir haben keine Wahl."

Joka stand beinah mit dem Rücken zu uns, als wir uns zu ihm umwandten. Er starrte verbissen an die Wand und blickte auch nicht auf, während er weitersprach: „Obwohl er es unmöglich wissen kann, möchte ich Lu nicht alleine gehen lassen."

Nathaniel klatschte siegreich in die Hände.

„Ich habe euch doch gesagt, wir werden Freunde."

Gut gelaunt stieß er Leo in die Seite, während ich Joka beobachtete, der nach wie vor unsere Blicke mied. Ich war ihm dankbar. Dankbar dafür, dass er mich anscheinend unterstützen wollte. Denn auch, dass er meinen neuen Namen so einfach hingenommen hatte, sprach dafür, dass er sich für mich einsetzte.

„Wann wollte er mich sehen?", fragte ich Joka, woraufhin dieser mich endlich ansah.

„Jetzt", antwortete er rau und der Ausdruck auf seinem Gesicht wurde noch angestrengter, „Jetzt sofort."

Sichlor

Als Sichlor in dieser Nacht viel zu früh aufwachte, war das Zimmer voller Rauch.
Das war nicht übertrieben, denn er war wirklich überall - dicke schwarze, übel riechende Schwaden, die ihm den Atem und die Sicht nahmen und seine Augen tränen ließen, sobald er es wagte, sie auch nur einen Spalt zu öffnen.
Obwohl er immer noch im Halbschlaf und daher komplett orientierungslos war, rollte er sich hastig von seiner Matratze und landete unsanft auf dem Boden. Sein Körper war noch zu müde und langsam durch den übermäßigen Alkoholkonsum des Vorabends. Auch sein Gehirn wurde gerade erst wach und das viel zu langsam, weshalb es gefährlich lange dauerte, bis er den Ernst der Lage begriffen hatte. Vom Flur aus hörte er Schreie, als er sich so schnell möglich aufrappelte und zu seinem Bogen stolperte. Oder jedenfalls dorthin, wo er diesen vermutete. Denn durch den dichten Rauch war es ihm beinah unmöglich, in dem kleinen Zimmer überhaupt etwas zu erkennen.
Dennoch musste er ihn finden. Das hatte Priorität. Es war egal, wer es war, aber jemand hatte das Gasthaus, in dem er untergekommen war, angezündet und versuchte nun, ihn auszuräuchern. Denn Sichlor

hätte schwören können, dass das nie und nimmer Zufall war.
Man hatte ihn gefunden und nutzte nun seine Schwäche aus.
Blindlings lief er durch den Raum, heftig blinzelnd und den Arm vor den Mund gepresst gegen den Rauch.
Er hörte das Feuer in den Gebalgen fauchen und das ganze Gebäude ächzen, je weiter es von dem gierigen Feuer verschlungen wurde. Die panischen Rufe, Gebete und das Knistern der Flammen füllten seine Ohren.
Als er endlich seinen Bogen fand, packte er ihn und warf sich seinen Köcher mit den Pfeilen über. Alles andere, die übrigen Sachen auf dem Tisch ließ er liegen und eilte in die Richtung, in der er das Fenster zu finden glaubte. Froh darüber, dass er gestern zu müde und außerdem zu paranoid gewesen war, um den Großteil seiner Ausrüstung auch nur für die Nacht abzulegen.
Seine suchenden Klauen erhaschten den Fenstergriff und er riss es auf, zwängte sich hindurch und sprang ohne Zögern nach unten ins Nichts.
Wie von selbst rollte sein Körper sich bei der Landung auf nassem Gras ab und Sichlor schnappte nach Luft, kaum dass endlich ein Hauch frischer Nachtluft seine Lunge erreichte. Beim Umschauen konnte er wieder mehr erkennen als bloß schwarzen Nebel. Obwohl auch draußen vor dem Gasthaus die Luft verdunkelt war von den schweren Wolken des Feuers, das seine Unterkunft mit jedem Lecken der Flammenzungen weiter auffraß.
Langsam stand er auf und richtete seinen Köcher, während er mit finsterer Miene die herumrennenden

Schatten vor sich im Qualm beobachtete. Das waren alles Opfer, so wie er. Was er suchte, war keine panisch umherrennende Horde. Durch den Rauch konnte er sein Ziel bereits entdecken. Die Gestalten standen völlig ruhig da und schauten still schweigend auf das brennende Gasthaus. Jedoch waren sie geblendet vom Licht der Flammen, auf das sie schauten, weshalb sie Sichlor nicht gleich entdeckten, als dieser halb verdeckt von dunklem Rauch auf sie zu kam.

Bedächtig zog er mit der Klaue einen Pfeil aus seinem Köcher und legte ihn auf die Sehne. Dann zog er an und ließ den Pfeil fliegen.

Eine der Gestalten fiel mit einem überraschten Schrei. Unter den Anderen brach ein Tumult aus.

Sie riefen wild durcheinander und deuteten in seine Richtung, doch noch konnten sie ihn nicht sehen und Sichlor hatte bereits nachgeladen. Beim Näherkommen tötete er einen nach dem anderen. Einige versuchten wegzurennen, doch niemand kam weit.

Einer der Männer schrie in Panik und warf sich vor ihm auf die Knie, wobei er flehend die Hände zusammenlegte.

„Töte mich nicht!", schrie er mit von Angst erhöhter Stimme, „Das war nicht unsere Idee! Wir handeln nur im Auftrag!"

Doch das wusste Sichlor bereits.

Als er näher kam, erkannte er in dem Schreienden einen der Männer, wegen denen er seine erste Unterkunftswahl bereits gemieden hatte.

Sie waren ihm also gefolgt.

Sichlor blieb mit gespanntem Boden vor dem Mann stehen und dieser wimmerte angstvoll, als er ihm die Spitze des Pfeils an die Stirn legte.

„Wem dient ihr?", fragte Sichlor unwirsch und funkelte dem Mann mit seinen tränenden und geröteten Augen unerbittlich entgegen.

Der Kniende hob seine leeren Hände und schaute seinerseits zu Sichlor auf. Obwohl er immer noch zitterte, bekamen seine Augen bei der Frage urplötzlich einen irren Glanz und ein wildes Grinsen trat auf sein Gesicht.

„Du weiß wem!", lachte er, „Es gibt nur eine Person, der wir alle dienen sollten! Auch du."

Er versuchte aufzustehen und Sichlor ließ im Bruchteil einer Millisekunde den Pfeil los.

Das Geschoss bohrte sich durch den Schädel des Mannes und dieser sank leblos in sich zusammen.

Sichlors Herz raste. Er wankte zurück und sah sich auf dem Rasen suchend nach weiteren Angreifern um. Doch außer ihm schien niemand mehr da zu sein, bis auf die Toten zu seinen Füßen.

Er hatte es gewusst. Natürlich hatte er es gewusst, aber er hatte es einfach nicht glauben wollen.

Mit einem Mal fühlte er sich so schwach, dass ihm beinah der Bogen aus der Klaue gerutscht wäre, doch er packte ihn nur fester und setzte sich mit schnellen Schritten in Bewegung.

Weg vom Feuer. Weg vom Licht.

Er musste irgendwohin, wo ihn so schnell niemand finden würde.

Das waren seine letzten klaren Gedanken, bevor Sichlor zu Boden geschlagen wurde. Er konnte den Angreifer nicht sehen, doch er stieß ihn mit dem

Gesicht in den Matsch, entriss ihm seinen Bogen und presste ihn ins feuchte Gras, während er ihm den Köcher von der Brust riss.

Sichlor keuchte, dann hörte er das Knacken von brechendem Holz, versuchte, sich freizukämpfen, und verlor schließlich durch einen festen Schlag auf den Kopf, das Bewusstsein.

Seine Glieder erschlafften und er blieb reglos auf dem Rasen liegen, während jemand auch seine Pfeile und die Überreste des zerbrochenen Bogens ins Feuer warf.

Verschwommene Wahrheit

„Bist du bereit?"
Ich nickte. Zwar war das eine Lüge, aber das war in diesem Moment ohnehin unwichtig, denn es gab kein Zurück.
Leander erwartete mich bereits und ich hatte mich längst dazu entschieden, ihm gegenüber zu treten. Wir wussten schließlich nicht, ob das Treffen tatsächlich zum Problem werden würde. Vielleicht hatte die Krone Intentionen, welche uns bisher nicht in den Sinn gekommen waren.
Dennoch war ich aufgeregt. So aufgeregt, dass ich heilfroh darüber war, dass Nathaniel mich begleiten durfte – es sogar sollte.
Der Kristall stand direkt hinter mir und ich sah mich selbst dem Gang zu den Laboren gegenüber, während ich zögerte, ob ich es tatsächlich wagen konnte, diesen zu betreten.
„Was ist?"
Ich drehte mich nicht um, da ich Angst hatte, es könnte zu auffällig sein. Dennoch gab ich Nathaniel eine Antwort – verpackt als Gegenfrage.
„Was machen wir, falls er es weiß?"
„Er kann es nicht wissen."
„Was wenn doch?"
„Kommt darauf an, was er tun würde. Im schlimmsten Fall hauen wir beide zusammen ab."

„Und Leo und Joka?"
„Wenn du willst, nehmen wir sie mit."
Langsam atmete ich aus. Ich versuchte, mir Nathans Unbeschwertheit anzueignen. Seine Art, alles zu betrachten als wäre es nicht behaftet von Problemen. *Es wird nichts passieren*, redete ich mir ein. *Er kann es nicht wissen. Also entspann dich.*
Nathaniel beugte sich langsam zu mir hinunter.
„Ich bin direkt hinter dir", raunte er mir zu und gab mir damit endlich die Kraft, mich in Bewegung zu setzten.
Ich durchquerte den Gang und setzte gerade mal drei Schritte in die Labore hinein, als ich die Krone bereits entdeckte.
Leander kam mit einladend ausgebreiteten Armen zwischen den Maschinen hervor und strahlte mich an. Auf seinem Gesicht lag dasselbe, mitreißenden Lächeln, welches er auch bei der Einweihung zur Show getragen hatte.
„Willkommen!", begrüßte er mich herzlich und machte eine Geste, mit der er mir bedeutete, näher zu kommen, „Ich hatte schon auf dich gewartet."
Zögerlich folgte ich seiner Geste und näherte mich den Kolben mit ihren eigenartig violetten Flüssigkeiten.
Die Labore sahen auf den ersten Blick aus wie am Tag, als ich sie zum ersten Mal gesehen hatte. Doch bei genauerer Überlegung merkte ich, was mich störte. Denn außer mir und Leander lagen sie verlassen.
Ich blieb wenige Schritte vor der Krone stehen und wartete. Worauf, wusste ich nicht genau, aber ich machte mich auf Ärger gefasst, obwohl Leanders gesamte Körpersprache entspannt war. Ich betrachtete

ihn noch eine Weile und schwieg so lange, bis er von sich aus zu sprechen begann.
„Weißt du, wieso du hier bist?", fragte er freundlich.
Ich schüttelte den Kopf.
„Nein."
Das war nicht gelogen, dennoch wirkte Leander fast ein wenig enttäuscht.
„Ich hatte gehofft, du würdest anders antworten", gestand er.
„Wieso?", entgegnete ich möglichst unbeeindruckt, „Was wollten Sie, dass ich Ihnen sage?"
Leander lächelte. Er sah mit einem Mal so ernsthaft amüsiert aus, dass es mich wütend machte.
„Willst du es mir wirklich nicht sagen?", fragte er mit einem hörbar hoffnungsvollen Unterton, „Es würde mir mehr Spaß machen, die Geschichte einmal aus deiner Perspektive zu hören."
„Geschichte?", wiederholte ich fragend.
„Oh ja! Es kommt schließlich nicht alle Tage vor, dass jemand sich ohne meine Erlaubnis auf eine Mission mit schleicht."
Fast hätte ich erleichtert geseufzt. Darum ging es also. Die Krone beschwerte sich über meinen kleinen Ausbruch. Nicht über Nathaniel. Das war ja beinah zu verkraften.
„Ich wusste zu dem Zeitpunkt noch nicht, dass es so ein großes Problem sein würde", behauptete ich bemüht unbekümmert, da ich Leanders Behauptung zwar nicht wörtlich bestätigen, sie jedoch auch nicht abstreiten wollte. Ich rechnete damit, dass die Krone mir meine Lüge ohnehin nicht abkaufen würde, aber – weit gefehlt.
„Davon gehe ich aus", sagte Leander unentwegt lächelnd, weshalb mir seine aufgesetzte Nettigkeit

langsam unheimlich wurde, „Ich würde auch nicht behaupten, dass es ein Problem deshalb gibt."
Jetzt war ich verwirrt. Zögerlich wägte ich ab, was für eine Antwort wohl passend wäre.
„Meine Aufseher sagten mir, es wäre eins", gab ich knapp zurück und Leander verschränkte bedächtig die Hände hinter seinem Rücken. Dabei tat er, als müsste er sich meine Worte genau durch den Kopf gehen lassen, um sich seinerseits richtig auszudrücken.
„Deine Aufseher kennen es nun mal nicht, in meiner besonderen Gunst zu stehen", meinte er schließlich und ich konnte nicht länger etwas dagegen tun, dass meine Augen sich misstrauisch verengten.
„Was meinen Sie damit?"
„Ich meine damit, dass sie noch nicht wissen, wie es ist mit besonderen Privilegien zu leben", erklärte Leander mir bereitwillig, wobei er sich offenbar über mein Interesse zu freuen schien.
„Sie sagen das so, als müsste ich mich dagegen damit auskennen", bemerkte ich.
Leander lachte belustigt.
„Selbstverständlich gehe ich davon aus, mein Junge! Ich sehe schließlich, dass du nicht irgendjemand bist, den es zu behandeln gilt wie alle anderen. Ich sehe doch, dass wir uns ähneln."
„Ich ...", setzte ich an, wobei ich wirklich aufpassen musste, die Krone nicht aus großen Augen anzugaffen, „Sie meinen, wir ähneln uns?"
Zwar kam ich mir dämlich vor, weil ich genau die Worte Leanders als Frage wiederholte, doch verstand ich so wenig, worauf er hinaus wollte, dass ich mir nicht anders zu helfen wusste.
„Aber ja!", Leander hob die Arme in einer Geste der Zustimmung und kam dann hastig zu mir hinüber

geeilt, wogegen ich kurz davon war, vor ihm zurückzuweichen.

„Ehrlich gesagt, würde ich mir das jetzt so nicht anmaßen", murmelte ich gedämpft, als Leander mir bereits seinen Arm um die Schultern schlang und dann mit sich in Richtung der Maschinen zog.

„Oh doch, das solltest du!", widersprach er mir mit einer Überzeugung, die mich kurzzeitig an meinem eigenen Verstand zweifeln ließ, „Als Mitglied der Königsrasse solltest du das sogar unbedingt!"

Bei der Bemerkung versteifte ich mich ungewollt. Wieso sprach Leander plötzlich meine Rasse an? Und wieso pries er sie an, genau wie damals meine Eltern? Er war doch ein Mensch. Er sollte es nicht gut heißen. Nichts von alldem.

Kurz vor einer der Maschinen drehte Leander sich plötzlich um und sah mich mit einem Blick an, der tiefes Verständnis widerspiegelte.

Ich hielt mich davon ab, meine Fragen hinunter zu schlucken, und sagte sie Leander stattdessen direkt ins Gesicht.

„Soll das heißen, Sie haben von mir erwartet, dass ich aus der Reihe tanzen?"

Leander nickte.

„Nichts Geringeres mein Lieber. Denn es ist genau das, was einen wahren Anführer ausmacht! Du solltest akzeptieren, dass kein Weg darum herum führt. Es liegt einfach in unserer Natur."

Ich versuchte mich weiterhin an Gelassenheit und legte nur leicht den Kopf schief, während ich mir unnötigerweise vorstellen musste, was Nathaniel wohl gerade durch den Kopf ging. Denn dass er sich auch nur einen Hauch weniger überrannt fühlte, konnte ich mir beim besten Willen nicht vorstellen.

„Bietest du mir gerade an, deinen Job zu teilen?",
fragte ich gerade heraus und verzichtete diesmal auf
die höfliche Anrede. Angesichts unseres Gespräches
kam sie mir inzwischen etwas übertrieben vor.
„Keineswegs", erwiderte Leander jedoch mit einem
wohlwollenden Lachen, „Ich meine damit nur, dass
ich von Anfang an wusste, dass von dir genau das zu
erwarten war."
„Dass ich mich auflehne?"
„Ja, und es hat mich wirklich gefreut, zu sehen, dass
ich Recht hatte. Demnach", er ließ mich los und
klatschte einmal abschließend in die Hände,
„Geschichte vergessen. Diese kleine Auflehnung von
dir hat mir so gefallen, dass sie dir verziehen sei."
So langsam wurde ich unruhig. Es konnte wohl kaum
Leanders einzige Intention sein, mich zu sich zu rufen,
um mir mitzuteilen, wie sehr er es liebte, Recht zu
haben.
Was er auch tat und sagte, ich glaubte ihm nicht, dass
für ihn damit alles erledigt war.
„Wenn du doch wusstest, dass ich jemand bin, der so
etwas tun würde, dann bist du doch sicherlich auch
davon ausgegangen, dass ich es wiederholen könnte."
Leander horchte interessiert auf.
„Natürlich."
„Und was gedenkst du, dagegen zu tun?", fragte ich
herausfordernd, „Wieso sollte die Situation nach
diesem Gespräch hier, eine andere sein? Ich fühle
mich tatsächlich eher ermutigt."
Auf diese Worte hin schloss Leander für einen
Moment selig die Augen.
„Musik", sagte er leise, „Deine Ehrlichkeit ist Musik
in meinen Ohren."

„Das war nicht die Antwort auf meine Frage", entgegnete ich kühl, denn das Leander nach wie vor so ausgeglichen wirkte, ließ in mir den Wunsch aufkeimen, ihn leiden zu lassen.
„Nein", bestätigte dieser da umsichtig lächelnd, „Das war es nicht. Also, mal sehen ...", er kratzte sich nachdenklich am Kinn, „Wie bringe ich es dir am schonendsten bei?"
„Sag es einfach", forderte ich mit aufgesetzter Geduld in der Stimme, „Machen wir es uns doch nicht unnötig schwer."
„Wie du willst", Leander zuckte beiläufig mit den Schultern, „Meine Antwort ist in diesem Fall ganz einfach, denn nichts anderes würde ein ehrbarer Mann meines Standes im Angesicht von Konkurrenz tun: Ich habe vor, dich aus dem Weg zu schaffen."
Im Bruchteil einer Sekunde hielt der Mann vor mir eine Waffe in der Hand. Es klickte leise und drohend, als er den Abzug hinunter drückte und der Lauf der Pistole zielte direkt auf mich.
Trotzdem rührte ich mich nicht von der Stelle. Denn seltsamerweise verspürte ich keine Angst, sondern nur das Verlangen, die Krone weiterhin auf die Probe zu stellen.
„Hast du etwa Angst vor mir?", fragte ich ungläubig, was Leander jedoch mit einem ärgerlichen Schnauben abtat.
„Richtest du gerade eine Waffe auf mich oder tue ich das dir gegenüber?", keifte er wütend, weshalb ich erneut mein Lachen zurückhalten musste.
Er hatte Angst. *Vor mir.*
Ein Grinsen hatte sich auf mein Gesicht geschlichen, bevor ich es zurückhalten konnte. Nathaniel hatte wieder einmal Recht behalten.

Je weniger Angst ich hatte, desto unerreichbarer fühlte ich mich und je panischer wurde Leander.
Mit Genugtuung konnte ich sehen, dass seine Hand, mit der er die Waffe umklammerte, weiß war vor Anstrengung.
„Worauf wartest du?", fragte ich unbefangen, während mein Grinsen einem friedvollen Lächeln wich, „Willst du noch weitere hundert Gelegenheiten?"
Beim Klang meiner Stimme glaubte ich, zu erkennen, dass Leander blass wurde. Er bewegte zögerlich die Finger, drückte aber nicht ab.
„Ich bin noch nicht fertig", behauptete er zuversichtlich, „Dein Urteil ist noch nicht gefallen."
„Was willst du?"
„Dein Geheimnis."
„Ich habe keins."
„Lügner!"
Leanders Brüllen zerriss die Ruhe mit einem einzigen Schlag. Kurz darauf folgte der Knall.
Ich erwartete Schmerzen - scharfe, schneidende Schmerzen. Ich erwartete sie so sehnlichst und rückhaltlos, dass ich enttäuscht war, als ich verstand, dass diese mir verwehrt bleiben würden. Es dauerte einfach schon zu lange.
Hinter mir spürte ich eine Bewegung, machte mir jedoch nicht die Mühe, mich umzudrehen.
„Schluss mit den Spielchen", zischte Nathan drohend, während er seine Hand öffnete und die Kugel klimpernd daraus zu Boden fiel, „Es reicht."
Er trat einen Schritt näher, bis fast an meine Seite und sein Blick richtete sich starr auf Leander, welcher mit ehrfürchtig geweiteten Augen zurückwich.

„Sie hatten recht", hauchte er kaum hörbar, woraufhin der Glanz seiner Pupillen mehr und mehr blankem Irrsinn wich, „Du bist es."
Aus dem Augenwinkel sah ich, wie Nathaniel bei dem Satz das Gesicht verzog.
„Dann haben deine Sklaven es also schon länger begriffen?"
Leander antwortete nicht mehr. Genau wie ich stand er einfach da und beobachtete den Kristall dabei, wie er langsam auf ihn zu kam.
„Du solltest wissen, dass du dir hiermit keinen Gefallen getan hast", knurrte dieser derweil boshaft leise, bevor er kurz innehielt und über die Schulter zu mir zurückschaute, „Lu", sagte er etwas sanfter, „du solltest jetzt besser gehen."

Nathaniel

Eigentlich war ich schon mein ganzes Leben lang Diener. Das hieß aber nicht, dass ich mich deshalb auch damit abgefunden hatte. Tatsächlich entwickelte meine Akzeptanz sich eher in die entgegengesetzte Richtung und das wurde mir umso bewusster, in dem Moment als Leander versuchte, meinen neuen Meister zu töten.
Hätte er damit Erfolg gehabt, hätte er mir alles genommen, von dem ich zunehmend begriff, dass ich es wollte und brauchte und was der Junge mir gegeben hatte.
Ich hätte dann Leander gehört. Ich wäre sein Besitz gewesen und es war unschwer zu begreifen, dass ich bei ihm wieder nichts als ein einfacher Diener gewesen wäre. Ein Sklave und Spielzeug.
Darauf konnte ich verzichten.
Als ich die Bewegung Leanders zu seiner Waffe gesehen hatte, war meine Magie von einer auf die andere Sekunde aufgekocht wie beim Ausbruch eines Vulkans und wenn Leander oder Lu in einer meiner anderen Wahrnehmungsebenen sehen könnten, hätten sie gemerkt wie die Luft um mich herum, vom Licht der Energie zerfetzt wurde.
Wie flammende Blitze waren die Ausläufe meiner Macht um mich gezüngelt und hatten die Kugel eingefangen, welche für das Herz meines Meisters bestimmt gewesen war.

Das war der Startschuss zu meiner Offenbarung.

Noch während ich mich fragte, ob mein Meister meiner Aufforderung wohl nachkommen würde, tauchten auch schon zwei von Leanders Wachen auf, packte ihn und zerrten ihn von den Maschinen fort in den Gang und damit aus der Gefahrenzone. Und ich ließ es zu. Denn wenn es etwas gab, wobei ich mir momentan sicher war, dann damit, dass die Krone Lus Tod nur dann zulassen würde, wenn sie selbst der Grund dafür sein konnte.
Auch ohne mich groß anzustrengen, sah ich die Anzeichen des Wahnsinns in Leanders schiefergrauen Augen, die ich schon in so vielen Augen anderer Fanatiker zu sehen bekommen hatte. Und doch war bei ihm etwas anders. Er hatte es nicht nur abgesehen auf den winzigen Hauch der Macht des Weltengottes, den ich ihm geben konnte. Für ihn bedeutete ich etwas anderes. Was meine Macht jedoch nicht weniger attraktiv für ihn machte.
Die Mauern hinter Leander teilten sich, als mehrere dunkle Gestalten sich ohne ein Wort von ihm aus den Wänden schälten und an seine Seiten traten.
Die Dämonen hatten eine ähnlich menschliche Gestalt, wie ich sie angenommen hatte. Ihre war allerdings unverkennbar aus den schattenhaften Bändern ihrer wahren Erscheinung geflochten, was sie unstet und surreal flackern ließ.
Mit grimmigem Gesicht ließ ich meine Finger und meinen Nacken knacken, bevor ich mich näherte und meine Magie dabei mit mir trug wie ein Leuchtfeuer aus Hitze in der sonst schlagartig abgekühlten Luft.
Leander wartete noch. Seine Aufmerksamkeit war so vernarrt auf mich gerichtet, dass ich versucht war, ihn

zuerst zu töten. Doch solange er noch seine Leibgarde um sich hatte, war dies leider völlig sinnlos. Ihre Leben gehörten ihm und sie würden für ihn sterben müssen. Zwar wäre es ausreichend grausam gewesen, Leander gleich mehrmals zu töten. Aber die Arbeit wollte ich mir lieber sparen. Denn einen Wiedergeborenen zu töten, war unnötig kompliziert und die Dämonen waren immerhin zu viert.

„Weißt du eigentlich, wie lange ich bereits auf diesen Tag gewartet habe?"

Die Frage Leanders riss mich aus meinen Gedanken und obwohl ich mich nicht für sein fanatisches Geschwätz interessierte, reagierte ich darauf mit einer Antwort.

„Lange – nehme ich an."

Dabei beobachtete ich aufmerksam die Dämonen, welche sich fast unmerklich von ihrem Meister lösten und in Zweiergruppen begannen, mich langsam einzukreisen. Anscheinend ahnten sie, was ich beschlossen hatte, und machten sich daher wenig Sorgen um das Wohlergehen ihres Gebieters. Ich ließ sie gewähren und obwohl meine Hauptaufmerksamkeit auf ihren präzisen Bewegungen lag, richtete ich meinen Blick auf Leander, als dieser erneut zu sprechen begann.

„Jahre", bestätigte dieser nickend meine Vermutung, „Ich habe die Zeit ausgeharrt in dem Wissen, dass es sich bezahlt machen würde und sieh nur, was es mir gebracht hat!"

Er erschauderte vor Freude angesichts der Möglichkeiten, die er mit mir sah.

„Du bist hier."

„Muss ziemlich eintönig gewesen sein so lange zu warten", bemerkte ich trocken, woraufhin Leander jedoch hastig den Kopf schüttelte.
„Aber nicht doch", widersprach er eifrig, „Sieh nur, was ich in der Zeit erschaffen habe! Ich habe Euch Macht gesammelt und ich kann es kaum abwarten, sie Euch endlich anzubieten!"
Ich hätte fast mitleidig gelächelt. Um diese Lügen zu erkennen, hatte ich meine magische Gabe kaum nötig.
„Das ist alles für mich?", fragte ich dennoch mit gespielt erstaunter Stimme und sah mich in dem kleinen Raum mit übertriebener Ehrfurcht um, „Das und alles draußen?"
„Das und alles draußen", wiederholte Leander zustimmend und ich konnte sehen, wie seine zerfressene Seele sich nach dem Klang meiner Worte verzehrte, „Ich habe es für Euch erschaffen und wir könnten nun zusammen darüber herrschen und diese Macht ausweiten bis über alle Landesgrenzen hinaus!"
„Verstehe ich das richtig?", fragte ich nachhakend, „Ich soll es mit dir teilen?"
Leander wurde bleich bei den Worten.
„Natürlich nicht!", verbesserte er sich hastig, „Es gehört alles Euch, aber ich wäre Euch für immer verpflichtet."
„Aber du möchtest vorher meinen Meister töten", bemerkte ich und sah, wie Leanders Augen sich bei den Worten verengten.
„Es würde bedeuten, dass du frei bist!", versuchte er mein Interesse für sich zu gewinnen, „Ich werde dich frei machen! Dieser Junge kann dir das nicht bieten. Aber bei mir bekommst du alles und noch viel mehr! Du könntest mit mir zu deiner alten Macht aufsteigen! Sogar noch weiter."

Lange Zeit sagte ich nichts, außer den gierig
glänzenden Blick Leanders schweigend zu erwidern.
Dann lächelte ich und lauschte dem finalen
Versprechen der Krone, bevor ich antwortete.
„Ich biete dir alles."
„Und ich will nichts von dir."

Ein Vorgeschmack von Macht

Lu, du solltest jetzt besser gehen.
Im ersten Moment hatte ich protestieren wollen, doch die plötzlich aufgetauchten Wachen hatten mich so schnell gepackt, dass ich gar nicht die Zeit bekam, mich zu beschweren als sie mich bereits auf den Gang befördert hatten.
Spätestens jetzt hätte es mit meiner Sorglosigkeit dann auch vorbei sein müssen. Doch das war es nicht. Im Gegenteil. Ich fühlte mich zunehmend besser. Leichter. Und das, obwohl ich deutlich merkte, wie die Wut sich ungehindert in meinem Körper Bahn brach. Eine Wut, die zugleich vor gehässiger Freude überzuschäumen drohte. Denn die Worte Leanders, welche er zuletzt und während des Gesprächs zu mir gesagt hatte, wollten mir einfach nicht mehr aus dem Kopf gehen. Genauso wenig wie das Gefühl, das sie ausgelöst hatten.
Es wollte nicht verschwinden – es wollte wachsen.
Die Wut war ihm dabei kein Hindernis.
Ich hatte gehofft, dass du den Dämon mitbringen würdest, hatte Leander noch gesagt und sich bei mir bedankt, als habe ich ihm damit einen großen Gefallen getan. Er würde noch sehen, was er davon hatte, und ich würde derweil dafür sorgen, dass ich mich von seinen Handlangern befreite. Auch wenn der Kristall wollte, dass ich mich raushielt und es offensichtlich gut fand, dass ich von den Wachen aus der Schusslinie

geschleift wurde, hatte ich nicht vor, als Druckmittel
missbraucht zu werden oder doch meinen Tod zu
riskieren. Obwohl ich mir diesbezüglich momentan
wenige Sorgen machte. Denn soweit ich es verstanden
hatte, wollte Leander mich unbedingt selbst töten.
Das konnte ich ihm nicht verübeln. Jedenfalls nicht,
wenn er darüber Bescheid wusste, welche Vorteile
dieser Mord für ihn hätte und soweit ich die Situation
beurteilte, war ich für Leander lediglich ein Hindernis.
Dieses Wissen machte mich zornig, doch wenigstens,
hatte ich durch ihn etwas wiedergefunden, was mich
wohl noch länger verfolgen würde.
Angst. Eine, die nicht mir gehörte, sondern ihm. Eine,
die ich zu verantworten hatte und eine, deren Präsenz
ich nur zu gerne in mich aufnahm. Denn sie erfüllte
mich mit eben jener boshaften Genugtuung, welche
beim Gespräch mit Leander das Grinsen auf mein
Gesicht gemalt hatte.
Die Wachen zerrten mich ans Ende des Ganges und
ich wappnete mich innerlich für den Versuch, zu
fliehen. Doch mein Plan, den Überraschungsmoment
zu nutzen, schlug kläglich fehl, da die Krieger
anscheinend dieselbe Idee gehabt hatten.
Gerade als ich mich umdrehen wollte, packte mich
eine Klaue grob an der Schulter und presste mich in
der Drehung gegen die Wand, sodass mein Rücken
unsanft dagegen stieß.
Mein Blick zuckte hinauf zu den Augen des Wächters,
welche mich düster anfunkelten, und ich spürte, wie er
seinen Griff zur Warnung verstärkte, bis es weh tat.
Ich versuchte, mich in die Lage von Neuro zu
versetzen – damals als unser Vater ihn vor mir
geschlagen hatte – und blieb einfach ganz still stehen,
den Blick eisern und kalt auf die Wache gerichtet,

während in mir die Genugtuung und die gehässige Freude weiter gediehen. Sie spreizten schwarze Schwingen und ich genoss es, dass diese sich in meiner Brust ausbreiteten und sie füllten. Fast hätten sie das Grinsen erneut auf mein Gesicht gezwungen, doch ich verbarg es hinter einer Maske aus Sturheit.
„Du rührst dich nicht, bis die Krone kommt und diesen Befehl aufhebt", knurrte der Wächter nun, wobei seine Augen, von einem blutigen Rot, mich abzustechen versuchten mit ihrer bloßen und schneidenden Gewaltbereitschaft.
„Was wenn nicht?", fragte ich zurück und starrte auffordernd zu der Wache hoch, da diese mich um mindestens einen Kopf überragte. Was vermutlich auch der Grund dafür war, dass sich in ihre Augen kurz darauf ein belustigtes Funkeln schlich.
„Das willst du nicht wissen, glaub mir", entgegnete ihr Kumpane höhnisch, „Egal, was man dir bei deiner Ankunft erzählt hat – wenn du hier einmal die Gunst verlierst, ist jedes Versprechen nichtig."
Ich hörte der Wache aufmerksam zu, doch mein Blick war nach wie vor auf den Wachtposten vor mir gerichtet, als ich antwortete: „Gut, dass ich eure Gunst nicht brauche."
Bei den Worten verzog die Wache vor mir, den Mund zu einem amüsierten Lächeln.
„Wir werden sehen."
„Hey!"
Der Ruf ließ uns alle aufhorchen und ich wandte überrascht den Kopf in die Richtung, aus der er gekommen war.
Aus einem der Gänge kamen Leo und Joka auf uns zugeeilt. Joka sah besorgt aus und Leo wütend.

„Lasst ihn sofort los!", rief er schon von Weitem und ich spürte, wie der Griff des Wächters erneut fester wurde. Er wandte sich etwas von mir ab, um Leo und Joka im Blick zu haben, doch die eigentliche Arbeit verrichtete sein Kollege, als dieser sich mit einer Waffe zwischen mir und meinen Aufsehern aufbaute.
„Ihr solltet besser wieder gehen, Einheit 9. Hier gibt es für euch nichts zu tun."
„Solange er hier ist schon!", brauste Leo auf, „Er ist unser Schüler!"
„Ihr wurdet soeben aller Pflichten ihm gegenüber entbunden", gab die Wache zwischen Leo, Joka und mir nüchtern zurück, „Ich sage es nur noch ein Mal: Ihr werdet hier nicht gebraucht. Also geht!"
Obwohl ich mich im ersten Moment über die Anwesenheit und die offensichtliche Hilfsbereitschaft meiner Aufseher gefreut hatte, hoffte ich plötzlich, dass diese bei der Warnung des Wachtpostens klein beigeben würden. Denn mit einem Mal wurde ich das aufdringliche Gefühl nicht los, dass es hier für sie nicht sicher war.
„Nein!", knurrte Leo die Wache zwischen uns an, „Ich bleibe hier, bis ich weiß, was los ist oder ihr mir meinen Schüler ausgehändigt habt!"
Als Reaktion auf Leos Weigerung packte die Wache vor mir ihre Waffe fester und ich war mir sicher, dass sie sie benutzen würde, wenn Leo und Joka nicht bald nachgaben.
Ich war kurz davor, sie zu warnen, da meine Aufseher die Anzeichen von Gefahr anscheinend noch nicht ernsthaft zu deuten wussten, doch ich war so benebelt von den Schwingen der Wut und Glückseligkeit, dass ich stattdessen etwas ganz anderes tat.

Einen Augenblick lang fühlte ich noch in mich hinein, als versuchte ich, die unterschiedlichen Gefühle dort drinnen zu verstehen, doch sie verschwammen nur und vermischten sich zu etwas Neuem, dass mir einen überraschten Schauder der Wiedererkennung über den Rücken jagte. Es war so mächtig, dass ich noch kurz zögerte, ob es sich lohnte, es freizulassen, doch eigentlich musste ich mir eingestehen, dass ich genau das wollte.
Die Kälte ergriff von mir besitz – ganz ohne, dass ich sie davon abhalten konnte, doch ich versuchte auch nicht, mich zu wehren. Sie schwappte über mich, wie eine eisige Welle und blieb an mir haften wie Klebstoff. Ganz plötzlich fühlte ich mich so schwerelos wie beim Fall von der Klippe – für einen Moment unabhängig von der Umwelt und allem, was mich an sie band – dann hob ich die Klaue und der Körper der Wache vor mir zerbarst im selben Moment, als die Wand neben mir in Stücke riss.

Nathaniel

Ich stolperte blind durch Asche und Rauch.
An meiner Kleidung klebten Blut und Ruß und in meiner Hand knisterte noch fauchend einer der Energiebälle, dessen Vorgänger ich es zu verdanken hatte, dass mein Spielraum sich inzwischen ein wenig erweitert hatte.
Ich hatte ganz vergessen, wie schön es war, zu kämpfen. Noch dazu, wenn man wusste, dass man gewann und natürlich, wenn man ausreichend Platz hatte. In der riesigen Laborhalle hatte ich meinen Platz zu Genüge genutzt und daher bereits zwei der widerspenstigen Dämonen auf dem Gewissen, welche mich unbedacht angegriffen hatten.
Sie hatten nicht lange gezögert und sich auf mich gestürzt, sobald ich meine Antwort ausgesprochen hatte, und ich hatte den Einen mit einem Schwerthieb enthauptet und den Zweiten mit einem Zacken aus Stein durchbohrt. Daran hatte ich ihn so lange zappeln gelassen, bis seine Gestalt sich aufzulösen begann und der Angriff eines weiteren Dämons mich abgelenkt hatte. Ein Angriff, den ich locker mit einem kleinen, glitzernden Schutzwall abwehrte.
Ich war demnach sehr dezent. Nur der Energieball gegen die arme Wand war vielleicht doch ein wenig übermütig gewesen.
Ich musste mich wohl damit entschuldigen, dass er eigentlich nicht für die Wand, sondern für einen

weiteren Dämon gedacht gewesen war. Doch dieser war meinem Angriff um Haaresbreite entkommen. Als ich draußen im Flur herumfuhr und meine Waffe gegen die zwei übrigen Gegner schwang, wäre mir trotz meiner vorherigen Überlegenheit vor Überraschung und Schreck fast der Griff des Schwertes entglitten. In letzter Sekunde schaffte ich es, dem Angriff eines Dämons auszuweichen und mich abzurollen, um aus der Schusslinie des Anderen zu kommen.
Ich überschlug mich und hörte einen gellenden Schrei, noch bevor ich wieder auf den Füßen war. Doch ich hatte ohnehin nur noch Augen für eine Sache.
Das Bild, welches sich mir beim Zurückblicken zur aufgesprengten Laborwand geboten hatte, war so scharf gestochen, als habe ich es mit einer Kamera von unglaublich hoher Auflösung geschossen.
Dort, wo vorher gewiss noch Mauern und die Tür gewesen sein mussten, war ein gewaltiges Loch, das ohne Zweifel das Ergebnis meines verfehlten Angriffs sein musste. Direkt daneben stand mein Meister sowie vor ihm, ein völlig verstümmelter Leichnam, dessen Blut das halbe Zimmer bedeckte. Eingeschlossen aller, die sich darin befanden.
Da waren Leo und Joka, eine weitere Wache und natürlich Lu selbst.
Er stand mit dem Rücken zur Wand und ich versuchte vergeblich, in ihm den hilflosen Jungen wiederzuerkennen, den ich bei unseren ersten Treffen gesehen hatte. Doch das war nicht möglich und war nicht nur die Folge des vielen Blutes, welches seine normalerweise perlweißen Schuppen bedeckte. Es war insbesondere die des leuchtenden Grinsens auf seinem Gesicht in Kombination mit der Farbe seiner Augen,

welche durch und durch in einem so endlosen Schwarz versunken waren, dass sie vollständig davon verschluckt wurden.
Ich kam kauernd zum Stillstand und hob gerade rechtzeitig den Blick, um Zeuge zu werden, wie die Übrigen von Leanders Dämonen sich in einem Meer schwarzer Schattenschlieren am Boden wanden. Die Magie saugte sie restlos in sich auf und ließ von den Schattenwesen nicht mehr zurück als ein verklingendes Echo ihrer Schreie.
Staunen und Angst durchfuhren mich gleichzeitig und ich richtete mich langsam auf, während das Schwert in meiner Hand nun endgültig meine Aufmerksamkeit verlor und auf dem Steinboden zurückblieb.
„Sieh nur, was ich getan habe!", rief Lu mir von seiner Position aus glücklich zu, während ich mich näherte, „Kannst du glauben, dass ich das war?"
Ich wusste nicht, was ich antworten sollte, und Leo und Joka wussten es anscheinend ebenso wenig. Beide standen noch wie erstarrt an Ort und Stelle und rührten sich auch dann nicht, als ich an ihnen vorbeiging und langsam auf meinen Meister zuhielt. Obwohl jede Faser meines Körpers mich davon nach Kräften abhalten wollte.
Die Art, wie das Schwarz in seinen Augen zu funkeln schien, verunsicherte mich zwar, doch auf den anderen Ebenen war der Anblick noch viel schlimmer. Denn dort endete die Welt bei ihm. Sie zog sich zusammen und verschwand in einem so undurchdringlichen dunklen Nebel, dass nicht zu erkennen war, wie tief dieses Loch war und wie viel es verschluckte.
„Ich habe es mit Absicht getan", hörte ich Lu vor mir sagen. Er war inzwischen sehr viel näher – nur noch

wenige Schritte von mir entfernt und ich spürte die Kraft, die von seiner magischen Aura ausging jetzt so deutlich, dass ich nicht mehr leugnen konnte, dass und woher ich sie kannte.

„Lu", begann ich eindringlich, woraufhin sich sein Blick augenblicklich auf mich heftete, „Das ist genug. Fang sie wieder ein."

Ich sagte die Forderung in der Hoffnung, dass ein, vom Rausch der Magie unberührte Teil in ihm mich verstehen würde, doch zu meiner Beunruhigung schüttelte mein Meister bloß den Kopf.

„Nein. Ich bin noch nicht fertig."

Lu drehte sich um, steuerte zielsicher auf Leanders Labore zu und betrat diese über die verbliebenen Trümmer der gefallenen Wand, weshalb ich ihm nur schweigend folgte.

Vor uns stand Leander. Das Leuchten in seinen Augen war Erkenntnis gewichen und einen Moment lang verspürte ich fast etwas wie Mitleid. Denn es war nicht oft, dass Fanatiker sich eingestanden, einen Fehler begangen zu haben. Doch ich konnte nicht. Mein Mitleid war noch nie sehr ausgeprägt gewesen und es wollte auch jetzt nicht reichen, um mich schlecht fühlen zu lassen.

Wortlos beobachtete ich, wie mein Meister sich dem Mann mit sicheren Schritten näherte, bis dieser in Panik zurückwich. Derweil sah ich ehrfürchtig auf die Stränge dunkler Magie, welche den Raum ausfüllten wie gewaltige Tentakel.

„Warte!"

Ich blickte mit schief gelegtem Kopf zu Leander und bemerkte dabei überrascht, dass Lu tatsächlich stehen geblieben war.

„Wenn du mich tötest, wirst du alles verlieren!"

„Ist das so?", fragte Lu gelassen. Seine Stimme war ruhig und klang so unbekümmert, dass mir nicht gleich auffiel, welchen Fehler Leander mit diesen Worten begangen hatte.

„Meinst du etwa, du könntest dann deine ganzen Versprechen nicht mehr einlösen, die du mir gegeben hast?"

Die Frage hörte sich zu freundlich an. Sie war eine Maske. Doch auch das erkannte ich zu spät.

„Meinst du, ich könnte dieses wundervolle Zuhause dann verlieren, dass du mir gegeben hast?"

Während Lu sprach, wurde seine Stimme immer lauter, doch Leander antwortete nicht mehr.

„Meinst du, ich könnte wieder auf mich selbst gestellt sein und die Gunst verlieren, an die ich schon immer gewöhnt bin!?"

Auf die Worte folgte ein schier endloses Schweigen, von wenigen Sekunden, das mein Meister schließlich dadurch brach, dass er sich selbst eine Antwort gab: „Natürlich würde ich das, wenn denn je etwas von all dem wahr gewesen wäre. Aber das war es nicht. Egal, was du gesagt hast, es waren immer nur Lügen!"

Mit einem Mal war da nur noch Wut. Ich spürte sie förmlich und sah, wie sie sich Bahn brach, als die Schattenschlieren in die Wände einschlugen und diese mit einem Geflecht dunkler Adern überzogen. Dann ging alles wieder furchtbar schnell. In einem Moment stand Leander noch auf seinen Füßen, im nächsten würgte er und ging Blut spuckend zu Boden.

Ich wollte auf Lu zu gehen, doch eine Woge dunkler Magie packte mich vorher und riss mich rückwärts gegen die Mauern.

Keuchend sank ich daran zu Boden. Meine Magie flackte wie ein erlöschendes Teelicht und mir war

kurz so schwindelig, dass ich einige Sekunden nicht scharf sehen konnte.
In einiger Entfernung hörte ich Lu weiter auf Leander einreden.
„Weißt du, wie es ist, ständig belogen zu werden?", fragte er leise und als ich den Kopf hob, konnte ich sehen, dass Lu vor Leander in die Hocke gegangen war und ihn nun auf Augenhöhe musterte.
„Wenn selbst deine Familie dich wie Dreck behandelt?"
Ich hörte Leander husten und stemmte mich hoch, was unerwartet stark schmerzte und mich fast wieder in die Knie gezwungen hätte. Aber ich ignorierte es und stolperte erneut auf Lu zu, während dieser zu flüstern begann.
„Soll ich dir ein Geheimnis verraten?", fragte er und grinste, „Ich habe meine eigenen Eltern getötet und rate mal, was ich mit dir machen werde ..."
In diesem Moment warf ich mich auf ihn. Wir gingen beide zu Boden und ich packte seine Arme so fest, dass Lu zwar wütend aufschrie, sich jedoch nicht losreißen konnte. Er wehrte sich schimpfend und fluchend und ich schrie auf, als bei seinen Worten scharfer Schmerz durch meinen Körper zuckte.
„Lass mich los!", brüllte er mich immer wieder an und schien sich nicht darum zu scheren, dass jeder der Befehle mir weitere Messer durch den Körper rammte, doch ich gehorchte nicht.
Wie aus Protest verstärkte ich meinen Griff noch und mein Blick glitt kurz zu Leo und Joka, dann holte ich tief Luft, sammelte meine verbleibende Kraft und teleportierte.

Lienora

Lienora saß auf dem Bett ihres Zimmer in Lyngs
Unterkunft und starrte stumm vor sich ins Leere.
Neben ihr saß genauso still ihr alter Lehrmeister und
versorgte behutsam ihre zahlreichen Wunden.
Es brannte ein wenig jedes Mal, wenn er sie berührte.
Lienora achtete gar nicht darauf. Sie hatte Glück, dass
sie mit dem Leben davon gekommen war, doch das
stimmte sie nicht fröhlicher, denn sie hatte in jeder
Hinsicht versagt, in der sie hätte versagen können.
Sie war nicht nur voreilig und unsauber bei der Arbeit
gewesen, sondern war obendrein im Kampf besiegt
worden.
Der Gedanke, dass deshalb all die Jahre, in denen sie
sich abgemüht hatte, eine andere Rolle einzunehmen,
Verschwendung sein sollten, war so schmerzhaft, dass
Lienora am Liebsten laut schreiend aufgesprungen
wäre und etwas zertrümmert hätte. Doch das tat sie
nicht und zwang sich dazu, ihre Wut, ihren Frust und
ihre Verzweiflung im Zaum zu halten.
Ihre Kehle war so eng, dass sie kaum Luft bekam,
aber sie atmete ruhig und langsam, sodass es Zeiten
ihrer alles umfassenden Starre ausreichte, um sie bei
Bewusstsein zu halten.
An ihrer Seite spürte sie Lyngs beruhigende Magie,
die bei jeder seiner kurzen Berührungen in kleinen
Mengen ihren Körper durchströmte, doch selbst sie

schaffte es nicht, Lienora besser fühlen zu lassen. Sie erreichte sie zwar, aber nur so lange, dass es für einen winzigen Hoffnungsschimmer reichte. Danach stürzten sich Ruhe, Vergebung und alles, was Lienora sonst gebraucht hätte, ebenfalls in den tiefen Abgrund, in dem sie sich eingeschlossen hatte. Ein Ort, dessen Schlüssel sie unter den Haufen Angst, Enttäuschung und Hass geschoben hatte, der ihr als einzige andere Stimme dort unten Gesellschaft leistete.
Möglicherweise sollte sie es ja als Kompliment sehen, dass Leander selbst nach drei Jahren nicht aufgehört hatte, ein Auge auf sie zu haben. Andererseits hatte sie eben genau dies nicht erkannt und sich von ihm eiskalt täuschen lassen. Sie hatte sich in falscher Sicherheit gewiegt und dafür fast mit ihrem Leben bezahlt sowie mit allem, was sie sich in den drei Jahren bei den Gekrönten erkämpft hatte.
Damit war ihre Mission offiziell gescheitert, denn auch wenn sie wusste, dass Lyng es nie laut ausgesprochen hatte, war ihr die ganze Zeit über klar gewesen, dass er sich insgeheim von ihr erhofft hatte, ein Auge auf die Welt zu sein, dass er selbst nicht sein konnte.
Das erste Mal, als sie den Gedanken gehabt hatte, war bei einem Gespräch abends auf ihrem Zimmer gewesen, wenige Tage bevor sie sich dazu entschieden hatte, Lyngs Lehre zu beenden und sich eigenständig den Weiten der restlichen Welt zuzuwenden.
Während sie auf ihrer Matratze gesessen hatte und mit ihrer Magie kleine heraufbeschworene Wassermengen zum Zeitvertreib durch die Luft dirigiert hatte, hatte er beim Durchlesen eines ihrer letzten Testergebnisse scheinbar zusammenhangslos erwähnt:

„Es gibt einige, die nach Leuten wie uns suchen. Nach ihren Kräften. Das gab es schon immer. Aber es geschieht dennoch nie aus den gleichen Gründen."
Lienora hatte nichts dazu gesagt, doch seitdem hatte sie sich gefragt, ob ihr Lehrer gewusst hatte, dass es sie schon immer nach draußen gezogen hatte und ob er sie mit den Worten einfach hatte warnen wollen. Oder aber, ob er ihr damit einen Denkanstoß geben wollte, um einer Theorie nachzugehen, die er selbst nie ausformuliert hatte.
Lienoras Blick schweifte wie von selbst zu Lyng, der nach wie vor, vorsichtig und konzentriert ihre Wunden reinigte und heilte, bis von ihnen kaum mehr übrig war als blasse Narben, die ebenfalls mit der Zeit verschwinden würden. Während er arbeitete, konnte Lienora deutlich, wie auch früher schon, die hell leuchtenden Fäden purer Energie beobachten, welche im Rhythmus von Lyngs sich bedächtig bewegenden Klauen um ihren Körper tanzten, um ihn zusammenzunähen, als wäre auch er nicht mehr als ein hier und da zerrissenes Stück Stoff.
Für einen Moment war sie wieder ein kleines Mädchen und so berührt und gefesselt durch die Schönheit des Lichtes, dass sie intuitiv eine Klaue nach einem der feingliedrigen Fäden ausstreckte. Er wickelte sich sofort liebkosend darum und sie lächelte traurig, während sie ihm beim Spielen zusah.
„Wusstest du es?", ihre Stimme war klar und zitterte kein bisschen, obwohl die Frage sie an Überwindung nicht mehr hätte kosten können, „Oder hast du mich gehen lassen, weil du dir unsicher warst?"
Sie schloss die Klaue und das kleine Licht löste sich darin auf. Lienora hob den Kopf und suchte den Blick

ihres ihres Lehrmeisters, doch dieser hatte noch nicht von seinem Tun aufgeschaut.

„Du hast immer gesagt, dass es ganz normal sei, wenn jemand nach unserer Kraft sucht und dass sich nur die Gründe für die Suche unterscheiden, aber ... wie normal ist es wirklich, Lyng? Wissen wir nicht alle, wieso es normal geworden ist?"

Sie senkte den Kopf und sah hinab auf ihre nun leeren Klauen. Das Licht darin fehlte ihr plötzlich und sie hatte schon fast die Hoffnung aufgegeben, dass Lyng ihr antworten würde, als dieser plötzlich unerwartet zu sprechen begann.

„Ich wusste es nicht, aber ich hatte eine Vermutung", sagte er ruhig, wobei seine heilenden Klauen mit Hilfe der Magie auch Lienoras letzte offene Wunde langsam verschlossen.

Fragend blickte sie auf und bekam daher mit, wie ihr Lehrer für einen Moment die Augen schloss und kaum merklich den Kopf schüttelte, ehe er leise noch einige Worte murmelte: „Dass es so schlimm ist, hätte ich trotzdem nie zu träumen gewagt."

„Was meinst du?", fragte Lienora diesmal mit vor Furcht und Trauer halb erstickter Stimme, denn auch wenn Lyng eigentlich niemals die Stimme hob, war es doch so, dass er vor allem nie flüsterte. Das tat er nur, wenn ihn etwas so sehr bedrückte, dass er es einfach nicht über sich brachte, es lauter in die Welt zu setzen, und sie hatte es das letzte Mal gehört, als er über seine Schwester gesprochen hatte. Seine Schwester, die der Krieg mit sich genommen hatte. So wie auch Lienoras Eltern und den Großteil ihrer Freunde.

Der Krieg hatte sie so viele gekostet und die Wenigen, die er verschont hatte, mied sie dennoch, da sie alle einen anderen Weg gewählt hatten, um mit dem

Schmerz umzugehen und es in ihrem keinen Platz für Vergangenes gab.

Das klang vielleicht hart, doch ihr letztes Gespräch mit Sichlor hatte ihr nur deutlich gezeigt, wie wichtig diese Entscheidung für sie gewesen war. Er hatte seine Art, es zu bewältigen – sie die Ihre.

Als Lyng merkte, dass sie nichts mehr sagte, schaute er endlich auf. Er hatte seine Arbeit beendet und die Fäden leuchtender Energie zogen sich lautlos in seine Klauen zurück.

Als sie es mit ansah, hatte Lienora einen Moment lang das Gefühl als leuchtete Lyngs Körper an den Stellen, wo unter den Schuppen die Bahnen der Adern und übrigen Blutgefäße lagen, kurzzeitig auf. Doch bei genauerem Hinsehen, war der Eindruck auch schon wieder verflogen.

„Natürlich hast du recht. Ich wusste, dass die Suche nach Magie erst mit Einbruch des Krieges so präsent wurde und diese Verbindung bis heute besteht, aber ich dachte, es müsse vielleicht noch eine Andere geben. Ein neues Denken. Ich hoffte, diese Welt würde vielleicht verstehen, was sie das Alte gekostet hat."

„Und denkst du jetzt immer noch, dass sie es begriffen hat?"

Lyng sah sie eine lange Zeit nur an, ohne ein Wort zu verlieren. Schließlich antwortete er nur: „Es ist beeindruckend, wie wenig die Lebenden aus ihren Fehlern lernen können."

„Aber wieso?", Lienora rang die Klauen, „Was ist ihr Antrieb?"

„Wenn weder ich noch du uns getäuscht haben und wenn deine Informationen von Sichlor wahr sind, hast du dir die Frage bereits selbst beantwortet. Denn dann

kannten wir die Antwort längst. Ihr Antrieb ist derselbe wie vor dem Krieg."
Lienora versuchte, etwas zu sagen, doch ihr wollten einfach keine Worte mehr einfallen. Sie schaute Lyng nur an und sein Blick begegnete ihrem mit einer Mischung aus Kummer und Verständnis. Der Ausdruck darin hatte wie so oft etwas Väterliches, obwohl er gar nicht viel älter war als sie und spendete Lienora trotz allem Trost und etwas, was es ihr möglich machte, zu begreifen, dass sie nicht alleine war mit ihrer Sorge.
„Ich weiß, dass du viel im Krieg verloren hast", sprach Lyng langsam weiter, „Ich habe auch Angst, es könnte von vorne Beginnen, aber wir können möglicherweise gar nichts dagegen tun, außer darauf gefasst zu sein. Ich habe die Welt und die Entwicklung der einzelnen Mächte beobachtet, so weit es mir möglich war und natürlich gab es Unruhen, aber meist waren die letzten Jahre eine Zeit des Friedens, von der ich gehofft hatte, dass sie sich länger halten würde. Und doch scheint es so, als sei sie nun am Zerbröckeln", er seufzte tief und sah sie ernst an, „Ich hätte dich gehen lassen, wann immer du gewollt hättest und als du sagtest, du wollest nach Ivers zu Leander und den Gekrönten, war ich dennoch versucht, dich hierzubehalten oder es dir wenigstens auszureden. Aber ich habe es nicht getan. Ich habe dich gehen lassen, da ich schon lange mehr darüber erfahren wollte, was dieser Mensch tut und weil ich das Gefühl hatte, dass du mir diese Antworten gerne geben möchtest."
Überrascht blinzelte Lienora ihren alten Lehrmeister an.
„Was wusstest du über Leander?"

„Zu meinem großen Bedauern sehr wenig. Ich weiß nur, dass ich das erste Mal als ich von ihm und seiner Einrichtung gehört habe, dachte, er würde sich all das aufbauen, um tatsächlich so etwas wie eine neue Einung zwischen Menschen und Drachen zu bewirken. Je öfter ich aber gemerkt habe, wie er der Magie hinterherlief – gleich einem blutrünstigen Raubvogel bei der Jagd seiner Beute – desto unsicherer wurde ich mir. Dass er tatsächlich ein Fanatiker sein könnte, habe ich nicht vermutet. Ich habe wohl zu sehr gehofft, der Krieg hätte seine Lehre unmissverständlich verbreitet."
Lienora, die während Lyng gesprochen hatte, in dem Bett immer weiter in sich zusammengesunken war, schwieg. Auch sie hatte das nicht geglaubt. Zwar hatte sie vorher nie wirklich etwas über Leander gehört und später hatte sie ihn als etwas zu übermütig gesehen bei der Ausführung eines Plans, von dem sie nicht sagen konnte, ob er gut gemeint oder heimtückisch war bis tief in den Kern. Doch auch ihr war Leander immer ein Rätsel geblieben. Zum Einen weil Drachen sich unter ihm zum ersten Mal unter die Herrschaft eines Menschen begaben. Zum anderen hatte sie den Grund, wieso er nach der Magie so verzweifelt suchte, nie gebreifen können. Leander war immer so damit beschäftigt gewesen, vielen scheinbar verlassenen Seelen ein Zuhause zu geben, dass sie sogar zeitweise, wenn die Bedenken verflogen, versucht gewesen war, sich ihm zu offenbaren, um seinen Antrieb zu erfahren und ihm etwas zurückzugeben, für das, woran er so lange gearbeitet hatte.
Wie sie nun wusste, wäre dies ein fataler Fehler gewesen. Denn die Wahrheit war, dass er sie die ganze Zeit über getäuscht hatte und sie niemals mehr zu

Gesicht bekommen hatte von ihm und dem Prinzip seiner Einrichtung als die Dinge, von denen Leander es gewollt hatte.
Neben ihr begann Lyng wieder zu sprechen: „Ich dachte, du wärst die Beste. Ich habe geglaubt, dass wenn es jemand schaffen würde, bei einem derartigen Vorgehen Erfolg zu haben und unverletzt davon zu kommen, du das wärest. Es tut mir leid, wenn ich damit einen Fehler gemacht habe."
Bei diesen Worten hob Lienora ruckartig den Kopf und sah ihn fest an.
„Ich bin die Beste", sagte sie deutlich, wobei sie darauf achtete, dass ihre Haltung so stramm war wie sie es sich bei den Gekrönten und früher im Krieg angewöhnt hatte, „Und nein, du hast keinen Fehler gemacht, denn es war allein meine Entscheidung. Du hättest mich ohnehin nicht aufhalten können. Ich wollte mehr über diese Welt wissen, genau wie du. Ich habe nach den Beweggründen der Mächte suchen wollen, weil ich vorbereitet sein wollte. Denn du hast recht. Wir können nicht alles verhindern, was geschieht, aber wir können uns darauf vorbereiten! Ich war damals die Beste und ich werde auch weiterhin die Beste sein. Leander war schließlich nur ein Problem. Ein Puzzleteil. Das Feld reicht viel weiter. Wir wissen gar nichts und ich habe vor, das zu ändern!"
Sobald sie den letzten Teil ihrer Ansprache beendet hatte, sah Lienora, wie auf das Gesicht ihres Lehrers ein sanftes Lächeln trat. Zuerst war sie sich nicht sicher, ob sie ihren Standpunkt deutlich genug gemacht hatte, doch Lyng wischte diesen Irrglauben mit seinen nächsten Worten mühelos fort.

„Ich habe nie daran gezweifelt", sagte er und berührte sie so sanft an der Klaue, dass Lienora endlich die Augen schloss und sich seinem Frieden für diesen Augenblick völlig ergab, „Ich hoffe bloß, du weißt, dass du dein Bestes gegeben hast."
In sein Lächeln schlich sich etwas Verschmitztes, als er ihren gekränkten Blick bemerkte.
„Damit meinte ich nicht, dass es auch in Zukunft dein Bestes gewesen wäre."
An Stelle einer Antwort stieß sie ihm unsanft den Ellbogen in die Seite und er lachte sein warmherziges Lachen, das noch so viel tiefere Wunden heilen konnte.

Animosa

Es war eine friedliche, sternklare Nacht.
Eine von der Sorte, in der laute Geräusch einem fremd erscheinen und nur das leise Rauschen der Natur die Luft erfüllt.
Nur wenige Wolken zogen entlang des dunkelblauen, fast schwarzen Himmels in dem hunderte kleine Punkte glitzerten und der Mond sich als wachsames Auge über die Welt erhoben hatte.
Kein Lebewesen war zu entdecken, bis auf zwei Wanderer, die ihren Weg entlang einer Straße bis zu einem kleinen Aussichtsplatz an der Kante eines Berges beschritten.
Sie sprachen nicht miteinander, sondern schauten hinaus in die Weiten der Nacht. Lauschten und genossen die Stille rings herum.
Erst an einer Weggabelung kurz vor dem eigentlichen Ziel blieb die Frau stehen und blickte seufzend hinunter ins Tal, in dem einige Lichter kleiner Siedlungen versuchten, den Sternen ein Nachbild zu sein.
„Ist es nicht wundervoll?", flüsterte sie, den Kopf an die Schulter ihres Begleiters gelegt, der ebenfalls stehen geblieben war, „Es ist alles so friedlich."
„Oh ja", bestätigte der Mann leise und streichelte seiner Frau dabei sachte den Rücken über der dicken Winterjacke, „Es ist traumhaft."

Dann standen sie wieder einige Minuten stumm da und ließen nur den Anblick auf sich wirken. Denn die Nacht war ausgesprochen romantisch und das fühlten sie mit jedem Moment intensiver, den sie nutzten, um den Himmel über sich zu betrachteten. Den Himmel mit seinen funkelnden Lichtern, den wenigen Wolken und dem Mond, dessen Schein den Weg – wenn nicht von Baumkronen verborgen – in einen sanften, silbernen Glanz tauchte.
Erst als ein kühler Wind aufzog, drehte die Frau den Kopf und schaute hinab in den Weinberg. Dorthin wo der zweite Weg mündete, welchen sie nicht gekommen waren.
Sie blinzelte und ihr Mund formte langsam ein stummes *Oh*.
„Sieh nur", wisperte sie und da ihr Mann nicht gleich reagierte, rüttelte sie an seinem Arm und zeigte mit einem behandschuhten Finger auf den Weg, welcher sich nach einer Biegung in Dunkelheit verlor.
Der Mann murmelte etwas Unverständliches und versuchte, die Frau zu küssen, aber diese deutete nur weiterhin energisch auf den schmalen Weg.
„Nun guck doch!", wiederholte sie und diesmal folgte der Mann ihrem Blick.
Seine Augen weiteten sich überrascht, dann sah er sie an und sie nickte bestätigend.
„Da ist ein Kind", hauchte er fassungslos und warf erneut einen Blick in die angedeutete Richtung als hoffte er, sich verguckt zu haben.
Doch das hatte er nicht.
Das weiße Kleid des Mädchens wallte leicht im Wind und ihre schwarzen Haare rahmten ihr kleines, schmutziges Gesicht ein. Es stand kurz vor der

Biegung und sah ebenfalls zu ihnen hinauf, ohne sich von der Stelle zu rühren.
Die Frau machte einen Schritt in die Richtung des Mädchens, doch der Mann hielt sie zurück.
„Tu das nicht", bat er sie, „Das gefällt mir nicht."
Daraufhin lächelte die Frau nur und ergriff liebevoll seine Hände.
„Es ist doch nur ein Kind", widersprach sie, „Wir können nicht einfach nichts tun. Warte hier. Ich werde bloß einmal *Hallo* sagen."
Sie ließ seine Hände los und bewegte sich vorsichtig auf das Kind zu, um es nicht zu erschrecken.
Beim Näherkommen versuchte sie, das Gesicht des Mädchens zu erkennen, doch es hatte den Kopf gesenkt und die schwarzen Haarsträhnen fielen so, dass ihre Züge unsichtbar im Schatten verborgen lagen. Kurz vor dem Kind verlangsamte die Frau ihren Schritt zögerlich und ließ sich Zeit, die zierliche Erscheinung einmal eingehend zu betrachten.
Das Kleid des Mädchens war zerrissen und sie hatte die Hände zu Fäusten geballt. Ihre Füße waren bloß und die Haut an einigen sichtbaren Stellen blass und schmutzig. Sie hatte die Schultern etwas angezogen, rührte sich aber nach wie vor nicht vom Fleck, weshalb die Frau sich mit einem liebevollen Lächeln zu ihr hinunter beugte.
„Hallo, Kleine", versuchte sie beruhigend auf das Kind einzureden, „Was machst du denn noch so spät hier draußen? Und dann auch noch alleine. Dir muss doch furchtbar kalt sein."
Sie unterbrach sich und lauschte hoffnungsvoll auf eine Antwort, doch das Mädchen gab keinen Laut von sich, hielt den Kopf gesenkt und verharrte bewegungslos.

Die Frau fasste sich ein Herz und streckte die Hand behutsam nach der Schulter der Kleinen aus. Genau in dem Moment, in dem sie selbst von hinten gepackt wurde.
Erschrocken zuckte sie zusammen und drehte sich halb um, nur um direkt in die vertrauten Augen ihres Mannes zu schauen, in denen sich Sorge und Entschlossenheit vereint hatten.
„Tu das nicht", bat er fest und drängend, „Wir sollten jetzt besser gehen." Dabei warf er immer wieder flüchtige Blicke auf das Mädchen, welches weiterhin nicht reagierte.
Ein verständnisvolles Seufzen entfuhr den Lippen der Frau und sie legte ihrem Mann für einen Augenblick sanft eine Hand an die Wange, während ihr Blick tief in seine, im Dunkeln nachtschwarzen Augen tauchte.
„Es gibt keinen Grund zur Sorge, Schatz", hauchte sie dicht an seinem Mund und strich dabei mit ihrem Daumen so zärtlich über seine Schläfe, dass er kurz flatternd die Augen schloss, „Sie ist bloß ängstlich. Ich will sichergehen, dass wir nicht helfen können."
Mit diesen Worten wandte sie sich wieder von ihm ab und kniete sich vor dem Mädchen auf den Boden, ehe er sie erneut zurückhalten konnte.
Sie öffnete den Mund, um zu sprechen, doch die Worte blieben ihr im Hals stecken, kaum dass sie das breite Lächeln sah, mit welchem das Mädchen sie nunmehr auf Augenhöhe betrachtete.
Es hatte den Kopf gehoben und ihre Augen verströmten ein unnatürliches grünes Licht, sodass sie an Öffnungen von Becher voll purem Gift erinnerten. Ein Eindruck, der zusätzlich durch das hungrige, verlangende Glänzen verstärkt wurde, dass tief aus ihrem Inneren herauskroch.

Absolute Stille verschluckte jeden Laut, welcher die Nacht bis eben am Leben gehalten hatte. Die Frau gefror mitten in der Bewegung und das Lächeln des Mädchens wurde breiter bis ihr Mund Reihen von spitzen, raubtierähnlichen Reißzähnen entblößte. Erst dann stieß die Frau einen schrillen Angstschrei aus und strauchelte zurück, genau in dem Moment, in dem das Kind sich auf sie stürzte.

Es krallte sich an ihren Rücken und seine Finger wuchsen im Bruchteil einer Sekunde zu langen tödlichen Klauen, mit denen es sich im Fleisch der Frau festkrallte. Dann öffnete es den Mund und schlug die Zähne in den Hals seines Opfers.

Die lauter werden Schreie wurden ein ersticktendes Gurgeln und es dauerte nicht lange, bis beide Körper mit einem dumpfen Aufprall zu Boden gingen. Dort wand sich die Frau zuckend im verzweifelten Überlebenskampf, doch nach wenigen Sekunden erschlafften ihre Glieder bis sie still und reglos in einer Lache aus ihrem eigenen Blut zum Liegen kam.

In diesem Moment hatte der Mann sich endlich von seinem Schock erholt. Mit einem letzten entsetzensstarren Blick auf das Mädchen und seine tote Frau drehte er sich um und rannte.

Seine Schreie hallten laut durch die unnatürlichere Stille, welche die Szenerie beherrschte, doch es dauerte nicht lange bis das Mädchen ihn ebenfalls erreicht und auf grausame Art zum Verstummen gebracht hatte.

Eine beinah friedliche Ruhe kehrte ein, die trügerisch flüsterte, dass nichts passiert sei und die Welt sich bloß nicht sorgen brauchte. Ja, für einen Moment schien es fast so, als sei der Spuk vorüber bis auf einmal helles Scheinwerferlicht auf das im Blut kauernde Mädchen fiel und es dazu brachte, erneut den Kopf zu heben.

Animosa grinste, während sie vom leblosen Körper ihres letzten Opfers sprang und sofort auf die Straße zu rannte. Das Licht der Autoscheinwerfer ließ ihr schwarzes Haar nass und ölig glänzen und durch die Scheiben der Fenster, erkannte sie genaustens die erschrockenen Gesichter der Sitzenden, doch ihre Furcht war für sie ein Ansporn.
Mit wilder Freude sprang sie auf das Gefährt und schlug ihre Krallen durch die Wucht der Landung tief in die Motorhaube, bevor sich den Mund aufriss und den leuchtenden Blick ihrer grünen Augen direkt auf den Fahrer richtete. Wissend, dass sie gewonnen hatte. Der Mann riss vor Schreck das Lenkrad herum und verlor die Kontrolle über seinen Wagen, sodass dieser in voller Fahrt gegen einen Baum krachte.
Ein letztes Flackern der Scheinwerfer, dann umfing sie die vollkommene Stille und Dunkelheit der Nacht.

Epilog

Violette Flüssigkeit tropfte aus den Überresten der gesplitterten Kolben und bildete Pfützen aus dem geschundenen Boden.

Alles war verbrannt, zersprengt, zersplittert, blut- und chemikalienverklebt. Neuro stand inmitten der Labore und blickte auf ein Werk der Verwüstung.

Er wusste nicht genau, wie er sich das Lager des Wissenschaftlers vorgestellt hatte, doch diesem Anblick entsprach es nicht.

Leander hatte ihn unmöglich kommen sehen können und auch was übrig war von dem, was wohl sein Werk gewesen war, sah nicht so aus, als hätte der Wissenschaftler die Zerstörung daran selbst zu verantworten. Dafür war diese zu willkürlich, zu unsauber. Einer der Kolben war nicht mal zerbrochen. Die violette Flüssigkeit warf darin zähe Blasen, als wäre nichts geschehen.

Neuro sah sich um. Weiter hinten in den Fluren warteten seine Leute und suchten nach Zeichen von Leben, doch tief im Inneren wusste Neuro bereits, dass alles, was sie finden würden, nicht das war, was er suchte.

Der Wissenschaftler war nicht hier. Und falls Riley es je gewesen war, war er es auch nicht mehr.

In tiefer Ruhe ging Neuro in die Hocke und hob vom Boden einen herumliegenden Steinbrocken auf. Er wog ihn einen Moment in der Klaue ab, während er sich vorzustellen versuchte, was hier wenige Tage zuvor passiert war. Er wusste es nicht.

Es trieb ihn in den Wahnsinn, aber es könnte alles sein. Von einem gut durchdachten Trick bis hin zu einer Vermutung, die Neuro nicht mal in Gedanken durchleben wollte.

Für eine ganze Minute starrte er unbewegt auf den Stein in seiner Klaue. Dann holte er plötzlich aus und schleuderte ihn mit aller Kraft gegen das Glas des letzten Kolbens.

Danksagung

Es fühlt sich so an, als hätte ich dieses Werk aus den Gedankenkonstrukten all derer gesponnen, die bisher an meinem Leben einen Anteil hatten.

Dieser Anteil mag mal kleiner, mal größer, mal entscheidender, mal weniger tragend gewesen sein, doch sie alle haben mich beeinflusst, ausgemacht was ich bin, fühle und mir wünsche.

Wir alle gehen durchs Leben ohne einen wirklichen Plan. Manch einer bildet sich vielleicht zeitweise ein, einen zu haben, doch am Ende stellen auch diese fest: Wir hatten nie einen Plan fürs Gesamtbild. Und wie auch?

Denn das Gesamtbild besteht aus hunderten, tausenden Einzelbildern, die, jedes für sich, seines eigenen Plans bedarf. Es gibt keine Formel fürs Leben, wie fürs Berechnen eines Kreisumfangs oder eines Würfelvolumens. Es gibt nur Ansätze. Keine Lösung. Keine Kombination der Ansätze.

Es gab nicht selten Momente, in denen mich das frustriert hat. Doch mit etwas Kreativität und Fantasie konnte ich in unserer verrückten Welt Welten schaffen, die ich selbst kontrollierte. Welten, die ihr Eigenleben haben, jedoch geprägt sind, von Gedankengängen der Realität.

Die ein oder andere Person wird das vielleicht bemerken, wenn sie lesend durch die Seiten blättert.

Andere werden möglicherweise nur eine fantasievolle Geschichte entdecken.

Und beides ist in Ordnung. Ich möchte nur einige Leute wissen lassen, dass sie durch ihren Anteil an meiner Realität einen Platz in diesem Werk erhalten haben. Und sei es nur in einem Satz. Sei es nur in einem Wort. Sei es nur in einem Lächeln, das euch beim Lesen übers Gesicht huscht.

Bei einigen von euch möchte ich mich konkret bedanken, da sie auch aktiv an meiner Schreibgeschichte Anteil nahmen.

Zuerst ist da mein kleiner Bruder. Da wir zusammen aufgewachsen sind, war er das erste Opfer meiner Fantasiewelten. Aber als Kinder trennt man Realität und Fantasie ohnehin nicht gern voneinander.

Mit dir konnte ich mir den Gedanken in den Kopf setzen, meine ausgedachten Welten seien echt.

Neben meinem Bruder muss ich aber auch meinen Eltern danken.

Ihr habt mir mein erstes richtiges Schreibprogramm finanziert und tagelange Spiele geduldet während derer Matthias und ich unser Haus mit Spielfiguren oder selbstgebauten Höhlen pflasterten.

(Spätestens, als wir die Treppe belagert haben, wäre ich als Elternteil ausgeflippt.)

Dann sind da Elena und Luca. Zwei meiner besten Freunde seit ich denken kann.

Ihr habt damals meine Geschichten mit mir gelebt wie auch mein Bruder. Durch euch wurden sie noch sehr viel lebendiger! Und auch wenn euch der ein oder andere Charakter mal auf die Nerven gegangen ist, habt ihr meine Fantasiegestalten meistens mit Anteilnahme begleitet.

Aber ich möchte auch eurer ganzen Familie danken. Für den Tag, an dem ihr mir eine neue Halskette (unnötig zu erwähnen, welche ich meine) vom Burgenfest mitgebracht habt. Und für die tollen Reisen, die ihr mir, durch ein wenig Organisationsmotivation meiner Eltern, ermöglicht habt.

Ihr habt dadurch meinen Kopf gefüllt – mit Bildern und Dankbarkeit.

Außerdem möchte ich mich bei Dea bedanken. Meiner Freundin, Physiküberlebenshilfe, zweiten Gehirnzellenhälfte, Managerin, Probeleserin und vieles mehr. Sie hat wohl, ganz aktuell, mit am meisten unter meinem Schreibwahn gelitten.

Aber ich kann dir nur sagen: Ich habe in enormem Ausmaß von dir profitiert. Und vielleicht würdest du das auch mir erwidern. Deine Tutorials waren stets Gold wert, deine Rückmeldungen zu meinen Geschichten haben mich nicht selten vor Lachen weinen lassen und du hast dich auch nie gescheut, mal Kritik zu äußern und mir zu drohen, nicht mehr weiter zu lesen, wenn ich gewisse Beziehungen real werden lasse. Durch dich konnte ich meinen Spaß am Schreiben wirklich nicht verlieren.

Ein weiterer kreativer Mensch, dem ich danken möchte, ist Lina.

Du hast nicht nur meine Kreativität gefüttert, sondern mich auch immer aufgebaut und unterstützt. Einen so treuen Menschen wie dich werde ich vielleicht nie wieder finden. Ich sehe, was du für mich tust, selbst wenn ich es zeitweise selten zeigen mag. Danke, dass du immer geblieben bist.

Auch möchte ich mich bei Lilli bedanken.

Denn auch mit dir konnte ich eine Zeit lang meine Geschichten leben. Damit haben wir Stunden zugebracht und du warst die Erste, die ständig Fetzen meiner überquellenden Ideen zu hören bekam, noch bevor ich endlich die Arbeit auf mich nahm, diese ordentlich zu verstricken. Daher kennst du meine Charaktere bereits, doch mein Buch wird für dich trotzdem ein völlig neues Erlebnis.

Mein nächster Dank gilt denen, die ich kennenlernte, als es bei mir ernster wurde mit dem Schreiben.

Sandra Baumgärter, selbst eine einfallsreiche Autorin und herzensgute Persönlichkeit, hat mir einige Ratschläge und Tipps auf meinen Weg mitgegeben und war (nicht erschrecken) ein lebensechtes Beispiel einer Selfpublisherin, die auch ohne Verlag tolle Bücher veröffentlichte.

Du bist für mich Freundin und Ratgeberin zugleich. Danke, dass du mir so viele Einblicke in deine Erfahrungen ermöglicht hast. Denn diese sind unbezahlbar.

Auch für Erfahrungsberichte bedanken, möchte ich mich bei Lucas Blasius, Andreas Michels und Lilli Wettke.

Lucas, du bist extra an meine Schule gekommen, um mir von der sogenannten Heldengeschichte zu erzählen, wie du es geschafft hast, einen Verlag zu finden und wenn ich die Liste jetzt weiter führe, werde ich nie fertig. Du hast mir außerdem ein Buch von dir zur Verfügung gestellt und dich mit dem Überreichen deiner Visitenkarte immer als Gesprächspartner für mich bereitgestellt. Das bedeutet mir viel und hat mich extrem gefreut und motiviert.

An der Stelle möchte ich daher auch kurz Frau Lenerz danken, die Lucas an mich vermittelt hat. Ohne Sie wäre es gar nicht erst zu einem Gespräch zwischen uns gekommen.

Lucas wiederum, hat mich an Andreas weitervermittelt. An einen Mann, der wirklich alles schon durchlebt hat. Ob Autor bei Groß- oder Kleinverlagen oder Selfpublisher mit eigener Webseite – Andreas hatte jede Möglichkeit getestet, weshalb es umso spannender war, sich mit ihm über diese auszutauschen.

Zudem, Andreas, hast du dir echt viele schlechte Klappentextversuche von mir angetan und mich in meinem Übermut gebremst und beraten. Danke, dass du dir dafür Zeit genommen hast.

Und wer ist verantwortlich dafür, dass ich mich am Ende doch ans Selfpublishing gewagt habe?

Lilli W., das warst wohl du. Denn auch du hattest es einfach ausprobiert und ich denke, genau das ist es, was ich mit diesem Buch ebenfalls tun möchte.

Unberührt von allen Änderungsvorschlägen eines Verlages, ist es ein Buch, das einfach mir gehört. Und mit dem Selfpublishing gebe ich es an alle, die so lange darauf hingefiebert haben. An meine Familie, Freunde, Unterstützer und alle, die gerne Fantasie lesen und denen mein Buch, auf dem ein oder anderen Weg, in die Finger fällt.

Habt viel Spaß beim Lesen und vielleicht entdeckt sogar der ein oder andere sich, einen Teil von sich oder seinem Leben in der Geschichte.

Abschließend möchte ich nur noch anmerken, dass natürlich noch weit mehr Freunde, Lehrer und Bekannte mich auf meinem langen Schreibweg unterstützt und begleitet haben.

Ich habe eure zuversichtlichen Worte im Ohr. Danke auch an euch. Ihr alle habt diesen Schreibweg für mich zu einem wunderschönen Erlebnis gemacht.

Autorin: ShaSha Perch

<u>An meine Leser/innen:</u>
„Ich wünsche euch viel Spaß in meiner Welt."